BOLSILLO
ZETA

Título original: *A Secret Love*

Traducción: Jorge Fondebrider

1.ª edición: enero 2007
1.ª reimpresión: noviembre 2007

© 2000 by Savdek Management Proprietory, Ltd.
© Ediciones B, S. A., 2007
    para el sello Zeta Bolsillo
    Bailén, 84 - 08009 Barcelona (España)
    www.edicionesb.com

Printed in Spain
ISBN: 978-84-96581-56-2
Depósito legal: B. 54.013-2007

Impreso por LIBERDÚPLEX, S.L.U.
Ctra. BV 2249 Km 7,4 Polígono Torrentfondo
08791 - Sant Llorenç d'Hortons (Barcelona)

UN AMOR SECRETO

STEPHANIE LAURENS

El árbol genealógico de la Quinta de los Cynster

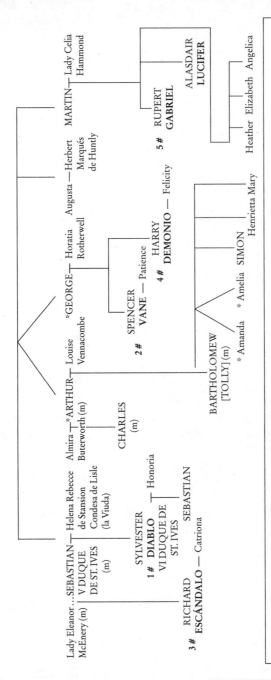

LA SERIE DE LA QUINTA DE LOS CYNSTER

1 # Diablo – 2 # El juramento de un libertino – 3 # Tu nombre es Escándalo – 4 # La propuesta de un canalla – 5 # Un amor secreto

Los varones de la familia Cynster se nombran en letras mayúsculas. – * indica gemelos

Prólogo

17 de abril de 1820
Morwellan Park, Somerset

El desastre la miró a los ojos.

Otra vez.

Sentada ante su escritorio de la biblioteca de Morwellan Park, Alathea Morwellan miró la carta que tenía en la mano, viendo apenas la escritura precisa del administrador de la familia. El contenido de la misiva quemaba en su cerebro. En su último párrafo se leía: «Me temo, querida, que mis impresiones coinciden con las suyas. No veo evidencia de que hayamos cometido ningún error.»

Ningún error. Había sospechado, virtualmente esperado que ése hubiese sido el caso, pero...

Suspirando, Alathea dejó la carta. Le temblaba la mano. El ánimo jovial, que transportaba la brisa que entraba por las altas ventanas, llegó hasta ella. Dudó, luego se puso de pie y se acercó a las puertaventanas que permanecían abiertas, dando al sur del parque.

Sobre la ondulada extensión que separaba la terraza del lago artificial, sus hermanastros y hermanastras jugaban aparatosamente a atrapar un balón. El sol destelló sobre una cabeza rubia; Charlie, el hermanastro mayor de Alathea, saltó y atrapó el balón en el aire, interceptándoselo a Jeremy, de sólo diez años, pero siempre animoso. A pesar de su incipiente elegancia adulta, Charlie, de diecinueve años, estaba afablemente compenetrado en el juego, consintiendo a sus hermanos menores Jeremy y Augusta, que tenían sólo seis años. También se les habían unido sus otras hermanas: Mary, de dieciocho años, y Alice, de diecisiete.

En ese momento, toda la casa estaba sumida en los preparativos del traslado a Londres para que Mary y Alice fueran presentadas en sociedad. Sin embargo, ambas muchachas se habían lanzado al juego, con sus bucles que enmarcaban inocentemente sus rostros felices, sin permitir que el asunto formal de su presentación en sociedad mitigara en modo alguno la alegría de los placeres sencillos.

Un grito de Charlie acompañó un lanzamiento potente; el balón voló por encima de las tres muchachas y rebotó en dirección a la casa. Golpeó contra las losas del sendero y rebotó aún más alto, saltando por encima de los escalones bajos para aterrizar sobre la terraza. Dos rebotes más y cayó en el umbral de la biblioteca, y a continuación rodó por el suelo de madera bruñida. Recogiéndose la falda, Alathea puso un pie sobre el balón, deteniéndolo. Lo consideró, luego miró hacia fuera y vio a Mary y Alice que corrían, riendo y gritando, en dirección a la terraza. Alathea se agachó y recogió el balón, y balanceándolo sobre la palma de la mano, se acercó a la terraza.

Mary y Alice derraparon para detenerse, sonrientes, delante de los escalones.

—¡A mí, Allie, a mí!

—¡No! ¡A-la-the-a! Allie querida, ¡a mí!

Alathea aguardó, como si sopesara sus opciones, mientras la pequeña Augusta, que había quedado muy atrás, se acercaba jadeando. Se detuvo algunos metros detrás de sus hermanas mayores y levantó su rostro angelical hacia Alathea.

Con una sonrisa, Alathea lanzó el balón por encima de la cabeza de las muchachas mayores, que lo vieron pasar volando, boquiabiertas. Con una risa cantarina, Augusta se abalanzó, se apoderó del balón, y huyó cuesta abajo.

Al advertir la sonrisa cómplice de Alathea, Mary llamó a Augusta, Alice gritó de entusiasmo y ambas se dispusieron a perseguirla.

Alathea se quedó en la terraza. Se sintió acalorada, sin que eso tuviera nada que ver con los rayos del sol. Le llamó la atención un movimiento debajo de un imponente roble. Serena, su madrastra, y su padre, el conde, la saludaron desde el banco donde estaban sentados, observando complacidos a sus hijos.

Alathea, sonriendo, les devolvió el saludo. Tras mirar una vez más a sus hermanastros, que ahora se dirigían hacia el lago en salvaje desorden, respiró profundamente, apretó los labios y regresó a la biblioteca.

De camino hacia el escritorio, dejó que su mirada recorriese los tapices que adornaban las paredes, las pinturas en sus marcos dorados, las encuadernaciones en cuero con incrustaciones doradas en los lomos de los libros alineados en las estanterías. La gran biblioteca era uno de los detalles de Morwellan Park, residencia principal de los condes de Meredith. Los Morwellan habían ocupado el lugar durante siglos, desde mucho antes que se creara el condado en el siglo XIV. La presente y refinada casa había sido construida por el bisabuelo de Alathea y los jardines diseñados con esmero bajo la exigente mirada de su abuelo.

De vuelta ante el amplio escritorio labrado, que había sido suyo durante once años, Alathea miró la carta apoyada sobre el cartapacio. La posibilidad de que fuera a amilanarse frente a la adversidad que la carta auguraba había pasado. Nada —nadie— iba a robarle la paz a la que había sacrificado los últimos once años de su vida para darle seguridad a su familia.

Al observar la carta de Wiggs, Alathea, demasiado práctica como para no reconocer las dificultades y peligros, consideró la enormidad de lo que enfrentaba. Pero no era la primera vez que se quedaba en el borde del abismo y que miraba a la ruina social y financiera fijamente a los ojos.

Cogió la carta, se sentó y la releyó. Había llegado en respuesta a una misiva urgente enviada por ella a Londres tres días antes. Tres días antes, cuando su mundo, por segunda vez en su vida, había sido conmovido hasta los cimientos.

Mientras limpiaba el cuarto de su padre, una criada había descubierto un documento legal metido dentro de un jarrón. Afortunadamente, la muchacha había tenido la picardía de llevarle el papel a la señora Figgs, el ama de llaves y cocinera, quien de inmediato corrió a la biblioteca para ponerlo ante los ojos de Alathea.

Tras comprobar que había asimilado todos los detalles de la respuesta de Wiggs, Alathea dejó la carta a un lado. Desvió la mirada hacia la gaveta izquierda del escritorio, donde había guardado el condenado documento que era el nudo del problema. Un pagaré. No precisaba volver a leerlo, hasta es más pequeño detalle se había grabado en su mente. El pagaré comprometía al conde de Meredith a pagar de manera perentoria una suma que excedía el valor total del condado. A cambio, el conde recibiría un generoso porcentaje de los beneficios obtenidos por la Central East Africa Gold Company.

No había, claro, ninguna garantía de que tales beneficios fueran a materializarse alguna vez, y ni ella, ni Wiggs, ni ninguno de sus colegas había oído hablar de la Central East Africa Gold Company.

Si quemar el pagaré hubiese servido de algo, con mucho gusto habría hecho una hoguera sobre la alfombra Aubusson, pero se trataba sólo de una copia. Su querido padre, impreciso y desesperadamente poco práctico, sin comprender en absoluto en qué se metía, había comprometido el futuro de su familia con su firma. Wiggs había confirmado que el pagaré era legalmente válido y ejecutable, de modo que si se reclamaba el pago por el monto estipulado, la familia iría a la bancarrota. No sólo perderían las propiedades menores y la Morwellan House de Londres, todas ya hipotecadas, sino también Morwellan Park y cuanto había en ella.

Si deseaba asegurar que los Morwellan permanecieran en Morwellan Park, que Charlie y sus hijos conservasen intacta la casa de sus ancestros para heredarla, que sus hermanastras tuvieran sus rentas y la oportunidad de realizar los casamientos que se merecían, tendría que hallar alguna manera de salir del asunto.

Exactamente como ya lo había hecho antes.

Golpeando distraídamente con un lápiz sobre el cartapacio, Alathea miró el retrato de su bisabuelo, que estaba frente a ella en el extremo de la habitación.

No era ésa la primera vez que su padre había llevado el condado al borde de la ruina; ya antes se había enfrentado a la perspectiva de una pobreza abyecta. Para una dama, criada dentro del círculo de elite de la alta sociedad, la perspectiva había sido —y seguía siendo— terrorífica, más todavía porque le resultaba incomprensible. Apenas tenía algo más que una vaga noción de lo que era la pobreza abyecta; no deseaba para ella misma ni, más importante aún, para sus inocentes hermanos adquirir ningún conocimiento directo de ese estado.

Al menos esta vez era más madura, sabía más cosas: estaba mejor equipada para vérselas con la amenaza. La primera vez...

Sus pensamientos volaron hacia aquella tarde de hacía once años cuando, mientras se disponía a hacer su presentación en sociedad, el destino la forzó a detenerse, respirar y cambiar de dirección. A partir de entonces, cargaba con el peso de administrar las finanzas familiares, trabajando incansablemente para reconstruir la fortuna familiar y mantener al mismo tiempo una apariencia de bienestar económico. Fue ella la que insistió en que los varones fueran a Eton y luego a Oxford. Fue ella la que cuidó mucho el dinero para que Mary y Alice pudieran hacer sus presentaciones en la ciudad con fondos suficientes como para que estuvieran a la altura.

La familia esperaba con ansiedad el traslado a Londres que tendría lugar en pocos días. En cuanto a ella, se disponía a saborear una victoria sutil sobre el destino, en el momento en que sus hermanastras hicieran sus reverencias ante la alta sociedad.

Por un buen rato, Alathea contempló la habitación, considerando, calculando, desechando. Esta vez la frugalidad no serviría a sus designios: ninguna suma ahorrada podría reunir la cantidad necesaria para cumplir con la obligación estipulada en el pagaré. Se volvió y abrió la gaveta de la izquierda. Recuperó el pagaré y de nuevo lo examinó atentamente, evaluándolo con cuidado. Consideró la posibilidad muy real de que la Central East Africa Gold Company fuera un fraude.

La compañía le olía a eso: por cierto, ninguna empresa legítima habría aceptado que su padre —a las claras poco versado en cuestiones de negocios— comprometiera tal suma en una operación especulativa, sin una valoración discreta de su capacidad de cumplir con el compromiso. Cuanto más lo consideraba, más se convencía de que ni ella ni Wiggs se habían equivocado: la Central East Africa Gold Company era una estafa.

No estaba para nada dispuesta a entregar mansamente todo aquello por lo que había luchado, todo lo que había asegurado a lo largo de los últimos once años —el futuro de su familia— para hacer más fácil la vida de una banda de pícaros granujas.

Tenía que haber una salida; a ella le tocaba encontrarla.

1

6 de mayo de 1820
Londres

Volutas de niebla coronaban los hombros de Gabriel Cynster a medida que iba y venía por el atrio de la iglesia de St. Georges, a pocos metros de Hanover Square. El aire era frío, la oscuridad en el atrio se hacía evidente aquí y allá por los débiles destellos de luz que arrojaban las farolas de la calle.

Eran las tres en punto; el Londres elegante dormía. Los carruajes que transportaban a casa a los juerguistas trasnochadores habían cesado de pasar; una calma profunda pero expectante se había instalado sobre la ciudad.

Al llegar al extremo del atrio, Gabriel dio la vuelta. Con los ojos entornados, escrutó el túnel de piedra formado por el frente de la iglesia y las altas columnas que sostenían su fachada. La niebla se arremolinaba y creaba volutas que oscurecían su visión. Había estado en el mismo lugar una semana antes, observando cómo salía Demonio, uno de sus primos, con su flamante esposa. Sintió un frío repentino: una premonición, un presentimiento; tal vez había sido eso.

«A las tres en el atrio de St. Georges.» Eso era lo que decía la nota. Había sentido el impulso de ignorarla; seguramente se trataba de una tontería. Pero algo en aquellas palabras le había producido un impulso más poderoso que la curiosidad. La nota había sido escrita con desesperación, aunque, a pesar del análisis minucioso, no sabía por qué estaba tan seguro de ello. Quienquiera que fuese la misteriosa condesa, había escrito con claridad y franqueza, solicitando ese encuentro para poder explicarle por qué necesitaba su ayuda.

De modo que él estaba allí. ¿Dónde estaba ella?

Mientras pensaba eso, tocaron las campanas de la ciudad y sus reverberaciones agitaron el pesado manto de la noche. No todos los campanarios entraron en acción; pero sí los suficientes como para instalar una cadencia extraña, un patrón de sonido que se repitió en distintos registros. Las notas sordas se desvanecieron, luego murieron. El silencio volvió a descender sobre la ciudad.

Gabriel se agitó. Impaciente, emprendió de nuevo su lento ir y venir por el atrio.

Y entonces apareció ella, saliendo de las espesas sombras que cubrían la puerta de la iglesia. La niebla colgaba de sus faldas cuando ella se volvió, lenta y majestuosamente, para presentarse ante él. Llevaba una capa, y un velo tan impenetrable, secreto y misterioso como la noche.

Gabriel entornó los ojos. ¿Acaso había estado allí todo el tiempo? ¿Acaso había caminado delante de ella sin ver o sentir su presencia? Con paso decidido, se acercó a la mujer. Cuando lo tuvo cerca, ella levantó un poco la cabeza.

Era muy alta. Casi tanto como él. Gabriel advirtió que no podía ver por encima de la cabeza de ella, lo que resultaba sorprendente. Él medía más de un metro ochenta; la condesa debía medir apenas un poco menos que él. A pesar de la pesada capa, una rápida mirada le había bastado para comprobar que el metro ochenta de ella estaba muy bien proporcionado.

—Buenos días, señor Cynster. Gracias por haber venido.

Gabriel inclinó la cabeza, y tuvo que abandonar todo pensamiento disparatado sobre la posibilidad de que se tratase de alguna broma estúpida (como, por ejemplo, un joven vestido de mujer). Los pocos pasos que ella había dado, la manera en que se había vuelto, sus movimientos la definían —según su propia experiencia— como mujer. Y su voz, suave y baja, era la esencia misma de lo femenino.

Una mujer madura; no había duda de que no era joven.

—Su nota decía que necesitaba mi ayuda.

—Así es. —Y, al cabo de un momento, agregó—: Mi familia la necesita.

—¿Su familia?

En la oscuridad, su velo resultaba impenetrable; ni siquiera podía alcanzar un atisbo de su mentón o de sus labios.

—En realidad, mis hijastros.

Su perfume le llegó, exótico, atrayente.

—Tal vez sería mejor que definiéramos cuál es su problema y por qué cree usted que puedo ayudarla.

—Puede ayudarme. Jamás le habría pedido que nos encontrásemos, ni le revelaría lo que voy a revelarle, si no lo creyese. —Hizo una pausa—. Mi problema tiene que ver con un pagaré firmado por mi difunto esposo.

—¿«Difunto» esposo?

—Soy viuda —dijo ella, inclinando la cabeza.

—¿Cuánto hace que murió su esposo?

—Más de un año.

—De modo que su testamento ya ha sido legalizado.

—Sí. El título y la herencia le corresponden a mi hijastro Charles.

—¿Hijastro?

—Mi marido se casó conmigo en segundas nupcias. Nos casamos hace algunos años; un segundo casamiento muy tardío. Estuvo un tiempo enfermo antes de morir. Todos sus hijos los tuvo con su primera esposa.

Gabriel Cynster dudó un instante y luego preguntó:

—¿Debo entender que usted se ha hecho cargo de los hijos de su difunto esposo?

—Sí. Considero su bienestar como mi responsabilidad. Por eso, por ellos, le pido que me ayude.

Gabriel estudió el semblante velado de la mujer, consciente de que ella estaba observando el suyo.

—Usted mencionó un pagaré.

—Debería explicarle que mi esposo sentía debilidad por los negocios especulativos. Durante los últimos años, el administrador de la familia y yo intentamos por todos los medios que sus inversiones de ese tipo se redujesen a la mínima expresión, y lo logramos. Sin embargo, hace unas tres semanas, una criada dio con un documento escondido y sin duda olvidado. Se trataba de un pagaré.

—¿En favor de qué compañía?

—De la Central East Africa Gold Company. ¿Ha oído hablar de ella?

El hombre negó con la cabeza.

—Ni por asomo.

—Tampoco nuestro apoderado ni ninguno de sus colegas.

—La dirección de la compañía debería constar en el pagaré.

—No. Sólo consta el nombre de la firma de abogados que confeccionó el documento.

Gabriel consideró las piezas del rompecabezas que tenía ante sí, consciente de que, antes, cada pieza había sido cuidadosamente examinada.

—Ese pagaré... ¿Lo tiene con usted?

Sacó de debajo de su capa un pergamino enrollado.

Al cogerlo, Gabriel enarcó las cejas involuntariamente: por cierto, había venido preparada. A pesar de que forzaba la vista, no alcanzó a ver nada del vestido de ella debajo de la voluminosa capa. También sus manos estaban cubiertas por guantes de piel que llegaban hasta el puño de sus mangas. Desenrolló el pergamino y se volvió hacia los faroles de la calle para que la luz diese sobre la página.

Lo primero que vio fue que la firma del emisor del pagaré estaba cubierta por un pedazo de papel fijado con un poco de lacre. Gabriel miró a la condesa.

—No tiene necesidad de conocer el apellido de la familia —dijo la mujer.

—¿Por qué no?

—Eso le resultará evidente cuando lea el pagaré.

Así lo hizo, entrecerrando los ojos para leer bajo la escasa luz.

—Parece ser legal —dijo; después de leerlo otra vez, levantó la vista—. La inversión resulta por cierto importante y, dado que es especulativa, constituye un riesgo muy grande. Si la compañía no fue investigada y comprobada a fondo, la inversión fue desde luego poco prudente. No obstante, no veo cuál es su problema.

—El problema reside en el hecho de que la suma prometida resulta considerablemente mayor que el total del valor actual del condado.

Gabriel volvió a mirar las sumas escritas en el pagaré y rápidamente repasó su cálculo, pero no había leído mal.

—Si esta suma dejara completamente sin fondos las arcas del condado, entonces...

—Precisamente —dijo la condesa, con la firmeza que parecía característica en ella—. Le mencioné que a mi marido le gustaba especular. Desde antes de casarme, la familia ha estado más de una década al borde mismo de la ruina económica. Tras nuestra boda, descubrí la verdad. Después de eso, supervisé todas las cuestiones financieras. Entre el administrador de mi marido y yo nos las arreglamos para mantener todo en orden y evitar que la familia se hundiera.

Su voz se endureció, en un vano intento de esconder su vulnerabilidad.

—Sin embargo, este pagaré sería el fin de todo. Nuestro problema, en pocas palabras, es que el pagaré parece legal, en cuyo caso, si se ejecuta y se pide el pago inmediato del dinero, la familia irá a la bancarrota.

—Razón por la cual no desea que yo sepa el apellido.

—Usted conoce la alta sociedad: nos movemos en los mismos círculos. Si se dejara traslucir la menor sospecha de nuestros apuros económicos, aun dejando de lado la amenaza del pagaré, la familia estaría socialmente arruinada. Los hijos del conde nunca podrían ocupar los lugares que les corresponden en nuestro mundo.

La alarma era palpable en su voz. Gabriel cambió de tono.

—Usted mencionó a Charles, el joven conde. ¿Y los otros hijos?

La mujer dudó. Luego dijo:

—Hay dos muchachas, Maria y Alicia. Ahora estamos en

la ciudad porque van a ser presentadas en sociedad. He ahorrado durante años para que pudieran tener su presentación... —Hizo una pausa; al cabo de un instante, continuó—: Y hay otros dos que todavía están en edad escolar, y Seraphina, una prima mayor; ella también es parte de la familia.

Gabriel prestó más atención al tono de su voz que a sus palabras. Su devoción era clara, la preocupación, el compromiso. La angustia. Ocultara la condesa lo que ocultase, no podía esconder la angustia.

Se acercó la nota a los ojos y estudió la firma del jefe de la compañía. Realizada con trazos marcados y fuertes, la firma era ilegible y, por cierto, no correspondía a nadie que él conociera.

—No me ha dicho por qué pensó que yo podría ayudarla.

El tono de su voz fue vago, ya adivinaba la respuesta. La mujer se irguió.

—Nosotros (nuestro administrador y yo) creemos que la compañía es un fraude, una empresa creada solamente para sacarle dinero a inversores crédulos. El pagaré mismo resulta sospechoso porque no se indican ni la dirección de la compañía ni el nombre de sus responsables; además está el hecho de que, dada la suma, al aceptar un pagaré por un monto semejante, una compañía dedicada legítimamente a las inversiones debería haber realizado algún tipo de verificación de la solvencia del firmante.

—¿No se efectuó consulta alguna?

—Se le debería haber remitido a nuestro administrador. Como podrá imaginarse, nuestro banco ha estado en contacto cercano con él durante años. Revisamos todo lo que pudimos sin levantar sospechas y no encontramos nada que nos hiciera cambiar de opinión. La Central East Africa Gold Company parece ser un fraude. —Suspiró—. Y en tal caso, si podemos reunir suficientes evidencias como para probarlo y presentarlas ante el Tribunal de Justicia, el pagaré podría ser declarado sin valor legal. Pero tenemos que lograr eso antes de que se ejecute el pagaré, y ya hace más de un año que fue firmado.

Mientras enrollaba el pagaré, Gabriel pensó en la mujer; a pesar del velo y de la capa, sintió que sabía mucho sobre ella.

—¿Por qué yo?

Le extendió el pagaré; ella lo cogió y lo deslizó debajo de su capa.

—Usted tiene una buena reputación por descubrir ardides fraudulentos y, además —dijo la dama, levantando la cabeza—, es un Cynster.

Gabriel enarcó una ceja, como pidiendo una explicación.

Ella dudó y luego dijo:

—Si acepta ayudarnos, debo pedirle que jure que, en ningún momento, tratará de identificarnos a mí o a mi familia. —Hizo una pausa y luego continuó—: Y si no acepta, sé que puedo confiar en que no mencionará esta reunión a nadie, ni nada que haya deducido de ella.

Gabriel levantó ambas cejas; la miró con regocijo y con cierto respeto. Tenía una audacia poco común entre las mujeres: sólo eso podría explicar esa farsa, bien pensada y bien ejecutada. La condesa había aguzado su ingenio: había estudiado su blanco y trazado bien sus planes, dispuesto sus señuelos.

Le estaba planteando un desafío.

Se preguntó si ella se imaginaba que él solamente se centraría en la compañía. ¿Acaso no era consciente de que le estaba planteando otro desafío? ¿Lo hacía a propósito?

¿Importaba?

—Si acepto ayudarla, ¿por dónde se imagina que deberíamos comenzar?

Hizo la pregunta antes de haber considerado las palabras, pero cuando pensó en ello, alzó las cejas por el «plural que la incluía».

—Por los abogados de la compañía. O, al menos, los que confeccionaron el pagaré, Thurlow y Brown. Sus apellidos constan en el documento.

—Pero no su dirección.

—No, pero si su bufete es legal (y debe serlo, ¿no le parece?), entonces debería ser fácil localizarlo. Pude haberlo hecho yo misma, pero...

—Pero no le pareció que su administrador aprobaría lo que usted tenía en mente para cuando descubriese la dirección, de manera que no quiso pedírselo a él.

A pesar del velo, pudo imaginarse la mirada que ella le lanzó, los ojos entornados, los labios apretados. Ante su afirmación, la mujer asintió con la cabeza.

—Precisamente. Me imagino que se necesitará algún tipo de investigación. Dudo que una firma de abogados legítima acepte dar información sobre uno de sus clientes.

Gabriel no estaba tan seguro; lo sabría cuando ubicara a Thurlow y a Brown.

—Necesitaremos saber quiénes son los directores de la compañía y luego enterarnos de los detalles referidos a los negocios de la firma. Negocios prospectivos.

Gabriel le lanzó una mirada a la mujer, deseando poder ver a través del velo. Continuó:

—¿Acaso se da cuenta de lo arriesgado que será investigar a los directores de la compañía? Si ésta es el fraude que usted piensa, entonces cualquier insinuación de interés que se muestre en ella (en particular y especialmente viniendo de mí) hará que reaccionen: cogerán lo que puedan y desaparecerán antes de que se logre averiguar demasiado.

Habían permanecido durante más de media hora en el atrio parecido a un mausoleo. A medida que se acercaba el alba, bajaba la temperatura; el frío de la neblina se hacía más agudo. Gabriel era consciente de ello, pero con su abrigo no sentía frío. Debajo de su pesada capa, la condesa estaba aterida, casi temblaba.

Con los labios apretados, rechazó el deseo de atraerla hacia sí y, sin piedad, implacablemente, dijo:

—Al investigar la compañía, usted se arriesga a que se ejecute el pagaré y a que su familia quede en bancarrota.

Si ella estaba determinada a hacerle frente al fuego, debía comprender que podría quemarse.

La mujer levantó el rostro y enderezó la espalda.

—Si no investigo a la compañía y demuestro que es un fraude, es seguro que mi familia quedará en bancarrota.

La escuchó, pero no pudo detectar pizca alguna de flaqueza, ni de ninguna otra cosa que no fuese una resolución inquebrantable. Gabriel asintió con la cabeza.

—Muy bien. Si se ha resuelto a investigar a la compañía, la ayudaré.

Si hubiese esperado un agradecimiento efusivo, se habría decepcionado; afortunadamente, no tenía tales expectativas.

Ella se quedó mirándolo, estudiándolo.

—¿Y me jurará que...?

—Se lo juro ante Dios —dijo él, conteniendo un suspiro.

—Por su honor de Cynster.

Gabriel parpadeó y luego prosiguió:

—Por mi honor de Cynster, juro no tratar de identificarla a usted o a su familia. ¿Está bien así?

La afirmación de la dama fue como un suspiro.

—Sí —contestó, algo aliviada de su enorme tensión.

—Los acuerdos entre caballeros se suelen sellar con un apretón de manos —sugirió él.

Ella dudó y luego extendió una mano.

Gabriel la cogió, luego cambió la posición de la mano, deslizando sus dedos sobre los de ella hasta que su pulgar quedó sobre la palma de la mujer. Después, la atrajo hacia sí.

La oyó contener la respiración, sintió el repentino aceleramiento de su pulso, la sorpresa que la sobrecogió. Con la otra mano, le levantó la barbilla, orientando sus labios hacia los suyos.

—Pensaba que íbamos a darnos un apretón de manos —dijo ella, en un susurro.

—Usted no es un caballero —respondió él, y estudió su rostro; lo único que pudo ver a través del fino velo negro fue el destello de sus ojos, pero en su rostro levantado, pudo discernir el contorno de los labios—. Cuando un caballero y una dama sellan un pacto, lo hacen de este modo.

Y bajando la cabeza, unió sus labios a los de ella.

Detrás de la seda, eran suaves, elásticos, suntuosos: pura tentación. Apenas se movieron debajo de los de él, sin embargo, resultaba fácil sentir su promesa inherente, que nada le costó leer. Ese beso debería haberse inscrito como el más casto de toda su carrera, pero en lugar de ello, fue como una chispa en una mecha, preludio de una conflagración. Ese saber —absoluto y definitivo— lo conmocionó. Levantó la cabeza, miró su rostro velado y se preguntó si ella lo sabría.

Los dedos de la mujer, aún atrapados entre los suyos, temblaron. En sus propios dedos, apoyados sobre la barbilla, sintió la frágil tensión que se había apoderado de ella. Con la mirada sobre el rostro de la mujer, levantó su mano y besó sus dedos enguantados; luego, a regañadientes, la liberó.

—Descubriré dónde cuelgan su placa Thurlow y Brown y veré qué puedo averiguar. Supongo que querrá mantenerse informada. ¿Cómo nos comunicaremos?

—Yo me pondré en contacto con usted —dijo ella, retrocediendo.

Gabriel sintió cómo la mirada de ella escrutaba su rostro; luego, todavía crispada y tensa, se irguió e inclinó la cabeza.

—Gracias. Buenas noches.

La niebla se abrió y luego volvió a formarse detrás de ella, mientras descendía los escalones del atrio. Y después, desapareció, dejándolo solo en las sombras.

Gabriel respiró profundamente. La niebla llevaba los sonidos de la partida de la mujer hasta sus oídos. Sus zapatos repiqueteaban contra el pavimento; luego, hubo un retintín de arneses. Después, se oyeron pasos más pesados y el chasquido de una portezuela; tras una pausa, otra vez el chasquido. Segundos más tarde, llegaron el tirón de unas riendas y el ruido de las ruedas del carruaje, desvaneciéndose en la noche.

Eran las tres y media de la mañana y él estaba completamente despierto.

Con los labios tensos en signo de desaprobación, Gabriel descendió las escaleras del atrio. Envuelto en su abrigo, se dispuso a caminar la corta distancia que había hasta su casa.

Se sentía lleno de energía, listo para enfrentarse al mundo. La mañana anterior, antes de que llegase la nota de la condesa, había estado sentado, con su café y con aire taciturno, preguntándose cómo salir del lodo del aburrimiento en el que estaba hundido. Consideró cada empresa, cada posible esfuerzo, cada diversión: nada le había despertado la más mínima chispa de interés.

La nota de la condesa no sólo le había llamado la atención, sino que le había producido curiosidad y movido a conjeturas. Su curiosidad había sido cumplidamente saciada; las conjeturas, en cambio...

Tenía ante sí a una viuda valiente y decidida, determinada a defender a su familia —nada menos que a sus hijastros— contra la amenaza de una nefasta pobreza, contra la certidumbre de convertirse en parientes pobres, si no en descastados. Sus enemigos eran los nebulosos promotores de una compañía acaso fraudulenta. La situación requería una acción decidida pero cauta, con toda suerte de indagaciones encubiertas y clandestinas. Eso era lo que ella le había contado.

Pero ¿qué era lo que él sabía?

Que se trataba de una inglesa, sin duda de buena familia: su acento, su manera de vestir y la franca declaración de que ambos se movían en círculos similares así lo probaban. También conocía bien a los Cynster. No sólo lo había afirmado; toda su presentación había sido astutamente planificada para apelar a sus instintos de Cynster.

Gabriel se desvió por Brook Street. Algo que la condesa no sabía era que él, por aquel entonces, raramente reaccionaba de manera impulsiva. Había aprendido a controlar sus emociones; sus relaciones comerciales así lo exigían. Además, le digustaba que lo manipularan, en todos los campos. Sin embargo, en este caso decidió seguir el juego.

Al fin y al cabo, la condesa constituía, por derecho propio, un intrigante desafío. Todo un metro ochenta de desafío. Y buena parte de ese metro ochenta eran sus piernas, lo que despertaba sus instintos de libertino. En cuanto a sus labios y a los placeres que prometían... ya había decidido que fueran suyos.

A veces, las relaciones se presentaban así: una mirada, un roce y quién sabe. Sin embargo, no podía recordar haber sentido antes una atracción tan fuerte, ni haberse comprometido con tanta decisión y firmeza a una persecución. Y a las consecuencias.

Nuevamente, estaba lleno de energía. Aquello —la condesa y su problema— era exactamente lo que necesitaba para llenar el presente vacío de su vida: un desafío y una conquista combinados.

Había llegado a su casa; subió los escalones y entró. Cerró la puerta y echó el pestillo, luego miró hacia el salón. En la estantería al lado del hogar había un ejemplar del *Índice nobiliario de Burke*.

Subió las escaleras frunciendo los labios. Si no le hubiese jurado a la mujer que no iba a tratar de averiguar su identidad, se habría ido derecho al estante y, a pesar de la hora, habría determinado exactamente qué conde había muerto recientemente para ser sucedido por un hijo llamado Charles. No debía de haber tantos. En lugar de ello, sintiéndose decididamente virtuoso —algo que no siempre le ocurría—, se encaminó a su cama, con todo tipo de planes dándole vueltas en la cabeza.

Había prometido que no averiguaría su identidad; no había jurado que no intentaría persuadirla de que se la revelase.

Su nombre. Su rostro. Esas piernas largas. Y más.

—¿Y bien? ¿Cómo ha ido?

Alzando su velo, Alathea contempló el grupo de rostros impacientes, amontonados al pie de las escaleras. Acababa de atravesar el umbral de Morwellan House en Mount Street; detrás de ella, Crisp, el mayordomo, corrió el cerrojo de la puerta y se volvió, ansioso por no perderse nada del relato.

La pregunta procedía de Nellie, la doncella de Alathea, que en ese momento estaba envuelta en un viejo salto de cama de cachemira. Rodeando a Nellie, más o menos en ropa de cama, estaban los otros miembros del grupo más fiel de partidarios de Alathea: los sirvientes más antiguos de la casa.

—Por favor, señora, no nos tenga sobre ascuas.

La frase vino de Figgs, la cocinera. Todos los otros asintieron: Folwell, el mozo de cuadra, con una reverencia; Crisp se les unió; llevaba el pagaré enrollado, que Alathea le había entregado para que lo cuidase.

Alathea suspiró para sus adentros. ¿En qué otra residencia de la alta sociedad la dama de la casa, después de una cita secreta a las cuatro de la mañana, se encontraría con semejante recepción? Dominó sus nervios, se dijo que el hecho de haberlo besado no importaba, y volvió a ponerse el velo.

—Aceptó.

—¡Bien hecho! —dijo la señorita Helm, la institutriz, flaca como un palo, que se aferraba nerviosa a su bata rosada—. Estoy segura de que el señor Cynster se hará cargo de todo y que desenmascarará a esos hombres horribles.

—Ojalá —dijo Connor, la seria doncella de Serena.

—Sí —dijo Alathea, adelantándose en dirección a la luz de las velas que Nellie, Figgs y la señorita Helm llevaban consigo—, pero todos ustedes deberían estar en la cama. Aceptó colaborar, no hay nada más que decir.

Alathea advirtió que Nellie la miraba.

Nellie se olió algo, pero cerró la boca.

Alathea echó a los otros y luego se encaminó escaleras arriba, con Nellie pegada a sus talones, alumbrando el camino.

—Entonces ¿qué ha pasado? —susurró Nellie, cuando llegaron a la galería.

—¡Shh!

Alathea hizo señas en dirección al pasillo. Nellie refunfuñó, pero mantuvo la boca cerrada mientras pasaban delante de los dormitorios de los padres de Alathea, de Mary y de Alice, hasta llegar a su dormitorio al fondo del corredor.

Nellie cerró la puerta. Alathea se desabrochó la capa y la dejó caer; Nellie la cogió mientras su ama se apartaba.

—¿Así que, mi querida damita, no irás a decirme que no te vio a través del disfraz?

—Claro que no; te dije que no lo haría.

No la habría besado si la hubiera visto. Hundida en el taburete que había delante del tocador, Alathea se sacó horquillas del cabello, liberando la espesa masa de su inusual rodete. Generalmente llevaba el cabello recogido sobre la cabeza, con mechones sueltos que enmarcaban su rostro. Era un estilo anticuado, pero le sentaba bien. También el rodete, pero no estaba acostumbrada a él, le tiraba del cabello en todas las direcciones y le dolía.

Nellie llegó en su ayuda, frunciendo el ceño mientras buscaba horquillas en la masa sedosa y suave del cabello.

—No puedo creer —dijo— que, después de todos los años que pasasteis revolcándoos por los campos, no te haya reconocido de inmediato con sólo verte, por mucho que llevaras velo y capa.

—Te olvidas de que, a pesar de los años que «pasamos revolcándonos por los campos», Rupert apenas me ha visto en una década. Sólo nos encontramos casualmente aquí y allá.

—¿No reconoció tu voz?

—No. Usé un tono muy diferente.

Ahora hablaba como si se dirigiera a Augusta, con voz cálida y baja, no cortante y mordaz como la que había empleado con él. Salvo por aquellos pocos instantes en que le había faltado el aliento..., pero ella no creía que él la hubiese oído perder antes el resuello. No podía recordar haberse sentido jamás tan nerviosa ni asustada. Con un suspiro, dejó caer la cabeza hacia atrás, liberando finalmente el cabello.

—No me estás concediendo el crédito suficiente —le dijo a Nellie—. Después de todo, soy una buena actriz.

Nellie se mostró incrédula, pero no discutió. Comenzó a cepillar los largos cabellos de Alathea.

Alathea cerró los ojos y se relajó. Era excelente para las farsas; podía imaginarse muy bien a sí misma representando un papel, siempre y cuando entendiera él personaje. En ese caso, resultaba sencillo.

—Me ceñí todo lo que pude a la verdad; realmente creyó que era una condesa.

Nellie mostró su desconfianza.

—Todavía no entiendo por qué no pudiste limitarte a escribirle una bonita carta, pidiéndole que investigue por ti esa compañía.

—Porque habría tenido que firmar «Alathea Morwellan».

—Estoy segura de que te habría ayudado de todos modos.

—Oh, no se hubiera negado, pero le habría remitido la carta a su agente, ese señor Montague. De no haberle contado a Rupert la razón por la que es tan desesperadamente necesario demostrar que esa compañía es un fraude, no le habría parecido importante; lo bastante importante como para involucrarse personalmente en una acción.

—No puedo entender por qué simplemente no se lo dijiste...

—¡No!

Alathea abrió los ojos y se irguió. Por un instante, la línea divisoria entre el ama y la criada resultó evidente; se hizo manifiesta en la luz matriarcal de los ojos de Alathea, en su expresión severa y en el gesto repentinamente receloso del rostro de Nellie.

Alathea dejó que su expresión se distendiera; dudó, pero Nellie era la única con quien se atrevía a discutir sus planes, la única que los conocía, la única en la que confiaba. Y aunque sospechaba que eso significaba que estaba confiando en toda la pandilla de sirvientes que habían quedado abajo, y puesto que los otros nunca se habían atrevido a mencionarlo, consideró que podía tolerarlo. Tenía que hablar con alguien. Aspirando profundamente, se instaló en el taburete.

—Lo creas o no, Nellie, todavía tengo mi orgullo —dijo cerrando los ojos, mientras Nellie retomaba el cepillado de su cabello—. A veces creo que es lo único que me queda. No lo arriesgaré contándoselo todo a él. Nadie sabe lo cerca que estamos, qué profunda es la ruina a la que nos enfrentamos.

—Se me ocurre que él sería comprensivo. No iría contándolo por ahí.

—Ésa no es la cuestión. No en su caso. No creo que puedas imaginarte, Nellie, lo ricos que son los Cynster. Hasta a mí me cuesta asimilar las sumas que acostumbra manejar.

—La verdad es que no veo qué importancia tiene eso.

Cuando Nellie empezó a trenzarle el cabello, Alathea sintió los tirones familiares.

—Digamos que, aunque puedo vérmelas con compañías fraudulentas y con un desastre inminente, no creo que realmente pueda enfrentarme a la compasión.

Su compasión.

Nellie suspiró y dijo:

—Bien, si así es como debe ser... —Alathea sintió que se encogía de hombros con fatalismo—. Pero ¿cómo conseguiste que aceptara, si lo único que le dijiste sobre la familia era que estaba perdida si esa maldita compañía exigía el dinero? —preguntó Nellie al cabo de un instante.

—Ésa —dijo Alathea, abriendo los ojos— fue la cuestión central de mi farsa. Se lo dije. Todo. Difícilmente podía esperar que me ayudase sin saber los detalles y, por cierto, no habría consentido si no existiesen una familia y una amenaza reales. Nunca fue fácil hacer que se pusiera en movimiento, pero es un Cynster, y ellos siempre reaccionan ante ciertos estímulos. Tenía que convencerse de que tanto la familia como la amenaza existían, pero presenté a la familia como si fuese la de la condesa. A mi padre, como si fuera mi difunto esposo, y a mí, como la condesa, su segunda esposa, y a todos los hijos, como hijastros míos en lugar de como mis hermanastros y hermanastras. A Serena la convertí en una prima.

Alathea hizo una pausa, recordando.

—¿Qué ocurrió?

Miró hacia arriba para descubrir que Nellie la miraba a su vez, preocupada.

—Ni intentes ocultarme que algo salió mal. Siempre lo sé cuando miras así.

—Nada salió mal —no iba a contarle a Nellie lo del beso—. No se me ocurrían nombres para todos los hijos. Usé Charles para Charlie (al fin y al cabo, es un nombre bastante común), pero no esperaba que Rupert me preguntara por los otros. Cuando lo hizo..., bueno, estaba tan metida en el papel de condesa que no pude pensar. Se me vinieron a la mente y tuve que ponerles nombres de inmediato o él habría sospechado.

Abandonando la trenza ya terminada, Nellie se la quedó mirando.

—¿No los habrás llamado por sus verdaderos nombres?

—No exactamente —respondió Alathea, incorporándose y alejándose del tocador.

Nellie comenzó a desabrocharle el vestido.

—¿Cómo los llamaste, entonces?

—Maria, Alicia y Seraphina. A los otros me los salté.

—¿Y qué va a pasar la primera vez que esté solo en un cuarto con uno de esos libros que os enumera a todos vosotros? Lo único que tendrá que hacer es, siendo tú una condesa, fijarse en los condes y la página saltará a su vista —dijo Nellie, mientras la ayudaba a sacarse el vestido—. No querría estar en tus zapatos en ese momento, señorita; no cuando te descubra. No va a gustarle.

—Ya lo sé —se estremeció Alathea, y rogó que Nellie pensara que era porque tenía frío. Sabía exactamente lo que ocurriría si la suerte se volvía en su contra y si Rupert Melrose Cynster descubría que ella era la misteriosa condesa, si descubría que ella era la mujer a la que había besado en el atrio de St. Georges.

Se desataría un infierno.

Él no tenía mal carácter; al menos, no más que ella.

Mejor dicho, no parecía tenerlo hasta que perdía los estribos.

—Por eso —continuó, sacando la cabeza por el cuello del camisón que Nellie le había ayudado a ponerse— le hice jurar que no trataría de identificarme. Por el modo en que lo planeé, no se enterará nunca de la verdad.

Alathea sabía que a él no le gustaría que lo engañasen. Sentía un profundo y muy verdadero disgusto ante toda forma de engaño. Eso, sospechaba ella, era lo que había detrás de su creciente reputación de desenmascarador de fraudes comerciales.

—Por ahora, todo es perfecto: se encontró con la condesa, oyó su historia y aceptó ayudar. En realidad, quiere ayudar, quiere dejar al descubierto a esos hombres y su compañía. Eso es importante. —No estaba segura de si le estaba dando seguridad a Nellie o si se la estaba dando a sí misma; el estómago no había parado de dolerle desde que él la había besado—. Lady Celia está siempre quejándose de que él es demasiado indolente, de que está demasiado aburrido de la vida. El problema de la condesa le dará algo de que ocuparse, algo que le interese.

Nellie resopló.

—Lo próximo que dirás es que le hará bien haber sido embaucado.

Alathea se ruborizó.

—Mal no le hará. Seré cuidadosa, de modo que no hay razón para pensar que alguna vez se dará cuenta de que fue «embaucado», como tú dices. Me aseguraré de que nunca se encuentre con la condesa a plena luz del día ni en ningún sitio bien iluminado. Siempre llevaré un velo. Con tacones que me hagan aún más alta —dijo, señalando los zapatos que se había quitado al lado del tocador— y con ese perfume —indicó el frasco de cristal veneciano que había delante del espejo—, que son cosas que Alathea Morwellan jamás usaría, no veo realmente que haya ningún peligro de que me reconozca.

Alathea fue hasta la cama; Nellie se adelantó, apartó las mantas y retiró el calentador de cama de cobre. Al deslizarse entre las sábanas, Alathea suspiró.

—De modo que todo está bien. Y cuando la compañía sea desenmascarada y la familia se salve, la condesa desaparecerá sencillamente entre una nube de niebla —dijo agitando graciosamente la mano.

Nellie resopló. Anduvo por la habitación, ordenando las cosas caídas y colgando la ropa de Alathea, a quien se volvió a mirar desde el guardarropa.

—Todavía no entiendo por qué no puedes sencillamente dirigirte a él y decirle a la cara de qué se trata todo este asunto. El orgullo está bien, pero esto es serio.

—No es sólo orgullo —dijo Alathea, recostada de espaldas, mirando el dosel—. No se lo pido directamente porque casi con seguridad él no me ayudaría, no de manera personal. Lo más amable y rápidamente que hubiera podido me habría remitido a Montague, y yo no quería eso. Yo..., nosotros necesitamos su ayuda, no la de su lacayo. Preciso al caballero en su corcel de batalla, no al escudero.

—No lo veo así... nos habría ayudado, ¿por qué no iba a hacerlo? No sois extraños que no se hayan visto nunca. Te conoce desde que estabas en la cuna. De niños jugabais y seguisteis haciéndolo a través del tiempo hasta que cumpliste los quince años y ya eras una damita. —Hecho el orden y con una vela en la mano, Nellie se acercó a la gran cama—. Si te limitaras a ir a verlo y explicarle todo, estoy segura de que te ayudaría.

—Créeme, Nellie, no funcionaría. A pesar de que se haya ofrecido a ayudar a la misteriosa condesa, nunca haría lo mismo por mí.

Y dándose vuelta, Alathea cerró los ojos e ignoró la exhalación incrédula de Nellie.

—Buenas noches —dijo.

Al cabo de un momento, oyó un suave y gruñón «buenas noches». La luz de vela que tenía sobre los párpados se desvaneció; luego, se oyó el picaporte, mientras Nellie se retiraba de la habitación.

Alathea suspiró y se hundió en el colchón, intentando relajar los músculos que había tensado cuando él la besó. Aquella había sido la única alternativa que no había previsto, pero no era nada serio; sin duda, el tipo de coqueteo sofisticado que él practicaba con casi todas las damas. Si ella pudiese volver a comenzar con su farsa, lo pensaría dos veces antes de presentarse como viuda, o al menos como una viuda que hubiese terminado su luto; pero lo hecho, hecho está: la farsa ya había comenzado. Y aunque tal vez no fuese capaz de explicársela por entero a Nellie, su farsa resultaba absolutamente esencial.

Rupert Melrose Cynster, su compañero de juegos de la infancia, era el caballero, perfectamente armado, que debía representarla en el torneo. Ella sabía lo que él valía: cuando estaba completamente comprometido con una causa, hacía tanto como podía. Con él como campeón, tendrían una oportunidad verdadera de derrotar a la Central East Africa Gold Company. Sin su ayuda, esa hazaña parecía próxima a lo imposible.

Al conocerlo desde hacía tanto —tan bien, tan profundamente—, sabía que para contar con él debería atraer a menudo su inconstante atención. Necesitaba que él se concentrase en su problema y que pusiera en juego sus considerables habilidades. Por eso había inventado a la condesa y, rodeada de un misterio cautivador, se había dispuesto a reclutarlo para su causa en cuerpo y alma.

Alathea había ganado la primera batalla; él estaba listo para pelear a su lado. Por primera vez, desde que Figgs le había puesto ante los ojos la maldita nota, se permitía creer en la victoria final.

Hasta donde la alta sociedad podía ver, los Morwellan estaban en la ciudad, según lo previsto, para que las hijas hicieran sus presentaciones ante la gente bien y para que Charlie hiciera otro tanto. Ella, la hija mayor, ahora la responsable, se ubicaría en un segundo plano, echaría una mano en la presentación en sociedad de sus hermanastras, y en sus ratos libres se pondría capa y velo para hacerse pasar por la condesa y apartar la espada de Damocles que pendía sobre el futuro de su familia.

Tales pensamientos melodramáticos la hicieron sonreír. Fácilmente le venían a la mente; Alathea sabía con precisión qué estaba haciendo. También sabía precisamente por qué Rupert no la habría ayudado del mismo modo en que ayudaría a la condesa, aunque no era algo que estuviese dispuesta a explicar, ni siquiera a Nellie.

No les gustaba estar en la misma habitación; y de estarlo, no a menos de tres metros uno del otro. Cualquier proximidad mayor era una tortura. Ese rasgo singular los había afectado desde la edad de once o doce años; desde entonces, había sido una constante en las vidas de ambos. La causa de aquello seguía siendo un misterio. De jovencitos, intentaron ignorar esa circunstancia, simulando que nada sucedía; pero cuando la inminente condición de mujer de ella auguró un final a la diaria asociación que los unía, ambos sintieron un alivio considerable.

Por supuesto que nunca lo comentaron entre ellos, pero esa reacción estaba allí, en el brillo de su mirada, en la repentina tensión de sus músculos, en la dificultad que él encontraba en permanecer cerca de ella durante más de unos pocos minutos. «Incomodidad» no era la palabra precisa para describir esa situación; era mucho peor que eso.

Ella nunca supo si la reacción que él le despertaba era equivalente a la que ella le producía a él o si su aversión surgió en respuesta a la de él. Comoquiera que fuese, su mutuo malestar fue algo con lo que aprendieron a vivir, algo que aprendieron a ocultar y, finalmente, que aprendieron a evitar. Ninguno de los dos iba a precipitar un encuentro prolongado innecesario.

Ésa era la razón por la que, a pesar de haber crecido juntos y a pesar de que sus familias fueran vecinas, nunca habían bailado juntos el vals. Habían bailado, una vez, una danza campestre. Incluso eso la había dejado agitada, molesta y desquiciada. Como él, ella no era del tipo que mostraba sus sentimientos. El único que le hacía perder el control era él.

Y aquello explicaba por qué era la condesa la que se había presentado en el atrio de St. Georges. A pesar de que ella no podía saber en absoluto qué le pasaba a él por la mente, imaginaba que los instintos de Rupert lo habrían llevado a ayudarla, pero su aversión hacia ella acaso los habría mitigado. Investigar la compañía en representación de ella implicaba verla a menudo y a solas, lo que habría hecho que el mutuo malestar empeorase. Pocos meses atrás se habían encontrado brevemente y su mutua aversión se hizo presente con más fuerza que nunca. Durante tres minutos se habían limitado a estremecerse de rabia. No podía creer que, si le pedía ayuda, él fuera a romper un hábito de años y a estar dispuesto a pasar horas en su compañía. Pero si lo hacía, eso los iba a volver totalmente locos.

Ella no iba a correr el riesgo de averiguarlo. Si le hubiera expuesto su problema sin adoptar un disfraz —sólo para que la enviara con Montague—, después no habría podido presentarse como la condesa.

No tenía elección.

Si se enteraba de que ella era la condesa nunca la perdonaría. Probablemente incluso se vengaría. No tenía elección, su conciencia no la perturbaba. Si hubiera existido otra manera segura de obtener su ayuda, sin engañarlo, habría recurrido a ella, pero...

Estaba casi dormida, y entre las neblinas del sueño su mente revisaba distintos instantes de su encuentro, dando vueltas alrededor del desconcertante beso, cuando se despertó de pronto. Pestañeando, con los ojos totalmente abiertos, miró fijamente el dosel y consideró que su duradera y mutua aversión no había surgido esa noche.

2

—A-la-the-aaa. ¡Cucú! ¡Allie! Por favor, ¿puedes pasarme la mantequilla?

Alathea se concentró: Alice le estaba señalando un punto del otro lado de la mesa. Mirando distraída en esa dirección, su cerebro se puso tardíamente en sintonía con la realidad; levantó el plato de la mantequilla y se lo pasó.

—Estás en Babia —dijo Serena, sentada a su lado, al final de la mesa.

Alathea hizo un gesto como restándole importancia.

—Es que anoche no dormí bien.

Había estado tan nerviosa, concentrada en hacer de condesa, desesperada por conseguir la ayuda de Rupert, que no había descansado nada antes de su cita de las tres en punto. Y luego..., después de su éxito, después de ese beso, después de darse cuenta de que... Se repuso de la distracción y dijo:

—Aún no me acostumbro a los ruidos de la calle.

—Tal vez deberías mudarte a otro dormitorio.

Mirando el bondadoso rostro de Serena, con la frente surcada por la preocupación, Alathea sujetó firmemente la mano de su madrastra.

—No te preocupes. Estoy muy contenta con mi dormitorio. Da a los jardines del fondo.

El rostro de Serena se relajó.

—Bueno... si estás segura. Pero ahora que Alice te ha despabilado —agregó con un brillo en los ojos—, quería saber cuánto podemos permitirnos gastar en los vestidos de las niñas.

Alathea atendió a Serena de buena gana. Baja, regordeta y vestida como una matrona, Serena era amable y retraída, aunque en materia de la presentación en sociedad de sus hijas, demostraba ser astuta y muy lista. Con verdadero alivio, Alathea le había confiado a Serena los detalles del cuidado de la vida social de todos, incluyendo los guardarropas de las muchachas, más que contenta de desempeñar un papel secundario a ese respecto. Se encontraban en la ciudad desde hacía más de una semana y todo estaba dispuesto para una agradable temporada social.

Lo único que tenía que hacer era demostrar que la Central East Africa Gold Company era un fraude, y todo estaría bien.

El pensamiento devolvió su mente a su preocupación inicial, y al hombre al que había reclutado la noche anterior. Echó un vistazo alrededor de la mesa, contemplando a su familia con los ojos de él. Ella y Serena charlaban sobre géneros, ribetes y sombreros, con Mary y Alice pendientes de sus palabras. En el otro extremo de la mesa, su padre, Charlie y Jeremy hablaban de temas masculinos. Alathea oyó a su padre que reflexionaba sobre las atracciones del Gentleman Jackson's Boxing Saloon, una opción que garantizaba el entretenimiento tanto de Charlie como de su precoz hermano menor.

Dejando a Serena, Mary y Alice debatir sobre colores, Alathea se volvió hacia el miembro más joven de la familia. La niña estaba sentada a su lado, con una gran muñeca sobre el regazo.

—¿Y cómo estáis tú y Rose esta mañana, tesoro?

Lady Augusta Morwellan levantó sus enormes ojos marrones en dirección a Alathea y sonrió confiadamente.

—Esta mañana la he pasado muy bien en el jardín, pero Rose —dijo volviendo la muñeca para que Alathea la pudiese ver— ha estado quisquillosa. La señorita Helm y yo pensamos que deberíamos llevarla a pasear esta tarde.

—¿Un paseo? ¡Oh, sí! Es una idea excelente, justo lo que necesitamos —dijo Mary, que ya había planteado los requisitos de su indumentaria y, con sus lozanos rizos marrones y sus ojos brillantes, estaba lista para un nuevo motivo de entusiasmo.

—Empiezo a sentirme encerrada con todas estas casas y calles. —Con cabello rubio y hermosos ojos, Alice era más seria y contenida—. Y Augusta no quiere que perturbemos a Rose con nuestra charla.

Augusta le devolvió la sonrisa a su hermana.

—No. Rose necesita silencio.

Demasiado joven como para compartir la excitación que se había contagiado al resto de la familia, Augusta se contentaba con pasear por el parque vecino, de la mano de la señorita Helm y mirar, con grandes ojos, todas las cosas nuevas y diferentes.

—¿Hay algún otro lugar al que podamos ir? Quiero decir, ¿otro lugar distinto del parque? —preguntó Alice, mirando a Alathea y luego a Serena—. No tendremos nuestros vestidos nuevos hasta la semana próxima, de modo que probablemente sea mejor no ir allá con demasiada frecuencia.

—Igualmente yo preferiría que no fuerais más al parque —dijo Serena—. Mejor que os vean pocas veces por semana, y ya estuvimos ayer.

—¿Dónde iremos, entonces? Tiene que ser algún lugar con árboles y césped —dijo Mary, fijando su brillante mirada en el rostro de Alathea.

—En realidad... —Alathea consideró que el hecho de haber podido reclutar a su caballero no significaba que tuviera que sentarse cruzada de brazos y dejar que él hiciera toda la investigación. Volvió a concentrarse en las caras de sus hermanastras—. Conozco un parque silencioso y tranquilo, lejos de todo este ruido. Muy parecido al campo, uno casi puede olvidarse de que está en Londres.

—Eso parece perfecto —declaró Alice—. Vamos allí.

—¡Nosotros vamos a Bond Street! —dijo Jeremy, empujando hacia atrás su silla.

Charlie y el conde hicieron otro tanto. El conde sonrió a sus mujeres:

—Me llevo a estos dos a dar un paseo vespertino.

—¡Voy a aprender a boxear! —dijo Jeremy, bailando alrededor de la mesa mientras lanzaba al aire puñetazos dirigidos a oponentes invisibles.

Riéndose, Charlie atrapó los puños de Jeremy y luego, en parte bailando vals y en parte peleando, lo sacó del cuarto. Las protestas con voz aflautada de Jeremy y las bromas de Charlie se desvanecieron a medida que ellos se aproximaban a la puerta de la calle.

Mary y Alice se levantaron como para seguirlos.

—Voy a buscar nuestros sombreros —dijo Mary, mirando a Alathea—. ¿Tomo también el tuyo?

—Por favor —dijo Alathea, levantándose también.

El conde se detuvo a su lado y le tocó el brazo con la punta de los dedos:

—¿Está todo bien? —preguntó suavemente.

Alathea lo miró. A pesar de su edad y de los problemas que cargaba sobre sus hombros, su padre, unos centímetros más alto que ella, seguía siendo apuesto. Vislumbrando las sombras de dolor y de arrepentimiento en sus ojos, le sonrió tranquilizadoramente y, cogiendo su mano entre las suyas y apretándola, le dijo:

—Todo está bien.

Conocer los detalles del pagaré lo habría devastado. Pensaba que la suma era mucho más pequeña: el palabrerío del pagaré era tal que se necesitaban cálculos aritméticos para determinar la suma total. Lo único que había querido era ganar unas pocas guineas extra para gastar en las bodas de las niñas. Ella había dedicado algún tiempo a consolarlo y a asegurarle que, aunque la situación era mala, no era el fin.

Había sido difícil para él continuar como si nada hubiese sucedido, con el fin de que sus hijos no sospecharan. Sólo ellos tres —él, Serena y Alathea— sabían de esta última amenaza o incluso del peligroso estado de las finanzas del condado. Desde el principio acordaron que los niños no debían saber que su futuro pendía de un hilo.

A pesar de que había pasado toda su vida adulta tratando de arreglar los problemas que su padre había causado, Alathea no había sido capaz de ponerse en contra de él. Era el hombre más adorable y cariñoso. Simplemente, cuando se trataba de dinero, era un inepto.

Él le sonrió, triste y desamparado y le dijo:

—¿Hay algo que yo pueda hacer?

Ella le cogió el brazo y lo apretó.

—Sigue haciendo lo mismo, papá. Mantén entretenido y lejos de las travesuras a Jeremy —dijo retrocediendo, y agregó—: Eres tan bueno con ellos, ambos son realmente tu mejor obra.

—Es cierto —reconoció Serena—. Y si Alathea dice que no hay nada de que preocuparse, entonces no tiene sentido preocuparse. Ella nos mantendrá informados. Sabes que siempre lo hace.

Pareció que el conde iba a responder, pero desde la puerta de entrada llegó el sonido de gritos y golpes.

El conde apretó los labios.

—Será mejor que vaya antes de que Crisp dimita.

Rozó con los labios la sien de Alathea, se agachó para besar la mejilla de Serena y luego atravesó el vestíbulo, enderezando los hombros y alzando la cabeza mientras cruzaba el umbral.

Serena y Alathea lo siguieron más lentamente. Desde la puerta del comedor, vieron que la refriega del vestíbulo se resolvía bajo la dirección del conde.

—Realmente es un padre maravilloso —dijo Serena, mientras el conde acompañaba a sus hijos a la puerta principal.

—Lo sé —dijo Alathea, contemplando su partida, sonriente—. Estoy muy impresionada con Charlie —agregó, mirando a Serena—. El próximo conde de Morwellan satisfará las expectativas de todos. Es una maravillosa mezcla de vosotros dos.

Contenta, Serena inclinó la cabeza.

—Pero también ha recibido una gran dosis de tu sentido común. ¡Gracias a ti, querida, el próximo conde de Morwellan sabrá cómo administrar su dinero!

Ambas se rieron, pero era cierto. No sólo Charlie era apuesto, bondadoso y siempre dispuesto a divertirse, sino que —y en buena medida debido a Serena— era amable, considerado y abiertamente generoso. Gracias a la influencia del conde, era un caballero de pies a cabeza y, como también pasaba al menos un día por semana con Alathea en la oficina de la finca —lo había hecho durante varios años—, a los diecinueve años iba camino de aprender a administrar con éxito la fortuna familiar. A pesar de que todavía no conocía hasta qué punto habían descendido las arcas del condado, Charlie sabía ahora, al menos, lo indispensable para hacer que se llenaran.

—Será un excelente conde.

Alathea levantó la vista y vio a Mary y Alice, que bajaban las escaleras taconeando, con los sombreros puestos, cintas ondeantes, su propio sombrero flameando en la mano de Mary. Augusta se había escabullido antes; Alathea había visto fugazmente a la más joven de sus hermanastras, que se dirigía al jardín de la mano de la señorita Helm.

Charlie, Jeremy, Mary, Alice y Augusta: ésas eran las razones por las que había inventado a la condesa. Aun cuando llegara a descubrir su engaño, Alathea no podía creer que su caballero desaprobara sus motivos.

—¡Vamos! —dijo Alice, sacudiendo su sombrilla en la puerta—. La tarde vuela; ya hemos pedido el carruaje.

Alathea recibió su sombrero y se volvió hacia el espejo para ponérselo sobre el moño.

Con una mirada crítica sobre sus hijas, Serena enderezó una cinta aquí y arregló un bucle allá.

—¿Adónde pensáis ir?

Alathea abandonó el espejo cuando el ruido de los cascos anunció el carruaje.

—A los campos de Lincoln's Inn. Los árboles son altos, el césped verde y bien cuidado y nunca hay demasiada gente.

Serena asintió.

—Sí, tienes razón; pero qué lugar extraño...

Alathea se limitó a sonreír y siguió a Mary y a Alice escaleras abajo.

Gabriel descubrió la placa de bronce que identificaba las oficinas de Thurlow y Brown, en el lado sur de Lincoln's Inn. Edificado alrededor de un patio de adoquines, Lincoln's Inn sólo albergaba bufetes de abogados. Sus muros internos alternaban con puertas de arco regularmente distribuidas, cada una de las cuales daba acceso al sombrío hueco de una escalera. Al lado de cada arco, había placas de bronce que indicaban las firmas legales que albergaban escaleras arriba.

Tras consultar un libro que enumeraba a los abogados de los tribunales, Montague había indicado a Gabriel que fuese a Lincoln's Inn; había descrito la firma como pequeña, antigua pero mediocre, sin asociación conocida con ninguna cuestión remotamente ilegal. A medida que subía las escaleras, Gabriel pensó que, si él hubiese estado detrás del tipo de estafa que era la Central East Africa Gold Company, el primer paso que hubiera dado en dirección a los inversores confiados y crédulos habría consistido en la contratación de una firma como Thurlow y Brown, una firma opresivamente correcta y prácticamente moribunda, que difícilmente podría alardear de talentos o conexiones que suscitaran preguntas incontestables.

Las oficinas de Thurlow y Brown estaban en el segundo piso, en la parte de atrás del edificio. Cuando Gabriel buscó el picaporte de la pesada puerta de roble, notó el ancho cerrojo que tenía debajo. Al entrar, escudriñó la minúscula recepción. Detrás de una reja baja, un viejo empleado trabajaba en un escritorio elevado, que custodiaba el acceso a un breve pasillo que daba a un cuarto en la parte de atrás y a un segundo ambiente fuera del área de recepción.

—¿Sí? ¿En qué puedo ayudarlo? —preguntó el empleado, aferrándose al escritorio. Frunciendo el entrecejo, hojeó una agenda—. No tiene cita —añadió, haciendo que sonara como una ofensa.

Con una expresión de afable aburrimiento, Gabriel cerró la puerta, notando que no tenía pasador ni pestillos suplementarios, sólo ese cerrojo ancho e incómodo.

—Thurlow —murmuró, volviéndose hacia el empleado—. Había un Thurlow en Eton cuando estuve allí. Me pregunto si será el mismo.

—No puede ser —dijo el empleado, señalando con una mano manchada de tinta hacia la puerta entreabierta que había fuera del área de la recepción—. Su Señoría es lo suficientemente mayor como para ser su padre.

—¿De veras? —Gabriel hizo ver que se sentía decepcionado. Claramente, «Su Señoría» no estaba—. Bueno. En realidad, al que he venido a ver es al señor Browne.

El empleado volvió a fruncir el ceño y de nuevo revisó su agenda.

—Usted no tiene cita esta tarde.

—¿No tengo? Qué extraño. Estoy seguro de que me dijo a las dos.

El empleado meneó la cabeza.

—El señor Brown ha salido. No volverá hasta más tarde.

Dejando que el fastidio se vislumbrara en sus rasgos, Gabriel golpeó la reja de la recepción con su bastón.

—¡Así es como procede Theo Browne! ¡Nunca puede cumplir sus compromisos!

—¿Theo Browne?

—Sí, el señor Browne —dijo Gabriel, mirando al empleado.

—Pero ése no es nuestro señor Brown.

—¿No? —preguntó Gabriel, y clavó la mirada en el empleado—. ¿Su Browne se escribe con una «e»?

El empleado meneó la cabeza.

—¡Maldita sea! —dijo Gabriel—. Estaba seguro de que era Thurlow y Browne. —Y frunciendo el entrecejo agregó—: Tal vez es Thirston y Browne. Trapston y Browne. Algo así —añadió con una mirada inquisitiva.

El empleado volvió a menear la cabeza.

—Lamento no poder ayudarlo, señor. No conozco ningún bufete con esos nombres. Fíjese, hay unos Browne, Browne y Tillson en el otro patio... ¿No serán ésos los que anda buscando?

—Browne, Browne y Tillson. —Gabriel repitió el nombre de la firma dos veces con diferentes inflexiones; luego, frunció el ceño—. ¿Quién sabe? Podría ser. —Y dirigiéndose hacia la puerta—: ¿En el otro patio dice?

—Sí, señor... Cruzando la calle de los carruajes por el edificio.

Agitando su bastón a modo de saludo, Gabriel salió y cerró la puerta detrás de sí. Luego se sonrió y descendió las escaleras.

Nuevamente fuera, cruzó el empedrado. Había visto lo suficiente como para confirmar que el despacho de Thurlow y Brown era, precisamente, como se lo había descrito Montague: recargado y deslucido por el polvo. Había averiguado a quién correspondía cada habitación y, a través de las puertas abiertas, había visto los archivos cerrados de los clientes alineados contra las paredes de las oficinas de ambos socios. Los archivos no estaban guardados aparte. Estaban allí, al alcance de la mano y el único impedimento entre la escalera y los archivos era el viejo picaporte de la puerta principal.

Tampoco había visto ningún signo de otro empleado. Sólo había un escritorio y muy poco espacio fuera de las oficinas de los socios: ninguna zona para que un empleado o un aprendiz pudieran pasar allí la noche.

Enteramente satisfecho con su trabajo de esa tarde, Gabriel saludó con su bastón al guardián del edificio y se encaminó hacia el portón secundario que daba a los campos adyacentes.

Ante él un pequeño ejército de árboles añosos, como antiguos centinelas, extendían sus ramas protectoras sobre los senderos de grava y las franjas de césped. El sol se derramaba. La brisa agitaba las hojas, arrojando sombras cambiantes sobre las alfombras verdes por las cuales caminaban caballeros y damas, mientras esperaban a otros que realizaban sus consultas en las oficinas de los alrededores.

Gabriel se detuvo en el patio delantero de adoquines que había más allá de la puerta, mirando sin ver los árboles.

¿La condesa se sentiría tan impaciente como para contactar con él esa noche? La posibilidad lo entusiasmó, más aún al darse cuenta de que la impaciencia de ella probablemente no superara a la suya. Cuando estuvo en su compañía, sintió que la conocía, que sabía el tipo de mujer que era; lejos de ella, se daba cuenta de lo poco que sabía de la mujer real que había detrás del velo. Saber más, rápidamente, parecía imperativo; necesitaba descubrir cómo echarle mano a una mujer que, hasta ese momento, había sido un fantasma en medio de la noche.

Por desgracia, no podía saber más hasta que ella lo decidiera; al menos, cuando ella lo hiciera, tendría algo sobre qué informarle.

Encogiéndose de hombros, se decidió por Aldwych como mejor lugar para conseguir un caballo, y se dirigió hacia el lado sur de los campos. A mitad de camino, oyó que alguien decía su nombre.

—¡Gabriel!

—¡Aquí!

Las voces que venían de los campos eran sin duda femeninas, y también sin duda correspondían a jóvenes. Gabriel se detuvo y escrutó el prado oscurecido por las sombras: dos jovencitas primorosas, con sus sombrillas inclinadas en ángulos imposibles, se meneaban de arriba abajo y saludaban como locas. Deslumbrado por la luz del sol, reconoció a Mary y Alice Morwellan. Levantó el bastón a modo de respuesta, y esperó hasta que pasase el negro y solemne carruaje de una viuda rica para cruzar la estrecha calle.

Alathea lo vio venir y tuvo que reprimir las ganas de gritar a sus hermanas. ¿Qué habían hecho? Lo había visto atravesar los portones del Inn y detenerse. Lo observó y se dijo que no la distinguiría entre las sombras, que no había razón para que su corazón latiera de prisa, para que sus nervios se alterasen.

Él no se dio cuenta de su presencia; Alathea se sorprendió de que se hubiera puesto en acción tan pronto por la condesa. Supuso que era por ella que estaba allá. De haberlo sabido, jamás se habría arriesgado a ir hasta aquellos campos. La posibilidad de toparse con él cerca de los lugares que pudiese asociar con la condesa no formaba parte de sus planes. Necesitaba mantener a sus dos personajes completamente alejados entre sí, en especial si él se encontraba cerca.

Mientras se acercaba por el camino, balanceando el bastón, con sus anchos hombros erguidos, el sol brillaba sobre su cabello color avellana, resplandeciendo sobre sus mechones ligeramente ondulados. Los pensamientos de Alathea quedaron en suspenso, detenidos; había olvidado por completo que Mary y Alice estaban con ella.

Lo habían visto y lo llamaron; ahora no había escapatoria. Cuando cruzó el césped en dirección a ellas, Alathea suspiró, levantó el mentón, crispó las manos alrededor del mango de su sombrilla... e intentó contener el pánico.

Él no podía reconocer unos labios que había besado pero que no había visto. ¿O sí?

Con una sonrisa plácida, Gabriel se encaminó hacia las sombras de los árboles. Mary y Alice pararon de brincar y sonrieron; sólo entonces, luego de acostumbrar la vista y sin la distracción de las sombrillas, vio a la dama que estaba detrás de las muchachas.

Alathea.

Casi le fallaron las piernas.

Estaba allí, erguida y alta, silenciosamente contenida, con la sombrilla levantada en el ángulo precisamente adecuado para proteger del sol su fina piel. Por supuesto que no lo saludó.

Ocultando su reacción —la fuerte sacudida que lo estremecía cada vez que la veía inesperadamente y la punzante sensación que seguía—, Gabriel continuó su marcha. Alathea lo miró con su mirada fría de costumbre, con su habitual desafío, su atención altiva que jamás dejaba de exasperarlo.

Él desvió la mirada, sonrió y saludó a Mary y a Alice. Inclinándose de manera extravagante para besarles las manos, las hizo reír.

—¡Estamos completamente sorprendidas de verte! —dijo Mary.

—Hemos venido dos veces al parque —confió Alice—, pero más temprano. Probablemente aún no habías llegado.

Gabriel se abstuvo de responder que raramente visitaba el parque, al menos durante las horas acostumbradas, y se esforzó en concentrar su mirada en ambas hermanas.

—Sabía que ibais a venir a la ciudad, pero no me había enterado de que ya estabais aquí.

La última vez que las había visto había sido en enero, durante una fiesta dada por su madre en Quiverstone Manor, la casa familiar de Somerset. Morwellan Park y Quiverstone Manor eran propiedades linderas y compartían un dilatado límite en común; ambas tierras combinadas, y las cercanas Quantock Hills, habían sido territorio de la infancia de Gabriel, de la de su hermano Lucifer y de la de Alathea.

Con total familiaridad, Gabriel dirigió cumplidos a ambas muchachas, sorteó sus preguntas, e hizo gala de su sofisticado personaje londinense para el evidente deleite de ambas. Sin embargo, a pesar de que las entretenía con trivialidades, su atención seguía pendiente de la fría presencia que estaba a unos metros. La razón de aquello constituía un misterio pertinaz: Mary y Alice eran muchachas chispeantes; en cambio, Alathea era fría, serena, tranquila; de un modo singular, como un imán para los sentidos de Gabriel. Las muchachas eran como torrentes burbujeantes y alborotados, mientras que Alathea parecía un lago profundo y pacífico, calmo y algo más que Gabriel nunca lograba definir. Era intensamente consciente de ella, al igual que ella era consciente de él. Él se daba perfecta cuenta de que no habían intercambiado saludos.

Nunca lo hacían. Desde luego que no.

Armándose de valor, levantó la vista de los rostros de Mary y Alice y miró a Alathea. A su cabello. Pero ella llevaba un sombrero; él no podía adivinar si también tenía puesta una de esas ridículas cofias o uno de esos estúpidos tocados de encaje que había empezado a ponerse alrededor del moño. Probablemente Alathea llevaba alguna de esas cursiladas, pero Gabriel no podía decirlo, a menos que la viera. Apretó los labios y bajó la mirada hasta que sus ojos encontraron los de ella.

—No me había enterado de que ya habíais llegado a Londres.

Le hablaba directamente, le hablaba en concreto a ella, y el tono de su voz era por completo distinto del que había empleado para hablarles a las muchachas.

Alathea pestañeó y se aferró aún más fuerte a la sombrilla.

—Buenas tardes, Rupert. Qué bonito día. Llegamos a la ciudad hace una semana.

Él se sintió agarrotado.

Alathea lo notó. Se le hizo un nudo de pánico en el estómago. Miró a Mary y a Alice y se forzó a sonreír serenamente.

—En breve las muchachas harán su presentación en sociedad.

Después de un instante de duda, Gabriel siguió el ejemplo de Alathea y procuró sonreír.

—¿De veras? —dijo, y volviéndose a Mary y Alice, las interrogó sobre sus planes.

Alathea trató de respirar de manera regular, intentó mantener a raya su súbito aturdimiento. Se negaba a dejar que su mirada se desviara. Conocía el rostro de él tan bien como su propio rostro: los ojos grandes, con párpados caídos, los labios expresivos y singularmente irónicos, la nariz y la frente clásicas, el mentón cuadrado. Era lo suficientemente alto como para ver por sobre la cabeza de Alathea (era uno de los pocos que podían hacerlo). Era lo bastante fuerte como para someterla, si quisiera, y suficientemente despiadado como para hacerlo. No había nada en su físico que ella no conociera, nada que explicase por qué la estaba haciendo sentir aún más tensa que de costumbre.

Nada, fuera del hecho de que ella lo había visto la noche anterior en el atrio de St. Georges, mientras que él no la había visto a ella.

El recuerdo de los labios de Gabriel cubriendo los suyos, del seductor tacto de sus dedos en su mentón le cerró los pulmones, la puso tensa y con los nervios de punta. Sintió un cosquilleo en los labios.

—En tres semanas tendrá lugar nuestro baile —le contaba Mary—. Estás invitado, claro.

—¿Vendrás? —preguntó Alice.

—No me lo perdería por nada en el mundo —dijo Gabriel, y su mirada se desvió hacia el rostro de Alathea y, nuevamente, volvió al de las muchachas.

Gabriel sabía muy bien lo incómodo que se siente un gato cuando lo frotan a contrapelo: precisamente como él se sentía siempre que estaba cerca de Alathea. No sabía cómo sucedía; ni siquiera sabía si ella en realidad hacía algo para lograrlo: era, sin más, la reacción que le despertaba. Él reaccionaba y ella se cerraba. Entre ellos, el aire podía cortarse con un cuchillo. Todo había comenzado cuando eran niños y se había vuelto más intenso con los años.

Gabriel mantuvo la mirada sobre las muchachas, pero sentía de manera despiadada y agobiante la necesidad de mirar a Alathea.

—Pero ¿qué hacéis aquí?

—Fue idea de Allie.

Sonrientes, ambas se volvieron hacia ella; apretando los dientes, él tuvo que hacer otro tanto.

Con frialdad, Alathea se encogió de hombros y dijo:

—Oí que éste era un lugar tranquilo para pasear; un lugar donde sería poco probable que las damas se toparan con elementos disolutos.

Como él.

Alathea había elegido vivir una vida enterrada en el campo. Gabriel no sabía por qué ella creía que eso le daba el derecho de desaprobar su estilo de vida; lo único que sabía era que ella lo desaprobaba.

—¿De veras?

Gabriel trataba de decidir por dónde podía presionarla: si por la razón verdadera por la que ella estaba en el parque o por su impertinencia al desaprobar su estilo de vida. Incluso con las muchachas que tenían delante de ellos, todas oídos y con los ojos atentos, fácilmente podía llevar la conversación a un nivel en el que no pudiesen entender. Sin embargo, la cuestión era Alathea. Era obstinadamente terca; él no se enteraría de nada que ella no quisiera contarle. También poseía una inteligencia que igualaba a la suya; la última vez que habían cruzado espadas verbales —en enero, a propósito del estúpido sombrerito Alexandrine que ella llevaba en la fiesta de la madre de Gabriel— los dos habían salido heridos. Si ella, con los ojos relampagueantes, las mejillas ruborizadas de ira, no hubiese levantado la nariz y se hubiese alejado ofendida, muy probablemente él la habría estrangulado.

Con los labios apretados, le dirigió una mirada que ella le sostuvo sin miedo. Estaba observando, esperando, y parecía capaz de leer sus pensamientos. Estaba lista y deseosa de trabarse en uno de sus habituales duelos.

Y ningún verdadero caballero decepciona jamás a una dama.

—¿Así que acompañarás a Mary y a Alice por la ciudad?

Alathea estuvo por asentir, pero se detuvo y levantó la cabeza, con altivez.

—Por supuesto.

—En tal caso —dijo Gabriel, dedicándoles una sonrisa encantadora a Mary y Alice—, procuraré buscaros alguna diversión.

—No te molestes. A diferencia de alguien a quien podría nombrar, no necesito divertirme todo el tiempo.

—Creo que descubrirás que, a menos que encuentres distracciones, la vida de la alta sociedad puede ser infernalmente aburrida. ¿Qué otra cosa, si no el aburrimiento, te habría podido traer hasta aquí?

—El deseo de evitar a los caballeros impertinentes.

—Qué feliz encuentro el nuestro, entonces. Si tu objetivo es evitar a los caballeros impertinentes, nunca son demasiadas las precauciones que tiene que tomar una dama de la alta sociedad. No hay modo de saber de antemano cuándo o dónde se topará uno con la impertinencia más escandalosa.

Mary y Alice le sonrieron confiadamente; lo único que les importaba era el dejo que él tenía al hablar, tan sofisticado. Él sabía que, detrás de éste, Alathea detectaba el acero; podía sentir su tensión creciente.

—Te olvidas de que soy perfectamente capaz de arreglármelas con la impertinencia más indignante, por poco divertidos que pueda considerar tales encuentros.

—Qué extraño. Para la mayoría de las damas esos encuentros no son para nada poco divertidos.

—Yo no soy «la mayoría de las damas». Las distracciones de las que tan devoto eres no me parecen divertidas.

—Eso es porque todavía no las has probado. Por otra parte —agregó, persuasivo—, estás acostumbrada a montar todos los días. Necesitarás alguna actividad para... mantener la forma.

Alzó los ojos, llenos de una límpida inocencia, hasta hallar los de ella, esperando encontrar una mirada de soslayo, plena de fastidio. En lugar de ello, los ojos de Alathea estaban muy abiertos, no escandalizados, sino... Tardó un instante en decidir cuál era su expresión.

A la defensiva. La había puesto a la defensiva.

La culpa se adueñó de él.

«¡Demonios!» Hasta cuando le ganaba perdía.

Ahogando un suspiro —sin saber qué se lo provocaba—, miró para otro lado, mientras trataba de sofocar la irritación que siempre le causaba ella —esa extraña agresión que siempre evocaba— y actuar normalmente. Razonablemente.

Se encogió ligeramente de hombros.

—Debo continuar mi camino.

—Yo diría que sí.

Para alivio de Gabriel, Alathea se contentó con esa pulla. Observó cómo se inclinaba ante las muchachas, provocando nuevas risas. Luego, se irguió y la miró.

Fue como mirar en un espejo; ambos tenían los ojos color avellana. Cuando miraba los de ella, generalmente veía sus propios pensamientos y sentimientos, reflejados una y otra vez, hasta el infinito.

Pero aquella vez, no. Lo único que vio aquella vez fue una firme defensa, un escudo que la hacía inexpugnable a él. Que la protegía de él.

Parpadeó y el contacto se interrumpió. Con una breve

inclinación de la cabeza, que ella le retribuyó, se volvió y partió.

Aminorando la marcha mientras se acercaba al extremo del prado, se preguntó qué habría hecho si ella le hubiese ofrecido la mano. Esa preguna sin respuesta lo llevó a pensar cuál había sido la última vez que ella lo había tocado de algún modo. No podía recordarlo, pero por cierto no había ocurrido en la última década.

Cruzó la calle, echando los hombros hacia atrás a medida que la tensión cedía; le pareció que estar fuera de su presencia era un alivio, pero no era eso. Era la reacción —la que nunca había entendido pero que ella le despertaba con tanta fuerza—, que se le iba pasando.

Alathea lo observó irse; sólo cuando las botas de él retumbaron contra los adoquines, volvió a respirar tranquila. Con los nervios relajados, miró a su alrededor. A su lado, Mary y Alice charlaban alegremente, con tranquila despreocupación. Siempre la asombraba que sus seres más próximos y queridos nunca notaran nada extraño en los encuentros cargados de tensión entre ella y Gabriel; fuera de ellos, sólo Lucifer lo notaba, presumiblemente porque había crecido al lado de ambos y los conocía muy bien.

A medida que su pulso se normalizaba, despertó en ella el júbilo.

No la había reconocido.

De hecho, si comparaba la actitud de él cuando se reunió con la condesa la noche anterior con la poderosa reacción que acababa de manifestar ante ella, Alathea dudaba que Gabriel hubiese establecido una relación entre ambas mujeres.

Esa mañana, acababa de darse cuenta de que no era su ser físico el que a él le resultaba tan perturbador. Si Gabriel no sabía que estaba ante Alathea Morwellan, nada sucedía. No había irritación contenida, ni chispas, ni choques. Ningún problema. Con una capa y un velo, no era nada más que otra mujer.

No quería pensar en por qué eso la hacía sentirse tan feliz; era como si se hubiese quitado un peso del corazón. Claramente era su identidad lo que a él le causaba problemas, y era —ahora lo sabía— problema de él, algo que primero había surgido en él y contra lo cual ella luego reaccionaba.

Saberlo no hacía que las consecuencias fueran más fáciles de sobrellevar, pero...

Se concentró en los portones de hierro forjado a través de los cuales había aparecido Gabriel. Estaban abiertos para permitir el paso de carruajes al patio del Inn.

Llegó la noche y, con ella, un extraño desasosiego.

Gabriel iba de un lado al otro del salón de su casa en Brook Street. Había cenado y se había vestido para salir y honrar el salón de baile de algún anfitrión de la alta sociedad al que favorecería con su presencia. Tenía para elegir entre cuatro invitaciones; ninguna, sin embargo, lo atraía.

Se preguntaba dónde pasaría su velada la condesa. Y se preguntaba dónde pasaría la suya Alathea.

La puerta se abrió; Gabriel detuvo su trajín. Chance, su ayuda de cámara, con el cabello blanco brillante, inmaculadamente vestido de negro, entró con una bandeja con la licorera llena de brandy y vasos limpios.

—Sírveme uno, por favor.

Gabriel se apartó mientras Chance, bajo y menudo, se dirigía al aparador. Se sentía particularmente trastornado; esperaba que un brandy fuerte le despejara la mente.

Había dejado Lincoln's Inn animado por su pequeño éxito, concentrado en la condesa y en el juego sensual que se desplegaba entre ellos. Luego se encontró con Alathea. Diez minutos en su compañía lo habían dejado sintiéndose como si la tierra se hubiera movido bajo sus pies.

Alathea había sido parte de su vida desde que él tenía uso de razón; nunca antes le había ocultado sus pensamientos. Siempre había sido completamente libre en sus opiniones, incluso aunque a él no le agradaran. Cuando se encontraron en enero, había sido abierta como de costumbre, había mostrado su lengua afilada de siempre. Pero esa tarde, le había impedido entrar, lo había mantenido a distancia.

Algo había cambiado. No podía creer que sus comentarios la hubiesen puesto a la defensiva; tenía que haber algo más. ¿Acaso le había ocurrido algo de lo que él no estaba enterado?

La perspectiva lo desestabilizaba. Quería concentrarse en la condesa, pero sus pensamientos derivaban continuamente a Alathea.

Al llegar al final de la habitación, se dio la vuelta y casi chocó con Chance.

Chance se tambaleó hacia atrás. Gabriel lo cogió de un brazo, rescatando al mismo tiempo el vaso lleno de la bandeja peligrosamente inclinada.

—¡Uy! —exclamó Chance, blandiendo la bandeja ante su semblante poco atractivo—. Ha faltado poco.

Gabriel lo miró fijamente, hizo una pausa y dijo:

—Eso es todo.

—A mandar, señor.

Con alegre despreocupación, Chance se encaminó a la puerta.

Gabriel suspiró.

—«A mandar», no. Un sencillo «Sí, señor» bastaría.

—Oh —dijo Chance, deteniéndose al llegar a la puerta—. De acuerdo. «Sí, señor.»

Abrió la puerta y vio a Lucifer, que estaba por entrar. Chance retrocedió, inclinándose y haciendo ademanes.

—Pase, señor. Ya me iba.

—Gracias, Chance.

Lucifer entró sonriente. Chance salió imperturbable. Luego recordó y volvió para cerrar la puerta.

Gabriel, con los ojos cerrados, bebió un largo trago de brandy.

Lucifer se rió entre dientes.

—Te dije que no sería una simple cuestión de cambiarle la ropa.

—No me preocupa —dijo Gabriel; abrió los ojos y consideró la enorme cantidad de brandy que había en su vaso.

Luego suspiró y se dejó caer en un sillón bien mullido que había a un lado del hogar—. Se convertirá en alguien digno del trabajo, aunque eso lo mate.

—A juzgar por sus progresos hasta la fecha, podría matarte a ti primero.

—Es muy posible —dijo Gabriel, bebiendo otro sorbo tonificante—. Hay que darle tiempo.

De pie ante la repisa de la chimenea, mientras revisaba su propio montón de invitaciones, Lucifer le lanzó una mirada a Gabriel.

—Creí que ibas a decir que había que darle una oportunidad.

—Eso sería redundante. Él es Chance, «oportunidad». Precisamente, es por eso que lo bauticé así.

Chance no era el verdadero nombre de Chance; nadie, incluido Chance, sabía cuál era. En cuanto a su edad, calculaban que debía de tener unos veinticinco años. Chance era producto de los barrios bajos de Londres; su ascenso a la casa de Brook Street le había llegado por su propio mérito. Metido en un grave aprieto mientras ayudaba a un amigo, Gabriel tal vez no la habría contado si no hubiese sido por la ayuda de Chance, brindada no por ninguna promesa o recompensa, sino simplemente por el hecho de ayudar a otro hombre que llevaba las de perder. En cierto modo, Chance había rescatado a Gabriel; Gabriel, a su vez, había rescatado a Chance.

—¿Cuál has elegido? —Lucifer desvió la vista de sus invitaciones a las cuatro invitaciones alineadas que había sobre la repisa de la chimenea, del lado de Gabriel.

—No he elegido. Todas me parecen igualmente aburridas.

—¿Aburridas? —Lucifer le echó una mirada—. Debes tener cuidado al usar esa palabra, y aún más en darle vía libre a esa sensación. Mira lo que pasó con Richard. Y con Diablo. Y también con Vane. Piensa en ello.

—Pero con Demonio, no; él no se aburría.

—Corría y eso tampoco funcionó —dijo Lucifer, y al cabo de un momento agregó—: Y de todos modos, estoy seguro de que él ahora está aburrido. Ni siquiera sabe si participará en algún evento de la temporada.

Su tono dejaba ver que tal comportamiento le parecía incomprensible.

—Dales tiempo, apenas se casaron hace una semana.

Una semana atrás, Harry Cynster, Demonio, su primo y uno de los miembros del grupo de seis, popularmente conocido como los Abogados Cynster, había pronunciado las fatídicas palabras y se había casado con su novia, quien compartía su interés por las carreras de caballos. Demonio y Felicity, en ese momento, estaban haciendo una gira prolongada por los principales hipódromos.

Con su brandy en la mano, Gabriel reflexionó:

—Después de algunas semanas o meses, me atrevo a decir que se habrán cansado de la novedad.

Lucifer le lanzó una mirada cínica. Ambos sabían muy bien que, cuando los Cynster se casaban, por extraño que pareciera, nunca se cansaban de la novedad. Más bien lo contrario. Para ambos era un acertijo inexplicable, aunque, en su condición de últimos miembros del grupo de los solteros, eran extremadamente reticentes a que se lo explicasen.

Por qué hombres como ellos —como Diablo, Vane, Richard y Demonio— podían de pronto dar la espalda a todos los placeres femeninos que tan libremente ofrecía la alta sociedad y alegremente —y según las apariencias, con satisfacción— adecuarse a la felicidad marital y a los encantos de una sola mujer era un misterio que confundía sus mentes masculinas y desafiaba su imaginación.

Ambos, sinceramente, esperaban que nunca les ocurriese a ellos.

Volviéndose a poner la capa, Lucifer eligió de su montón una tarjeta con los bordes dorados.

—Voy a la casa de Molly Hardwick —dijo, dirigiéndole una mirada a Gabriel—. ¿Vienes?

Gabriel estudió el rostro de su hermano; en sus ojos azul oscuro destelló la expectativa.

—¿Quién estará allí?

Una sonrisa iluminó el rostro de Lucifer.

—Una cierta joven matrona, a cuyo marido los proyectos de ley del Parlamento le resultan más atractivos que ella.

Ésa era la especialidad de Lucifer: convencer a damas de pasiones insatisfechas de que le permitieran ocuparse de ellas. Considerando los largos rizos negros jovialmente desmelenados de su hermano, Gabriel levantó una ceja y preguntó:

—¿Qué probabilidades tiene?

—Ninguna en absoluto —dijo Lucifer yendo hacia la puerta—. Se rendirá. No esta noche, pero pronto. —Deteniéndose en la puerta, se inclinó ante el vaso de brandy—. Supongo que vas a llevar esto hasta el final, en cuyo caso, te lo dejaré.

Abrió la puerta de un tirón y un momento después ésta se cerró detrás de él.

Gabriel estudió los paneles oscuros de la puerta, luego levantó su vaso y le dio otro sorbo. Con la mirada ahora en el fuego que ardía en la chimenea, estiró las piernas, cruzó los tobillos y se acomodó para pasar la velada.

Sintió que le convendría permanecer allí las horas previas a la medianoche, seguro y cómodo, ante su propio hogar, antes que arriesgar su libertad en un baile de la alta sociedad, por más tentadoras que fueran las damas de la concurrencia. Desde que fuera anunciado el compromiso de Demonio, hacía casi un mes, cada matrona con una hija que reuniese las condiciones apropiadas le había echado el ojo, como si el matrimonio fuese algún cáliz envenenado que se estuvieran pasando unos a otros los Abogados Cynster, y ahora le tocase a él.

Podían esperar sentadas, él no iba a beber.

Giró la cabeza y estudió la pila de diarios amontonados en un rincón de la mesa. El último número del *Gentlemen's Magazine* estaba allí, pero... se puso a pensar en la condesa, en su metro ochenta. Era raro encontrar una dama tan alta...

Alathea era casi igual de alta.

Tres minutos después, descartó los pensamientos que, *motu proprio*, se habían agolpado en su mente. Pensamientos confusos, pensamientos inquietantes, pensamientos que lo dejaban más trastornado de lo que recordaba haber estado nunca. Vació la mente y se concentró en la condesa.

Le gustaba ayudar a la gente; no en el sentido general, sino de forma específica. A individuos en particular. Como Chance. Como la condesa.

La condesa necesitaba su ayuda; más aún: se la había pedido. Alathea no y no lo había hecho. Dada la forma en que se sentía, era lo mismo. Con la mirada fija sobre las llamas, mantuvo su mente centrada en la condesa, en tramar la próxima fase de su investigación y en planear el próximo paso en la seducción de la dama.

3

Veinte minutos después de la medianoche, Gabriel estaba delante de la puerta de roble que protegía las oficinas de Thurlow y Brown, y estudiaba el viejo cerrojo. Al cruzar el silencioso patio, no había visto a nadie. Brillaba la luz en unas pocas ventanas, detrás de las cuales había empleados que, se suponía, trabajaban de noche; las oficinas de abajo estaban ocupadas, pero nadie lo había oído colarse por las escaleras.

Tanteó en sus bolsillos buscando la ganzúa que había traído, adecuada a un cerrojo tan grande. De manera simultánea, sin pensarlo, probó la puerta, haciendo girar el picaporte...

La puerta se abrió sin problemas.

Gabriel se quedó mirando la puerta, el cerrojo que había quedado abierto, e intentó imaginarse al viejo empleado cerrando y marchándose a casa sin echar el cerrojo.

La escena era poco convincente.

No vio luz alguna por la hendija que había entre la puerta y la jamba. Abrió la puerta un poco más. Más temprano, ese día, se había abierto sin ruido. El área de la recepción y la oficina que la seguía estaban a oscuras. Sin embargo, en la oficina al fondo del pasillo brillaba una pálida luz.

Al cerrar la puerta, Gabriel aflojó el pestillo. Apoyó el bastón al lado de la puerta y se detuvo, dejando que los ojos se acostumbraran a la oscuridad más espesa, y observó la posición de la puerta de madera de la reja del sector de la recepción, a través de la cual entraban los clientes a las oficinas.

Esa puerta también se abrió sin ruido.

Con sus pisadas amortiguadas por la alfombra, se abrió paso silenciosamente por el pasillo y se preguntó si era remotamente posible que el señor Brown, sin «e», estuviese trabajando tan tarde. La luz ocasionalmente temblorosa debía de proceder de una lámpara puesta muy baja; la lámpara también estaba al parecer cubierta por una pantalla; la luz del cuarto, alejada de las ventanas, pertenecía tal vez al escritorio de Brown. Detenido en el umbral, Gabriel escuchó, y oyó el sonido regular de las páginas al ser pasadas. Luego sonó el suave golpe de un libro que se cerraba y de papeles revueltos. A eso siguió un sonido diferente, que identificó como el de papeles y libros que se guardan en una caja de hojalata y, finalmente, el ruido de la caja que se cerraba.

Se abrió otra caja. Un segundo después, oyó volver más hojas, de manera constante, apresurada.

No parecía ser el señor Brown.

Sin poder contener la curiosidad, Gabriel atravesó el umbral en dirección al espacio oscurecido que creaba la puerta entornada y miró por la hendija.

Una figura alta, con capa y capucha puestas, estaba parada ante un gran escritorio, revolviendo unos papeles que sacaba de una de las cajas que había encima del mueble. Las manos enguantadas y la curva de la mandíbula, que se revelaba fugazmente cuando agachaba la cabeza cada vez que ponía los documentos en dirección a la luz para poder verlos, la delataban. La lámpara estaba sobre el escritorio, a su izquierda, con el gran libro de contabilidad colocado a su alrededor para que hiciese las veces de pantalla.

Repentinamente consciente de la tensión de sus músculos —la cual no había advertido hasta entonces—, Gabriel se echó hacia atrás contra la estantería de libros y reflexionó.

Esperó hasta que ella revisara metódicamente todo el contenido de la caja que tenía abierta y volviese a colocar todos los papeles en su lugar. Entonces estiró la mano y empujó la puerta.

La puerta crujió.

Ella ahogó un grito. Los papeles se desperdigaron. Como una ráfaga, se colocó el velo y se dio la vuelta tan rápidamente que, a pesar de estar muy cerca, él no pudo verle la cara. Con una mano sobre el pecho y la otra aferrada al borde del escritorio contra el que se había vuelto, la condesa lo miró desde el anonimato más profundo, como cuando se encontraron en Hanover Square.

—Oh... —Su voz flaqueó como si no tuviese certeza del registro que debía asumir; luego, con un esfuerzo obvio, recuperó el aliento y, en el mismo tono bajo de voz que él podía recordar, agregó—: Es usted.

—Como puede ver —dijo Gabriel, haciendo una reverencia.

La mujer continuó mirándolo fijamente.

—Me ha dado... un buen susto.

—Le pido disculpas, pero no esperaba encontrarla aquí —le contestó saliendo de entre las estanterías y avanzando. Se detuvo frente a ella, estudió el brillo de sus ojos detrás del velo, y deseó que éste fuera aún más fino—. Se suponía que era yo el que tenía que localizar al señor Thurlow y al señor Brown. ¿Cómo supo usted que estaban aquí?

Ella respiraba agitadamente, su mirada fija en el rostro de él. Luego miró hacia otro lado. Con un paso a un lado, se deslizó de donde había quedado atrapada, entre él y el escritorio, y se dio la vuelta suavemente para quedar de espaldas a él.

—Tuve suerte —respondió. Su voz era baja y se hizo más fuerte mientras seguía, juntando los papeles—. Tenía que visitar a nuestro abogado en Chancery Lane y, siguiendo un impulso, entré en el Inn. Vi los carteles, los busqué y los encontré.

—Debería haberlo dejado en mis manos. Quédese en la seguridad de su hogar mientras yo me ocupo —dijo Gabriel, sin saber por qué estaba tan enfadado. Al fin y al cabo, ella era libre. Pero también le había pedido ayuda...

La mujer se encogió de hombros y le contestó:

—Pensé que, ya que los había encontrado, debía ver qué podía descubrir. Cuanto antes localicemos la compañía, mejor. Lo único que necesitamos es su dirección.

Gabriel, para sus adentros, frunció el ceño. ¿El beso que le había dado la última vez había hecho que ella no quisiera volver a verlo? Si era así, demasiado tarde. Pero su nerviosismo al hablarle era una clara señal. Conocía demasiado bien a las mujeres para confundir resistencia con rechazo. Si ella no hubiera estado interesada en él, no habría actuado de esa manera extraña.

—¿Cómo ha entrado? El cerrojo no estaba echado... —Sólo entonces advirtió que las cajas que ella había estado revisando tenían candado. Una estaba abierta, pero...—. ¡Usted sabe abrir cerraduras!

Ella cambió de posición.

—Bueno, sí, es un pequeño talento que tengo —comentó gesticulando.

Gabriel se preguntó cuántos otros talentos ocultaba.

—En todo caso, es un talento que compartimos.

Tomó una de las cajas que ella iba a revisar. Todas estaban marcadas con un apellido. La que cogió él rezaba «Mitcham». Observó la pequeña cerradura.

—Aquí —dijo ella. La miró. Una mano delicada, enguantada en el más fino cuero, le tendió una horquilla—. Es del tamaño apropiado.

Su mano rodeó la de ella mientras cogía la horquilla de entre sus dedos. Abrió la caja en un santiamén. Retiró la tapa y cogió los papeles que había dentro.

—¿Ya ha dado con algo? ¿Algún detalle, nombres u otras referencias a la compañía?

—No. Nada. No hay cajas ni aquí ni en el otro cuarto con el nombre de la compañía. Pero seguramente tiene que haber una caja con sus archivos. Si son clientes, tienen que tener una, ¿no le parece?

—Es de suponer —le respondió Gabriel, mirando la estancia. Confirmó su impresión acerca de los titulares de la firma—. El señor Thurlow y el señor Brown parecen conservadores incondicionales. Si la compañía es cliente de ellos, debe tener una caja.

Codo a codo, buscaron rápida pero concienzudamente. Pasó una hora. Finalmente, la condesa, tras poner los papeles en la última caja, se la entregó a Gabriel para que le pusiera cerrojo diciéndole en un suspiro:

—Nada.

—Aún nos queda el despacho de Thurlow. Esto es solo la mitad —comentó Gabriel, colocando la última caja en la estantería. Tomó la lámpara y le hizo señas de que lo siguiera.

Ella ya había cerrado y colocado en su lugar el libro de contabilidad que había usado como pantalla. Dio una última mirada al escritorio para verificar que todo hubiese quedado como estaba y salió antes que él.

—¿Estaba entornada? —le preguntó Gabriel.

—Sí —respondió, mirando hacia atrás y confirmándole la situación de la puerta—. Así, tal cual.

En la oficina de Thurlow, acomodaron el lugar donde iban a trabajar —limpiaron el escritorio y colocaron la lámpara con un libro a modo de pantalla, como lo habían hecho antes— y comenzaron. Buscar documento tras documento alguna mención a la Central East Africa Gold Company era un trabajo lento y agotador. La oficina de Thurlow contenía más cajas que la de Brown. Las estanterías eran más altas.

Gabriel iba revisando la mitad de una caja cuando escuchó un «¡Oh!» ahogado. Tuvo el tiempo justo para dejar caer los papeles que tenía, cruzar la oficina en dos grandes zancadas y atrapar la pila de cajas que se tambaleaban sobre la cabeza de la condesa.

Ella era suficientemente alta como para alcanzar el estante superior, pero en esa oficina no había podido coger las cajas, sólo las tocaba. Estirándose al máximo, había logrado tantear la pila de cajas al borde de la estantería, pero éstas se habían inclinado y comenzaban a deslizarse.

Gabriel consiguió cogerlas por encima de su cabeza, rodeándola con los brazos y atrapando con sus hombros los de ella. Ambos se quedaron quietos, sosteniendo las cajas de latón para que no cayeran al suelo con estrépito.

Los separaba menos de un centímetro.

Pudo sentir cómo el perfume de ella envolvía sus sentidos. Su calor femenino, recubierto por una carne suave y sensual, lo martirizaba. La necesidad de acortar la distancia que los separaba, de sentirla contra él, se volvió acuciante.

Notaba el pulso precipitado de la mujer, el repentino nerviosismo que se había apoderado de ella. Oyó su respiración entrecortada, sintió su incertidumbre...

Inclinando la cabeza, tocó con sus labios la sien velada de la mujer. Ella se quedó quieta; la tensión que la había dominado cambió de golpe de lo físico a lo sensual: de haber quedado físicamente paralizada, pasó a tambalearse al borde de un precipicio de sensualidad. Gabriel cerró la brecha que los separaba hasta apoyarse en ella, tocándola pero no apretándola. Desplazó sus labios por la sien de la dama, recorrió la línea de su cabello recogido, hundió la cabeza y siguió la curva de su oreja, deslizando luego los labios para incitar y estimular la parte sensible del lóbulo.

Hábilmente la tentaba a que se relajase y se apoyase contra él. El velo de seda se movía debajo de sus labios, como una caricia secundaria. La condesa contuvo la respiración en un tembloroso sollozo. Él inclinó la cabeza y recorrió la larga línea de su garganta hasta que, por fin, ella exhaló el aire. Tímidamente, lista para escabullirse ante el menor avance, dejó que sus hombros descansaran sobre el pecho de él.

Sonriendo interiormente por su triunfo, Gabriel levantó la cabeza y besó suavemente su cuello, alentándola a que levantase la barbilla hasta que finalmente ella se echó hacia atrás. Las cálidas curvas de su espalda se hundieron de manera más clara contra él.

Él quería mucho más, pero sus manos estaban presas de las cajas que todavía sostenía en alto y no se atrevía a romper el hechizo. Ella se avenía a recibirlo, pero era tan espantadiza como una yegua no acostumbrada a la mano del hombre. De modo que él siguió acariciándola sin complicarla, de manera directa, sin intimidarla, y a medida que pasaban los segundos, ella se hundía más contra él. El sutil calor de la condesa fluía contra el miembro erecto de Gabriel; estaba excitado, pero se contenía. En su mente, ella era un castillo que él intentaba tomar por asalto; su victoria presente casi equivalía a observar la caída de su puente levadizo.

Poco a poco, ella cedió hasta terminar apoyada por completo contra él. Todavía era presa de una leve tensión, pero se debía más a la fascinada expectativa que a la resistencia. Él le dio un beso más decidido en el hueco debajo de la oreja y oyó su respiración trémula. La sacudió un temblor, seguido por un grito ahogado.

—Se me van a caer las cajas.

Gabriel alzó la cabeza y miró, y sofocó un suspiro. Los brazos de la joven estaban temblando. Él se enderezó; instantáneamente ella hizo lo propio. Gabriel contuvo el aliento. Retrocedió. Con mucho cuidado, ella cambió de posición las manos y aferró las dos cajas de abajo, permitiéndole a Gabriel levantar las tres de arriba.

Bajó los brazos, se movió a un lado, se volvió y, tiesa como un palo, con inconfundible resolución en cada uno de sus movimientos, llevó las dos cajas hacia el escritorio.

Lo dejó con tres cajas de hojalata y un dolor muy definido.

Gabriel las llevó hasta el escritorio y las apiló sobre las cajas de ella, que ya había abierto una. Sin mirarlo, levantó los papeles de la caja y comenzó a revisarlas. Entrecerrando los ojos, él consideró atraerla contra sí; la manera severa y abrupta con que ella volvía las páginas lo disuadió.

Se contuvo y recogió la pila de papeles en la que había estado buscando. Le dirigió a la joven una mirada incisiva. Si ella la vio, no dio signo de ello.

Continuaron la búsqueda en silencio.

Justo cuando Gabriel estaba preguntándose si, tal vez, no se habría equivocado y la Central East Africa Gold Company, por alguna razón desconocida, no había merecido una caja, la condesa se irguió.

—Aquí está.

Gabriel le echó una mirada a la caja; estaba etiquetada «Swales».

Sosteniendo una pila de papeles orientada a la luz de la lámpara, la condesa los estudió rápidamente uno a uno. Gabriel se movió para ubicarse detrás de ella, de modo que pudiese leer por encima de su hombro.

—Éstos son documentos que la compañía necesitaba para registrarse, para poder llevar a cabo negocios en la City de Londres —anunció él escrutando la hoja que sostenía la condesa—. Y la compañía es un cliente formal de Thurlow y Brown.

—¿Porque todos esos papeles mencionan a Thurlow y Brown como los representantes?

—Sí. La firma debe de haber sido contratada desde el momento en que la compañía se inscribió en la City. Eso significa que habrá muy pocos documentos legales que lleven indicada la dirección de la compañía.

—Tiene que haber uno —aseguró ella, mirando por encima de su hombro; el velo marcaba sus labios. La mirada de Gabriel estaba fija sobre ellos y la joven se quedó inmóvil; luego, un frágil temblor la sacudió. Desvió la vista y, respirando entrecortadamente, preguntó—: ¿O tendremos que revisar alguna oficina del gobierno para encontrarlo?

No alcanzó a ver la sutil sonrisa en los labios de Gabriel.

—Debería haber al menos dos documentos que contengan la dirección de la compañía —informó Gabriel—. Uno es el registro principal de la empresa, pero ése, muy probablemente, deben tenerlo los propietarios. El otro, sin embargo, es un documento que preparan todos los abogados y notarios, pero del que muchos clientes nada saben.

Extendió la mano y sacó la última hoja de la pila; ella lo dejó hacer. Gabriel la levantó y sonrió:

—Aquí está. Son las instrucciones internas de la firma para contactar con su cliente.

—El señor Joshua Swales —leyó la joven—. Agente de la Central East Africa Gold Company, a cargo del señor Henry Feaggins, Fulham Road, 142.

Releyeron los nombres y la dirección; luego Gabriel retornó la hoja a la caja. Tomó la pila de manos de la condesa, y revolvió entre los papeles.

—¿Qué está buscando?

—Me pregunto si tendremos la suerte de encontrar la lista de inversores... o una lista de pagarés que la firma tenga preparados..., pero, no —añadió, frunciendo el entrecejo y volviendo a apilar los papeles—. Sean quienes sean, demuestran ser muy cuidadosos.

Ella sostuvo la caja mientras él volvía a colocar los papeles en su interior; luego Gabriel la cerró. Ella lo siguió hasta los anaqueles, cargada con las otras cajas. Gabriel las colocó en el orden correcto y luego se volvió para descubrir que ella ya estaba de nuevo ante el escritorio, ordenando las cosas, enderezando el secante, volviendo a alinear todo.

Tras echar un último vistazo a la estancia, Gabriel alzó la lámpara y preguntó:

—¿De dónde ha sacado esto?

—De la mesita de allí atrás.

La mujer lo condujo. Gabriel colocó la lámpara en la mesita que le indicó y luego esperó a que ella pasara por la puerta de la reja para bajar la mecha. La luz se apagó.

—Esperemos que el empleado no sea de los que controlan el nivel de aceite de su lámpara —murmuró, mientras iba desde el escritorio del empleado a la puerta.

La joven no respondió, y esperó en la puerta.

Gabriel abrió y recogió su bastón. Ella pasó y él la siguió; cerró la puerta y, luego, se agachó para hacer girar las pesadas clavijas del cerrojo. No era tarea sencilla. Por fin lo logró.

—Por Dios, ¿cómo lo ha conseguido? —le preguntó a la dama, enderezándose.

—Con dificultad.

Por cierto, no con una horquilla para el pelo. Picado en su curiosidad, la siguió escaleras abajo. Los tacones de ella retumbaban sobre la piedra. Cruzar los adoquines en silencio iba a ser imposible. Al pie de la escalera, cogió la mano de la dama y la posó sobre su manga. La condesa lo miró sorprendida, o eso supuso él.

—Me imagino que su carruaje la espera.

—En el extremo más alejado del parque.

—La escoltaré hasta allí.

En esas circunstancias difícilmente podría discutirle, aunque Gabriel sabía que ella consideraba hacerlo. Pero si lo hubiera intentado, él le habría informado de que, gracias a las cinco cajas de hojalata, ahora tenía más oportunidades de ir volando hasta su carruaje que de despedirlo con nada más que palabras.

Había reglas para todo tipo de compromisos, en la seducción como en la guerra; él las conocía todas y era un maestro consumado en explotarlas para su propio provecho. Pasados los primeros encontronazos, las damas con las que había tenido algo que ver habían terminado por conceder que su explotación también las beneficiaba a ellas. En última instancia, la condesa no se quejaría.

Salieron, cruzando abiertamente el patio. Gabriel sintió los dedos de la dama estremecerse nerviosamente sobre su manga y, luego, calmarse. Echó una rápida mirada a su rostro velado y luego escrutó sus formas cubiertas por la capa.

—Parece una mujer que acaba de enviudar, pero que, sin embargo, tiene una buena razón para visitar tarde el Inn.

La dama le echó una mirada; luego, asintió ligeramente y alzó la cabeza.

Tras admirar la imperiosa inclinación del mentón de la condesa, Gabriel miró hacia adelante. Era una actriz de primera: ahora no dejaba traslucir ni pizca de temor. Si debía tener una mujer de compañera, estaba contento de que fuese ella. Podía pensar, abrir cerrojos con una horquilla y tomar parte de una farsa: todos puntos a favor. A pesar de la irritación inicial al hallarla en el estudio, ahora se sentía muy satisfecho del papel que ella había desempeñado.

Desde luego que se impondría y se aseguraría de que no volviera a implicarse en más búsquedas nocturnas, pero eso tendría que esperar hasta después de que dejaran atrás al portero que daba cabezadas en su garita, al lado del portón. Con la cabeza en alto y la espalda derecha, la condesa pasó como si el portero no existiese. El hombre se tocó la gorra respetuosamente, luego bostezó y volvió a repantigarse en su banco.

Continuaron caminando. Entre las sombras de los inmensos árboles del parque, esperaba un pequeño carruaje negro. El cochero, encorvado sobre las riendas, los vio acercarse.

Gabriel se detuvo junto al carruaje y abrió la puerta.

La condesa retiró la mano.

—Gracias por...

—Un instante —la interrumpió él, cogiéndola de la mano para ayudarla a entrar en el coche. Sintió la sorprendida mirada de la mujer, que accedía. Cuando estuvo sentada, Gabriel se dirigió al cochero—. Brook Street, apenas pasado South Molton.

Con esas palabras, entró al carruaje de la condesa y cerró la puerta.

La mujer se le quedó mirando pasmada cuando él se sentó a su lado. El carruaje se había puesto en movimiento.

Al cabo de un momento de tenso silencio, dijo:

—No sabía que me había ofrecido a llevarlo.

Gabriel contempló su rostro velado.

—No dudo de que lo habría hecho... Decidí ahorrarle la molestia.

Oyó una risa ahogada, inmediatamente reprimida. Con los labios curvados, miró hacia delante.

—Al fin y al cabo, tenemos que considerar nuestro próximo movimiento.

Él ya había planificado varios: todo podía intentarse en un carruaje cerrado que atravesaba la noche.

—Ya lo creo —dijo ella, con voz serena.

—Pero, en primer lugar, hay algo que quiero que quede claro desde el principio. Usted me pidió ayuda y yo accedí a dársela. También me hizo prometer que no trataría de conocer su identidad.

—¿Ha cumplido? —inquirió ella, sobresaltada.

El desenfado de Gabriel desapareció.

—Lo prometí. Así que he cumplido. —Cada palabra sonaba medida; cada frase, firme—. Pero si quiere que siga jugando su juego, si vamos a continuar con nuestra alianza para salvar a los hijos de su marido de la ruina, usted tendrá que prometer que acatará mis reglas.

Ella se mantuvo en silencio durante unos cincuenta metros. Luego preguntó:

—¿Sus reglas?

Gabriel podía sentir la mirada de la mujer a un lado de su rostro; él mantuvo la vista al frente.

—¿Y cuáles son esas reglas suyas?

—Regla número uno: debe prometerme que nunca volverá a proceder sin que yo lo sepa.

La mujer preguntó, levemente agitada:

—¿Sin que usted lo sepa?

Gabriel escondió una sonrisa cínica; ya había tratado lo suficiente con mujeres para no usar la palabra «permiso».

—Si usted y yo procedemos con independencia, especialmente en un asunto tan delicado como éste, es muy probable que nos crucemos, con efectos desastrosos. Si tal cosa sucede y revelamos nuestros intereses a la compañía demasiado pronto, entonces todos los esfuerzos que usted hizo habrían sido en vano. Y usted no está lo suficientemente al corriente de cómo funcionan las cosas en la City para apreciar todas las ramificaciones que podríamos descubrir; al fin y al cabo, por eso buscó mi ayuda.

La mujer no tuvo la usual cautela femenina de guardar silencio; nuevamente, exigía calcular, considerar. Cuando se balanceaban girando en una esquina, preguntó:

—Esas reglas..., ¿cuáles son las otras?

—Sólo hay dos... Ya le he dicho una.

—¿Y la segunda?

Gabriel se volvió y la miró.

—Por cada parte de la información que reunamos, voy a exigir una recompensa.

—¿Una recompensa? —preguntó con cautela.

Él reprimió una sonrisa rapaz.

—Una recompensa: un pequeño obsequio que, como prueba de agradecimiento, se da por los servicios prestados.

Ella sabía precisamente lo que quería decir. Al cabo de un instante, se aclaró la garganta y le preguntó:

—¿Qué recompensa quiere?

—Por ubicar a Thurlow y Brown... un beso.

Se quedó quieta, tan quieta que Gabriel se preguntó si la había escandalizado. Ella sabía muy bien quién y qué era él. Desde detrás de su velo lo miraba fijamente, pero no dejaba traslucir nerviosismo alguno: sus manos estaban cruzadas sobre su regazo, quietas.

—¿Un beso?

—Hmm... —Esta vez no pudo dejar de curvar los labios ni reprimir el seductor ronroneo que se había colado en su voz—. Sin el velo. Quíteselo.

—No.

Calma absoluta.

Con arrogancia, enarcó las cejas.

Ella se enderezó en el asiento.

—No. El velo... Yo...

Él suspiró con resignación.

—Muy bien.

Antes de que pudiese pensar en algún pretexto por el cual negarse de plano al beso, él cogió su rostro con una mano, levantó con el pulgar el velo hasta los labios de ella, y los cubrió con los suyos.

Los labios de la mujer se abrieron en una exclamación de sorpresa; cuando él los atrapó, se quedó quieta. No se quedó paralizada ni sintió pánico; simplemente permaneció sentada, reconfortada y viva, dejando que él hiciera con sus labios a voluntad. Gabriel le hizo inclinar levemente la cabeza; el rostro de ella se mantenía tranquilo, no estaba rígida. Pero no había respuesta cuando él la besaba.

No estaba obteniendo lo que quería, pero sabía que debía ser paciente. La besó con suavidad, moviendo con delicadeza sus labios sobre los de ella, azuzándola con astucia, esperando...

La primera señal de su rendición fue un estremecimiento, penetrantemente dulce, una onda de pura sensación. Sintió un tirón en la respiración de la dama, la creciente tensión de su espalda.

Luego, los labios de ella se movieron, se hicieron firmes debajo de los de él: todavía no ofrecían, pero estaban vivos. Era como una estatua que estuviera cobrando vida, mármol frío que se calentaba poco a poco, un caparazón de piedra que se derretía, dando paso a la carne, la sangre y la vida.

Sostuvo el rostro de ella y aumentó la presión de su beso. Supo que acababa de levantar del regazo una mano enguantada hacia su propia mano. Los dedos de la dama se mantuvieron inmóviles en el aire, a unos centímetros de su mano; luego, muy delicadamente, casi como si no estuviese segura de que la mano de Gabriel fuese real, tocó los nudillos de él.

El tacto vacilante de ella lo estremeció: traía consigo una inocencia asombrada que lo cautivaba, apoderándose de él.

Las yemas envueltas en la piel de los guantes continuaron, recorrieron el dorso de la mano de Gabriel; dudaron por un trémulo instante, luego se posaron. Como una mariposa en el dorso de su mano.

Los dedos de la joven no se aferraban, no tiraban; se limitaban a tocar. Gabriel aspiró —aspiró profundamente su perfume— e intensificó sus caricias. Por una vez en la vida, pidiendo, no exigiendo.

Y ella daba. Por su propia voluntad, inclinaba más la cabeza, balanceándose hacia él, mientras le ofrecía los labios.

Se lanzó como un conquistador que la tomaba, la reivindicaba como propia, pero se frenaba al instante cuando la sentía repentinamente asustada. No estaba acostumbrada a que la besaran. Por más extraño que pareciera, Gabriel lo sabía; ignoraba la causa, pero hacía lo posible para tranquilizarla, para provocarla, para alentarla.

Era una buena alumna; pronto, le devolvía los besos con suavidad, pero sin reservas. Él anhelaba atraerla a sus brazos, pero la experiencia se lo desaconsejaba. El nerviosismo que ella había mostrado antes se explicaba entonces: por la razón que fuese, no estaba acostumbrada. Todo lo que parecía poder asimilar en ese momento eran los labios de él sobre los suyos y su mano en su rostro, de modo que se limitó a eso.

Se dispuso a confundirla y a provocarla, a llevarla a que cediera más, a que buscara más. Cuando, titubeante, ella abrió los labios, él sintió que su asedio había triunfado, pero esa vez tuvo cuidado de sacar ventaja demasiado rápido;

lo que equivale a decir que saboreaba cada dulce momento en que la joven se entregaba, cada instante parte de un collar de preciosas sensaciones individuales engarzadas como gemas.

Cuando tímidamente ella tocó la lengua de él con la suya, y luego lenta, sinuosamente lo acarició, Gabriel estuvo a punto de perder la cabeza.

Era como un vino fino: mejor cuando se la saboreaba con lentitud.

Finalmente se separó de ella en el momento en que el coche chirrió al girar en una esquina. Con agitación, estudió los labios de la dama, brevemente iluminados por el destello de una farola. Eran carnosos, intensamente rosados, estaban un poco hinchados.

—Ahora, por averiguar la dirección de Swales...

Los labios de ella se abrieron: si fue para protestar o para invitarlo, él no quiso saberlo. Volvió a cubrirlos. Esta vez se amoldaron con facilidad a los de él, y se abrieron por completo en el momento en que los tocó con la lengua.

No tardarían en llegar a Brook Street. Saberlo lo estimuló a beber con mayor intensidad, a tomar todo lo que ella le ofrecía; luego, a buscar, a indagar, a tentarla a ir más lejos.

Ella se entregaba, no muy fácil ni voluntariamente, con pasos titubeantes por un sendero que —él lo sabía por instinto— jamás había transitado. Nunca antes la habían besado apasionadamente, nadie la había despertado de ese modo. Gabriel se preguntó por el difunto marido de la condesa.

La apretó contra sí, urgiéndola, con labios implacables. La habría llevado lejos, mucho más lejos, pero esa noche ya no había tiempo.

El carruaje disminuyó su marcha y luego se detuvo, balanceándose.

A su pesar, se separó de sus labios. Por un instante, mientras sus respiraciones se cruzaban, se sintió tentado a... Luego, alejó la mano y dejó caer el velo de la mujer. Le revelaría quién era por su propia voluntad. Sería ése un momento que él deseaba saborear.

Se enderezó. Ella se hundió contra el asiento. La dama

intentó hablar, pero casi se sofocó; aclarándose la garganta, lo intentó de nuevo:

—Señor Cynster...

—Me llamo Gabriel.

A pesar del velo, sus miradas se fundieron. Se lo quedó mirando, mientras sus senos se agitaban bajo el abrigo.

—Creía que iba a considerar nuestro próximo movimiento.

La mirada de él no flaqueó.

—Créame, ya lo he hecho.

Esperó. Ella no respondió, sino que se lo quedó mirando. Inclinó entonces la cabeza.

—Hasta nuestro próximo encuentro —se despidió Gabriel, alcanzando la puerta—. A propósito, ¿cuándo será?

Al cabo de un instante, ella respondió.

—Me pondré en contacto con usted en un día o dos.

Estaba sin aliento; él escondió una sonrisa triunfante.

—Muy bien —contestó y, con intención, endureció la mirada; ella se quedó clavada en su asiento—. Pero recuerde lo que le he dicho. Deje a Swales para mí.

Aunque no había nada que agregar, esperó. Ella asintió —uno de esos asentimientos crispados—:

—Sí. Está bien.

Satisfecho, abrió la puerta y descendió al pavimento. Al cerrar, le hizo una señal al cochero. Las riendas chasquearon; el carruaje se marchó retumbando.

Lo vio alejarse, luego se volvió y subió los escalones, mucho más que meramente satisfecho con los logros de la noche.

4

En su vida se había sentido tan sofocada.

Con un codo apoyado sobre la mesa del comedor, Alathea le daba vueltas a una tostada y luchaba por llevar algo de orden al caos de su mente. No era tarea sencilla, cuando todavía no se había recuperado del todo.

¡Qué ingenua había sido al ignorar el presagio de ese primer beso tan inocente! ¡Qué manera de sellar un pacto! No se le había ocurrido que, sin una reacción destemplada que lo detuviese, seguramente volvería a besarla de nuevo. De modo que ahí estaba ella, con una agitación completamente inesperada y nunca antes sentida. Sólo la idea del beso de la noche anterior —la serie de besos— bastaba para confundir su cerebro. Sin embargo, había una conclusión horriblemente clara. Su caballero errante creía que era una mujer casada —una mujer casada y con experiencia—, con quien podría coquetear libremente. Pero no era así. Hasta entonces él no había sospechado nada, pero ¿cuánto más lejos podría ella transitar ese camino de recompensas sin entregarse del todo?

¿Sin tener que entregarse del todo?

Ya tenía bastante con todo eso, pero, para colmo, le había arrebatado el control de la situación. Sólo Dios sabía ahora hacia dónde se encaminaban sus planes tan cuidadosamente concebidos.

Debería haber previsto ese movimiento de él para asumir el control; siempre había sido el líder en sus juegos de infancia. Pero ya no eran niños y, durante los últimos diez años, ella se había acostumbrado a mandar: ser relegada sumariamente al rango de ayudante era un poco difícil de soportar.

A su alrededor, el resto de la familia charlaba, comía y se reía; hundida en sus pensamientos, apenas los oía. Levantó la tostada, se puso a masticarla y decidió que, al menos, tenía que permitirle imaginarse que era él el que estaba a cargo de la situación. Era un Cynster y lo necesitaba; no tenía sentido darse con la cabeza contra la pared. Eso no significaba que tuviera que dejar mansamente que tomara todas las decisiones: sólo tenía que permitirle que lo creyera así. Lo que llevaba a la cuestión de cómo podría asegurarse de que él no siguiera avanzando mientras la mantenía en la ignorancia.

Debía encontrarse con él regularmente, una perspectiva que le ponía los nervios de punta. El siguiente paso era organizar su próximo encuentro, pero todavía necesitaba recobrarse de la última reunión. Había contado con que su profunda veta caballeresca lo llevaría a ayudarla; ni siquiera en sus sueños más descabellados se había imaginado que él habría cambiado tan diabólicamente como para reclamarle una recompensa.

Incluso esa palabra se había alterado para siempre en sus pensamientos. Ahora le evocaba de manera instantánea algo ilícito. Algo excitante, emocionante, tentador...

Seductor.

Sus pensamientos la mareaban; le faltaba el aire. Sólo recordar ese momento en el carruaje, cuando, con típica prepotencia, él posó sus labios sobre los de ella, todavía le daba vértigo. Acordarse de lo que había sucedido a continuación la hacía ruborizar.

De pronto, apartó las visiones mentales y recordó las sensaciones. Resultó peor. Alzó la taza, bebió un sorbo y rogó que nadie hubiese notado su rubor. No se había ruborizado en los últimos cinco años; posiblemente, ni siquiera en los últimos diez. Si de repente empezaba a sonrojarse por nada, le harían preguntas; daría lugar a especulaciones. Lo último que necesitaba.

Enterró implacablemente todos los recuerdos del viaje hasta su casa, y se dijo que no tenía razón de reprenderse por nada; no habría podido impedir lo ocurrido sin haber despertado sospechas. No tenía sentido seguir pensando en ello, más allá de darle sentidas gracias a su ángel de la guardia: casi había estado a punto de espetarle su nombre cuando la liberó. «Rupert» había andado revoloteando en la punta de su lengua; apenas se las había arreglado para tragarse la palabra. Pronunciarla habría significado el fin inmediato de su farsa: ella era la única mujer más joven que la madre de Gabriel que seguía llamándolo por su primer nombre de pila. Él mismo se lo había dicho.

No sabía por qué era tan terca al respecto; era como seguir aferrada a un tiempo pasado mucho más sencillo. Siempre pensaba en él como Rupert.

«Mi nombre es Gabriel.»

Aquellas palabras resonaron en su mente. Mirando hacia las ventanas, reflexionó sobre ello; él tenía razón, ahora era Gabriel, no Rupert. Gabriel contenía al niño, al joven, al hombre que había conocido como Rupert, pero también abarcaba más. Una mayor profundidad, un mayor espectro de experiencia... una reserva mayor.

Al cabo de un momento, apartó de sí aquellos pensamientos, y terminó el té. Como la condesa, debería recordar llamarlo Gabriel, en tanto que como Alathea seguiría nombrándolo Rupert.

Y debería encontrar un modo de limitar las recompensas. Sin duda, Gabriel intentaría protestar.

—Creo que esta mañana deberíamos pasar a ver a lady Hertford —dijo Serena, revisando las invitaciones del día y considerando a Mary y Alice—. Da una recepción y creo que, si os ponéis esos vestidos que nos entregaron ayer, sería una buena ocasión para lucirlos.

—¡Oh, sí! —exclamó Mary—. Empecemos a mostrarnos.

—¿Habrá otras jóvenes allí? —preguntó Alice.

—Naturalmente —respondió Serena, volviéndose hacia Alathea—. Y tú también debes venir, querida, si no me pasaré todo el tiempo teniendo que explicar tu ausencia.

Dijo eso con una sonrisa cariñosa, pero que reflejaba determinación. Alathea le devolvió la sonrisa.

—Por supuesto que iré, aunque sólo sea para ofrecer mi apoyo.

Mary y Alice se alegraron aún más. En medio de una seria discusión sobre cintas, sombreros y redecillas, todas se retiraron a sus aposentos a prepararse para la excursión proyectada.

En verdad se parecía mucho a una misión militar. Una hora más tarde, de pie en un costado del salón de lady Hertford, Alathea ocultó una sonrisa. Serena había comandado la carga metafórica al campo de la dama, posicionando sus tropas con ojo experto y juicio sagaz. Mary y Alice, olvidada la timidez inicial, estaban charlando animadamente con un grupo de damiselas igualmente jóvenes e inexpertas. Serena se había sentado con lady Chelmsford y con la duquesa de Lewes, quienes también tenían bajo sus alas a jovencitas debutantes en sociedad. Alathea habría apostado una buena suma a que la conversación ya se había desviado hacia qué caballeros levantarían pañuelos arrojados al suelo durante esa temporada.

En cuanto a ella misma, se había quedado tranquilamente a un costado del salón, aunque sabía que estaba siendo examinada por todos. Tal como Serena había anticipado, si no se hubiese dejado ver, se habría cuestionado su paradero, pero ahora que las matronas presentes habían confirmado que la hija mayor del conde —soltera, lo que constituía un misterio, pero ahora jefa del grupo familiar— no se salía para nada de lo previsible y estaba muy a gusto con sus hermanastros y madrastra, al no ofrecer miga para el cotilleo, había sido descartada de la conciencia colectiva.

Lo cual le venía muy bien.

Al finalizar el té, recorrió con la vista el lugar buscando una mesa en la que dejar la taza. Tras descubrir una más allá de la *chaise* en la que estaba sentada la anfitriona, que conversaba con una de sus invitadas, Alathea se deslizó al lado de la pared y pasó detrás de la *chaise* para depositar su taza. Estaba a punto de retirarse, cuando las palabras «Central

East Africa Gold Company» la dejaron petrificada en el lugar.

Miró fijamente la parte de atrás del cabello crespo y rojo de lady Hertford.

—Un beneficio absolutamente seguro, dijo mi primo, tan convencido que se lo conté a Geoffrey. Le di el nombre del hombre que estaba al frente, pero Geoffrey se puso a carraspear y a arrastrar los pies —explicaba lady Hertford e, inclinándose más cerca de su amiga, bajó la voz—. Puedes estar segura de que le señalé que, con los inesperados costos en los que había incurrido su heredero en Oxford, debería sentirse impaciente por mejorar su situación financiera. Le dije sin rodeos que, este año, Jane no sólo precisaría mejores vestidos, sino también una mejor asignación. Pero ¿acaso eso lo conmovió?

Lady Hertford se sentó tiesa como un atizador, desaprobando a su esposo en cada frase.

—Estoy convencida —dijo entre dientes— de que es sólo porque mi querido primo Ernest lo sugirió, y a Geoffrey nunca le gustó Ernest.

Su amiga murmuró comprensiva y luego cambió de tema, para hablar de sus hijos. Alathea se apartó. Claramente, lord Hertford compartía su reacción respecto de la Central East Africa Gold Company; en su caso, a juzgar por el comentario de lady Hertford, debido a la persona que estaba al frente.

Del otro lado del salón, una viuda rica con turbante le hizo señas; Alathea acudió a su llamada. Con una calma sonrisa, soportó un interrogatorio intensivo sobre su obsesión por el campo y su soltería. Por supuesto que las palabras «solitaria pasada de moda» o «marido» no aparecieron en la conversación.

Una invencible serenidad y una negativa inflexible a dejarse arrastrar le permitieron, finalmente, sacarse de encima a lady Merricks, quien bufaba y la despedía con la mano.

—Desorbitada: ¡eso es lo que eres! Tu abuela habría sido la primera en decirlo.

Con esa observación resonándole en los oídos, Alathea

volvió a instalarse al otro lado del salón; se preguntó si se animaría a mencionarle a su anfitriona la cuestión de la Central East Africa Gold Company. Una rápida mirada al semblante redondo y rubicundo de lady Hertford echó por tierra la idea. Era poco probable que lady Hertford tuviese cualquier información fuera de la que ya había divulgado. Más aún, la pregunta de Alathea la sorprendería. Las mujeres de su clase, jóvenes o no, no deberían interesarse en esos asuntos; no se suponía que las damas de su posición supiesen que tales cuestiones existían.

Lo que claramente constituía un obstáculo, porque tampoco podía, por el mismo motivo, interrogar a Su Señoría.

Alathea le echó un vistazo a la puerta. ¿Se animaría a deslizarse en el estudio de lord Hertford y buscar allí? Se preguntó sobre las probabilidades de encontrar algo útil; si enterarse del nombre del hombre que estaba al frente de la compañía le había bastado a lord Hertford para enfriar su interés, parecía improbable que hubiese necesitado anotarlo.

La posible recompensa no merecía el riesgo de que la sorprendieran husmeando en el estudio de lord Hertford. Podía imaginarse el escándalo que eso podría provocar, especialmente si salían a la luz las razones por las que la encontraban buscando.

¿Y qué pasaría si Gabriel se enterase?

No, tendría que ser paciente. La sola palabra la irritaba... la repetía mordazmente. En cuestiones de la Central East Africa Gold Company era la condesa, y la condesa tenía que depositar su confianza en Gabriel.

La paciencia y la confianza estaban bien, pero tales virtudes de nada servían para calmar su curiosidad o para disipar la convicción de que, si lo dejaba actuar demasiado solo, Gabriel resolvería todo el asunto y se presentaría ante ella para exigir alguna recompensa imposible, o bien se enredaría con algún detalle que lo distrajera, y perdería por completo el hilo de la cuestión. Una u otra cosa eran posibles. Si él siempre había sido el líder, ella siempre había sido su eminencia gris. Ya era hora de reclamar ese lugar.

Estaban en una fiesta en Osbaldestone House. De pie al lado de la silla en la que Serena estaba sentada conversando con lady Chadwick, Alathea escudriñaba la multitud reunida para celebrar el cumpleaños número sesenta de lady Osbaldestone. Para sus planes, el lugar era perfecto.

Dos días habían pasado desde su encuentro imprevisto en Lincoln's Inn, dos días en los que Gabriel debía de haber investigado al agente de la compañía y el lugar desde donde negociaba. Era hora de que la condesa pidiese un informe.

Ante ella, se encontraba y alternaba la flor y nata de la clase alta. No se bailaba, había sólo un cuarteto de cuerda instalado en una alcoba, luchando en vano para ser oído por encima del barullo. La conversación —el cotilleo y las agudezas— eran las ocupaciones primordiales de la velada, actividades en que descollaba la huésped de honor.

Lady Osbaldestone estaba sentada en una silla de cara al centro del salón. Alathea le echó un vistazo. La anciana golpeó con su bastón contra el piso, luego lo apuntó en dirección a Vane Cynster, en ese momento de pie ante la mujer. Vane retrocedió como refugiándose detrás de la esbelta figura de su esposa. Alathea se había encontrado con Patience Cynster en el parque unos días antes. Patience hizo una serena reverencia a lady Osbaldestone.

Alathea deseó tener un poco más de paciencia; sus ojos buscaron el reloj por tercera vez en diez minutos. Todavía no eran las diez en punto; la fiesta apenas había empezado. Los invitados todavía llegaban. Gabriel ya estaba allí, pero era demasiado temprano como para que se materializara la condesa.

Los Cynster estaban allá *en masse*. Eran parientes de lady Osbaldestone. Alathea estaba observando a dos bellezas, en ese momento acompañadas por el curiosamente poco impresionado Gabriel, cuando unos dedos largos la cogieron por el codo.

—Bienvenida a la ciudad, querida.

Los dedos se deslizaron hacia abajo para enredarse con

los suyos y apretarlos brevemente. Alathea se volvió, con una sonrisa resplandeciendo en su rostro.

—Me preguntaba dónde andabas —dijo, dirigiendo una sonrisa de aprecio hacia la figura alta, de cabello y atuendo oscuros, que tenía a su lado—. ¿Cómo se supone que debo llamarte: Alasdair o Lucifer?

El hombre le sonrió, dejando ver al pirata que se escondía detrás de la fachada elegante.

—Ambos nombres estarán bien.

—¿Los dos son adecuados? —preguntó Alathea, enarcando una ceja.

—Hago todo lo que puedo.

—Estoy segura —dijo ella, mirando a través del salón—. Pero ¿qué está haciendo?

Lucifer siguió la mirada de la joven hasta su hermano.

—Guardia. Nos turnamos.

Alathea estudió a las muchachas y captó su parecido.

—¿Son primas vuestras?

—Hmm. No tienen un hermano mayor que las cuide, así que las cuidamos nosotros. Diablo está a cargo, claro, pero ahora no suele estar en la ciudad. Está muy atareado, ocupándose de los acres ducales, de los fondos ducales y de la sucesión ducal.

La mirada de Alathea se posó en la figura alta y llamativa del duque de St. Ives.

—Ya veo.

Diablo le dedicaba una exagerada atención a la dama altanera y dominante que estaba a su lado.

—¿La dama que lo acompaña...?

—Honoria, la duquesa.

—¡Ah! —exclamó Alathea, asintiendo.

La mirada penetrante de Diablo se explicaba. A lo largo de los años, ocasionalmente había conocido a todos los primos de Gabriel y de Lucifer; no tenía problemas para reconocerlos entre el gentío. El parecido familiar era neto: la marca de fábrica era una apostura general, aunque todos eran perfectamente distintos; desde las sorprendentes miradas de pirata de Diablo a la fría gracia de Vane, desde los rasgos clásicos de Gabriel a la oscura belleza de Lucifer.

—No puedo ver a los otros dos.

—No están aquí. Richard y su bruja residen en Escocia.

—¿Su bruja?

—Bueno, su esposa, que en verdad es una especie de bruja. En esos lugares la conocen como la Dama del Valle.

—¿De veras?

—Mmm. Y Demonio está ocupado escoltando a su nueva esposa en una prolongada gira por las pistas de carreras de caballos.

—¿Carreras de caballos?

—Tienen un interés compartido por las carreras. De pura sangre.

—Oh —exclamó Alathea, revisando mentalmente su lista—. De modo que sólo vosotros dos no estáis casados.

Luficer la miró con los ojos entrecerrados.

—*Et tu, Brute?*

Alathea sonrió.

—Sólo ha sido una mera observación.

—La mía también, o me vería tentado a señalar que quienes viven en un invernadero no deberían arrojar piedras.

—Sabes que decidí que el matrimonio no es para mí —dijo Alathea, sin que su sonrisa flaqueara.

—Ya sé que me lo dijiste... Lo que nunca entendí es por qué.

—No importa —dijo ella, meneando la cabeza. Su mirada volvió a las dos bellezas rubias que charloteaban alegremente, ignorando de manera estudiada la indolente presencia deliberadamente intimidatoria de Gabriel a apenas unos metros de ellas—. Esas primas vuestras, ¿son gemelas?

—Sí. Ésta es su segunda temporada, pero sólo tienen dieciocho años.

—¿Dieciocho? —dijo Alathea, mirando a Lucifer y luego volviendo la vista a las muchachas para revisar sus vestidos a la moda, un poco más elegantes que lo permitido a una joven en su primera temporada y sus peinados más sofisticados, así como la seguridad de sus gestos. Al considerar a Gabriel que las vigilaba como un ángel potencialmente vengador, Alathea meneó la cabeza—. Entonces ¿qué hace él ahí? Si tienen ya dieciocho... ¿por qué...? —Y se volvió para mirar a Mary y a Alice, quienes estaban hablando cerca de allí—. Alice sólo tiene diecisiete.

—¿Alice...? —exclamó Lucifer, volviéndose para observar a Mary y a Alice—. Dios santo... No me había dado cuenta de que estuviesen aquí —agregó, frunciendo el ceño y mirando hacia sus primas—. ¿Me disculpas?

Sin esperar respuesta, se encaminó hacia Mary y Alice. No le costó esfuerzo alguno separarlas del grupo en que se encontraban. Cruzó el salón con una de cada brazo, mientras Alathea observaba. La pregunta sobre lo que estaba haciendo se esfumó de la mente de la joven cuando la respuesta se hizo presente: Lucifer presentó a las hermanas de Alathea a sus primas y, un momento después, se escabulló del círculo que formaban las cuatro muchachas, rodeado ahora por un grupo sumamente seguro y respetuoso de jóvenes caballeros.

La mirada autocomplacida que observó en Lucifer cuando éste se mezcló con la muchedumbre hizo que Alathea meneara la cabeza, no tanto con sorpresa, sino más bien con resignación. A menudo le había tocado ser el objeto de la protección de los varones Cynster, de modo que reconocía el impulso. Sabiendo que se suponía que debía aprobarlo —a pesar de no estar del todo segura de hacerlo—, sonrió en respuesta a la mirada interrogadora de Lucifer.

Éste fue derecho a donde estaba Gabriel. Con discreción, Alathea se unió al grupo de Serena, reunido alrededor de lady Osbaldestone. Con el rabillo del ojo, observó a Lucifer explicar su nuevo arreglo; Gabriel asintió y le pasó la guardia a Lucifer. Lucifer puso mala cara, pero aceptó, tomando el lugar de Gabriel al lado de la pared.

Alathea le dirigió una mirada al reloj. Perfecto. Las maniobras de Lucifer iban a resultar inesperadamente útiles; se sintió segura de que, durante la próxima hora, podría confiar en él y en sus bellas primas para mantener felizmente ocupadas a Mary y Alice. Y ahora, no había tiempo que perder...

Majestuoso, aunque bien integrado en la rutilante escena, el mayordomo de lady Osbaldestone se abrió paso entre la multitud. Se detuvo ante Gabriel y le presentó una bandeja de plata. Gabriel tomó una nota de la bandeja y le indicó con un gesto al mayordomo que se retirase. Abrió la hoja doblada, le echó un vistazo; luego volvió a doblarla y la deslizó en su bolsillo.

Todo el procedimiento no había durado más de un minuto; a menos que alguien hubiese estado observando específicamente a Gabriel, en la aglomeración, nada se habría visto. Nada en su expresión traicionaba sus pensamientos.

Confiando en que él seguiría las instrucciones de la nota, Alathea miraba hacia otro lado, prestando atención a Serena y a sus vecinos, hasta que fuera el momento de la próxima jugada.

Llegó a la glorieta cinco minutos antes, ya casi sin resuello. Se dijo que se debía a las prisas, porque había corrido mientras observaba en todas direcciones al mismo tiempo para asegurarse de que nadie la hubiera visto escabullirse. La presión que sentía en sus pulmones nada tenía que ver con el hecho de que estuviese por encontrarse con Gabriel —no con Rupert, sino con su álter ego mucho más peligroso—, nuevamente en la oscuridad de la noche.

Folwell había estado aguardando, como se le había indicado, entre los densos arbustos que bordeaban el camino de los carruajes. Había traído la capa de Alathea, el velo y los zapatos de tacones altos, así como su perfume especial. Aspirando profundamente —armándose de valor—, Alathea dejó que el aroma exótico envolviese su cerebro. Era la condesa.

Así disfrazada, en realidad se sentía como si fuese otra; no lady Alathea Morwellan, soltera y jefa del grupo familiar. Era como si su anonimato y su perfume seductor sacaran a la luz otro lado de su personalidad; le costaba poco meterse en el papel.

La glorieta estaba ubicada al final del macizo de arbus-

tos (lo recordaba de otros años). Se hallaba lo suficientemente alejada de la casa para salvaguardarla del riesgo de toparse con otros, y rodeada por árboles y plantas trepadoras
que velaban la luz, consideración pertinente ya que no podía cambiarse el vestido.

Fuera, crujió la grava. Un repentino estremecimiento la
atravesó. Un cosquilleo de excitación le recorrió la piel. De
cara hacia el arco de entrada, se irguió, con la cabeza levantada y las manos entrecruzadas firmemente por delante. La
expectación recorrió sus venas imperiosamente. Dominó un
escalofrío, respiró tensa. Esa noche, estaba decidida a controlarse.

Por el vano de la entrada apareció una silueta negra: su
caballero protector que llegaba para rendir cuentas. Era una
presencia oscura, intensamente masculina y familiar, aunque
al mismo tiempo desconocida. Él se detuvo en el umbral y la
localizó en la oscuridad. Dudó y ella sintió la mirada del
hombre, que la examinaba. Sintió entonces una inexplicable
necesidad de dar la vuelta y huir. Sin embargo, se quedó donde estaba, silenciosa y desafiante.

Él se adelantó y dijo:

—Buenas noches, querida.

Ella era una criatura de noche y de sombra, apenas discernible como una figura más oscura, en el sombrío interior
de la glorieta. Gabriel no podía ver nada más que su altura,
su velo y su capucha, pero sus sentidos se habían centrado
abruptamente en esa figura: estaba seguro de que era ella. Se
detuvo directamente ante la mujer y la estudió, consciente del atractivo perfume que emanaba de su piel:

—No ha firmado su nota.

A pesar de no verla, sabía que había arqueado altiva-
mente las cejas.

—¿Cuántas damas le envían mensajes para tener un encuentro con usted en una glorieta oscura?

—Más de las que usted imagina.

—¿Estaba esperando a alguien más? —continuó ella.

—No —respondió Gabriel, y tras una pausa agregó—: La estaba esperando a usted. —Claro que no allí, en Osbaldestone House, en sus propias narices, pero no podía imaginarla sentada tranquilamente en su cuarto de estar esperando que pasara una semana antes de ponerse en contacto con él nuevamente—. Me imagino que le gustaría saber lo que he podido averiguar, ¿no?

Percibió el ronroneo de su propia voz y sintió el recelo de la dama cuando le contestó:

—Es cierto —dijo, levantando el mentón, con una mirada desafiante.

—Swales no vive en la dirección de Fulham Road. Allí hay un pub llamado Onslow Arms. El propietario es un tal Henry Feaggins. Es él quien recibe el correo de Swales.

—¿Feaggins sabe dónde vive Swales?

—No. Swales simplemente pasa por allí cada cierto tiempo. No tenía cartas para él, así que dejé una carta mía, una hoja en blanco. Swales fue esta mañana y la recogió. Uno de mis hombres lo siguió. Swales se dirigió hacia una mansión en Egerton Gardens. Parece que vive allí.

—¿Quién es el dueño de la mansión?

—Lord Archibald Douglas.

—¿Lord Douglas?

—¿Lo conoce? —preguntó Gabriel, mirándola con intensidad.

Ella asintió.

—¿Él es el jefe de la compañía?

Su pregunta respondió la de Gabriel en sentido afirmativo.

—Es poco probable. Archie Douglas sólo se preocupa por el vino, las mujeres y los naipes. Su fuerte es gastar dinero, no hacerlo. Sin embargo... —Se detuvo como para considerar cuánto más debía revelar. Al mirar la cara de esa mujer detrás del velo, admitió para sí que esa investigación era tan de ella como de él, si no más—. Si Swales es el agente de la compañía y está usando la casa de Archie como base, entonces hay una muy buena probabilidad, mejor incluso que el dinero, de que un amigo de Archie, que al parecer reside en su casa en este momento, sea el poder que se oculta detrás de la Central East Africa Gold Company.

—¿Y quién es ese amigo?

—El señor Ranald Crowley.

El nombre cayó como una piedra.

—Lo conoce —afirmó sin preguntarlo.

—Nunca nos hemos visto. Sin embargo, hemos cruzado espadas, financieramente hablando, y sé mucho sobre su reputación.

—¿Qué sabe?

—Nada bueno. Es un truhán con el corazón negro. Se cree que estuvo involucrado en un cierto número de negocios poco limpios, pero, cada vez que las autoridades demuestran algún interés en sus negocios, éstos sencillamente se evaporan. Nunca ha habido prueba alguna en su contra, pero en el... digamos, en los bajos fondos del mundo de los negocios, es muy conocido. —Dudó un instante y agregó—: Y muy temido. Se dice que es astuto y peligroso; muchos aseguran que, si la ganancia lo justificase, no le haría ascos al asesinato.

La joven sintió un escalofrío y cruzó los brazos sobre su pecho.

—De modo que es un truhán listo y con el corazón negro —dijo, y tras una pausa añadió—: He oído que lord Hertford declinó invertir en la compañía solamente por «el hombre que estaba al frente».

Concentrándose en ella, Gabriel hizo un gesto desdeñoso y dijo:

—No se preocupe por Crowley; yo me encargaré de la situación.

Él alargó la mano en dirección a ella, quien estuvo en sus brazos antes de darse cuenta. Sorprendida por descubrir sus manos sobre el pecho de él, levantó la vista.

—¿Qué...?

Gabriel notó el nerviosismo en la voz de ella, sintió la expectación que la recorría.

—Mi recompensa por localizar a Swales —pidió, sonriendo para sus adentros.

—Nunca he dicho nada sobre recompensas —lo reprendió ella, con la respiración entrecortada.

—Ya lo sé —dijo él, y la apretó contra sí, apartando el velo; puso sus labios a la altura de los de ella y los rozó prolongadamente una, dos veces... Ella tembló, luego se rindió. Gabriel contuvo la respiración, mientras el vivo y femenino calor de ella se hundía contra su cuerpo endurecido: una caricia tentativa, sugestiva. Con sus labios a milímetros de los de ella, murmuró—: Sin embargo, tendrá que pagar.

No hizo ningún esfuerzo por rechazarlo: reclamaba sus derechos, sus labios se afirmaban y luego se endurecían sobre los de ella. Lo recibió, no activa, sino dispuesta a seguirlo, con sus reacciones como un espejo en el que se reflejaba el deseo de Gabriel, sus necesidades. Inconscientemente, pulgada a pulgada, sus manos subieron, deslizándose sobre los hombros de él. Ladeó el rostro en una invitación a profundizar su beso.

Eso hizo Gabriel. Ella se hundió en su abrazo y él la estrechó más fuertemente, apretándola aún más. El perfume de la dama penetró el cerebro del hombre.

Todo lo que él le pedía, ella se lo concedía, no sólo voluntariamente, sino con una ardiente generosidad que era una invitación al saqueo. Una invitación que él aceptó, pero sin arrebatar nada que no se le entregase libremente. Si él deseaba, ella ofrecía —siempre dispuesta, accediendo—, como si se complaciera en dar. Lo cual provocaba que él deseara más.

Le empujó el velo hacia atrás; con la cabeza de ella echada hacia atrás, ya no había necesidad de sostenerlo. Deslizó la mano hacia abajo, hasta encontrar la abertura de la capa. Como tenía las manos de la joven sobre sus hombros, no podía quitarle la capa, pasándola por los brazos de ella. En lugar de ello, la abrió, deslizando la palma sobre la seda del vestido, por encima de su espalda hasta cogerla por la parte posterior del talle. Sosteniéndola así, puso su otra mano debajo de la pesada capa; cerró ambas manos sobre las caderas de la muchacha y la atrajo aún más.

Ella se entregó sin un murmullo de disconformidad; era

tan alta que las caderas de ambos estaban casi a la misma altura, sus muslos contra los de él, el hueco que se producía entre ambos servía de cuna para la erección de Gabriel. La muchacha no dio signo alguno de ser consciente de ello; él tampoco le dio tiempo para pensarlo. Sus labios seguían sobre los de ella, dominando sus sentidos, mientras buscaba placeres más audaces.

Al acercar la mano a los pechos de ella, se preguntó si no había ido demasiado lejos: la descarga que le produjo fue muy real. Instintivamente, la calmó, distrayéndola con los labios, la lengua, con besos progresivamente explícitos, pero no retiró la mano. Instantes después, ella respiró entrecortadamente. Debajo de su mano, sus pechos se hincharon; contra la palma, sintió el pliegue del pezón. Sólo entonces acarició la suave carne, sintiendo su calor y firmeza. Ella sólo llevaba dos capas de seda fina y nada más. La tentación de apartarlas, de bajar la cabeza y de poner la boca sobre la carne dulce de la joven aumentaba a cada instante, con cada respiración compartida.

Gabriel dejó que la compulsión creciera, acariciando, incitando, provocando, hasta que supo que los pechos le dolían de deseo y que quería más. Sólo entonces se ocupó de los minúsculos botones que cerraban su corpiño. Deslizó los dedos por la seda del hombro, buscó y encontró las cintas de la camisa.

Ella sabía lo que él estaba haciendo. Su conciencia, centrada, agudizada, seguía los dedos de él; la fina tensión de los músculos de su espalda se incrementó; luego, mientras él tiraba, se cerró. Suelto el minúsculo lazo, las cintas se deslizaron libres. Gabriel hizo una pausa, aflojando el beso para darle a ella la oportunidad de detenerlo si quisiera. Sabía muy bien que no lo intentaría. Buscó, encontró y volvió a tirar. Los labios de ella temblaron contra los suyos. Suavemente, tiró dejando que la camisa cayera, arrastrando la seda sobre la piel sensibilizada.

Luego, deliberadamente, empujó hacia un lado la seda más pesada del corpiño y, con la mano, frotó alrededor de su pecho, piel sobre piel suave como la seda.

La respiración de ella se volvió entrecortada. Los dedos de Gabriel se afirmaron, obligándola a ahogar un grito.

Volvió sobre sus labios, demasiado hambriento, demasiado necesitado, aun cuando sus sentidos se daban un festín. Nunca había sido tocada, no de la manera en que él estaba tocándola, acariciándola hasta hacerla gemir y aferrarse a él. La piel de ella quemaba; sus pezones, duros como brotes, se entregaban al tacto de él. Era una ingenua sensual, tan generosa con su cuerpo como lo había sido con sus labios, ofreciendo instintivamente cada centímetro. Los ardientes montículos de sus pechos eran un deleite sensual demasiado tentador como para ignorarlo.

Cuando él retiró sus labios, ella murmuró algo incoherente, y echó la cabeza hacia atrás de manera que él pudiera seguir la línea de su garganta, cosa que hizo con cuidado de no dejarle marcas. Lo atrajo la dulce carne que llenaba su mano; bajó la cabeza y oyó que ella sofocaba otro grito.

Fue una advertencia que su experiencia le aconsejaba considerar. Estaba yendo demasiado rápido, empujándola incesantemente por un camino que ella nunca había transitado. De modo que aminoró la marcha, presentándole cada sensación, dejándola asimilar la gloria de cada una antes de pasar a la próxima. Sólo cuando estuvo completamente lista, acercó la boca a uno de los anhelantes pechos. La joven hundió los dedos en los hombros de Gabriel, se arqueó en sus brazos, pero no para separarse. Ardía, y en las manos de él era maleable, la esencia misma de una mujer sensual.

Era fascinante, una hurí, una mujer infinitamente tentadora; disfrutaba su calor, se daba un festín en su prodigalidad, con la certeza de que, con el tiempo, sería suya. No esa noche, sino pronto. Muy pronto.

Cuando por fin levantó la cabeza, ella se apretó contra él, con el cuerpo ardiente de deseo, de necesidad. Él recibió los labios que ella le ofrecía, enorgullecido por su entusiasmo. Dejó que sus manos vagaran hasta sus caderas, encima de la suave ondulación de su trasero, recorrió sus hemisferios, lo acarició luego con astucia hasta que ella dispuso sus caderas sensualmente contra las suyas, buscando de forma instintiva algo que la calmara.

No le dio nada: no era el momento. Tal vez ella fuera extraordinariamente sensible, gloriosamente generosa, pero esa noche sería ir demasiado lejos, demasiado rápido. Era sensualmente ingenua, definitivamente ignorante, aun cuando no debía de ser del todo inocente. El caso era que había conocido sólo a un esposo mucho mayor, quien claramente no la había apreciado en toda su magnitud. Lo seguía a ciegas; él lo sabía. Él, sin embargo, podía prever lo que iba a pasar, cómo se presentaba la situación, cómo se desarrollaban los acontecimientos. Y aunque había rehecho el guión, saltándose algunas lecciones, hasta el punto en que la rendición total de la joven parecía inminente, el momento todavía no había llegado.

Eso le decía su mente fría y calculadora de libertino muy experimentado. Su cuerpo, por desgracia, estaba lejos de esa frialdad y no quería escuchar; la mayor parte de su mente estaba también embelesada con esa maravilla entre sus brazos.

Para comenzar a pensar en dejarla ir, para aceptar que ese interludio de sensualidad desbordada y esa promesa de vertiginosa gloria tenían que llegar a un final no consumado, tuvo que hacer uso de una voluntad de acero y de cada pizca de su determinación. Conquistar su mente, convencer a sus labios, su lengua, sus brazos y manos de que obedecieran fue toda una batalla.

Por fin, logró levantar la cabeza. Respiró hondo, sintiendo sus senos calientes y firmes contra su dilatado pecho, y se tomó sólo un minuto más para sentir su delicioso contacto, la confiada forma que se apoyaba contra él, el suave jadeo de su respiración contra su mandíbula, la embriagadora tentación de su perfume. Para sentirla a ella.

La mujer suspiró; una exhalación temblorosa cargada de excitación. Su aliento acarició la mejilla de Gabriel.

Sus brazos masculinos, en vez de relajarse, se afirmaron, giró la cabeza y sus labios buscaron los de ella, olvidando sus propósitos.

Ella lo detuvo colocando una mano en su mejilla.

—Suficiente.

Por un instante, Gabriel dudó, porque la orden de ella no concordaba con la manera en que se hallaba, suave y tentadora en brazos de él.

Como si hubiese sentido la colisión entre la voluntad y el deseo, la condesa repitió:

—Ya ha tenido suficiente recompensa.

La tomó de la mano y la retuvo, sin saber muy bien qué haría a continuación. Luego aspiró hondo, le hizo girar la mano y la besó en la palma.

—Por ahora.

Se enderezó, la ayudó a depositar los pies en tierra y la sujetó hasta que estuvo estable.

El primer movimiento de ella fue levantar la mano y, con debilidad, volvió a ponerse el velo. Él distinguía con claridad su silueta; visiblemente aturdida, miró su corpiño abierto. Él se acercó.

—Espere... permítame.

Así lo hizo. Él le colocó la camisa, ató las cintas sueltas y luego cerró el corpiño. El nerviosismo de ella crecía. En el instante en que estuvo abrochado el último botón, volvió a ponerse la capa; luego, echó una mirada alrededor.

—Ah... —Era evidente que le costaba recuperarse. Respiró profundamente para calmarse y, todavía débil, señaló la casa—. Vuelva usted primero.

A pesar de haberla encontrado allí, no estaba dispuesto a dejarla en ese lugar, sola en la oscuridad.

—Caminaré con usted hasta el borde de los arbustos y, una vez allí, iré yo primero.

Por un momento, pensó que ella iba a discutir, pero al final asintió.

—Muy bien.

Le ofreció el brazo y la mujer lo aceptó; caminando despacio, la condujo fuera de la glorieta.

Nada dijo mientras la conducía por los ventosos senderos, y él pudo pensar en lo cómodo que se sentía en compañía de ella y en su actitud confiada y segura, a pesar de la oscilación sensual de sus nervios, que no necesitaba recurrir a la pantalla protectora de la conversación. Ahora se daba cuenta de que ella no hacía comentarios insustanciales. El palabrerío sin sentido no era el estilo de la condesa.

Alcanzaron el último seto y se detuvieron. Escrutó el rostro velado de la mujer y luego inclinó la cabeza.

—Hasta la próxima.

Se dio la vuelta y atravesó el prado.

El pulso de Alathea seguía desbocado y su cabeza continuaba girando. Observó cómo su caballero de hombros anchos se dirigía a la casa y vio cómo su silueta se recortaba contra las ventanas iluminadas. Subió los peldaños de la terraza y entró en la casa sin haber mirado ni una vez hacia atrás.

Retrocedió hacia la oscuridad y esperó durante un buen rato, mientras su piel febril se enfriaba, mientras los latidos de su corazón se regularizaban, mientras la excitación que se había apoderado de ella —la audacia, la compulsión y ese deseo terriblemente salvaje y licencioso— menguaba. Intentó pensar, pero no pudo hacerlo. Por fin, pegada a las sombras, desandó el sendero de los carruajes.

Folwell estaba esperándola. Alathea le entregó la capa y el velo, y se cambió de zapatos. El mozo de cuadra se escabulló al carruaje, llevándose el disfraz de la joven. Otra vez ella misma —al menos en apariencia—, volvió a entrar en la casa por una puerta lateral y se encaminó hacia los aseos.

Afortunadamente, no se trataba de un gran baile; el aseo estaba tranquilo. Sentada ante una mesa provista de un espejo, ordenó agua caliente y una toalla, y se lavó las muñecas, las sienes y el escote, eliminando todo rastro del exótico perfume de la duquesa. Luego pidió agua fría, mojó una punta de la toalla y, cuando no miraba ninguna otra dama, apoyó la compresa sobre sus labios hinchados.

No se atrevió a mirar, pero estaba segura de que él debía de haberle dejado alguna marca. Que la había quemado, o eso fue lo que sintió. Gracias a Dios nada se veía por encima de su escote. Sólo con pensar en la boca de Gabriel sobre sus pechos se acaloró. Sentía aún la caricia de sus manos; deseó que todavía estuviesen allí.

En el espejo se topó con sus propios ojos. Se miró fijamente durante algunos instantes, luego sonrió. Apartó la mirada, y volvió a hundir la toalla en el agua fría; después de una nueva mirada furtiva a su alrededor, volvió a aplicársela sobre los labios aún enrojecidos.

No era su costumbre engañarse a sí misma; no tenía sentido simular que no sabía que él iba a pedirle su recompensa cada vez que revelara nuevos hechos, y las probabilidades de que lo hiciera eran muchas. Ella había ido hasta la glorieta sabiendo que sus protestas posiblemente serían demasiado débiles para impedirle obtener todo lo que deseara.

En eso no se había equivocado, pero era demasiado tarde para lamentarse. En verdad, no estaba segura de querer hacerlo.

Sin embargo, eso no alteraba el hecho de que ahora estaba metida en un buen lío.

Gabriel creía que estaban jugando a un juego en el que él era un experto consumado, pero al cual ella nunca antes había jugado. Conocía algunas de las reglas, pero no todas; sabía cuáles eran algunos de los movimientos, pero no los suficientes. Ella era la que había comenzado la farsa, pero ahora era él el que se había hecho cargo del control y quien corregía el guión por ella pergeñado, asignándole un papel a la medida de sus necesidades.

A la medida de sus propios deseos.

Trató de sentir el fastidio adecuado, pero pensar que él la deseaba le impidió conseguirlo. Todo aquello la intrigaba, la atraía. Ninguna serpiente había sido jamás tan persuasiva; ninguna manzana, tan tentadora.

Ningún caballero, tan irresistible en sus exigencias.

Eso último la hizo suspirar: cambiar de dirección resultaba imposible. Había comenzado con la farsa; tenía que interpretar su papel. Sus opciones estaban severamente limitadas.

Revisó sus pensamientos; luego, con su calma habitual, decidió que, cuando estuviese a solas con él, no sería lady

Alathea Morwellan, sino la condesa misteriosa. Gabriel había besado a la condesa y había sido la condesa quien había respondido.

No ella.

No había daño alguno; nadie saldría dañado.

Bajó la toalla. Consideró que sus besos —y el resto de ella— habían resultado una recompensa muy satisfactoria para él. Había sentido su hambre —su apetito voraz— y estaba segura de que no se trataba de algo prefabricado. La interacción entre ambos no lo había herido en modo alguno y, aunque podría ser inquietante —incluso reveladora—, tampoco a ella le había hecho mal.

Y el hecho de que sus besos alcanzaran para satisfacer a uno de los más exigentes amantes de la alta sociedad era una pluma invisible que exhibir orgullosamente en su sombrerito de soltera, el que llevaría el resto de su vida.

Se concentró de nuevo en el espejo, inspeccionó críticamente su rostro y labios. Casi normales.

Frunció los labios con ironía. Imposible hacerse la hipócrita y simular que no lo había disfrutado, que no había sentido un estremecimiento, la mayor excitación de su vida. En esos largos minutos en que él la tuvo en sus brazos, se sintió una mujer completa por primera vez en su vida; él le hizo sentir cosas que nunca antes había sentido, compulsiones desconocidas. Tenía veintinueve años, estaba para vestir santos, no había duda de que era una solterona. Pero en sus brazos no se había sentido vieja en absoluto; se había sentido viva.

Llevada por la necesidad, había dejado de lado toda esperanza de saber alguna vez lo que era tener un hombre. Tenía sus anhelos, pero los había guardado bajo llave, diciéndose que nunca podrían ser colmados. Y nunca lo habían sido; no todos, no ahora. Pero si, mientras protegía una vez más a su familia, se presentaba la oportunidad de experimentar un poco de aquello de lo que se había privado, ¿no era justo que lo hiciera? ¿Sabía que estaba jugando con fuego? ¿Tentando al destino más allá de los límites de toda cordura?

Dejó la toalla y se quedó mirándose a los ojos. Luego se puso de pie y se volvió en dirección a la puerta.

No podía darle la espalda a su familia, lo cual significaba que no podía alejarse de Gabriel.

Lo deseara o no, estaba atrapada en su propia farsa.

5

La oficina de Heathcote Montague daba a un patio pequeño, escondido detrás de unos edificios, a un paso del Banco de Inglaterra. De pie ante la ventana, Gabriel contemplaba los adoquines, con la mente fija en la condesa.

¿Quién era ella? ¿Acaso era una invitada en Osbaldestone House y contenía una risa secreta cuando pasaba bailando a su lado? O sabía que él asistiría con todos los otros Cynster, y se había colado y esperado en el jardín hasta su encuentro, para escabullirse nuevamente entre las sombras. Si así fuera, había corrido un riesgo considerable: quién sabe con quién podría haberse topado inadvertidamente. No le gustaba que ella corriese riesgos; ése era uno de los puntos que había intentado dejar bien claro. Pero sólo después de hacerle el amor; después de saciarse con sus encantos femeninos y de hacerle perder la cabeza.

Tenía la fuerte sospecha de que ella ni siquiera sabía qué era perder la cabeza por el sexo. Pero lo sabría, tan pronto como volviera a estar a solas con ella. Después de la noche anterior, era seguro; ya se estaba relamiendo por las noches agitadas que vendrían.

—Hmm. Aquí no hay nada.

Tardó un instante en regresar al presente; luego, se volvió.

Heathcote Montague, perennemente pulcro, preciso pero modesto, puso las tres notas que acababa de recibir a un costado de su escritorio y las miró.

—Casi todos me lo hicieron saber. No se ha puesto en

contacto con ninguno de nosotros, con ninguno de nuestros clientes. Precisamente, eso es lo que se podría esperar, si la Central East Africa Gold Company fuera otro de los planes deshonestos de Crowley.

«Nosotros» se refería al selecto grupo de hombres de negocios que manejaban los asuntos financieros y las inversiones de las familias más ricas de Inglaterra.

—Dado que quien se encuentra detrás es Crowley —dijo Gabriel, abandonando la ventana y comenzando a caminar—, y que está evitando a todos los inversores conocidos, creo que podemos concluir razonablemente que su ardid es un fraude. Además, si la suma en cuestión es comparable a la del pagaré que vi, de seguir su curso, ese fraude va a causar considerables problemas financieros.

—Así es —confirmó Montague, y retrocedió un paso—. Pero usted conoce el punto de vista de la ley tan bien como yo. Las autoridades no se involucrarán hasta que el fraude sea evidente...

—Para entonces, siempre es demasiado tarde —afirmó Gabriel, volviéndose hacia Montague—. Quiero detener ese fraude rápida y limpiamente.

—Le será difícil con pagarés —contestó Montague, sosteniéndole la mirada—. Supongo que no quiere que ese pagaré que vio sea ejecutado.

—No.

Montague sonrió.

—Después de la última vez, Crowley no va a explicarle sus planes a usted.

—No es que me los explicara la última vez.

Gabriel regresó a la ventana. Él y Ranald Crowley habían tenido una breve pero nada amable historia en el pasado. Una de las primeras empresas de Crowley había cotizado en la City: parecía muy clara, se veía muy tentadora. Había sido colocada para enganchar a un gran número de inversores de la alta sociedad, hasta que le preguntaron la opinión a Gabriel. Él consideró la propuesta, hizo unas cuantas preguntas pertinentes, aunque no obvias, sobre las que no obtuvo respuestas satisfactorias, y los pájaros levantaron el vuelo. El incidente le cerró muchas puertas a Crowley.

—Probablemente —observó Montague—, usted sea una de las personas que peor le caen a Crowley.

—Lo cual implica que, en este caso, no puedo aparecer ni mostrar que estoy en la cuestión. Tampoco usted —señaló Gabriel.

—La mera mención del apellido Cynster bastará para enfurecerlo.

—Y para hacerlo sospechar. Si es tan astuto como lo pinta su reputación, ya lo sabrá todo sobre mí.

—Es verdad —corroboró Montague —. Pero vamos a necesitar detalles de la propuesta específica que se les hizo a los inversores para obtener sus pagarés, de manera que podamos demostrar el fraude.

—De modo que necesitamos a alguien digno de confianza.

Montague parpadeó.

—¿Digno de confianza?

—Alguien —dijo Gabriel, mirándolo a los ojos— que tenga aspecto de poder ser trasquilado como una oveja.

—¡Serena!

Junto con Serena, sentada a su lado, Alathea se volvió para ver a lady Celia Cynster, quien las saludaba con la mano alzada desde su cabriolé estacionado a un costado de la calzada.

Serena le devolvió el saludo y le dijo a su cochero:

—Por aquí, Jacobs... Tan cerca como pueda.

Con la espalda tan tiesa como un atizador, Jacobs dispuso el carruaje a escasa distancia del de Celia. Para cuando Alathea, Mary y Alice habían descendido al césped, Celia y sus muchachas ya estaban con ellas.

—¡Qué maravilla! —exclamó Celia, observando a sus hijas Heather, de dieciséis años, y Eliza, de quince, quienes felicitaban a Mary y a Alice. En un instante, el aire bullía de conversaciones y preguntas inocentes. A las cuatro jovencitas las unían sus infancias compartidas, del mismo modo que a Alathea, a Lucifer y a Gabriel. Celia indicó en dirección a sus hijas:

—Insisten en salir de paseo, sólo para aburrirse al cabo de unos minutos.

—Aún tienen que aprender que la conversación social es el... *comment ça va?* ¿el lubricante que hace girar las ruedas de la alta sociedad?

—El lubricante que engrasa las ruedas de la alta sociedad.

Celia se volvió hacia quien había hablado, una dama ya mayor de sorprendente belleza, que se había detenido ante ella.

Alathea le hizo una profunda reverencia:

—Excelencia.

Serena, todavía sentada en el carruaje, se inclinó y repitió esa palabra.

Sonriente, Helena, la duquesa viuda de St. Ives, con la mano enguantada, cogió la cara de Alathea y, volviéndola hacia sí, le dijo:

—Con el paso de los años te vuelves más atractiva, *ma petite*.

Debido a sus frecuentes visitas a Quiverstone Manor, la viuda era una antigua conocida de los Morwellan. Alathea sonrió y se enderezó. Las cejas de la viuda también se levantaron.

—No tan *petite* —agregó mientras la miraba a los ojos y levantaba aún más una de sus cejas—, lo que hace todavía más misteriosas las razones por las que aún no te has casado, ¿eh?

Las palabras habían sido dichas suavemente. Alathea sonrió y no quiso dejarse llevar. A pesar de que estaba acostumbrada a esas preguntas inquisitoriales, la inteligencia de los ojos verde claro de la viuda siempre la dejaba con la incómoda sensación de que sospechaba la verdad.

El carruaje se meció mientras Serena se levantaba, con la clara intención de unírseles. Helena le dijo:

—No, no. Yo subo, así podemos hablar cómodamente.

Y gesticulando en dirección a Celia y Alathea, agregó:

—Estas niñas deben estirar las piernas.

Alathea y Celia miraron en la dirección que Helena había señalado: las cuatro muchachas, cabezas juntas y brazos entrelazados, estaban listas para pasearse por el parque.

—Al menos podemos pasearnos juntas y conversar —suspiró Celia con resignación.

Dejando a Helena sentada al lado de Serena, Alathea y Celia siguieron a las cuatro muchachas, pero sin intención de unírseles. Solo necesitaban tenerlas a la vista, lo cual las dejaba libres para hablar sin trabas.

Celia inmediatamente aprovechó la ocasión.

—¿Le has hablado a Rupert desde tu llegada a la ciudad?

—Sí. —Alathea buscó mentalmente hasta recordar su encuentro (el que había tenido con Rupert, no con Gabriel)—. Nos encontramos un momento, mientras las niñas y yo estábamos paseando.

—Bien, entonces ya habrás visto. ¿Qué voy a hacer con él?

Alathea se tragó la observación de que nadie nunca había sido capaz de hacer nada con Rupert Melrose Cynster. Era tan maleable como el granito y siempre estaba en guardia contra la manipulación. En cuanto a Gabriel...

—No vi nada inusual en él. ¿Qué te preocupa?

—¡Él! —los puños de Celia se crisparon sobre el mango de su sombrilla—. Es todavía más irritante que su padre. Al menos, a su edad, Martin tuvo el buen tino de casarse conmigo. Pero ¿Rupert cuándo piensa casarse?

—Tiene apenas treinta años.

—Más que suficiente. Demonio ya se ha casado y Richard también. Y Richard es sólo un año mayor que Rupert.

Un minuto después Celia suspiró.

—No es tanto el hecho de casarse, sino su mentalidad. Ni siquiera mira a las damas de la manera apropiada, al menos no con la idea de una relación correcta. E incluso en lo que respecta a otros tipos de relación, bueno... las informaciones son escasamente alentadoras.

Alathea trató de mantener la boca cerrada, pero...

—¿Alentadoras?

Delante de ellas, las cuatro muchachas estallaron en carcajadas. Mirando hacia las jóvenes Celia explicó:

—Parece ser que Rupert es frío, incluso con sus amantes es distante.

—Siempre fue... —Alathea iba a decir «reservado», pero lo reconsideró— cauteloso.

Eso estaba mucho más cerca de la realidad. Y prosiguió:

—Siempre mantiene sus sentimientos bajo estricto control.

—Control es una cosa. Auténtico desinterés es otra —la preocupación ensombreció los ojos de Celia—. Si no puede ponerse fogoso ni siquiera en esos lances, ¿qué posibilidad tiene cualquier dama digna de ser la yesca para su pedernal?

Alathea luchó por mantener los labios cerrados. Esa conversación, bajo cualquier punto de vista, resultaba muy inapropiada, pero ella y Celia tenían el hábito, que ya se prolongaba por más de una década, de hablar sobre los hijos de esta última con una franqueza que habría hecho ruborizar a los protagonistas de sus conversaciones. Pero ¿Rupert frío? No era un adjetivo que ella pudiera asociar con él, ni como Alathea Morwellan, ni menos como la condesa.

—¿Estás segura de que esa descripción obedece a la realidad? ¿No será que esas damas sobre las que has oído hablar no... —gesticuló— le interesaban?

—Puede ser. Pero, con frecuencia, mi información viene de damas contrariadas en las que él había estado interesado. Todas, sin excepción, se desesperaron por causarle una muy buena impresión. Si la mitad de las historias son ciertas, él apenas debe recordar sus nombres.

Las cejas de Alathea se arquearon. Que Rupert no recordara un nombre era un signo seguro de que no estaba prestando atención, lo que significaba que no estaba realmente interesado.

—No me extrañaría —observó, dirigiendo la conversación lejos de su Némesis— que Alasdair se casara primero.

—¡Ja! No te dejes engañar por ese encanto fácil. Él es incluso peor que Rupert. Oh, no en el sentido de que sea frío, más bien lo contrario. Pero es irresponsable, informal y consentido. Está ocupado disfrutando, sin ataduras de ningún tipo. Desarrolló una profunda convicción de que su libertad no necesita grilletes. —La desaprobación vibraba en el tono de Celia—. Todo lo que puedo hacer es rezar para que alguna dama tenga lo que hay que tener para ponerlo de rodillas —añadió mientras miraba hacia delante, para comprobar que las niñas seguían paseándose. Después de un momento, murmuró—: Pero es realmente Rupert quien me preocupa. Es tan indiferente. Tiene tan poco interés.

Alathea frunció el ceño. Gabriel no había tratado a la condesa como si fuera indiferente y tuviese poco interés. Lejos de ello. Pero no podía contarle eso a Celia. Parecía extraño que el retrato que le había pintado Celia fuera tan diferente del hombre que ella conocía y del hombre que estaba descubriendo, el que la había tenido entre sus brazos esa noche.

Celia suspiró.

—Si quieres, tómalo como la preocupación de una madre por su primogénito, pero no consigo ver cómo podrá ninguna dama romper las defensas de Rupert.

Era posible, si una lo había tratado por años y sabía dónde estaban las grietas. Sin embargo, Alathea admitía para sus adentros que fácilmente podía verlo negarse a dejar que cualquier dama se le acercase, al menos en un sentido emocional. No le gustaban ni la cercanía ni lo emocional. Él y ella habían estado emocionalmente próximos durante todas sus vidas, y ya se veía cuál era la reacción que ella le provocaba. Si Celia estaba en lo cierto, ella era la única mujer a la que alguna vez le había permitido traspasar sus defensas.

Todo en su interior se paralizó. ¿Acaso la experiencia de Gabriel con ella lo había endurecido contra todas las mujeres?

Recordó a la condesa. Con la condesa había sido resuelto, atento, por cierto no distante ni frío. ¿O la distancia y la frialdad venían después? ¿Después de...?

Preocupada, se sacudió esos pensamientos. Mirando hacia delante, vio a las cuatro muchachas que se acercaban a un grupo de dandis en ciernes.

—Será mejor que nos demos prisa.

Celia miró; sus ojos se endurecieron.

—Vamos.

¿En qué lugar de Londres iba a encontrar a alguien adecuado para hacer de oveja?

Tras separarse de Lucifer y los amigos con quienes habían comido en el humeante ambiente del White, Gabriel escudriñó a los ocupantes de los distintos lugares por donde pasaba. Ninguno encajaba en el papel. Tenía que ser alguien que no tuviese una conexión obvia con los Cynster y en quien se pudiese confiar. Alguien lo suficientemente espabilado como para interpretar el papel, pero de aspecto anodino. Alguien que estuviera dispuesto a acatar sus órdenes. Alguien fiable.

Alguien con dinero para invertir y aspecto de crédulo.

A pesar de que tenía muchos contactos que podrían estar facultados en la mayoría de esos aspectos, este último criterio los dejaba a todos afuera. ¿Dónde se suponía que iba a encontrar a ese alguien?

Se detuvo en los escalones del White y se quedó pensando; luego, terminó de bajar y se dirigió hacia Bond Street.

Era el momento culminante de la temporada y brillaba el sol; según lo esperado, toda la alta sociedad y sus familiares paseaban por esa calle de moda. La multitud era considerable, el tránsito estaba atascado. Gabriel se paseaba tranquilamente, escrutando los rostros, saludando a aquellos a quienes conocía, calculando, rechazando, considerando alternativas, tratando de ignorar a la mitad femenina de la población. Necesitaba una víctima, una oveja, no una dama esbelta.

Aun si viese a la condesa, dudaba que pudiera reconocerla. Fuera de su estatura y de su perfume, sabía muy poco sobre ella. Si la besara, la reconocería, pero difícilmente podría besar a cada dama posible por si acaso fuera su hurí. Por otro lado, ya había decidido que el modo más rápido de tener a la condesa precisamente donde la quería tener era saber más sobre la compañía, y para ello necesitaba encontrar a su oveja.

Iba por la mitad de la calle cuando, de repente, delante de Gabriel, salieron cuatro damas de una sombrerería y se apiñaron en la acera. En el instante en que Gabriel reconocía a las Morwellan, Alathea levantó la cabeza y lo vio. Serena, Mary y Alice siguieron la mirada de la joven y sus rostros pronto se iluminaron con sonrisas.

No tuvo otro remedio que seguirles el juego. Adoptando su personaje social, le dio la mano a Serena, intercambió gestos de saludo con Mary y Alice y, por último, más fríamente, con Alathea. Mientras las cuatro damas se alejaban de la multitud reunida en los escaparates de los comercios, más cerca del bordillo de la acera para poder conversar más tranquilamente, Alathea se quedó atrás, ubicándose luego a un buen metro de distancia de Gabriel, de modo que le daban la espalda a la congestionada calzada, con Serena, Mary y Alice enfrente de ellos.

—Esta mañana, por casualidad, nos encontramos con tu madre y tus hermanas —le informó Serena.

—En el parque —agregó Mary—. Estábamos de paseo; fue divertido.

—Había algunos caballeros tontos —dijo Alice—. Llevaban unos corbatines espantosos, no como los tuyos o los de Lucifer.

Respondió con soltura; a decir verdad, sin pensar. Aun cuando Serena, Mary y Alice se encontraban bien alto en su lista de las personas con las cuales deseaba ser amable, con Alathea a tres pasos, sus sentidos, como siempre, estaban pendientes de ella.

Se sentía picado y con comezón.

A pesar de que apenas le echó un vistazo, sabía que llevaba un vestido de calle color lavanda y un sombrero debajo del cual, estaba seguro, se escondía uno de esos retazos de encaje que tan ofensivos le parecían. No podría hacer comentario alguno, ni siquiera indirecto, con Serena delante... por otro lado, si cruzaba una mirada con Alathea, ella sabría en qué estaba pensando.

Con eso en mente, miró hacia su lado.

Detrás de Alathea, el caballo que tiraba del carruaje se alzó sobre dos patas...

Gabriel cogió a Alathea y la atrajo hacia sí, cambiando con ella de posición y protegiéndola instintivamente. Un casco les pasó silbando al lado de las cabezas. El caballo relinchó, tiró del carruaje, luego volvió a tratar de patear. Gabriel recibió el golpe en la espalda.

Se sacudió, pero quedó de pie.

Lo que siguió fue el caos más absoluto. Todos gritaban. Llegaron hombres de todas partes para ayudar. Otros daban instrucciones. Una dama se puso histérica, otra se desvaneció. En segundos, estaban rodeados por una muchedumbre ruidosa; el conductor del caballo en cuestión era el centro de atención.

Gabriel se quedó sin moverse sobre el bordillo de la acera. Tenía en sus brazos a Alathea. Sus sentidos todavía no se recuperaban; tampoco podía ordenar sus ideas. Haciendo un gran esfuerzo, oyó a Serena, a Mary y Alice que reprendían ruidosamente al conductor; estaban indignadas, pero no histéricas. Todos cuantos los rodeaban observaban el amontonamiento en la calle, ignorando por un momento su presencia y la de Alathea.

Trató de recuperar el aliento, pero no pudo. Se apoderó de él una multitud de emociones; entre otras, la de alivio porque Alathea no había sido herida. No había sido amable; la había arrojado violentamente contra sí, luego la había abrazado muy fuerte; la muchacha estaba soldada a él desde los hombros hasta las rodillas. Ella lanzó un grito ahogado; luego, volvió a gritar cuando Gabriel fue pateado por el caballo.

La mirada de ella estaba fija por encima de su hombro, pero por la respiración agitada de la joven, Gabriel sospechó que no veía nada. Sus senos, aplastados contra su pecho, despedían una leve fragancia a flores; suaves zarcillos de cabello asomaban por debajo de su sombrero, a centímetros apenas del rostro de Gabriel.

Sintió que ella recuperaba el aliento; la atravesó un leve escalofrío. Volvió a ser ella misma —Gabriel sintió que se tensaban los músculos de su espalda—, y luego giró la cabeza y lo miró a los ojos.

Sus miradas se encontraron y quedaron fijas una en la otra: ojos color avellana hundidos en ojos color avellana. Los ojos de ella estaban nublados; había tantas emociones persiguiéndose unas a otras por sus ojos que Gabriel no pudo identificar ninguna. Luego, abruptamente, la confusión se disipó y se destacó nítido un sentimiento.

Gabriel lo reconoció instantáneamente, aun cuando habían pasado años desde la última vez que lo había visto. La preocupación que había en los ojos de Alathea lo alertó: la había olvidado.

—¿Estás bien? —sus manos, atrapadas entre ambos, lo tenían cogido por el abrigo—. El caballo te ha pateado.

Como no le respondió de inmediato, Alathea trató de sacudirlo. Su cuerpo se apretó al de él. Gabriel recuperó el aliento.

—Sí, estoy bien —contestó, pero no lo estaba—. Me ha golpeado con la pata, no con el casco.

Ella se quedó quieta en sus brazos, con franca preocupación en el rostro.

—Debe de dolerte.

Le dolía todo. Se sentía tan excitado que era como una agonía.

Lo supo en el momento en que ella se dio cuenta. Pegada a él, no pudo evitar notarlo. Alathea parpadeó, luego bajó las pestañas, miró sus labios, después su corbatín. Al cabo de un instante, respiró profundamente y se movió un poco. Era una señal que hacía mucho tiempo existía entre ellos: no trataba de liberarse —sabía que no podría—, estaba pidiendo que la dejara ir.

Forzar sus brazos a soltarla y hacerla retroceder fue la labor física más difícil que le había tocado llevar a cabo en su vida. De inmediato, ella se preocupó de su falda y no lo miró.

Se sentía nervioso, torpe, avergonzado... giró sobre sus talones para ver el desastre que había en la calle, rogando porque ella no se hubiese dado cuenta del color de sus mejillas.

Alathea lo supo en el instante en que la mirada de él la abandonó. No podía respirar; la cabeza le daba vueltas de manera tan enloquecida que se sintió desorientada y mareada. Irguiéndose, mientras se resolvía el altercado, simuló observar, agradecida de que éste requiriese la intervención de Gabriel. Aguardó tensa sobre el pavimento, inclinando rígidamente la cabeza cuando el caballero que estaba a cargo del potro se le acercó para deshacerse en disculpas.

Mentalmente, se repetía un único estribillo: «Gabriel no se ha dado cuenta.»

Aún no.

La pregunta de si, de repente, se daría cuenta, la dejó rígida como un palo.

Entonces apareció Serena, preocupada como una madre tanto por ella como por su protector.

—¿Seguro que estáis bien?

Sin que la edad o la compostura la inhibieran, Serena cogió el brazo de Gabriel y lo hizo girar.

Alathea se permitió echar una fugaz mirada al rostro de Gabriel, mientras Serena le sacudía el abrigo.

Gabriel frunció el ceño, pero seguía avergonzado.

—No ha sido nada —aseguró, liberándose del brazo de Serena, buscó con la mirada a Mary y a Alice—. Sería sensato que nos retirásemos. —Y, después de dudar, le preguntó a Serena—: ¿Está cerca el carruaje que os ha traído?

—Jacobs nos está esperando justo a la vuelta de la esquina —dijo Serena, con un gesto en esa dirección.

Por primera vez desde que la había dejado ir, Gabriel la miró directamente; Alathea, de inmediato, les hizo señas a Mary y a Alice, y luego se volvió en dirección al carruaje. Lo último que necesitaba era pasearse del brazo de él.

Gabriel le ofreció el brazo a Serena; ella estaba muy dispuesta a apoyarse en él. A lo largo de todo el camino hasta el carruaje, le estuvo agradeciendo muchas veces su rápida y eficiente reacción. Convenientemente separada de él por Mary y Alice, Alathea murmuró su agradecimiento, permitiendo que la efusividad de su madrastra reemplazara a la suya.

Estaba agradecida; sabía que tendría que expresarlo. Pero no se animaba a acercársele demasiado después de haber estado recientemente en sus brazos. Cualquier cosa podría llegar a disparar en él una aciaga convergencia de recuerdos; con la cabeza alta, caminó hasta el carruaje, el temor bajándole por la espalda.

A grandes zancadas, llegó al carruaje la primera y subió sin esperar a que Gabriel la ayudase. Él le lanzó una mirada dura y luego ayudó a subir a las otras. Por último, se apartó y las saludó; Jacobs sacudió las riendas.

En el último momento, Alathea se volvió... y sus miradas se encontraron... La joven inclinó la cabeza y miró hacia delante.

Gabriel observó el carruaje que se alejaba con estruendo por la calle lateral, con la mirada fija en el sombrero de Alathea, en sus hombros cubiertos de sarga color lavanda. Se quedó mirando hasta que el carruaje desapareció a la vuelta de una esquina; luego, su expresión se volvió adusta y se encaminó nuevamente a Bond Street.

De nuevo entre la bulliciosa muchedumbre, caminó con la mirada fija adelante, sin ver. Todavía se sentía aturdido, atónito para ser preciso. ¡Haberse excitado tanto con Alathea! No podía comprender cómo le había pasado aquello, pero difícilmente podía simular que no había ocurrido... todavía sentía los efectos.

También se sentía estremecido, desequilibrado y horrorosamente incómodo. Jamás ella lo había hecho sentir así; siempre habían sido amigos íntimos, pero eso nunca le había pasado por la cabeza.

Siguió caminando; gradualmente, su mente se fue aclarando.

Y la respuesta obvia se presentó para su alivio.

Alathea no; la condesa. Había pasado toda la noche anterior planeando cómo y cuándo terminaría de seducirla, excitándose con los detalles; esa mañana, se disponía a implementar su plan. Luego, el destino, bajo la forma de un caballo, había lanzado a Alathea a sus brazos. Obvio.

Era poco sorprendente que su cuerpo hubiese confundido a las dos mujeres: ambas eran altas, aunque la condesa era mucho más alta. Ambas eran esbeltas, finas, de complexión muy similar. Ambas tenían los mismos músculos finos y flexibles en sus espaldas, pero eso —supuso— era lo que había que esperar de toda mujer alta y esbelta; era una necesidad estructural.

Sin embargo, las diferencias eran más notables que los parecidos entre ambas. Si él se atreviese a besarla, Alathea le cantaría cuatro frescas; seguramente no se derretiría en sus brazos con la seductora generosidad que exhibía la condesa.

El pensamiento lo hizo sonreír. Su próximo pensamiento —sobre lo que Alathea pensaría de su reacción una vez que hubiese tenido tiempo de considerarla— suprimió toda inclinación a la frivolidad. Luego recordó la opinión que, desde hacía mucho, ella tenía sobre él y su estilo de vida de libertino. Volvió a sonreír. Habría considerado su reacción como lujuria desenfrenada... y, probablemente, no se habría equivocado. Pero era a la condesa, su hurí nocturna, a quien deseaba.

La deseaba con mucha intensidad. Lo sorprendía un poco que ese deseo fuera más allá de lo físico. En realidad, quería conocerla: saber quién era ella, qué cosas disfrutaba, qué pensaba, qué la hacía reír. Era misteriosa e intrigante, sin embargo, extrañamente, se sentía muy cerca de ella.

Era un enigma que él trataba de resolver, de comprender en todos sus aspectos.

Para hacerlo, necesitaba seguir adelante con su plan... Levantó la cabeza y volvió a concentrarse en lo que lo rodeaba. Casi había llegado al final de Bond Street. Al cruzar la calle, recomenzó a escrutar a la multitud. Todavía necesitaba a su víctima. Tenía que haber alguien...

—¡Dios santo! ¿Adónde crees que vas?

La pregunta y el bastón puesto a la altura de su ombligo le hicieron prestar atención.

—¡Paseándote con la nariz levantada por Bond Street! ¡Vaya! Ni siquiera sabes a quién dejas con el saludo en la boca.

Al mirar el par de ojos brillantes, como de pájaro, en esa cara vieja y suave, Gabriel sonrió.

—Minnie —dijo apartando el bastón de la mujer y le dio un rápido beso en la mejilla.

—Humm —hizo Minnie con voz implacable, pero sus ojos brillaban—. Recuérdame que le cuente esto a Celia, Timms.

—Sí —dijo la dama alta que estaba al lado de Minnie, perdiendo la oportunidad de mantener los labios cerrados—. Muy desaprensivo: vagabundear por Bond Street sin prestar la debida atención.

Gabriel se inclinó de manera extravagante.

—¿Se me ha perdonado? —preguntó, mientras se enderezaba.

—Lo consideraremos —contestó Minnie, mirando alrededor—. ¡Ah! Aquí está Gerrard.

Gabriel observó al sobrino de Minnie —Gerrard Debbington, hermano de Patience, la esposa de Vane—, cruzar la calle con una bolsa de nueces, que estaba claro que le habían mandado a buscar, en la mano.

—Aquí están —dijo Gerrard, dándole la bolsa a Minnie y sonriéndole a Gabriel.

Gabriel le devolvió la sonrisa.

—¿Siempre cuidando las perlas de Minnie?

—Gracias a Dios, ya no hay peligro. Ahora vivo en casa de Vane y Patience, pero, de vez en cuando, voy a dar un paseo con Minnie.

A pesar de que apenas tenía dieciocho años, Gerrard parecía mayor; su aplomo se debía en parte a la influencia de su cuñado. Lo que Gabriel detectaba detrás del atuendo elegante de Gerrard era la mano de Vane. De casi un metro ochenta, Gerrard tenía la altura y el ancho de hombros de un hombre bien plantado. El resto de su apariencia, su comportamiento poco remilgado, su franqueza y confianza en sí mismo, podían atribuírsele a la influencia de su hermana; Patience Cynster era el epítome absoluto de la franqueza.

Gabriel abrió la boca y rápidamente la cerró. Necesitaba pensar. Gerrard tenía, después de todo, apenas dieciocho años y había un cierto riesgo. Y era el hermano de Patience.

—Vamos a echar un vistazo en Asprey —dijo Minnie, dirigiéndole una mirada inocente—. ¿Habrá tal vez allí alguna cosita que necesites?

Gabriel devolvió la mirada con la misma inocencia.

—No por ahora —dijo, y por su mente pasó la imagen de la condesa. Quizá, después de que lo premiase, él la recompensaría a su vez. Los diamantes lucían bien en una mujer tan alta. Dejando de lado la cuestión, hizo una reverencia—. No os entretengo más.

Con un bufido atenuado por una sonrisa, Minnie asintió. Timms la cogió del brazo y siguieron caminando. Con una sonrisa y una inclinación de la cabeza, Gerrard se volvió para seguirlas.

Gabriel dudó y luego lo llamó:

—¡Gerrard!

—¿Sí? —dijo Gerrard, volviéndose.

—¿Sabes dónde está ahora Vane?

—Si lo andas buscando, prueba en Manton's. Sé que iba a encontrarse allá con Diablo en algún momento de la tarde.

Con un rápido saludo, Gabriel se encaminó hacia Manton's.

—Tendrá que ser para agosto —dijo Diablo, extendiendo el brazo y apretando el gatillo. El disparo impactó a apenas dos centímetros del centro del blanco.

Vane entrecerró los ojos en dirección al callejón.

—Parece muy justo. ¿Está seguro Richard?

—Según lo que entendí, Catriona es la que está segura. Richard, en este momento, no está seguro de nada.

Poniéndose delante de Diablo para disparar, Vane hizo una mueca.

—Conozco la sensación.

—¿Qué es esto? —dijo Gabriel, apoyándose contra el muro divisorio y dirigiéndoles una mirada de burlona consternación—. ¿Una clase para futuros padres?

—¿Vienes a aprender? —preguntó Diablo con una sonrisa.

—Gracias, no.

Con tono grave, Vane apuntó el largo cañón de su pistola hacia abajo.

—También a ti te tocará alguna día.

Gabriel hizo una mueca.

—Tal vez algún día, pero quiero preservar mi inocencia. Sin detalles, por favor.

Tanto Honoria, la duquesa de Diablo, como Patience estaban encintas. Mientras Diablo mostraba la indiferencia de uno que ya había pasado antes por la situación, Vane estaba con los nervios de punta. Apretó el gatillo. En cuanto se disipó el humo, vieron que su bala apenas había rozado la diana.

Diablo mandó al asistente a buscar otra pistola y luego se volvió hacia Gabriel.

—Supongo que habrás oído que nuestras madres han decidido realizar una reunión familiar especial para darle la bienvenida a la familia a Catriona.

—¿Así que entonces es seguro que viene?

Diablo asintió.

—Mamá recibió ayer una carta de ella. A Catriona le han dicho que puede viajar hasta finales de agosto. Con Honoria que dará a luz a principios de julio y Patience algo después, la celebración tendrá que ser en agosto.

Gabriel parpadeó, retomando las palabras de Diablo:

—No me digáis que Richard ha ingresado en vuestro club.

—De hecho, sí —respondió Vane, sonriendo maliciosamente—. Ahora, sólo falta que Demonio y Flick vuelvan de sus andanzas, con Flick radiante, por así decirlo, y pensar dónde meternos el próximo agosto.

—Mejor alertar a Lucifer —dijo Gabriel—. Mamá se pondrá imposible.

—Claro que tú podrías darle una alegría.

La mirada que Gabriel le lanzó a Diablo fue la de un hombre traicionado.

—Ésa es una idea verdaderamente horrible.

Diablo se rió.

—Aunque parezca extraño decirlo, uno se acostumbra a la situación —observó, arqueando una ceja negra sugestivamente—. Hay compensaciones.

—Debe haberlas —murmuró Gabriel.

—Pero si no has venido a discutir nuestras inminentes

paternidades, ¿qué es lo que te trae por aquí? —dijo Vane, apoyando también los hombros contra el muro.

—Una estafa.

Gabriel les explicó brevemente el fraude de Crowley, evitando toda mención a la condesa.

—Crowley —dijo Diablo, enarcando una ceja en dirección a Gabriel—. ¿No era el de la inversión en una mina de diamantes?

Gabriel asintió.

—¿No fuiste tú el que lo puso en evidencia? —preguntó Vane.

Gabriel volvió a asentir.

—Razón por la cual esta vez necesito ayuda, y no precisamente la vuestra —explicó, mirando a Vane—. Necesito a alguien que no esté relacionado de manera obvia.

Vane miró intrigado; Gabriel les explicó rápidamente la necesidad de saber los detalles precisos de la oferta hecha a los inversores.

—¿Y entonces...? —preguntó Vane.

—¿Qué piensas de emplear a Gerrard Debbington? —sugirió Gabriel.

—¿Cómo víctima? —inquirió Vane, parpadeando.

—No me han visto con él, y si él da la dirección de Minnie en lugar de la tuya, no hay razón para que alguien pueda vincularlo inmediatamente con ningún Cynster. Sé que Crowley no está bien relacionado con la clase alta; en ese campo, usa a Archie Douglas, y Archie no conoce en absoluto a Gerrard.

—Es verdad —aceptó Vane.

—E incluso si Archie preguntara, tratando de informarse sobre los antecedentes de Gerrard, todo lo que oiría es que Gerrard es razonablemente rico y que posee una mansión en Derbyshire. No se le ocurriría preguntar por las vinculaciones de Gerrard o por su hermana.

—O por sus tutores —añadió Vane.

—Precisamente. Gerrard parece mayor de lo que es.

Vane lo consideró y dijo:

—No veo por qué Gerrard no podría desarrollar un interés en las minas de oro. —Y mirando a Gabriel, agregó—: Claro, con tal que no se lo digamos a Patience.

—No me imaginaba que lo hiciéramos.

—Bien —dijo Vane, separándose del muro, mientras el asistente volvía al callejón—, entonces, si quieres, le explicaré la cuestión a Gerrard, para ver qué piensa. Si está de acuerdo, te lo enviaré.

Gabriel asintió.

—Hazlo —dijo, y cogiendo la pistola de más que el asistente había traído, la sopesó—. ¿Cómo vais?

Dispararon diez rondas. Gabriel venció fácilmente a los otros, lo que le hizo fruncir el ceño.

—El matrimonio —observó— os ha embotado los sentidos.

—Es sólo un juego, no tiene importancia —dijo Vane, encogiéndose de hombros—. El casamiento sirve para reformular las prioridades.

Gabriel se lo quedó mirando; luego, miró a Diablo, quien a su vez miraba hacia atrás, sin intentar corregir el curioso pensamiento de Vane.

Leyendo lo que pensaba en sus ojos, Diablo sonrió y dijo:

—Comienza a pensar en ello, porque así como agosto sigue a julio, ya te llegará el momento.

Las palabras paralizaron a Gabriel, al igual que le había ocurrido en la boda de Demonio; otra vez un hormigueo premonitorio le bajó por la espalda. Se las arregló para reprimir el escalofrío subsiguiente. Con una expresión tranquila y su afabilidad habitual, acompañó a los otros dos fuera del callejón.

A las cinco en punto, Gabriel estaba hojeando perezosamente el *Gentleman's Magazine*, cuando alguien llamó a su puerta. Oyó los pasos de Chance en el salón; con una sonrisa, volvió a su revista.

Un minuto después, se abrió la puerta de la sala. Chance permaneció allí y anunció:

—Un tal señor Debbington viene a verlo, milord.

Gabriel suspiró para sus adentros.

—Gracias, Chance, pero no soy un lord.

Chance frunció el ceño y dijo:

—Creía que todos en la alta sociedad eran lores.

—No.

—Oh —exclamó Chance, y viendo la mirada de Gerrard, que esperaba detrás de él para pasar, se movió para franquearle el umbral—. Bien, aquí está. ¿Quiere que les sirva un poco de brandy?

—No. Eso es todo.

—Muy bien, señor.

Y con encomiable aplomo, Chance hizo una reverencia al salir, y no se olvidó de cerrar la puerta.

Gerrard se quedó mirando la puerta cerrada y luego miró a Gabriel de manera inquisidora.

—Está aprendiendo —explicó Gabriel, indicándole una silla a Gerrard—. ¿Te apetece un poco de brandy?

Gerrard sonrió.

—No, Patience seguramente lo notaría. —Y tras acomodarse en la silla, miró a Gabriel y le dijo—: Vane me ha hablado de la estafa que estás tratando de poner en evidencia. Me encantaría ayudarte. ¿Qué necesitas que haga?

Omitiendo toda mención a la condesa, Gabriel expuso su plan.

6

Al mediodía del día siguiente, Gabriel descendió las escaleras del hotel Burlington, muy satisfecho con los arreglos que había hecho.

Su plan estaba en marcha y se desarrollaba bien. Pronto la condesa sería suya.

Al doblar por Bond Street, miró hacia delante. Sus pasos se hicieron lentos.

Alathea estaba en la esquina de Bruton Street, ante la fachada de un negocio, con la mirada sobre la multitud que rodeaba a un vendedor de nueces.

Siempre había tenido una debilidad particular por las nueces, y a todas luces estaba pensando si se pondría a empujar para obtener una bolsita. A esa hora, la tumultuosa muchedumbre que había alrededor del puesto del vendedor estaba compuesta por mozalbetes y petimetres escandalosos.

Gabriel había cruzado la calle antes de siquiera pensar en lo que estaba haciendo —o en lo que iba a hacer—. El recuerdo de su último encuentro —demasiado vehemente— con Alathea destellaba en su mente. Su mandíbula adquirió firmeza. Tal vez una bolsita de nueces pudiera servir para limar asperezas con ella.

Difícilmente podría excusar la reacción que ella le había despertado explicándole que la había confundido con otra dama.

Alathea miró el círculo de espaldas masculinas que había entre ella y la fuente del maravilloso aroma a nueces tostadas. Ese olor suculento la había atraído desde la puerta de la modista, donde Serena, Mary y Alice hacían los arreglos de último minuto a sus vestidos de baile. El salón carecía de aire y estaba atiborrado, de modo que ella había descendido a la calle, con la sencilla intención de esperar.

Ese olor había hecho que le hiciera ruido el estómago. Sin embargo, meterse entre la multitud habría significado probablemente exponerse a una serie de observaciones impertinentes. Con todo... se le hacía la boca agua. Decidió que no podría vivir un minuto más sin una bolsita de nueces, y dio un paso adelante...

—Aquí.

Una mano poderosa se cerró sobre su codo y la hizo retroceder; ¡el corazón casi se le saltó del pecho!

Sin mirarla a los ojos, Gabriel se adelantó desde atrás.

—Con tu permiso.

Lo dejó pasar por la sencilla razón de que no se atrevió a moverse; las piernas se le habían convertido en gelatina. Su último plan de supervivencia le dictaba evitarlo a toda costa... intentaba hacer justamente eso. Había estado haciendo exactamente eso: ¡estaba en Bruton Street al mediodía, Dios santo! ¿Qué estaba haciendo él allí? Nunca hubiera dejado la seguridad del salón, si hubiese sabido que él andaba por allí.

Se aferró a su irritación, indudablemente, algo más inteligente que rendirse al pánico.

Gabriel se volvió hacia ella, con una bolsita de papel marrón en la mano.

—Aquí tienes.

Cogió la bolsita y se ocupó en abrirla.

—Gracias.

Se metió una nuez en la boca y luego le ofreció a él.

Gabriel cogió un puñado, mirándola a los ojos.

—¿Qué estás haciendo aquí?

Sus ojos se encontraron fugazmente.

—Estoy esperando a Serena y a las niñas. —Hizo un gesto vago en dirección a Bruton Street—. Se están ajustando la ropa.

Mirando hacia abajo, se tomó su tiempo para seleccionar otra nuez. Si no lo alentaba en absoluto, tal vez él se fuese. Era completamente consciente de que cuanto más permaneciese a solas con él, mayor era el peligro de que Gabriel reconociera a la condesa.

Entonces la aguijoneó la conciencia, y a fondo. «¡Maldita sea!» No quería hacerlo, pero... Alzó la cabeza, lo miró fijo a la oreja derecha y dijo:

—Tengo que darte las gracias por lo de ayer. Me habría pateado, si no me hubieras...

La había agarrado, la había sostenido; se había excitado.

Ella terminó rápidamente la frase con un gesto, pero sus ojos debieron haber mostrado lo que pensaba. Para su asombro, con el rabillo del ojo vio que sus mejillas se coloreaban. ¿Acaso estaba avergonzado? ¡Dios santo!

—No fue nada —dijo entrecortadamente. Al cabo de un instante, agregó en voz baja—. Preferiría que olvidaras por completo el incidente.

Alathea se encogió de hombros y se dio la vuelta para regresar a la tienda de la modista.

—Si así lo deseas.

¿Se animaría a sugerirle que hiciera otro tanto?

Gabriel se puso a su lado; no parecía tener demasiado sentido sugerirle que la dejase caminar sola por la calle. Afortunadamente, la bolsita de nueces le daba una razón perfecta para no cogerlo del brazo; tocarlo nuevamente habría sido una invitación al desastre. Así como estaban, podía caminar a medio metro de distancia de él y sentirse razonablemente a salvo. Blandió la bolsita de nueces entre ambos, invitándolo a que se sirviese mientras caminaban. Era como alimentar con migajas a un leopardo potencialmente letal para mantenerlo distraído en tanto lo acompañaba hacia la puerta de la jaula.

Afortunadamente, la tienda de la modista no estaba lejos. Se detuvo ante la puerta, ofreciéndole a Gabriel la bolsita casi vacía en lugar de la mano.

—Gracias por las nueces.

Lo miró a los ojos y vio que fruncía el ceño.

Se quedó helada; el miedo le cerró los pulmones. ¿Acaso había dicho algo? ¿Hecho algo?

—No sé si sabes... —dijo Gabriel con voz tímida y desviando la mirada—. ¿Has conocido a una condesa... una que enviudó recientemente...?

Gabriel se interrumpió. ¿Qué estaba haciendo? Una mirada al rostro de Alathea le confirmó que ya había dicho bastante. La expresión de ella era inexpresiva, sus ojos nada transmitían.

—No.

Mentalmente, Gabriel se recriminó. Ella lo conocía suficientemente bien como para adivinar por qué le había preguntado eso. Salió a la luz una llamarada de resentimiento; Alathea siempre dejaba de lado toda referencia a las conquistas de Lucifer con una mirada divertida, pero jamás extendió la misma indulgencia a su persona.

—Olvida la pregunta —dijo Gabriel, frunciendo el ceño.

—Lo haré —dijo ella, mirándolo inexpresiva.

Su voz había sonado rara.

Estaba por irse, por presentarle sus excusas y partir, cuando pasó como un suspiro la turba tumultuosa que había estado alrededor del puesto del vendedor de nueces. Uno de sus integrantes le dio un empujón en el hombro a Gabriel, quien se volvió, parapetándose más cerca de la fachada del negocio, más cerca de Alathea, volviéndola a proteger instintivamente. El grupo pasó en tropel y luego desapareció. Volviéndose hacia Alathea, su despedida se le ahogó en la lengua.

—¿Qué sucede?

Ella empalideció, respiraba rápidamente y se apoyaba contra el marco de la puerta. Tenía los ojos cerrados y los abrió de golpe.

—Nada. ¡Adiós! —dijo Alathea, dándole la bolsita de nueces; luego giró y abrió la puerta de la modista—. Serena estará preguntándose dónde me he metido.

Dicho lo cual, huyó; no había otra palabra para decirlo. Corrió a ponerse a salvo en el pequeño salón de recibo, se recogió las faldas y voló escaleras arriba hasta la sala. No le preocupaba lo que él pensara de su partida; sencillamente, ya no podía soportar estar un minuto más tan cerca de él. Como Alathea Morwellan, no.

Dos días más tarde, Altahea estaba ante la ventana de su escritorio, absorta en sus pensamientos. Wiggs acababa de irse. En vista de la preocupación del administrador por el pagaré, se sintió obligada a revelarle que había contratado los servicios de Gabriel Cynster. Wiggs se había quedado impresionado y muy aliviado. Recordó que los Cynster eran sus vecinos en Somerset. Afortunadamente, Alathea se acordó de sugerir que, dado el secreto necesario que debía existir alrededor de las investigaciones, Wiggs sólo debería comunicarse con el señor Cynster a través de ella.

El rechoncho hombre de negocios se había ido mucho más contento de lo que había llegado. Alathea le pidió que le aclarara el procedimiento necesario para dirigirse al Tribunal de Justicia, con el objeto de hacer que el pagaré fuese declarado inválido una vez que consiguieran las pruebas del fraude. Esperaba que la cuestión pudiese tratarse a través de una petición directa ante el tribunal, para evitar toda mención en la corte al apellido de la familia y ahorrarse el gasto suplementario del abogado.

Con relación a sus investigaciones, todo estaba funcionando sin problemas; deseaba poder sentirse igualmente cómoda en las cuestiones concernientes a ella y a Gabriel.

Durante los dos últimos días, había hecho todo lo posible para evitar encontrárselo. Sin embargo, no verlo no mitigaba la culpa que sentía por la vergüenza de Gabriel. Era, sin duda, irracional, pero la sensación estaba allí.

El reconocimiento de que siempre estaba allí para protegerla cuando lo necesitaba estaba presente; incidentes como el del caballo en Bond Street, el de la multitud alrededor del vendedor callejero no eran del todo inusuales (al menos no para él ni para ella). A pesar del malestar que existía entre ambos, él siempre la ayudaba cada vez que se enteraba de que necesitaba ayuda. En aquel preciso momento la estaba ayudando, aun cuando, esa vez, no sabía que la ayudaba.

En lugar del engaño, se merecía algo mejor de ella, pero ¿qué podía hacer?

Suspiró y se concentró, forzándose a enfrentarse al último giro que había dado su farsa. Para comenzar, haría el esfuerzo de reiniciar la antigua relación que había entre los dos y de tratarlo normalmente, de modo que él pudiese olvidar su vergüenza. En cuanto a ella, más allá de ese momento en Bond Street, apenas lo había rozado en la última década. ¿Era seguro que podría pasar las semanas venideras sin volver a tocarlo?

En segundo lugar, por encima de todo, sin importarle cuánto tuviese que luchar, no debería permitirse —no podría permitirse— que saliera a la superficie el tipo de susceptibilidad que la había asaltado en Bruton Street. Si se le acercaba, lo sufriría en estoico silencio. Eso se lo debía a Gabriel.

Al darse cuenta de que ahora pensaba en él llamándolo por su nombre favorito, frunció el ceño. Luego se encogió de hombros. Mejor pensar en él como Gabriel, porque Gabriel era el hombre con quien tenía que vérselas ahora. Tal vez, si tuviese eso en mente, los obstáculos que seguía encontrando podrían resultar menos sorprendentes.

Mientras contemplaba los cambiantes verdes más allá de la ventana, dejó a un lado sus determinaciones y se volvió hacia su próximo problema: enterarse de los planes de Gabriel. Porque no dudaba que él tenía planes. Le había dicho que le dejara a Crowley; hacerlo resultaba tentador. Desgraciadamente, dado que no conocía la identidad de su familia, ese camino era demasiado arriesgado. Y necesitaba tener algún control sobre sus peticiones de recompensas.

Ése era otro obstáculo. Aunque deseaba desesperadamente arreglar otro encuentro para preguntarle de qué se había enterado, qué estaba haciendo y qué había planeado, justificar esa probable indiscreción no resultaba fácil. Era perfectamente posible que Gabriel hubiera descubierto algo nuevo, algún hecho significativo... Si así fuera, ¿qué recompensa reclamaría?

Su experiencia no le bastaba para darle una respuesta. Y no estaba segura de poder confiar en sí misma mientras estuviese en sus brazos.

Ésa era la parte que menos entendía. Cuando estaba con él como la condesa, parecía ocupar una posición que nunca había alcanzado Alathea Morwellan, a pesar del hecho de conocerlo tan bien. No se trataba solamente de la naturaleza ilícita de su relación, sino de algo distinto, de un mecanismo más profundo, de una cuestión más de fondo. Una relación que ansiaba, pero que sabía que no podría tener.

Nunca había sido de las que se llevaban todo por delante; jamás había sido en lo más mínimo alocada. Sin embargo, mientras era la condesa y él la trataba como si fuera otra persona, ella también empezaba a pensar y a sentir de otra manera.

Su farsa había asumido nuevas y peligrosas dimensiones.

Se oyeron unos golpes en la puerta. Alathea se volvió. Folwell, el mozo de cuadra, se asomó. La saludó respetuosamente; ella le sonrió y le hizo señas de que entrara, volviendo al escritorio.

—¿Alguna novedad?

—Hoy nada, señora —dijo Folwell, y se detuvo ante el escritorio—, pero ese Chance... habla por los codos. Con el debido respeto, señora, tuve que hacerle ver su error de manera severa y clara. Habla demasiado liberalmente sobre el señor Rupert. Como usted sabe, señora, eso no está bien.

—Es cierto, pero en este caso, la locuacidad de Chance ha sido útil.

—Oh, claro, todavía nos cuenta cosas a mí y a Dodswell. Pero no queremos que le hable a nadie más.

—Por supuesto.

Alathea, pensando en las instrucciones de Folwell al nuevo y curioso valet de Gabriel, contuvo una sonrisa. Ya había recibido un relato muy pintoresco sobre la manera en que Chance había llegado a su actual empleo; todo lo que escuchó después hizo que tuviese bastantes ganas de conocerlo. La excentricidad que Gabriel había mostrado con Chance le resultaba familiar y lo hacía digno de aprecio. Como le había dicho a Celia, Gabriel no era frío, sino más bien contenido. Estaba dispuesta a apostar que Celia no sabía nada de la existencia de Chance.

—¿El señor Rupert no volvió a encontrarse con el señor Debbington?

—No, señora. Sólo hubo un encuentro, como le mencioné. El señor Debbington no ha vuelto.

—¿No hubo notas o cartas?

—Anoche hubo una nota, señora, pero Chance no sabe de quién era. El señor Rupert la leyó y pareció complacido, pero, claro, no le dijo nada a Chance.

—Hmm. —Las quejas de Celia se presentaron en la mente de Alathea; confió en Folwell y preguntó—. ¿Qué hay de las damas? ¿Hubo alguna mujer que lo visitara? ¿O salió...?

Como estaba de espaldas a la ventana, Folwell no pudo ver que se ruborizaba.

—No, señora. Ninguna. Dodswell dice que no ha habido mujeres en la casa desde hace tiempo; al menos, desde hace semanas. Dice que el señor Alasdair está a la pesca de una —era el turno de Folwell de ponerse colorado—, pero el señor Rupert se ha estado quedando tranquilo en la casa, excepto cuando asistió a reuniones familiares y a encontrarse con una persona misteriosa. Ésa es usted, señora.

—Sí... Gracias Folwell —dijo Alathea asintiendo—. Continúa pasando todos los días, pero trata de evitar que el señor Rupert lo note.

—Eso haré, señora —dijo Folwell, agachando la cabeza—. Puede contar conmigo.

Luego de que se hubo ido, Alathea consideró la imagen de la vida de Gabriel que estaba saliendo a la luz. Celia siempre había dado a entender que había un flujo constante de damas que pasaba por la casa de Brook Street. Cierto que había dos hermanos —Lucifer y Gabriel—, pero en ese momento parecía que Gabriel no estaba haciendo nada. Al menos no en ese campo.

Tamborileando distraídamente con el lápiz, Alathea consideró ese hecho.

Augusta, marquesa de Huntly, dio un *grand ball* dos noches después. Alathea no pudo saber qué lo distinguía de otros bailes; era tan concurrido y tan aburrido como los demás. Nunca había tenido mucho tiempo para bailes; el baile Hunt y uno o dos más en todo el año eran más que suficientes para ella. Estar forzada a soportar un gran baile cada noche se estaba convirtiendo en su definición personal de la tortura. Sin embargo, la marquesa era cuñada de la viuda, una Cynster de nacimiento; no había modo de rechazar su invitación.

Al menos el baile le daba una oportunidad de mantener un ojo sobre su Némesis; era posible que sus planes incluyeran encuentros en bailes. Desde el lado del salón de baile en el cual obstinadamente permanecía, lo observaba rondar. Era lo suficientemente alta para verlo fácilmente, pero ponía especial atención en no mirarlo fijamente. Repetía para sí su última determinación: a ser posible, lo evitaría, pero si se encontraban, se comportaría como siempre se había comportado, como si nunca hubiese estado en sus brazos en Bond Street, o en ningún otro lado.

Afortunadamente, se estaba alejando de ella, con sus anchos hombros enfundados debajo de un abrigo oscuro de color nuez. El tinte marrón de la tela le daba a su cabello un tono castaño bruñido; la severa simplicidad del corte enfatizaba su estatura e intensificaba el aura rapaz que exudaba.

Al cabo de un instante, Alathea desvió la mirada y la dirigió a la multitud que había entre ellos. Luego, le echó un vistazo a las paredes. La atrajeron los adornos de crepé. Se puso a considerar la manera de reducir el costo de la decoración del enorme salón de baile de la Morwellan House, conservando al mismo tiempo un resultado satisfactorio. El baile, en el cual Mary y Alice se presentarían formalmente ante la nobleza, se acercaba a pasos agigantados.

—¿Por qué diablos no puedes dejar esas condenadas cosas en casa? O aún mejor, arrojarlas al fuego.

Alathea giró; el corazón le dio un salto. Había estado tan absorta, que Gabriel se las había arreglado para acercársele sin ser notado. Sus ojos buscaron los suyos... él la observaba, esperando... la determinación que ella había tomado le repiqueteaba en los oídos.

—¡Por el amor de Dios, tengo veintinueve años!

—Sé exactamente la edad que tienes.

Levantó el mentón.

—La gente espera que lleve un sombrerito.

—En este salón no hay más de diez personas que pueden ver esa cosa horrible.

—No es horrible... ¡es de última moda!

—¿Hay estilo para el horror? Sorprendente. Sin embargo, no te queda bien.

—¿Ah, no? ¿Y por qué? —preguntó con las mejillas ruborizadas—. ¿El color quizá?

El sombrerito tenía el tono exacto de su vestido de seda verde, un color sumamente a la moda que le iba a la perfección. Entornando los ojos, lo desafió a que sugiriera lo contrario; no había duda de que acababan de volver a su relación normal.

Gabriel recorrió el rostro de ella con la mirada y después volvió a su fobia.

—Podría ser de oro macizo y seguiría siendo cursi.

—¿Cursi?

Hasta entonces, la conversación había transcurrido en voz baja; Alathea estranguló la voz para tratar de preservar la calma exterior. Mirándolo a los ojos, aspiró profundamente y, con un tono de férreo desafío, dijo:

—He decidido usar sombrero por el resto de mi vida y no hay nada que puedas hacer al respecto. De modo que te sugiero que te vayas acostumbrando; pero si no es pedirte mucho, guárdate tus opiniones para ti.

Gabriel apretó las mandíbulas; sus ojos se fijaron en los de ella. Con la mirada dura, los labios apretados, casi pegados, se quedaron a un costado del salón de baile de los Huntly, esperando mutuamente que el otro cediera.

—¡Oh, Allie!

La angustiada voz hizo que ambos se volvieran. Alice apareció entre la multitud.

—Mira —dijo cariacontecida, mientras levantaba un poco su falda para mostrar el volante—. Ese estúpido lord Melton me la ha pisado durante el último baile, ¡y ahora mi vestido nuevo está arruinado!

—No, no —dijo Alathea, rodeándola con el brazo y abrazándola—. No es un problema importante. Tengo alfileres. Bien, vamos al tocador y te lo arreglaré para que no te pierdas el resto de los bailes; después, cuando lleguemos a casa, Nellie te lo dejará como nuevo.

—Oh —exclamó Alice y, viendo a Gabriel, parpadeó y le ofreció una sonrisa llorosa. Luego miró a Alathea—. ¿Podemos ir?

—Sí —dijo Alathea, echándole una mirada altiva y desdeñosa a Gabriel—. Hemos concluido nuestra conversación.

Cuando los ojos de él se toparon con los de ella había furia, pero cuando su mirada alcanzó a Alice, la expresión de Gabriel era afable.

—Los volantes se rompen todo el tiempo —le dijo Gabriel—. Si no, pregúntale a las gemelas. Se les rompe uno por baile.

Alice sonrió amablemente y le echó una mirada expectante a Alathea.

—Vamos. El tocador debe de estar en el pasillo.

Mientras tomaba la delantera, Alathea pudo sentir la mirada de Gabriel en su espalda. Había estado criticando sus sombreritos a lo largo de los tres últimos años, desde el momento mismo en que empezó a usarlos. Ella sospechaba que la causa de su vehemente desagrado era un misterio tanto para él como para ella... y nada había cambiado, a Dios gracias.

Habían vuelto a lo que, para ellos, era la normalidad.

Mientras Alathea salía del salón de baile, Gabriel suspiró aliviado y se alejó. ¡Bien! Todo había vuelto a ser como de costumbre; la preocupación que lo había estado fastidiando durante los últimos días literalmente se evaporó. Después de su metedura de pata en Bruton Street, la necesidad de arreglar las cosas con Alathea y reestablecer su relación habitual lo había distraído, e incluso le había robado la concentración necesaria para llevar a cabo sus planes con la condesa.

Pero ahora todo se había arreglado. Alathea, sin duda, había abrigado un deseo similar; estaba lista para volver a su comportamiento acostumbrado tan pronto como él le ofreciera la oportunidad de hacerlo; él había visto ese destello de interés en los ojos de la joven antes de que ella le saltara encima.

La sensación de libertad que Gabriel sintió fue muy real; ahora podría prestarle plena atención a la cuestión que, cada vez más, reclamaba su alma de guerrero: la condesa y su seducción... Ahora todas sus energías podrían concentrarse en eso.

Tardó cinco minutos en arreglar el volante roto. Sin prisa por regresar, Alathea pidió un vaso de agua y bebió un sorbo; el intercambio de palabras con Gabriel la había impresionado más de lo que estaba dispuesta a admitir. Le estaba resultando cada vez más difícil mostrarse enemistada con él, mantener la voz cortante y no suavizarla hasta adquirir el tono de la condesa (tono que empleaba en privado con aquellos a quienes quería).

Otra dificultad más, por si no tuviera suficientes.

Diez minutos más tarde, volvió a entrar al salón de baile detrás de Alice. No se veía a Gabriel por ninguna parte.

Alice regresó a su círculo de damitas jóvenes y caballeros bisoños. Alathea se paseó; escrutando el gentío, ubicó a Gabriel. Discretamente, se colocó en una posición cercana a la pared opuesta a donde estaba él; esta vez, cerca de un pilar protector. No, parecía que nada podía protegerla de la atención de los Cynster; Lucifer se le acercó casi de inmediato.

—¿Volante roto?

—¿Cómo lo has sabido? —le preguntó Alathea, parpadeando.

—Las gemelas lo intentan todo el tiempo.

—¿Lo intentan?

—Intentan usar eso como excusa para escabullirse. Claro, el volante o lo que sea a veces se rompe, pero si uno aceptara que la plétora de accidentes que sufren sus guardarropas se deben a la torpeza de sus parejas de baile, habría que creer que toda la mitad masculina de la alta sociedad no sabe manejar los pies.

Alathea no sonrió.

—Pero ¿por qué las gemelas intentan escabullirse?

—Porque tienen la fantasía de dar con caballeros poco recomendables si consiguen escaparse de nuestra vista.

Alathea observó que la expresión de Lucifer era perfectamente seria. Él escrutó la multitud y luego desvió la vista en la dirección de la joven.

—Pero tú entiendes de qué se trata... Te he visto vigilando a la pequeña Alice.

—No estaba vigilándola... Nunca antes había roto un volante y no tenía alfileres, o no sabía cómo colocarlos. Sencillamente, la estaba ayudando.

—Tal vez, pero sé que estás al tanto... Tú también la estabas vigilando.

Esa noche, Alathea estaba sufriendo una sobredosis de varones Cynster. Respiró hondo, contuvo el aliento por un instante y, luego, se volvió hacia su compañero de charla.

—Alasdair.

Eso captó la atención de él, que la miró enarcando una ceja.

—Tú y tu igualmente equivocado hermano debéis poner fin a esa ridícula obsesión. Las gemelas tienen dieciocho años. Estuve con ellas; conversé con ellas. Son damitas sensatas y equilibradas, perfectamente capaces de manejar sus propias vidas, al menos en lo que se refiere a relacionarse con los caballeros apropiados y a elegir a sus propios consortes.

Lucifer frunció el entrecejo y abrió la boca para hablar...

—¡No! Cállate y óyeme lo que te voy a decir —dijo Alathea—. Esta noche ya estoy hasta la coronilla de discutir con los Cynster, ¡y me harás el favor de decírselo también a tu hermano! —agregó, dirigiéndole una mirada sombría—.

Ambos tenéis que entender que la constante vigilancia a la que sometéis a las gemelas acabará por hacer que enloquezcan. Si no les dais el espacio para que encuentren su camino, se rebelarán y entonces os tocará solucionar algún lío infame. ¿Cómo te sentirías si, cada vez que pusieses un pie en un baile, te siguieran y limitasen tus actos?

—Eso es otra cosa. Podemos cuidarnos a nosotros mismos —dijo Lucifer, escrutando su rostro e, inmediatamente, suspiró—. Olvidaba que no has estado demasiado tiempo en Londres —agregó, reflejando en su sonrisa la esencia de la condescendencia fraterna—. Hay todo tipo de sinvergüenzas merodeando a la buena sociedad; no podemos dejar a las gemelas sin vigilancia. Sería como sacar a pasear dos corderitas y luego alejarse para que se hicieran cargo los lobos. Por eso vigilamos. Y no tienes que preocuparte por Mary y Alice... Vigilar a cuatro es lo mismo que vigilar a dos.

Hablaba sinceramente. Alathea gruñó:

—¿Se te ha ocurrido alguna vez que las gemelas posiblemente sean capaces de cuidar de sí mismas?

—¿En un lugar como éste? —preguntó Lucifer, mirando a las muchachas objeto de su discusión y meneando la cabeza—. ¿Cómo podrían hacerlo? Y debes admitir que, cuando se trata de engañar a las damas, somos los mayores expertos.

Alathea se contuvo de poner los ojos en blanco. Estaba decidida a hacer mella o, al menos, a golpear en el orgullo de los Cynster. Recorriendo con la vista el salón de baile, buscó inspiración.

Y entonces vio a Gerrard Debbington que se dirigía hacia Gabriel, quien estaba charlando con un conocido. Gerrard saludó con un movimiento de la cabeza y Gabriel le devolvió el saludo. Aun estando del otro lado del salón, Alathea pudo sentir el repentino interés que Gerrard le despertaba a Gabriel.

—Mira —dijo Lucifer, acercándose a ella—, toma el caso de lord Chantry, quien siempre está husmeando alrededor de la falda de Amelia.

—¿Chantry? —preguntó Alathea, con la mirada fija en

el otro lado del salón. El caballero que había estado conversando con Gabriel se había ido, dejándolo solo con Gerrard. Al instante, el tono de la conversación cambió. Gerrard se movió; Alathea ya no pudo ver su rostro.

—Hmm. Se supone que tiene una bonita propiedad en Dorset y, por lo que dicen las damas, es un tipo de lo más encantador —continuó Lucifer.

—¿De veras?

Alathea podía decir que, por la intensidad de la expresión de Gabriel, lo que fuese que Gerrard le estaba diciendo era extremadamente importante.

—Con todo, Chantry tiene otra cara.

Tenía que acercarse para poder escuchar; obviamente, estaban discutiendo sobre algo vital.

—Está endeudado. Cuenta las monedas.

A punto de ponerse en movimiento, Alathea miró a su alrededor y se encontró cara a cara con Lucifer, que era quien había hablado.

—¿Qué?

—Lo persiguen los acreedores y anda buscando una boda rápida con una rica heredera que lleve billetes atados al ramo— añadió Lucifer.

—¿Quién?

—Lord Chantry —respondió Lucifer, frunciendo el entrecejo—. Te he estado hablando de él para que entiendas por qué vigilamos a las mellizas. ¿Acaso no me escuchabas?

Alathea parpadeó. Dejar atrás a Lucifer, precipitarse por el salón de baile atiborrado de gente y acercarse lo suficiente a Gabriel como para entreoír lo que estaba diciendo era imposible. Aparte de todo eso, Lucifer no se despegaría de ella.

—Mmm... sí. Cuéntame más.

Alathea se movió para poder seguir teniendo a Gabriel a la vista.

Lucifer se relajó y prosiguió:

—Bien, pues ése es Chantry. Y, claro, Amelia ha estado sonriéndole dulcemente toda la semana pasada. Muchacha tonta. Intenté prevenirla, pero ¿crees que me escuchó? Oh, no. Se dio ínfulas e insistió en que Chantry era divertido.

Gabriel buscó con la mirada. Como si lo hubiesen mandado llamar, Diablo, el objeto de la mirada de Gabriel, se apartó del círculo de Honoria y se acercó para unirse a la conversación.

Se estaba planeando algo grande.

—Otro ejemplo perfecto de sinvergüenza es Hendricks (ése de ahí, a la derecha de Amanda). Es todavía peor que Chantry.

Dejando que el monólogo de Lucifer continuara, Alathea observaba la reunión que tenía lugar del otro lado del salón. Vane se acercó como por casualidad; también él se sumó a la discusión. Se barajaban ideas —¿acuerdos?—; eso estaba claro por las miradas que intercambiaban y los gestos ocasionales. Finalmente, se tomó una decisión. Fuera la que fuese, involucraba a Gerrard Debbington. A Gerrard y a Gabriel. Diablo y Vane parecían ser consejeros, menos involucrados en los detalles del plan.

Tenía que enterarse del plan.

—De modo que ya ves por qué las vigilamos. ¿Lo entiendes ahora?

Alathea volvió a prestarle atención a Lucifer. ¿Cuál era la respuesta correcta? ¿Sí? ¿No? Suspiró. ¿Qué importaba? Las gemelas tendrían que pelear sus propias batallas. Poniéndole una mano sobre el brazo, lo tranquilizó.

—Está empezando un vals... Ven a bailar. Necesito distraerme.

—No puedo... Estoy vigilando.

—Gabriel está libre..., hazle una señal. Él puede reemplazarte.

Eso hizo Lucifer y Gabriel aceptó, y ella consiguió distraerse.

Y le vino muy bien.

Para cuando estaba en el carruaje, en dirección a su casa por las calles desiertas, había aceptado el hecho de que debería volver a encontrarse con su caballero. Exprimiéndose los sesos, intentó imaginar algún lugar seguro para que la condesa pudiese encontrarse con él. Algún lugar que inhibiera sus exigencias de una recompensa mayor.

Ya había tenido suficiente recompensa.

No podía permitirle que reclamara nada más, ni siquiera aunque hubiese averiguado otras cosas. Ya se había tomado demasiadas libertades.

Pero ¿cómo impedirle que se tomara aún más?

7

—Buenos días, señor Cynster.

Gabriel se detuvo y se volvió; la condesa caminaba hacia él.

Fue en medio de Brook Street, a plena luz del día.

Como de costumbre, estaba completamente cubierta por la capa y velada. Gabriel arqueó una ceja. El cazador que había en él reconoció la estrategia, pero si acaso pensaba negarle su recompensa, debería cederle otra cosa en su lugar.

Ningún velo era impenetrable a plena luz del día.

Ella se detuvo ante él, con el rostro levantado, y él vio la máscara negra que llevaba debajo del velo.

Se preguntó si era una jugadora de ajedrez.

—Buenos días... —saludó Gabriel, dejando que, mientras se ponía derecho tras la reverencia, su saludo se desvaneciera por falta de un nombre o un título específico; luego agregó «madame».

Sintió la sonrisa de la mujer, oculta detrás de la máscara. Luego, ella señaló el lugar hacia el cual él se dirigía y dijo:

—¿Puedo acompañarlo?

—Con mucho gusto.

Gabriel le ofreció el brazo y ella apoyó en él su mano enguantada. Mientras caminaban hacia Bond Street, él era intensamente consciente de la altura de la mujer. Podía ver por encima de las cabezas de la mayoría de las damas; por tanto, le resultaba fácil olvidarse de ellas cuando las llevaba del brazo. Pero ignorar a la condesa resultaba imposible, porque ella incidía sobre su conciencia de muchas maneras.

Ya hacía un rato que había pasado el mediodía y la gente bien lentamente se había puesto en movimiento; los caballeros emergían de sus casas, mientras Gabriel buscaba refugio o compañía agradable en los clubes que había alrededor de St. James.

—Me imagino —dijo la mujer, con la misma voz suave y baja de las otras veces— que está avanzando con lo de la Central East Africa Gold Company.

—Así es —afirmó Gabriel, y continuó—: Para demostrar el fraude, es imperativo que tengamos testigos de ello y evidencia de los detalles precisos de la propuesta de los representantes de la compañía a los eventuales inversores. El hombre que lleva mis negocios ha realizado investigaciones discretas, pero ninguno de los inversores más ricos o experimentados, ni sus agentes, recibieron ofertas. Siendo así, tenemos que enviarle a la compañía un inversor potencial.

La mujer miró hacia abajo. Cruzaron South Molton Street antes de que preguntase:

—¿A quién tiene en mente para ese papel?

—A un joven amigo que se llama Gerrard Debbington. Tiene un aspecto que le permitirá pasar por mayor de edad, a pesar de no serlo. Eso, claro, le da una razón perfecta y válida para no firmar ningún pagaré después de la propuesta de la compañía.

—Deberían firmar sus tutores.

—Exacto. Pero no los va a mencionar hasta el final de la entrevista.

—¿Qué entrevista? —preguntó la mujer.

Con expresión impasible, Gabriel consideró que lo único que podía ver era el brillante destello de sus ojos. No sabía de qué color eran, sin embargo sospechaba que no podían ser celestes. ¿Marrones? ¿Verdes?

—Gerrard ha pasado los últimos días deambulando por los lugares precisos, dando a entender que buscaba algo mejor que hacer con su dinero en vez de seguir comprando más tierras.

—¿Y?

—Ayer, Archie Douglas se encontró con él por casualidad.

—¿Y?

La repetición de la pregunta traía consigo una nota de impaciencia.

—Archie le habló a Gerrard de la Central East Africa Gold Company. Cuando Gerrard mostró interés, se planteó una reunión con los representantes de la compañía.

—¿Cuándo?

—Archie tenía que confirmar los detalles con sus amigos, pero Gerrard, según las instrucciones que tenía, sugirió que fuera mañana por la noche en el hotel Burlington.

—¿Cree usted que los representantes de la compañía, detrás de los cuales, entiendo, está Crowley, aceptarán?

—Estoy bastante seguro de que sí. Archie no se habría acercado a Gerrard, si Crowley no hubiese dado previamente su autorización.

—Pero... —dijo y la angustia tiñó sus palabras—, tengo entendido que Gerrard Debbington está relacionado con ustedes, los Cynster. ¿Es prudente?

Gabriel frunció el ceño para sus adentros. ¿Quién era ella?

—Sí, está relacionado, pero no de manera obvia. Archie Douglas no está bien visto por los anfitriones de la alta sociedad, por lo que no sabe de esa relación. La investigación de Crowley se centrará en los bienes de Gerrard, que demuestran que, efectivamente, es un joven y rico hacendado de los distritos rurales. Si la compañía tuviese por costumbre un examen más minucioso de sus víctimas, no se habría metido con su difunto esposo.

—Hmm.

La mujer sonó menos que convencida.

—Veámoslo de esta manera: si Crowley tuviese la menor sospecha de que Gerrard Debbington tuviera algún tipo de relación conmigo, jamás se habría acercado a él.

Ella levantó la cabeza. Luego asintió como solía hacer.

—Sí, claro, es verdad. Así que..., ¿usted cree que Gerrard Debbington puede efectivamente pasar por un inversor crédulo?

—Estoy seguro de ello. Lo instruiré sobre lo que necesitamos saber y le proporcionaré una serie de sugerencias (cebos, si quiere), de modo que conozca las preguntas más útiles, formuladas en el lenguaje apropiado de un joven caballero.

—Sí, pero ¿de veras le parece que será capaz de llevar adelante esa... —hizo un ademán con la mano— caracterización? Si apenas tiene dieciocho años...

—Hace muy bien el papel de joven menos inteligente de lo que es. Se queda mirando vagamente, con los ojos vacíos, a quienquiera que le esté hablando. Tiene un rostro de apariencia inocente, con grandes ojos y una de esas sonrisas encantadoramente juveniles. Siempre parece tan transparente como un lago, lo cual no significa que efectivamente lo sea. —Miró a la condesa y agregó—: No sé si lo sabe, pero es un pintor en ciernes, de modo que, en las circunstancias más sociales, aun cuando parezca metido en la conversación, generalmente se dedica a estudiar los rasgos de la cara de la gente, su manera de vestir, los colores y todo el resto.

—Comprendo —dijo la condesa, mirándolo fijamente.

Así que ella jugaba al ajedrez, pero él era un maestro. Gabriel prosiguió:

—Así que Gerrard se encontrará con los representantes de la compañía mañana por la noche. He elegido el Burlington porque es el tipo de lugar en el que se hospedaría alguien como Gerrard. Tendrá una *suite*, y mientras hable en el recibidor con quienquiera que llegue para hacerle la propuesta, estaré oyendo desde la recámara de al lado.

—¿Espera que aparezca Crowley?

—Resulta imposible afirmarlo. No hay razón para que necesite mostrarse, pero, basándome en su comportamiento en el pasado, sospecho que estará allí. Parece experimentar un placer especial regodeándose en aquellos a quienes tima.

—Quiero estar presente... oír lo que se diga en esa reunión.

Gabriel frunció el entrecejo.

—No hay necesidad alguna de que asista a ella.

—No obstante, me gustaría oír por mí misma lo que ofrece la compañía y, en última instancia, si fuera necesario, servirá para que haya un testigo más.

Gabriel volvió a fruncir el ceño.

—¿Y qué hay de Gerrard? Si usted quiere preservar su anonimato, seguramente no querrá que él sepa de su existencia. A pesar de que yo respetase su petición de no descubrir su identidad, Gerrard, al fin y al cabo, tiene sólo dieciocho años y posee un ojo de artista.

La mujer se detuvo.

—¿No sabe que usted está investigando a la compañía a petición mía?

—Puesto que ya he investigado otras compañías por iniciativa propia, no hubo necesidad de explicarle las razones de mi interés en la Central East Africa Gold Company. Sobre todo, teniendo en cuenta que Crowley está al timón.

La mujer permaneció en silencio; Gabriel casi podía oír cómo trabajaba su mente. Luego, levantó la vista.

—¿Estará alojado el señor Debbington realmente en el Burlington?

—No. Llegará alrededor de media hora antes del comienzo de la reunión.

—Muy bien... Me presentaré antes que él. ¿Supongo que usted estará allí?

—Sí, pero... —dudó Gabriel.

—No habrá peligro alguno para mí, o para mi anonimato, si me deslizo en secreto al dormitorio antes de la llegada del señor Debbington, oigo la presentación y luego aguardo hasta que él se vaya para hacer yo otro tanto.

Gabriel le miró el rostro velado.

—No puedo comprender por qué usted debería exponerse así, sin ningún sentido...

—Insisto.

Con el mentón imperiosamente levantado, la mujer le sostuvo la mirada. Apretando los labios, Gabriel dejó que el momento se prolongara y prolongara; luego, a regañadientes, respondió:

—Muy bien. Tendrá que llegar al Burlington no más tarde de las nueve.

Gabriel sintió cómo la inundaba una sensación de triunfo: la condesa pensaba que había ganado un asalto. Bajo su máscara, no había duda de que sonreía. Gabriel mantuvo los labios apretados y el entrecejo fruncido, mirando su rostro velado.

—Ahora voy a dejarlo —dijo la mujer, retirando su mano del brazo de Gabriel y mirando calle arriba.

Gabriel miró alrededor y vio un pequeño carruaje negro —probablemente el mismo que lo había llevado a su casa desde Lincoln's Inn—, estacionado detrás de ellos, al lado del borde de la acera.

—La acompañaré hasta su carruaje —decidió, y antes de que pudiera parpadear, volvió a coger su mano y a posarla sobre su manga. Ella dudó, luego aceptó, algo rígida.

Gabriel escrutó el carruaje a medida que se acercaban, pero era un vehículo anónimo —pequeño, negro y carente de adornos—, idéntico al segundo carruaje que la mayoría de las casas tenían en la capital. Empleados para transportar a sus propietarios con discreción, tales carruajes no llevaban insignia alguna sobre las puertas ni detalle que sirviera para identificarlos en la carrocería. Allí no había ni rastro de la identidad de la condesa.

Los caballos eran anodinos. Gabriel le echó una mirada al cochero; estaba encorvado sobre las riendas, con la cabeza hundida entre los hombros. El hombre llevaba un grueso abrigo y pantalones lisos; ninguna librea.

La condesa había pensado en todo.

Gabriel abrió la puerta del carruaje y extendió una mano hacia la condesa. Deteniéndose sobre el estribo, la mujer se volvió a mirarlo.

—Hasta mañana a las nueve de la noche.

—Sí —dijo él, sosteniéndole la mirada por un instante; después la dejó ir—. Le dejaré un mensaje al portero para que la conduzca a la *suite*.

Retrocedió, cerró la puerta y se quedó observando cómo se alejaba el carruaje.

Sólo cuando giró estrepitosamente en la esquina, se permitió sonreír victorioso.

Al día siguiente, estaba esperando en la mejor *suite* del Burlington cuando, cinco minutos antes de las nueve en punto, ella llamó a la puerta. Él la abrió y retrocedió, procurando no sonreír demasiado manifiestamente mientras la condesa avanzaba, como siempre velada y con su capa.

Al cerrar la puerta, observó mientras ella le echaba un vistazo al cuarto, en el que había dos lámparas sobre sendas mesitas que flanqueaban la chimenea y derramaban su luz. Delante de la chimenea había dos sillones y un sofá dispuestos alrededor de una mesita baja. Las ventanas estaban cubiertas por cortinas pesadas; el fuego que danzaba en el hogar volvía la escena más acogedora. Al alcance de uno de los sillones había un pequeño bar bien provisto.

Cuando la mujer se volvió hacia él, tuvo la clara impresión de que aprobaba el escenario.

—¿Cuándo llegará el señor Debbigton?

Gabriel le echó un vistazo al reloj que reposaba sobre el mármol de la chimenea.

—Pronto —respondió e hizo un gesto con la cabeza en dirección a la puerta que había enfrente de la chimenea— ¿Querrá tal vez inspeccionar nuestro puesto de vigilancia?

Cuando giró, la falda se le arremolinó; la siguió mientras cruzaba el cuarto.

Se detuvo más allá del umbral y miró alrededor.

—Oh, sí. Es perfecto.

Gabriel también lo creía así. En la penumbra como de caverna creada por las pesadas cortinas, se veía una gran cama con dosel, dispuesta en majestuoso esplendor. Tenía un considerable número de almohadas mullidas y un colchón grueso. Él había confirmado ya que se adecuaba a sus exigencias; la condesa no tendría ninguna razón para poner reparo alguno.

Ella, por supuesto, no le prestó ninguna atención a la cama; su comentario fue motivado por la conveniente rendija que quedaba entre la puerta a medio cerrar y su marco. Para cualquiera que estuviera de pie detrás de la puerta, esa rendija dejaba ver una panorámica perfecta de los sillones colocados enfrente del hogar de la sala de estar.

Les estaba echando una mirada, cuando se oyó otro golpe en la puerta.

Gabriel respondió a su mirada inquisidora:

—Gerrard. Hemos de ensayar lo que va a decir. No tiene que saber que está aquí.

Le hablaba en susurros. Ella asintió con la cabeza. Gabriel cruzó la puerta y la dejó.

Gerrard estaba de pie en el corredor, elegantemente acicalado; su juventud sólo se revelaba en el brillo de expectación de sus ojos.

—¿Todo listo?

—Te iba a preguntar lo mismo —dijo Gabriel, que le indicó los asientos al lado del fuego y cerró la puerta—. Debemos repasar la lección.

—Oh, sí —dijo Gerrard, poniéndose cómodo en el que claramente era el sillón del anfitrión—. No me había imaginado cuánto hay que aprender para darle dinero a la gente.

—Muchos no se dan cuenta y precisamente de eso sacan provecho personas como Crowley —dijo Gabriel, dirigiéndose hacia el otro sillón, pero luego dudó y se encaminó hacia la pared, cogió una silla con respaldo y la colocó delante de Gerrard—. Es mejor proceder con seguridad —añadió y se sentó dirigiéndole una mirada entusiasta—. Ahora...

Hizo que Gerrard repitiese los términos y condiciones de inversión, expresados en jerga popular. Después de veinte minutos, asintió con la cabeza y dijo:

—Lo conseguirás. —Miró el reloj—. De ahora en adelante, mejor que hablemos en voz muy baja.

Gerrard asintió. Miró en dirección al bar. Se levantó y se sirvió una pequeña cantidad de brandy; hizo girar la copa para dar la impresión de que originalmente había más líquido. Encontró la mirada de Gabriel mientras volvía a sentarse con la copa entre los dedos.

—Debo ofrecerles algo de beber, ¿no crees?

—Buena idea. —Gabriel asintió mirando la copa que Gerrard tenía en la mano.

Gerrard sonrió.

Una llamada enérgica sonó en la puerta.

Gabriel se puso en pie y levantó una mano, indicándole a Gerrard que permaneciese sentado; cogió su silla y, silenciosamente, volvió a ponerla en el lugar que ocupaba junto a la pared. Después de echar un último vistazo a la estancia, Gabriel entró en el dormitorio a oscuras y se ubicó detrás de la puerta.

Gerrard posó la copa, se incorporó, se alisó las mangas y se dirigió a la puerta. Al abrirla, miró hacia fuera.

—¿Sí?

—Creo que está esperándonos —dijo una voz profunda y sonora, que llegó con claridad hasta la puerta del dormitorio, donde estaban Gabriel y Alathea—. Representamos a la Central East Africa Gold Company.

Gabriel se había ubicado detrás de la condesa. En el oscuro dormitorio, ella era una sombra densa, con el rostro velado apenas iluminado por la débil luz que se colaba entre la puerta y la jamba. Pegado a un costado de la condesa, Gabriel observaba cómo Gerrard saludaba a los visitantes con su franca afabilidad.

Tras estrechar sus manos, Gerrard les indicó a los dos hombres el sofá.

—Por favor, tomen asiento.

Gabriel luchaba por concentrarse, impidiendo que el perfume de la condesa lo afectara; era la primera vez que veía a Crowley. A pesar de que sólo había podido oír los nombres de los visitantes, no tenía ninguna duda de cuál de los dos era. Grande como un toro, al comparar su altura con la de Gerrard, Gabriel calculó que debía medir como un metro noventa. Era una mole de músculos que equivalía a dos Gerrard. Tenía unas cejas negras y espesas, que sobresalían por encima de sus ojos hundidos. De rostro rollizo, sus rasgos eran tan groseros como el cabello negro y ensortijado que cubría su enorme cabeza.

Esa cabeza parecía directamente hundida en los descomunales hombros; sus brazos eran muy musculosos, al igual que sus piernas. Tenía pecho ancho y fornido; se veía tan fuerte como un buey y, probablemente, lo fuera. La única debilidad que Gabriel pudo advertir fue que se movía pesadamente y que carecía de flexibilidad; cuando Gerrard le ofreció un trago en el momento en que Crowley estaba por sentarse, tuvo que girar todo su cuerpo hacia Gerrard —y no sólo la cabeza— para poder contestarle.

Era un espécimen decididamente feo, pero no específicamente desagradable. En ese momento, sus labios gruesos trazaban una curva, formando una sonrisa afable que atenuaba la línea agresiva de su mandíbula, otorgándole así a su poco atractivo semblante un cierto encanto. En verdad, había una energía cruda —un magnetismo animal— oculta en el fulgor de su mirada y en la pura fuerza de sus movimientos.

Algunas mujeres lo encontrarían atractivo.

Gabriel le echó una mirada a la condesa. Tenía los ojos clavados en la escena que se desarrollaba del otro lado de la puerta. Gabriel volvió a mirar a Crowley, recostado en el sofá, completamente a gusto ahora que había visto a Gerrard. La expresión de su rostro le recordó a Gabriel la de un gato a punto de empezar a jugar con un ratón: el gozo previo a la matanza destilaba por los poros de Crowley.

Un sonido suave llegó hasta Gabriel. Miró a la condesa y se dio cuenta de que lo que oía era su respiración agitada. Se había puesto tensa; mientras la observaba, vio que se había estremecido imperceptiblemente.

Al volver a prestarle atención a la escena que se desarrollaba ante ellos, Gabriel la entendió. Con su cara más inexpresiva, Gerrard le hablaba afablemente al otro hombre; no veía el rostro de Crowley. Sin embargo, Gerrard, sensible y perspicaz, no ignoraba, pues era imposible, la poderosa amenaza que representaba Crowley. El respeto que Gabriel sentía por el muchacho aumentó a medida que Gerrard se dirigía a Crowley con toda la inocencia del mundo.

Mientras Gerrard discutía con Crowley cuestiones preliminares banales, sobre la naturaleza de los negocios de la compañía, Gabriel estudiaba al otro hombre —cuyo nombre era Swales—, el agente.

Era un tipo que no se distinguía en nada: estatura media,

complexión media, tez del color usual. Sus rasgos no se distinguían de infinidad de otros, su manera de vestir era igualmente anónima. Lo único que distinguía a Swales era que, mientras su rostro, con su expresión insulsa, se parecía a una máscara, sus ojos nunca estaban quietos. Incluso en ese momento, a pesar de que no había nadie más en la estancia, salvo Gerrard y Crowley, la mirada de Swales recorría constantemente el lugar, yendo y viniendo.

Crowley era el depredador; Swales, el carroñero.

—Ya entiendo —dijo Gerrard, asintiendo— ¿Y usted dice que esos yacimientos de oro están en el sur de África?

—No en el sur —respondió Crowley, sonriendo con condescendencia—. Están en la parte central del continente. De ahí viene el «Central East» del nombre de la compañía.

—¡Oh! —exclamó Gerrard con el rostro encendido—. Ahora me doy cuenta, sí. ¿Cómo se llama el país?

—Hay más de un país involucrado.

Gabriel oía, ocasionalmente tenso cuando Gerrard sondeaba astutamente a Crowley, pero el hermano de Patience poseía un verdadero don para tensar la cuerda, retrocediendo luego hasta volver a una ignorancia patente y nada amenazadora, justo antes de que Crowley pudiera inquietarse. Gerrard interpretaba su papel a la perfección, al igual que Crowley.

La condesa también estaba en vilo e igualmente preocupada; se ponía nerviosa precisamente en los mismos momentos que Gabriel y luego se relajaba cuando Gerrard volvía a responder a los parlamentos de Crowley, quien era el que había mordido el anzuelo y al que estaban enredando con maestría.

Al cabo de una hora, cuando Gerrard finalmente le permitió a Swales que le mostrara el pagaré, habían oído todo lo que podían desear oír y de los mismos labios de Crowley. Había indicado los lugares de tres de los yacimientos mineros de la compañía y también había citado ciudades donde, según dijo, la compañía tenía obreros y filiales. Había deslizado algunos nombres de supuestos cargos oficiales africanos que respaldaban a la compañía y de autoridades africanas de quienes habían recibido permisos. Bajo sutil provocación, había revelado muchas cifras; suficientes como para mantener ocupado a Montague durante una semana. También había mencionado un par de veces que la compañía estaba cerca de comenzar la próxima fase de desarrollo.

Se habían enterado de lo que necesitaban saber y Gabriel se sentía exhausto por el constante flujo y reflujo de tensión innecesaria. La condesa también flaqueaba. Por su parte, Gerrard rebosaba energía. Crowley y Swales consideraron que se trataba de entusiasmo. Gabriel sabía que era excitación contenida por su triunfo.

—Así que ya ve —dijo Swales, inclinado cerca de Gerrard y señalándole la parte inferior del pagaré, ahora desenrollado sobre las rodillas de Gerrard—, si firma aquí, habremos terminado.

—Oh, sí. ¡Claro! —dijo Gerrard mientras volvía a doblar el pagaré—. Lo haré firmar y habremos terminado, y entonces, todos felices, ¿no? —agregó sonriéndoles a Crowley y Swales.

Se produjo un instante de silencio y luego Crowley dijo:

—¿Hacerlo firmar? ¿Por qué no lo firma ahora?

Gerrard se lo quedó mirando como si estuviera loco.

—Pero... querido amigo, yo no puedo firmar. Soy menor —dijo el muchacho, y una vez lanzada su bomba, miró alternativamente a Crowley y a Swales una y otra vez—. ¿Acaso no lo sabían?

El rostro de Crowley se ensombreció.

—No. No lo sabíamos —repuso, y tendió la mano en demanda del pagaré.

Gerrard sonrió y lo conservó consigo.

—Bueno, no hay de qué preocuparse, ¿sabe? Mi hermana es mi principal tutora y ella firmará cualquier cosa que le pida que firme. ¿Por qué no habría de hacerlo? No tiene cabeza para los negocios... Me lo deja todo a mí.

Crowley dudó. Tenía la mirada férreamente fija en el rostro inocente de Gerrard. Luego le preguntó:

—¿Quién es su otro tutor? ¿También deberá firmar?

—Bueno, sí... Así es como son las cosas cuando está involucrada una mujer, ¿no? Pero mi otro tutor es un viejo incompetente, el abogado de mi finado padre. Vive lejos en el campo. Una vez que firme mi hermana, él también lo hará y todo estará en orden.

Crowley le lanzó una mirada a Swales, quien se encogió de hombros. Luego, miró a Gerrard y asintió.

—Muy bien —dijo y, lentamente, empezó a levantar su mole del sofá.

Gerrard estiró sus largas piernas con la gracia natural de la juventud y tendió la mano.

—Bien, entonces. Haré preparar los papeles, traeré el pagaré firmado y se lo devolveré de inmediato.

Le dio la mano a Crowley y a Swales, y los acompañó hasta la puerta. Al llegar a ella, Crowley se detuvo. Gabriel y la condesa cambiaron de posición, estirándose para no perderlos de vista.

—Entonces, ¿para cuándo tendríamos que esperar la devolución del pagaré?

Gerrard sonrió, como si fuera el epítome de la más absoluta estupidez.

—Oh, creo que algunas semanas serán suficientes.

—¡Semanas! —exclamó Crowley, con el rostro de nuevo desencajado.

Gerrard parpadeó.

—Vaya, sí... ¿No lo mencioné? El viejo abogado de mi padre vive en Derbyshire —dijo y, como Crowley seguía ceñudo, Gerrard enarcó las cejas, transformando su expresión en la de un niño al que se le niega algo que se le ha prometido—. ¿Por qué? ¿Nos apremia el tiempo?

Crowley estudió el rostro de Gerrard; luego, muy gradualmente, se echó hacia atrás.

—Como he dicho, la compañía está a punto de comenzar la nueva fase de operaciones. Una vez que lleguemos a ese punto, ya no aceptaremos ningún otro pagaré. Si usted quiere una parte de nuestras ganancias, tendrá que hacer que le firmen el pagaré y devolvérnoslo; puede enviárselo a Thurlow y Brown, de Lincoln's Inn.

—Pero si no lo hace pronto —agregó Swales—, se quedará fuera.

—¡Oh, de ningún modo! Haré que mi hermana lo tenga firmado para mañana. Si lo mando con un correo urgente, estará de vuelta antes de lo pensado, ¿no?

—Asegúrese de ello —dijo Crowley, y le lanzó una última mirada intimidante cuando abría la puerta.

Swales lo siguió por el corredor. Gerrard se detuvo en el umbral.

—Bien, gracias y adiós.

El saludo gruñido de Crowley retumbó hasta donde estaban Gabriel y Alathea, ahogando el de Swales.

Gerrard se quedó en la puerta, observando su marcha, con una sonrisa estúpida todavía en la cara; luego, retrocedió, cerró la puerta y dejó caer su máscara.

Gabriel cerró las manos sobre los hombros de la condesa. Ésta retrocedió hacia él —durante un gozoso instante, se apretó contra él desde los hombros hasta la cadera—, luego se recompuso y se irguió. Sonriendo en la oscuridad, Gabriel le apretó los hombros y luego la liberó. Y dejándola del otro lado de la puerta, fue a reunirse con Gerrard.

Mientras se acercaba a Gerrard, le indicó que guardara silencio, poniéndose un dedo en los labios. Ambos esperaron, escuchando; luego, Gabriel le hizo señas a Gerrard para que abriera la puerta y echara un vistazo.

Así lo hizo el muchacho, luego volvió y cerró la puerta.

—Se han ido.

Gabriel asintió, escrutando el rostro de Gerrard.

—Bien hecho.

Gerrard sonrió.

—Ha sido la actuación más larga de mi vida, pero no pareció sospechar.

—Estoy seguro de que no. Si lo hubiera hecho, no habría parecido complacido ni de lejos —confirmó Gabriel; se acercó al escritorio que había al lado de las ventanas y sacó papel y pluma—. Ahora, el último acto. Tenemos que escribir todo lo que hemos oído, firmarlo y datarlo.

Gerrard acercó una silla. Juntos, reconstruyeron la conversación, anotaron los nombres, los lugares y las cifras. Con su aguda memoria visual, Gerrard fue capaz de recordar la conversación, verificando lo que Gabriel recordaba y agregando más datos. Pasó una hora antes de que se quedaran satisfechos.

Gabriel se alejó del escritorio.

—Esto nos ofrece muchas cosas que cotejar, mucho que verificar... muchas posibilidades de demostrar el fraude —comentó, mientras veía que Gerrard bostezaba—. Es hora de que te vayas a casa.

Gerrard sonrió y se levantó.

—Trabajo cansado el de actuar, y mañana me marcho a Brighton con unos amigos, así que será mejor que me vaya a dormir.

Gabriel acompañó a Gerrard hasta la puerta. El muchacho se detuvo ante el sofá.

—Eh, más vale que tú también te acuestes.

—Sí —dijo Gabriel, mientras recibía el pagaré enrollado—. Ésta es la evidencia clara de que la reunión tuvo lugar.

Al llegar a la puerta, Gerrard se volvió y preguntó:

—¿Vienes?

—Todavía no —respondió Gabriel, guardando el pagaré y el relato del encuentro en el bolsillo interior de su abrigo—. No deben vernos juntos. Ve tú delante... Te seguiré dentro de un rato. Duggan te está esperando, ¿no? —preguntó refiriéndose al criado de Vane.

Gerrard asintió.

—Me llevará de vuelta a Curzon Street. Hazme saber cómo sigue todo.

Con un saludo, atravesó la puerta, y la cerró suavemente tras de sí.

Gabriel se quedó mirando la puerta cerrada y luego fue hasta ella y cerró con llave. Inspeccionó el cuarto y después caminó hasta las lámparas que había al lado del hogar, redujo su intensidad hasta que ambas, con la luz muy baja, dejaron el cuarto en sombras. Satisfecho, se encaminó hacia el dormitorio, para el epílogo de la actuación de esa noche.

8

La condesa esperaba, ya no detrás de la puerta, sino sentada en el extremo de la cama. Como una sombra oscura, se levantó a medida que Gabriel se acercaba.

—¿Realmente le parece que haya yacimientos registrados en lugares como Kafia, Fangak y Lodwar?

—Mucho me sorprendería que existiera algo allí. Pueblos o aldeas, tal vez, pero minas, no. Lo investigaremos.

Sólo podía verla como una figura algo más densa que la oscuridad. Cuando se apagaron las luces de la sala, el cuarto, ya oscuro, se había oscurecido aún más. Tenía que guiarse por sus otros sentidos y éstos le dijeron que ella estaba todavía absorta con las revelaciones de Crowley. Por eso siguió:

—Nos dio algo más que simples hechos. No sólo nombres y lugares, sino también gráficos y proyecciones. Lo tengo todo anotado aquí. Para declarar inválido el pagaré de la compañía no hace falta probar que todas sus afirmaciones son falsas, basta con probar que algunas lo son.

—Sin embargo —la escuchó decir con preocupación— no será fácil probar lo que realmente existe en el África profunda. ¿Conoce algunos de los lugares que mencionó?

—No, pero debe de haber alguien en Londres que los conozca.

—También ha dicho que estaban próximos a iniciar una nueva fase en el desarrollo del proyecto. Ésa debe ser su forma de decir que planean hacer efectivos los pagarés muy pronto.

—No están en esa etapa todavía. A menos que algo desencadene los pagos, esperarán para ver a cuántos otros caballeros crédulos venidos de provincias para la temporada pueden atrapar entre sus redes.

Se hizo el silencio. La ansiedad de la muchacha lo alcanzó con claridad. Se le acercó.

—El hecho de que hayamos logrado sacarle tantos detalles constituye una victoria significativa —dijo Gabriel.

—Es verdad. Y el señor Debbington estuvo espléndido.

—¿Y qué hay de la eminencia gris detrás de la escena?

Él notó que precisamente en aquel momento ella se daba cuenta. Estaba sola con él, en un cuarto oscuro, con una gran cama a solo unos centímetros de distancia. Se irguió, levantó el mentón. Una sutil tensión se apoderó de ella.

—Usted estuvo muy... ingenioso.

Él deslizó un brazo alrededor de su cintura y dijo:

—Pretendo ser aún más ingenioso.

La atrajo hacia él. Tras resistirse levemente ella lo dejó y quedaron pegados, cadera contra cadera, muslo contra muslo, como si ella perteneciera a ese lugar.

—Usted estuvo muy bien —dijo ella, casi sin aliento.

—Estuve brillante —respondió él.

Encontró el borde del velo y lentamente lo levantó. Ella contuvo la respiración, levantó una mano, tratando de impedirlo... pero luego se lo permitió. El cuarto estaba tan oscuro que era imposible que él pudiera distinguir sus rasgos. Luego Gabriel se inclinó y colocó sus labios sobre los labios que lo estaban aguardando.

Esperando, ansiosa, lista para pagar su precio. Supo que ella no tenía idea de cuán preciosa, cuán embriagadora era su falta de malicia, su abierta generosidad, la forma en que ella disponía la boca a su servicio, la manera en que se apretaba contra él. La forma en que se entregaba, sin resistencia.

Había fuerza en ese darse. Como antes, lo atrapó, lo capturó, lo subyugó. Tenía que conseguir más, conocer más de ella. Sus dedos encontraron los lazos de la capa. Un minuto después se deslizaba de sus hombros para aterrizar en el suelo, a sus pies. Un pasador colocado en su cabeza mantenía en su lugar el velo. Él deslizó una mano debajo del velo, la posó sobre su garganta y encontró el cabello, enrollado en la nuca. Suave como la seda, el pelo acariciaba la parte de atrás de sus dedos. Sin dirección definida, buscaba. Sus pasadores golpearon el suelo y el cabello de la mujer se derramó en sus manos: en la que tenía en la garganta y en la que rodeaba su cintura. Su cabello era largo y suave. Atrapó algunos mechones entre los dedos y jugó con ellos, cautivado por su textura.

Sintió la dificultad de su respiración. Cerró el puño sobre los cabellos y tiró hacia atrás la cabeza de la joven, exponiendo su cuello. Ciego en aquella densa oscuridad, deslizó sus labios para encontrar la suave línea de la garganta y buscar el punto donde su pulso latiera más intensamente. Allí succionó y sintió que la respiración de ella se agitaba de nuevo. Sus manos se deslizaban hacia los pechos, que llenaron sus palmas como carne ardiente. Se enderezó y, respirando agitadamente, volvió a sus labios. Ella también lo besó, ávidamente, con codicia, tan vorazmente como él. Cuando sus pulgares giraron alrededor de sus pezones ya endurecidos, ella ahogó un grito. Sin pensarlo, la hizo retroceder hasta que quedó contra la pared. En su interior, él trataba de sacudirse el miasma de lujuria que oscurecía sus pensamientos. La había alejado de la cama, un movimiento claramente estúpido. Ahora la tenía que llevar de vuelta.

Más tarde.

Apretando sus labios contra los suyos, la arrinconó contra la pared y sus dedos se dedicaron a desatar los lazos de su vestido.

No podía pensar, no podía planificar, aunque lo había intentado. En esos días, raramente se embarcaba en juegos de seducción —especialmente en alguno en el cual tuviera interés— sin alguna idea de lo que mejor funcionaría, de las posibilidades más factibles, de por qué sendas se cumplirían sus expectativas. Al pensar en el modo de hacer suya a la condesa, no había podido ir más allá de la necesidad de tocarla, de conocerla. Una necesidad sorprendente para un amante tan experimentado como él.

Había desatado los lazos, el vestido estaba suelto en menos de un ardiente minuto. La inmovilizó con su cuerpo y le tomó las manos para apartarlas de sus cabellos. Llevó sus manos y brazos hacia abajo y se inclinó en el beso. Ella lo llevó lejos y trastornó sus sentidos. Por un instante, perdió totalmente la voluntad y se convirtió en un esclavo, pero luego, la presión de sus senos contra su pecho le recordó su necesidad más urgente.

Tenía que tocarla, acariciarla, sentirla. Si ella no le permitía verla, tenía que conocerla a base de tocarla, de tenerla contra sí, piel contra piel, ardor contra ardor.

Sin que entre ellos se interpusieran velos, capas o barreras.

Necesitaba conocerla.

Hábilmente, liberando sus manos, alcanzó sus hombros y suavemente dejó caer el vestido, empujando las mangas desde sus brazos y dejando libres sus pechos. Percibió sus dudas, el temblor de incertidumbre que la sacudió. Capturando sus labios y su atención en un beso abrasador, dejó plegado el vestido contra sus caderas y atrapó sus pechos, ahora sólo cubiertos por la fina seda de su camisa, en la palma de sus manos.

Sus dudas se evaporaron. Ella tomó su cara entre las manos y lo besó en la boca, tan urgida como él. A través de la seda, su piel ardía. Sus senos turgentes e hinchados, coronados por pezones duros como piedras, le dieron la señal. La camisa estaba cerrada mediante una hilera de pequeños botones. El arrasó su boca mientras los desataba rápidamente. Ya sentía el dolor, aguzado por la necesidad, pero más que nada quería saborear cada momento, cada revelación. Cada fragmento de ella mientras la descubría.

Sus senos eran una delicia. Firmes y llenos, llenaron sus manos, generosa, ardiente y pesadamente. Apartando por completo las dos mitades de su camisa, los masajeó y la escuchó gemir. Ese sonido insinuante envió otro pulso de sangre a sus entrañas. Apartó sus labios de los de ella, inclinó la cabeza y la besó con la boca abierta en la garganta y la clavícula, donde su carne se acumulaba en sus manos.

Y luego se dio un festín.

Ella gemía y jadeaba e incluso susurraba su nombre mientras él degustaba, lamía y succionaba. Debía de estar haciéndole marcas. Aunque no podía ver, ese pensamiento lo hizo actuar de manera posesiva. Se introdujo en su boca todo lo que pudo, ella gritó. Las rodillas le flaquearon. Se inclinó hacia ella, sosteniéndola, haciéndole sentir su erección dura contra el vientre y sus testículos acunándose entre sus muslos.

El ardor de la joven fluyó envolviéndolo cuando deslizó los brazos alrededor de sus hombros y se aferró a él; su perfume, sugestivo como el pecado, los cubrió a ambos.

Levantó la cabeza y volvió a encontrar los labios de ella, hinchados, ardientes y solícitos. Lo atrajo hacia sí, enredó su lengua en la suya, incitándolo audazmente. Él hizo que sus manos descendieran hasta sus caderas y luego más abajo, trazando las suaves líneas de sus flancos. Sus pezones, duros y apretados, eran como llamas gemelas rodeadas por el fuego de sus pechos, aplastados contra el pecho de él, mientras la apretaba contra la pared. Sus caderas se estrecharon contra las de él.

Ni siquiera lo pensó cuando agarró los pliegues de su vestido con ambas manos y tiró de ellos para que cayeran por sus caderas. Sus sentidos no registraron el sonido sibilante mientras la seda, deslizándose, caía al suelo. Los sentidos de Gabriel quedaron arrobados.

La mujer era como seda caliente y maleable, viva, hechicera, toda suya. Sus piernas desnudas se movían sensualmente contra él, no para rechazarlo, sino para cercarlo con dulzura. Si alguna vez había soñado con una hurí, ahora la tenía ahí, en sus brazos, núbil, casi desnuda, lista para complacer todos sus deseos, lista para matarlo de placer. No podía recuperar el aliento ni mental ni físicamente; el deseo se cerraba sobre su vientre como un puño que clausuraba su mente. Las manos de Gabriel se sumergieron debajo del borde de la camisa de ella para cerrarse posesivamente sobre las esferas de sus nalgas.

Los besos de ella se hicieron más ardientes, más dulces, más dirigidos. Sabían a elixir de los dioses.

Ella hizo palanca hacia arriba, apretando sus brazos contra los hombros de él. Sus piernas habían estado apoyadas contra las de ella, atrapándolas. Ahora él la sostenía y cambiaba de posición, colocando uno de sus muslos entre los de ella. En medio de los labios de ambos, ella murmuró un sonido incoherente. La dejó nuevamente en el suelo; en equilibrio sobre las puntas de los pies, sostenida por su abrazo y pegada contra su pecho. Cambiando de posición, liberó las tentadoras nalgas de la joven y deslizó ambas manos hacia delante, acariciando la suave hendidura de las ingles, antes de desplazarse hasta el frente de sus muslos desnudos. Con los pulgares, halló el pliegue de la parte superior de cada muslo; presionando levemente, deslizó ambos pulgares lentamente hacia dentro.

La respiración de ella se hizo entrecortada; a medida que los pulgares de él se enredaban en su vello sedoso, los besos de la joven se volvían desesperados. Él jugueteaba, incitándola, martirizándola; luego, arrebatándole hábilmente la boca, hacía que una de sus manos subiera, con los dedos desparramados sobre la delicada piel de su vientre, acariciándola y luego amasándola evocadoramente. Casi con el mismo impulso, dejaba que los dedos de su otra mano vagaran hacia abajo, presionando con delicadeza, buscando su ardiente suavidad hasta hallarla.

Gabriel advirtió que, si no hubiera estado besándola, ella habría lanzado un grito ahogado. Estaba mojada, inflamada y muy caliente. Con los senos le hacía presión sobre el pecho; la tenía inmovilizada y suavemente iba metiéndose en ella; luego la acariciaba y se contenía, sólo para tomarse nuevas libertades.

La intimidad era nueva para ella. Su difunto esposo debió de haber sido un zoquete. Se abría suavemente para él como una flor; a medida que él merodeaba por su orificio, el néctar le quemaba los dedos; después, volvía atrás para acariciarle la carne ahora tensa y vibrante de deseo.

Tembló y cuando arqueó la cabeza para atrás, sus dedos se clavaron en la parte superior de los brazos de él. Le había permitido interrumpir el beso y recuperar el aliento, para luego intensificar aún más ese beso y volver a asediar su entrada.

Sintió un escalofrío. Se lo estaba pidiendo y ella comprendió; al cabo de un segundo de duda, se apoyó en una rodilla y deslizó su esbelta pantorrilla alrededor de la pierna de Gabriel. Se abría para él.

La única cosa que él consiguió recordar después de aquello fue que comprendió que ella jamás había sentido un placer así. De modo que la penetró lentamente, dejándole sentir cada mínimo incremento mientras le deslizaba un dedo dentro de la vagina. La muchacha quemaba; a Gabriel tampoco le sorprendió descubrir que era estrecha. La experiencia que ella tenía sobre la intimidad era minúscula. Se sujetaba firmemente a ese dedo, con la respiración estremecida en el oído de Gabriel. Éste giró la cabeza, encontró sus labios y la calmó con un prolongado y lento beso. Cuando retiró el dedo, las caderas de ella instintivamente se adelantaron como si su cuerpo implorara por más. Se lo concedió, siguiendo las riendas de sus impulsos, aullando por tenerla, urgido y voraz. Era un amante demasiado experimentado como para no saber qué era lo mejor para ella; con sus labios sobre los de la joven, dándole seguridad, distrayéndola y, a la vez, incitándola, se dispuso a demostrárselo.

Y cuando los dedos de ella se hincaron profundamente en él e interrumpió el beso mientras su cuerpo se sacudía gloriosamente, Gabriel se sintió como un conquistador, victorioso, triunfante, con el botín de su conquista en los brazos. La pasión que ella acababa de liberar arrojó sobre él oleadas de calor y de placer feroz. El suave gemido que ella dejó escapar llevaba consigo una mezcla de bienestar y de remanentes de deseo; la fragancia de su respiración entrecortada contra las mejillas de él, el tronar de su corazón aplastado contra el de él, el evocador almizcle que subía de ese lugar donde había introducido los dedos se combinaba con el perfume de ella y lo volvía loco: todo eso lo urgía.

Ella estaba lista, él desesperado.

Fue cuestión de segundos liberar su rígido bulto, alzar la pierna que ella había enredado en su rodilla hasta la altura de la cadera, sacar sus dedos de su ardiente y mojada vagina y disponer la cabeza de su pene erecto en la entrada de su abertura. Agarrándose con fuerza a sus caderas, se apoderó de sus labios y penetró su boca y en su sexo ardiente.

Ella gritó.

El sonido, atrapado entre los labios de ambos, reverberó en la cabeza de Gabriel. Luego, ella se aferró, todavía con mayor presión, a él.

Luchando denodadamente por controlarse, Gabriel soltó un grito ahogado que interrumpió el beso. ¿Cómo era posible?... Y, sin embargo, así era. La impresión le hizo recuperar parte de su razón. Al cabo de un tenso segundo, en el cual se creyó al borde de la locura, se las arregló para borrar de su mente lo físico el tiempo suficiente como para preguntar:

—¿Cómo es posible?

Apenas tenía aire en los pulmones para pronunciar palabra, pero su rostro estaba tan cerca que ella lo oyó.

—Yo...

La voz de la muchacha tembló; al parecer, ella estaba tan impresionada como él, aunque no por la misma razón. Él podía comprenderlo. Si ésa había sido su primera vez... lo tenía todo dentro de ella.

La muchacha tragó aire. Sus palabras llegaron como un murmullo tembloroso hasta su oído.

—Cuando me casé era apenas una niña. Mi marido... era mucho mayor que yo. Y estaba enfermo. No fue capaz de...

Abrió el puño sobre el brazo de él para gesticular con la mano. El movimiento la hizo desplazarse sobre él y tuvo que contener el aliento, ahogando un grito.

—Chist. Despacio.

Buscó sus labios y la tranquilizó con un beso, mientras luchaba por volver a penetrarla. ¿Una niña a la que su marido viejo dejó virgen? Sin duda era lo que había sucedido, a pesar de que nunca antes le había tocado ver algo así. No obstante, su inesperada inocencia llevaba a plantear una pregunta pertinente. ¿Acaso sabía que él...?

Le costó una enormidad y lo que le quedaba de voluntad forzarse a preguntarle:

—¿Quieres que me detenga?

Expresión poco elegante, pero fue lo único que pudo decir, con ella —el sueño más apretado, ardiente y húmedo que jamás tuvo— abrazada.

Su respuesta tardó en llegar. Gabriel aguantó, con cada músculo en tensión contra el deseo imperioso de hacerla suya. Con la poca cabeza que todavía le quedaba, luchó para ignorar el calor del suntuoso cuerpo que tenía en sus brazos, la presión fluctuante contra su pecho cuando ella respiraba rápida, entrecortadamente. Era tan consciente de la respiración de ella que supo cuándo llegó a una decisión porque suspiró profundamente antes de responder.

Gabriel se armó de valor para aceptar la respuesta... y rezó.

—No —dijo ella, meneando la cabeza.

—Gracias a Dios —dijo él, con un suspiro.

—¿Qué...?

La besó apasionadamente, inspirándole confianza, luego alzó la cabeza.

—No pienses. Sólo haz lo que te digo —agregó dubitativo, deseando por centésima vez poder verla, y añadió—: Pronto te dolerá menos.

Sólo podía suponer lo que ella sentía; no recordaba la última vez que se había acostado con una virgen. Pero ella seguía estando muy tensa; cada músculo debajo de su talle estaba terriblemente duro. Seguramente no se sentía cómoda; posiblemente le estuviese doliendo.

Retirar su miembro y desplazarse hacia la cama habría sido la opción más sencilla. Por desgracia, con ella tensa como estaba, sacárselo probablemente le causaría más dolor. Pero la cama era indispensable.

—Levanta la otra pierna..., pásamela por la cintura. Te sostendré —como ella dudó, restregó sus labios contra los de la muchacha—. Confía en mí. Te llevaré hasta la cama.

Respiró hondo y levantó la otra pierna; se movió más confiada cuando sintió que él cambiaba de lugar las manos y recibía su peso. Enredando las piernas alrededor de él, deslizando los brazos alrededor de sus hombros para equilibrarse, hizo un poco de palanca, para aliviar un poco su dolor.

Gabriel se aferró a las caderas de ella.

—Así está bien.

Mientras se resistía con firmeza a penetrarla más, se volvió y la cargó los pocos metros que había hasta la cama. Cuidadosamente, la depositó con las caderas cerca del borde. Como él esperaba, al encontrar la cama debajo de sí, la joven se relajó un poco. Eso le permitió retirarse un poco de su interior, mientras se enderezaba, para poder ponerse sobre ella, apoyando su peso sobre los brazos.

Con las caderas inmóviles, se encontró con el rostro de ella y quitó las hebras de cabello tenue y suave que le habían quedado sobre la mejilla. Todavía tenía puesto el velo, aunque torcido; lo dejó tal cual estaba. Algún día, ella se lo quitaría para él, cuando estuviese lista para confiarle su nombre. Esa noche estaba confiándole el cuerpo y, por el momento, era bastante.

Le tomó la mandíbula y se inclinó hacia delante para besarla. Por un instante, ella se quedó quieta, luego respondió. Una vez que le devolvió los besos libremente, dobló las caderas y volvió a apretarse contra ella, introduciéndose y abriéndola aún más que antes. Ella aspiró hondo y se tensó, pero luego se fue relajando. Él se retrajo y volvió a empujar, repitiendo el movimiento de manera uniforme y pareja. Mantuvo el movimiento lento hasta que los músculos de ella se relajaron, hasta que las piernas se aflojaron alrededor de las caderas de él, con las manos laxas, los dedos sobre las mangas de él, su cuerpo abierto que cedía y empezaba a agitarse, a impulsarse y elevarse a su ritmo.

Con una cierta sensación de triunfo, se retiró.

—No te muevas. Espera.

Se enderezó por completo. Buscó hasta que dio con los zapatos de ella y se los sacó. Subiendo por sus largas piernas hasta encontrar sus ligas, se las quitó junto con las medias. Su camisa era una frusilería de la más fina seda (decidió ignorarla por el momento). Al quitarse su abrigo, Gabriel oyó el crujido del pagaré y su lista; arrojó la prenda hacia el lugar donde había visto una silla. Rápidamente siguieron el chaleco y la camisa; luego, se quitó los zapatos sacudiendo los pies y a continuación los calzoncillos.

Las lámparas del cuarto contiguo se habían apagado; la oscuridad era absoluta. No podía verla, sólo oírla, sentirla. Al igual que ella a él.

—¿Qué...?

La encontró, y deslizó las manos hacia arriba sobre sus flancos.

—Confía en mí.

Se reunió con ella en la cama, rodando y levantándola como había hecho, volviendo a acomodarse para que las largas piernas de ambos no quedaran colgando sobre el borde.

Ahogó un grito cuando él volvió a subírsele encima; mientras Gabriel afirmaba sus brazos y se ponía sobre ella, la joven se aferraba, con las palmas de las manos planas a cada lado. Acomodó las caderas entre los muslos extendidos de ella, tomó impulso y la penetró hasta llenarla. Luego bajó la cabeza, buscando sus labios. Yendo y viniendo, las manos de ella hallaron su rostro; luego sus labios se unieron a los de él. Se los ofreció, y también su boca, de buen grado y cariñosamente. Recibió labios y boca mientras se mecía sobre ella, dentro de ella, hasta que nuevamente la joven se relajó, aceptando con grato entusiasmo el suave deslizamiento del miembro de Gabriel en su sexo.

Interrumpió el beso, siguió sobre ella y cambió el tenor de su unión. Mantuvo el ritmo lento, pero balanceó las caderas mientras la penetraba, animándola a abrir más las piernas y a levantar más las rodillas.

Después, con la yema de los dedos, ella le tocó el pecho vacilante, con otra de sus caricias de mariposa. Gabriel se mordió el labio y se concentró en mantener lento el ritmo. Sus músculos temblaron y se sacudieron cuando los dedos de ella, delicadamente, recorrieron su pecho, la cadera, sus flancos. Sofocando un grito, empujó más adentro.

—Envuélveme con las piernas como hiciste antes.

Ella obedeció instantáneamente, apretando las piernas alrededor de sus caderas.

—¿Y ahora qué?

No pudo ver la sonrisa de Gabriel.

—Ahora cabalgamos.

Eso hicieron. Juntos.

Había oscurecido el cuarto a propósito para liberarla del temor de mostrarse, de revelarle su identidad. Al hacerlo, había creado inconscientemente una situación incluso más sensual de lo que esperaba. Hacer el amor en la total oscuridad enfatizaba las sensaciones táctiles y amplificaba la suavidad de los sonidos intensamente sensuales. Amar a una mujer a ciegas era una experiencia nueva y muy diferente.

Era consciente de cada centímetro cuadrado que tocaba, consciente del ocultamiento que propiciaba la camisa de seda de la mujer, de ningún modo tan fina como la piel que escondía. Oía cada sonido entrecortado, por minúsculo que fuera, en su respiración; estaba en sintonía con cada gemido, cada grito sofocado, cada ruego incoherente. Conocía su perfume, pero era otra fragancia la que ascendía a su cerebro: la de ella sola. En sus brazos, en la oscuridad, se había convertido en el epítome de la mujer; según la había calificado, en la hurí verdadera. Era la esencia de la alegría y la esencia de la locura; era un desafío extremo.

Tenía los sentidos llenos de ella, estaba concentrado por completo en su contacto. Las sensaciones realzadas lo dejaban tambaleante.

Nunca antes había tenido a una mujer que la igualase. Fue cayendo en la cuenta a medida que se balanceaban, a través de su paisaje sensual, escalando alturas cada vez mayores. Ella lo igualaba, no sólo físicamente (aunque eso resultaba bastante asombroso); se aferraba, jadeaba, caía derrotada, y luego volvía a armarse para continuar la cabalgata. Pero estaba allí, con él, instándolo, desafiándolo, invitándolo gozosamente a conducirla al torbellino sensual en que se había convertido su cuerpo. Un torbellino que se ofrecía.

Él exigía y ella daba; no se limitaba a ser generosa, sino que su salvaje abandono destruía el control de él. No se satisfacía, bebía glotonamente de ella, y su pozo nunca se secaba.

Ella le daba alegría, deleite y placer inimaginables, y, al dar, recibía lo mismo. Cuando por fin llegó el final y la cabalgata concluyó en una gloriosa explosión, por primera vez en su vida, él se sintió más allá de este mundo.

Se le atravesó un pensamiento: era el primero en haberla hecho suya.

Un segundo después, una parte de él profundamente enterrada y que rara vez emergía bramó una corrección: el único en haberla poseído.

Abrazándola, sintiendo la suavidad de ella debajo de sí, cerró los ojos y derivó hacia una placentera felicidad.

Ella se despertó lentamente. Sus sentidos volvieron poco a poco, su dispersa inteligencia se unificó a trompicones. Lo primero de lo que se dio cuenta fue que tenía lágrimas en los ojos. No eran lágrimas de pena, sino de alegría, una alegría demasiado profunda, demasiado intensa para encontrar expresión en una palabra o pensamiento.

De modo que eso era lo que pasaba entre un hombre y una mujer. Pensarlo le trajo una oleada de vertiginoso placer, seguida inmediatamente por un torbellino de gratitud hacia él, que tan bien se lo había demostrado.

Las comisuras de sus labios se levantaron. Había oído durante años que él era un experto en la materia; ahora podía atestiguarlo. Había sido amable y tierno, al menos cuando advirtió que era una novata, pero después... no creía que se hubiese contenido.

Estaba contenta; contenta por la experiencia y porque había sucedido. Especialmente contenta de que le hubiese ocurrido con él. Eso último la hizo fruncir el ceño.

Aun cuando estaba oscuro por completo, de modo que él había sido apenas un fantasma que la besaba y acariciaba, ella siempre supo que era él.

Él. Sus sentidos se concentraron en el pesado cuerpo que yacía a su lado, en el peso que había sentido, que la había colmado, que la había llenado...

Darse cuenta de ello la hizo despertarse por completo, sobresaltada.

Su primer pensamiento fue que ésa no era ella, o la que hasta entonces había conocido. Tenía un hombre desnudo en los brazos y se habían unido; había cambiado físicamente para siempre. Y emocionalmente; no podía olvidar el modo en que se había estremecido debajo de él, desvergonzada y anhelante. De manera indiscutible, estaba alterada: ya no podría volver a ser la que había sido.

Esperó que comenzaran las recriminaciones, las profecías nefastas, las invectivas histéricas. Nada ocurrió. En lugar de ello, se quedó en paz, llena de una oleada cálida que nunca antes había conocido, que ni siquiera había imaginado que existía. Y no pudo lamentarse.

No había sido culpa de nadie; no se había imaginado que podía ocurrir contra una pared, con ellos de pie. Sus pies habían estado firmes sobre el piso. Su cabeza, claro, había estado completamente en las nubes, su razón barrida por una marea de deseo puro.

El pensamiento la devolvió a la experiencia: la excitación creciente, la emoción fulgurante, la alegría pura, auténtica. Ésa, allí, con él, sería la única oportunidad que tendría de experimentar aquello: la verdadera magnificencia de ser una mujer, una mujer unida a un hombre. A nadie había herido; no había nadie en su vida de quien preocuparse. Nadie que pudiera saberlo. Había sido condenada por las circunstancias a morir solterona; ¿qué daño podía haber en ese único atisbo de gloria? Le duraría por el resto de su vida.

A pesar de que ya había estado dentro de ella antes de que advirtiera sus intenciones, ella sabía lo que hacía cuando le dijo que no se detuviera. Tenía mucha experiencia tomando decisiones; sabía cómo se sentía cuando decidía lo correcto. Y sentía que había hecho bien.

Del mismo modo, nunca miraba atrás, nunca lamentaba haberles dado la espalda a Londres y a la temporada social durante todos esos años; no lo lamentaba. Sin importarle qué complicaciones pudieran surgir, disfrutaba lo que había experimentado y lo deseaba.

Tuvo que reprimir la risa. Sofocándola con energía, intentó cambiar de posición, para descubrir que era imposible. Una vez más el movimiento la llevó a que sus sentidos se concentraran en el cuerpo masculino macizo que la comprimía en la cama. Era pesado, sin embargo curiosamente, más bien le gustaba la sensación de esas piernas robustas que la mantenían aplastada contra el colchón. No estaba incómoda; en verdad, y por extraño que pareciera, todo lo contrario. Sus piernas ya no rodeaban la cintura del hombre, pero seguían enredadas con las de él. Uno de sus brazos reposaba encima del hombro de él; su otra mano estaba contra su costado.

Él. No podía creerlo; su mente seguía asustándose con el solo pensamiento, con permitir que se formara la imagen de Gabriel. En la oscuridad, había sido sencillamente un magnífico macho, en el que confiaba tanto que, sencillamente, no se le había ocurrido pensar que habría podido lastimarla. Se había entregado toda a él y él la había tomado, levantado en brazos e introducido en placeres que apenas podía comprender aún.

Sí, sabía quién era él.

¿Lo sabía de veras?

Frunciendo el ceño, deslizó la mano que tenía junto al cuerpo de él y, muy suavemente, le tocó el hombro. Como su respiración continuaba siendo profunda y regular, dejó vagar los dedos, recorriendo el hueso, la lisa banda de sus músculos. Con los dedos abiertos, exploró el costado de su pecho; luego, la espalda, sintiendo el poder en los duros músculos debajo de la piel suave.

Años atrás había visto su pecho desnudo; incluso entonces la había fascinado, aunque se había dicho que era por mera curiosidad. Ahora podía permitirse dejar que sus manos lo recorrieran, mientras colmaba sus sentidos con él.

Sintió que su propia piel cobraba vida. La súbita ráfaga de sensaciones hizo que su respiración se agitara; era tan cálido, tan hombre, tan vibrantemente real. Surgió en ella una marea de sensaciones embriagadoras. La ola se levantó y rompió, y la meció, la arrancó de sus amarras y la arrojó a una turbulenta marejada. Contuvo el aliento, temblando, inútilmente a la deriva en un mar emocional fustigado por una repentina confusión.

¿Rupert?

No. Gabriel.

La realidad la golpeó hasta los huesos. Él le resultaba familiar de muchos modos, aunque, en verdad, era un hombre a quien sólo recientemente había conocido. Podía sentir sus manos sobre ella, todavía sujetándola, aun dormido. Esas manos fuertes y hábiles la habían amado, acariciado, le habían traído una indecible alegría y placer. Su tacto quemaba en su memoria, así como el dolor vacío que se había apoderado de ella, el dolor que sólo él le evocaba y que sólo él podía calmar.

Cambiando la cabeza de posición, miró detenidamente su rostro, pero la oscuridad la derrotó. Lo único que conocía era su peso cálido, el tacto de sus manos y la corriente de sensación que surgía y se derramaba en ella, desde ella, dejándola interiormente sacudida.

Tardó un minuto en recuperar el aliento, tranquilizarse, volver a ubicarse en la realidad y hacer que la fantasía —y ese alborozo que tan vulnerable la había dejado— se esfumara.

Él se horrorizaría, si supiera, si advirtiera que era ella. Entonces, ¿por qué su instinto le gritaba que estaba bien, muy bien, cuando su razón decía que estaba del todo mal?

Mientras contemplaba la oscuridad, la confusión reinante en su cerebro, se sintió conmocionada.

Entonces, él cambió de posición; ella se dio cuenta de que estaba volteándose hacia ella, luego la presión sobre su pecho cedió. Su calor aún permanecía cerca, la parte inferior de su cuerpo todavía estaba pesadamente apretada contra la cama. Tardó un instante en darse cuenta de que estaba descansando el peso sobre los codos.

Recordó su velo. Impulsada por un pánico repentino, empezó a buscar... pero enseguida se dio cuenta de que él estaba tan ciego como ella. La oscuridad era tan intensa que, aun cuando sabía que el rostro de él estaba a apenas centímetros del suyo, no podía verlo.

—Ha sido una buena cabalgada, condesa.

Las palabras descendieron perezosas y graves; su aliento llegó hasta las mejillas de ella. Siguieron sus labios, que buscaron y encontraron los de la muchacha para unirse en un beso largo, lento y esmeradamente perfecto. Cuando llegó a su fin y liberó los labios de ella, pudo notar que los suyos describían una curva.

—¿Cómo te sientes?

Lánguida. Todavía llena de él.

—Viva.

Qué gran verdad. Su piel volvía a acalorarse.

Como si pudiese leer sus pensamientos, los labios de él volvieron a los suyos y sonrió más abiertamente. Otro beso prolongado la dejó cerca de la conflagración; al terminar, murmuró:

—¿Estás dispuesta a dar otro galope?

Se apretó contra su cuerpo y ella se dio cuenta de que él sí estaba dispuesto. Le ofreció los labios, invitándolo, y él dedujo que también ella estaba dispuesta. Lo abrazó muy fuerte, urgiéndolo sin palabras a que se acercase más. Él se dispuso encima de ella, posó los labios sobre los de ella y se hundió profundamente en su boca y en su cuerpo.

Esta vez no tenía prisa. Antes, había debido refrenarse; ésta la saboreaba, se mecía más profundamente, dándole más placer. El calor en el interior de la muchacha se acrecentó hasta que sus huesos se fundieron. Dejó de besarlo para aspirar hondo. Los labios de él se deslizaron por su cuello abajo y luego, para su sorpresa, sintió que él cambiaba de posición, retirándose de su interior. Se separó de ella, dejándola repentina y dolorosamente vacía. Se deslizó hacia abajo y cerró la boca sin prisa sobre un pezón.

El calor era tremendo; mientras él jugueteaba astutamente, ahogó un grito, se relajó y volvió a tensarse. El sonido que produjo cuando le restregaba el pezón con la lengua le hizo pensar en un gato; cuando le mordisqueaba el torturado capullo con los dientes, se creía morir.

—Más despacio.

Las palabras fueron un suspiro tranquilizador que aterrizó sobre su carne ardiente, mientras él volvía su atención al otro seno, al olvidado pico que ya sufría porque lo tocara. Cuando lo hizo, se arqueó como una marioneta cuyos hilos estaban en manos de él. La risa cálida de Gabriel fue su recompensa.

—¿Cuántos años tienes?

Los labios de él se desplazaron hacia abajo, patinando sobre el estómago de ella.

—Mmm... casi treinta.

—Hmm... —hizo, deslizándose más abajo aún y abriendo un ardiente camino hasta su ombligo—. Tienes mucho que recuperar.

—¿Mucho?

Estiró una mano para acariciarle los pechos; la otra la deslizó hacia abajo y atrás, para acariciarle las nalgas y la parte de atrás de los muslos.

—Oh, sí —su voz se oyó muy segura—. Debes comenzar ahora mismo.

No le discutió. Lo estaba sintiendo, viendo de un modo nuevo, y la visión era fascinante. Ese seductor tiernamente apasionado le había otorgado al hombre una dimensión completamente nueva que ella, según le parecía ahora, nunca había conocido. Nunca en sus encuentros lo había percibido como un hombre adulto y sensual; en ese aspecto, era una criatura atrayente, envuelta en oscuridad, tal vez, pero —¡oh!— tan tentadora.

El mundo desapareció; la realidad se desvaneció, a medida que las manos de él llevaban a cabo su magia.

—¿Y cómo voy a hacerlo?

Él levantó la cabeza de donde estaba mordisqueándole el estómago, dejándole la piel tensa y brillante. Los nervios de ella estaban igualmente sensibles.

—Recuéstate —oyó ella, advirtiendo un dejo de petulancia masculina en su voz—. Recuéstate, relájate y deja que el placer se apodere de ti.

Carecía de fuerza y de motivación para proceder de otra forma, de modo que así lo hizo. Si ella hubiese presentido qué tenía él en mente, habría sacado fuerzas de donde fuese. Pero no lo hizo. Así que consintió a sus sentidos y se consintió a sí misma con el indescriptible placer de consentirlo a él.

El cuerpo cálido y vibrante que se arqueaba debajo de él capturó la atención de Gabriel de manera más completa y convincente que el de cualquier otra mujer antes. Que cualquier otra cosa antes en su vida.

Nada hasta entonces había sido tan imperioso. Nunca antes había experimentado tal total y terrible entrega al momento, al culto al placer compartido. Ahí había algo más, algo más profundo, más poderoso, más fascinante. El *connoisseur* estaba embelesado; el hombre, cautivado.

Toda nueva caricia, todo vergonzoso placer en que le insistía, los aceptaba —entusiasta, agradecida— y, en respuesta, lo embelesaba con su cuerpo, sin escatimarle una invitación sin reservas y desenfrenada a que la tomara, la despojara y la gozara.

Buscar, dilucidar, descubrir... conocer. De manera completa y absoluta, sin barreras ni astucias. No había parte de sí que ella le escondiera, no había parte que le negara. Lo único que debía hacer era buscar, pedir sin palabras, ser invitado a tomar, a tocar, a exponer su ansia.

La generosidad de ella no se limitaba a lo físico. Gabriel sentía que no había reticencia, ni distancia emocional, ni un núcleo de sentimientos privados que se guardara para sí. Aun cuando se acercaran a la culminación, podía sentir la vulnerabilidad que no intentaba esconderle.

Era eso lo que lo atrapaba, lo que concentraba su atención de manera tan completa. Le había abierto las compuertas de la sensualidad y ella, a cambio, le había abierto una puerta que él nunca imaginó que existiera, una puerta a un dominio de intimidad más honda, mucho más explícita, más peligrosa, más excitante. Una pobre inocente le había mostrado cuánto más podía haber en esa esfera; una esfera de la que creía saberlo todo.

Jamás había conocido algo así; esa pasión que todo lo consumía. Era abierta, honesta y valiente en su manera de darse. Sin condiciones, ofrecía la extrema saciedad; algo profundo en el interior de Gabriel lo sacudía y lo empujaba a exigirla.

Y además, era suya, y estaban atrapados en la marea, sacudidos por la gloria. La intensa liberación iba en aumento, crecía y, luego, los barrió, y él se ahogó en el pozo sin fondo de lo que ella le ofrecía, en el éxtasis último.

Su último pensamiento mientras se deslizaba debajo de la ola fue que ella era suya. Esa noche... y para siempre.

Se despertó en la profundidad de la noche. Por un instante, saboreó la quietud que los envolvía; luego, de mala gana, se soltó, separándose y desenredando las piernas; después, se hundió a su lado, quedándose así. Le habría gustado continuar allí acostado, compartiendo con ella la satisfacción, las secuelas del placer todavía caliente en las venas de ambos; pero ella también se levantó, algo asustada. No era ningún recato falso, sino ansiedad.

—Debo irme.

En sus palabras hubo una cierta renuencia que desmentía su determinación. Esta última, sin embargo, parecía fuerte.

Hizo fuerza para separarse y él la dejó ir, perturbado por el aguijón de necesidad que lo empujaba a atraerla hacia sí. Jamás había sido posesivo; se dijo que era sencillamente porque había gozado tanto con ella, porque la experiencia de ella había sido tan nueva para él.

La escuchó deslizarse de la cama, rastreándola por el sonido mientras rodeaba el lecho, buscando su vestido a tientas al lado de la pared.

Se levantó, halló su ropa interior, se la puso y caminó hasta el cuarto contiguo. Volvió un instante después, una vez que hubo encendido ambas lámparas. Ella se había puesto el vestido y el velo; luchaba por volver a atarse los cordones.

—Ven —dijo, acercándose, y la cogió por la cintura, haciéndola girar—. Déjame.

Le ató los cordones con pericia y advirtió la fina tensión que se apoderó de ella en el momento en que la tocó. La dejó mientras se subía las medias en la semioscuridad y, rápidamente, terminó de vestirse. Para cuando se puso el abrigo, ella estaba completamente cubierta por su capa y velo.

No lo sorprendía la repentina vuelta al secreto, pero estaba muy cansado de ese velo.

Ella le echó una mirada.

—No hará falta que me acompañes.

Las palabras salieron levemente entrecortadas.

—No —dijo él, adelantándose y deteniéndose a su lado—. Te acompañaré hasta tu carruaje.

Ella consideró comenzar una discusión; él pudo advertirlo en su actitud. Pero luego accedió, con una inclinación de la cabeza. No altiva, pero precavida.

Sin otra palabra, la escoltó desde el cuarto, escaleras abajo y a través del vestíbulo del hotel. El portero dormido los dejó salir sin siquiera mirarlos, tan ocupado estaba en sofocar un bostezo.

El carruaje negro la estaba esperando en el extremo de la calle. La ayudó a subir. Luego, se volvió hacia él. Sintió la mirada de la mujer buscando su rostro, iluminado por un farol cercano. Después volvió a inclinar la cabeza.

—Gracias.

Las suaves palabras acariciaron sus sentidos, estaba seguro de que lo que le agradecía no eran sus esfuerzos referidos a la compañía.

Se instaló en la oscuridad del carruaje, cerró la puerta y le ordenó al cochero:

—Vamos.

Al alejarse, el carruaje traqueteó. Con una lenta aspiración, se llenó el pecho de aire, mientras lo observaba girar en la esquina. Luego exhaló y se encaminó hacia su casa. La sensación de logro que lo invadía era profunda e intensamente satisfactoria. Intensamente gratificante.

Todo —todo— estaba saliendo muy bien.

9

—Y bien, damita, ¿qué te ha pasado?

Alathea salió de su ensimismamiento. Reflejada en el espejo del tocador que tenía ante sí, vio a Nellie, que sacudía las almohadas y aireaba la cama.

Nellie la miró fijo.

—Has estado mirándote en ese espejo sin ver nada durante los últimos cinco minutos.

Alathea hizo un gesto como para desembarazarse de la cuestión, y rogó por no ruborizarse, para que su cara no mostrase evidencia alguna de sus pensamientos. Dios no lo quiera.

—Ese encuentro tuyo de anoche debió de ser largo, ¿no? Llegaste después de las cuatro en punto. Jacobs dijo que estuviste ahí adentro durante esas cuatro horas.

Alathea recogió el cepillo.

—Teníamos que discutir sobre nuestras averiguaciones.

—¿De modo que tú y el señor Rupert descubristeis algo a propósito de esa condenada compañía?

—Así es —confirmó, mientras se cepillaba el cabello y se concentraba en ese aspecto de la noche—. Descubrimos lo suficiente como para encuadrar nuestro caso. Lo único que tenemos que hacer ahora es reunir las pruebas apropiadas y nos habremos liberado.

Sin duda alguna, era más fácil decirlo que hacerlo, pero estaba convencida de que la noche anterior había logrado encaminarse por la senda del éxito. A pesar de las cautas palabras que le había dicho a Gabriel, se sentía bastante animada por su primer triunfo real, el primer aroma de la victoria final.

Había tenido cuidado de ocultar su júbilo, consciente de que él podría advertirlo y sacarle ventaja.

De todas maneras, le había sacado ventaja.

Y ella también.

—Dame, déjame —dijo Nellie y le quitó el cepillo de la mano floja—. Esta mañana no sirves para nada.

—Sólo estaba... pensando —dijo Alathea, parpadeando.

Nellie le lanzó una mirada sagaz.

—Bien, me animo a decir que hay un montón de hechos de ese encuentro sobre los que necesitas meditar.

—Hmm.

Hechos. Sensaciones, emociones... revelaciones. Tenía mucho en qué pensar.

A lo largo del día, su mente erró, considerando, evaluando, reviviendo los momentos dorados, fijando cuidadosamente cada uno en su memoria, almacenándolos para servirse de ellos en los fríos años que tenía por delante. Una y otra vez, el presente la solicitaba: con Charlie, que le preguntaba por uno de sus arrendatarios; por Alice, que quería su opinión a propósito de la forma particular de una cinta; por Jeremy, que necesitaba ayuda con su aritmética.

Finalmente, en la quietud de la tarde, cuando, después de comer, todas las mujeres de la familia se retiraron al salón para pasar una hora tranquilas, antes de dirigirse al parque o de asistir a un té, Augusta trepó al regazo de Alathea y se sentó a horcajadas. Posando sus manos suaves sobre las mejillas de Alathea, Augusta se la quedó mirando a los ojos.

—Te has ido lejos... muy lejos.

Alathea miró los grandes ojos marrones de Augusta.

Augusta buscó los suyos.

—¿Dónde estás?

En otro mundo, en un mundo de oscuridad, sensaciones e indescriptible maravilla.

Alathea sonrió.

—Perdóname, muñequita, estoy pensando en muchas cosas.

Rose, la muñeca, estaba instalada sobre su falda entre ellas; Alathea la alzó y la estudió.

—¿Qué le parece Londres a Rose?

La distracción funcionó; no para ella, pero sí para Augusta. Quince minutos más tarde, cuando Augusta se bajó de su regazo para jugar con Rose sobre un retazo de luz solar, Alathea intercambió una mirada cariñosa y —según deseó— imperturbablemente tranquila con Serena; luego, silenciosamente, abandonó la sala.

Buscó refugio en su despacho.

De pie ante la ventana, con los brazos cruzados, se forzó a concentrarse en los planes de la compañía y en todo lo que Crowley había revelado la noche anterior. En cuanto a lo demás, no había mucho que pensar, aunque distrajera su concentración. Había ocurrido: aprovechó y disfrutó la experiencia, pero en eso había consistido todo. No iba a rescatar a su familia de la indigencia pensando en tales cuestiones, sustancia de los sueños. Su única preocupación mayor surgida del momento con Gabriel consistía en la dificultad que sentiría enfrentándose a él como Alathea Morwellan. Haberlo conocido en sentido bíblico y saber que él la había conocido del mismo modo, pero ignorando que se trataba de ella, no iba a hacerle la vida más fácil.

A pesar de su farsa, no era una persona naturalmente falsa; jamás pensó en tener que engañarlo de ese modo.

Si alguna vez se daba cuenta...

Con un suspiro profundo, se apartó de la ventana. La sensibilidad no era su fuerte; toda inclinación que hubiese tenido en esa dirección había sido erradicada once años atrás. Obstinadamente, se concentró en la compañía y en Crowley. Tardó apenas minutos en reconocer que, por mucho que quisiera, no podría actuar sin Gabriel. Aparte de que desestimar su ayuda probablemente sería más difícil de lo que había sido solicitársela, no veía manera de continuar sin él.

No podría introducirse o, al menos, organizar que alguna otra persona se introdujera en la mansión Douglas. Podría hacer que Jacobs la condujera cerca de los jardines Egerton; Folwell había charlado con un barrendero y descubierto cuál de las grandes casas nuevas pertenecía a Douglas, pero meterse en ella era muy peligroso. Aunque pudieran encontrar algunas de las pruebas que necesitaban, las probabilidades de que Crowley o Swales advirtieran que sus archivos habían sido investigados y —como diría Charlie— liquidados eran altas. Entonces, ejecutarían los pagarés y ella estaría demasiado ocupada rechazando a los acreedores como para presentar ninguna demanda ante los tribunales.

Y a ella no le gustaba Crowley. Pensar en encontrárselo de noche, sola y sin ninguna ayuda era la sustancia de la que están hechas las pesadillas. Era malvado. Lo había advertido muy claramente, observándolo mientras hablaba con Gerrard Debbington, viendo el brillo cruel en sus ojos. Gabriel había dicho que a Crowley le gustaba regodearse con sus víctimas potenciales, pero era más que eso. Veía a la gente como presas. Debajo de su barniz semicivilizado, había ferocidad y verdadera crueldad.

Quería tenerlo lo más lejos posible de su familia.

Consideradas todas esas cosas —y examinadas todas—, el único modo sensato de avanzar era conseguir las pruebas que necesitaban sin la menor demora. Entonces Crowley ya no sería una amenaza y la condesa podría desvanecerse en la neblina.

«Fangak, Lodwar. ¿Cuál era la otra? —pensó, sentada en su escritorio, de donde sacó una hoja de papel, secante y pluma—. Kafia... ésa era.»

Escribió los nombres; luego, añadió a la lista todos los lugares mencionados por Crowley que pudo recordar.

—¿Mary? ¿Alice?

Alathea se asomó al dormitorio de Mary, donde sus hermanastras más grandes se retiraban a menudo cuando decían que iban a descansar. Efectivamente, ambas estaban holgazaneando sobre la cama, con la misma expresión de aburrimiento. Ambas levantaron la cabeza para mirarla.

—Voy a Hatchard's —dijo Alathea sonriente—. Serena dice que, si queréis, podéis venir.

Mary se sentó muy erguida.

—Tienen una biblioteca que presta libros, ¿no?

—Voy contigo —dijo Alice, rodando para bajarse de la cama.

Alathea las miró ponerse los zapatos, luchar contra sus abrigos, coger gorros y lanzar la más superficial de las miradas al espejo.

—Hay una biblioteca que presta libros, pero antes de que os pongáis a buscar lo último del señor Radcliffe, quiero que me ayudéis a buscar algunos libros.

—¿Sobre qué? —preguntó Alice, mientras se reunía con Alathea en la puerta.

—Sobre África.

—Era aburrido —dijo Jeremy, bostezando interminablemente y hundiéndose en el asiento del carruaje, mientras se inclinaba sobre el hombro de Alathea—. Pensé que sabrían cómo extraer el oro. De lo único que querían hablar era de cómo fundirlo.

—Hmm.

Alathea hizo una mueca. También ella había pensado que los caballeros del Instituto Metalúrgico sabrían de minería. Desgraciadamente, la academia, cuya enseña había visto cuando paseaba con Mary y Alice, se ocupaba sólo del refinado de metales y de los trabajos consiguientes. Esa buena gente sabía menos que ella sobre la extracción de oro en el este de África Central. A pesar de haberse quedado leyendo hasta tarde, no había aprendido virtualmente nada sobre el tema.

Alathea miró a Augusta, que estaba acurrucada del otro lado, con Rose apoyada sobre la falda. Al menos Augusta era feliz y no le importaba la extracción de oro.

—¿Cómo anda Rose?

—Rose está bien —dijo Augusta, miró el rostro de Rose y volvió a mirar por la ventanilla—. Está viendo la ciudad; hay mucha gente y mucho ruido, pero aquí con nosotras se siente segura.

Alathea sonrió, cerrando la mano alrededor de los dedos confiadamente entregados a ella.

—Qué bien. Rose está creciendo; pronto será una niña grande.

—Pero todavía no —dijo Augusta mirándola fijamente—. ¿Crees que la señorita Helm ya estará bien cuando regresemos?

La señorita Helm estaba resfriada, razón por la cual Augusta estaba con Alathea.

—Estoy segura de que, para mañana, la señorita Helm se habrá recobrado, pero tú y Rose debéis ser muy buenas con ella esta noche.

—Oh, lo seremos —dijo Augusta, volviendo la cara de Rose hacia la suya—. Seremos especialmente buenas. Ni siquiera le diremos que tiene que leernos antes de ir a la cama.

—Yo iré a leerte, muñequita.

—Pero tú tienes que asistir al baile.

Alathea acarició el cabello de Augusta.

—Antes, iré a leerte; puedo ir después, en el otro carruaje.

—¡Oye! —gritó Jeremy, mirando por la ventana—. ¡Mira eso!

Alathea miró; tardó un instante en darse cuenta de lo que estaba viendo.

—Es un monociclo para peatones... al menos, eso es lo que creo.

Había oído hablar de esos artefactos. Tanto Jeremy como ella estaban asomados a la ventana, con Augusta empujando entre ambos; los tres observaban al caballero, vestido con un elegante abrigo a cuadros, balanceándose precariamente sobre la gran rueda y metiéndose entre el tránsito, hasta que desapareció de la vista.

—¡Bien! —dijo Jeremy, con el rostro iluminado y se hundió en el asiento.

—No —le dijo Alathea, mirándolo fijo.

Su voz sonó imperativa; Jeremy puso cara larga.

—Pero, Allie..., piensa que...

—Sí, pienso... Pienso en tu madre.

—No voy a caerme... Seré especialmente cuidadoso.

Alathea volvió a mirarlo fijo.

—Sí, ¿tan especialmente cuidadoso como lo fuiste cuando te permití que condujeras la calesa?

—Sólo la hice entrar en el río... y, de todos modos, la culpa fue del viejo Dobbins.

Alathea no dijo más. El carruaje los llevó de vuelta al distrito elegante. Cuando giraron por Mount Street, volvió a echarle una mirada al rostro de Jeremy. Todavía soñaba con el peligroso artefacto; sabía que no dejaría que su sueño se esfumara sin haberlo vivido. Era aventurero, del tipo de persona que sencillamente tenía que probar las cosas. Una compulsión que ella entendía.

—Ya hace unos años que hay monociclos —dijo y su reflexión hizo que Jeremy se volviese con el rostro iluminado. Lo miró a los ojos y le dijo—. Le preguntaré a tu mamá. Tal vez Folwell pueda hallar uno...

—¡Viva!

—Con una condición.

Jeremy dejó de saltar sobre el asiento, pero sus ojos todavía brillaban.

—¿Qué condición?

—Que me prometas que no lo usarás para nada en la ciudad, sino sólo cuando estemos de vuelta en Morwellan Park...

Donde la hierba amortiguaba las caídas.

Jeremy lo consideró por un instante.

—Está bien. Lo prometo.

Alathea asintió, mientras el carruaje se detenía ante Morwellan House.

—Muy bien. Hablaré con tu madre.

Apoyada contra la pared en otro baile, Alathea ahogó un bostezo. Parpadeaba mucho, luchando por mantener los ojos abiertos. Había pasado las últimas dos noches leyendo de madrugada, cuando el resto de los habitantes de la casa estaban en la cama. Era el único momento que tenía para adentrarse en los tomos que encontró sobre África.

Sin embargo el este de África Central seguía eludiéndola. Lo poco que había podido encontrar sobre la región se limitaba, en buena medida, a especulaciones y había muy pocos detalles concretos.

Una cabeza familiar, con el cabello castaño brillante, sobresalió por entre las otras cabezas. La acometió un estremecimiento de lo más singular; de inmediato, buscó dónde esconderse. Cerca no había ni un solo metro ni rincón en sombras donde guarecerse. Además, hacer eso podría no ser hábil. Quedar atrapada con él en las sombras sería perturbador.

Dobló las rodillas bajo la falda y se encogió lo suficiente como para no ser detectada de inmediato por su estatura. Por los claros que había en la tremenda aglomeración, podía echarle vistazos a Gabriel, mientras él rondaba por el salón.

Por alguna razón singular, al menos visto desde lejos, parecía un hombre distinto. Pudo ver y apreciar aspectos de él que nunca antes había notado, como la perfección de su sobria elegancia y la sutil aura de poder controlado que envolvía su esbelta figura. Y su reserva, esa distancia —aparentemente insalvable— que mantenía entre él y el mundo.

Estaba aburrido, verdaderamente aburrido. Podía comprender por qué Celia y las damas de la sociedad perdían las esperanzas. Tenían razón en pensar que no las veía en absoluto; por la expresión que tenía, por la fijeza de su mirada, habría apostado Morwellan Park a que estaba pensando más en la Central East Africa Gold Company que en el brillante salón de baile de Mayfair.

Una dama desafió su distanciamiento y le puso una mano sobre la manga. Sonrió, cortés y mundano y, graciosamente, le levantó la mano y le hizo una reverencia. Se enderezó y cambió alguna palabra superficial, una ocurrencia que dejó a la dama sonriente, esperanzada... sólo para quedar decepcionada cuando, con la misma superficialidad, él prosiguió tranquilamente su camino.

Era un maestro deslizándose entre la multitud, sin quedarse anclado, con amabilidad, segura arrogancia, del todo inaccesible.

—¡Alathea! ¡Santo Dios, querida...! Pero ¿qué manía tienes con las paredes?

Irguiéndose abruptamente, Alathea miró a su alrededor y descubrió los ojos inquietos de Celia Cynster.

—Estaba... descansando las piernas.

Celia le echó una mirada severa e intrínsicamente maternal, pero se distrajo por la visión fugaz de su hijo mayor en la multitud.

—¡Ahí está! Le hice prometer que vendría (casi no ha asistido a ningún baile en toda la temporada), bueno, sólo cosas de familia. ¿Cómo espera entonces encontrar una esposa?

—No creo que asegurarse esposa sea su mayor preocupación.

Celia casi hizo un mohín.

—Bueno, más le conviene que empiece a interesarse; ya no es tan jovencito.

Alathea mantuvo la boca cerrada.

—Lady Hendricks ha estado lanzándole indirectas sobre su hija Emily, que podría ser la apropiada.

En la mente de Alathea apareció una imagen de la adorable señorita Hendricks. La joven damita era dulce, modesta y excesivamente callada.

—¿No te parece que es demasiado tímida?

—¡Claro que es muy tímida! Rupert no sabría qué hacer con ella; y ella, por cierto, no sabría qué hacer con él.

Alathea escondió una sonrisa.

—¿Realmente albergas esperanzas de que alguna mujer sea capaz de influir sobre Rupert? Es la persona menos influenciable que conozco.

Celia suspiró.

—Créeme, querida, la dama apropiada podría hacer mucho con Rupert, porque él la dejaría.

—¡Lady Alathea!

Con un parpadeo, Alathea se volvió hacia Mary y Alice, que paseaban con Heather y Eliza —que iba adelante— sobre los prados. No eran ellas las que la habían llamado. Al echar una mirada alrededor, descubrió a dos bellezas rubias, que corrían a su encuentro. Ambas se sostenían elegantes gorritos, con cintas que la brisa agitaba; una profusión de rizos dorados danzaba sobre sus hombros.

Al reconocer a las gemelas, Alathea se detuvo. Se las habían presentado en un baile, pero no habían tenido la oportunidad de charlar.

Poniéndose a su lado, las gemelas saludaron a sus primas, luego se volvieron, sonrientes, mientras la flanqueaban. Alathea tuvo la clara impresión de que la habían capturado.

—Nos preguntábamos si podríamos hablar contigo —empezó una.

Alathea sonrió, con la sagaz sospecha de lo que iba a venir.

—Tenéis que apiadaros de mí... No puedo recordar cuál es cuál.

—Yo soy Amelia —dijo la que le había hablado.

—Y yo, Amanda —dijo la otra, como si se tratara de una confesión—. Nos preguntábamos si te importaría darnos tu opinión.

—¿Sobre qué tema?

—Bueno, tú has conocido a Gabriel y a Lucifer desde que eran niños. Hemos llegado a la conclusión de que la única manera de que podamos escaparnos de ellos y encontrar a nuestros propios maridos es haciendo que ellos se casen, de modo que querríamos pedirte que nos hicieras alguna sugerencia.

—Algunas pistas sobre quiénes podrían ser las adecuadas...

—O características que evitar, como por ejemplo las que tienen cerebro de gallina.

—Aunque eso limite las candidatas.

Alathea las miró una y otra vez: eran honestas, entusiastas y totalmente serias. Tuvo que ahogar la risa.

—¿Vosotras queréis que ellos se casen para que ya no se interpongan en vuestro camino?

—¡Para que dejen de cuidarnos como si fuéramos las joyas de la corona!

—Hemos oído —dijo Amelia sombríamente— que algunos caballeros no se nos acercarán jamás sencillamente para evitar el follón que eso podría causarles.

—¡En realidad, nos han tachado de sus listas desde el principio por culpa de esos dos! —dijo Amanda agitando el puño contra sus primos ausentes—. ¿De qué modo, Dios santo, podemos razonablemente evaluar todas las posibilidades...

—... Y asegurarnos también de haber sido evaluadas correctamente...

—... Si nuestros perros guardianes siempre están gruñendo...

—... Y siempre les gruñen más alto a los caballeros más interesantes?

—Bien —prosiguió Amanda—, ya sabes cómo son los caballeros. Si se presenta el menor obstáculo, no se molestarán en hacer esfuerzo alguno.

—Bueno, no necesitan hacerlo, ¿no? Siempre hay tantas otras damas por ahí, por las cuales no tienen que hacer ningún esfuerzo.

—De modo que ya ves: cuando llega el momento de elegir, estamos en una injusta desventaja.

—Oh, cariño —dijo Alathea, esforzándose por no reírse—, realmente no creo que a Gabriel ni a Lucifer les gustaría que pensarais en ellos como en una «injusta desventaja».

Alathea sospechaba que eso los heriría y que sus orgullos viriles saldrían maltrechos.

Amanda pateó el césped.

—Bueno, no pensábamos decírselo a ellos, pero eso no cambia la cuestión. Son una desventaja.

—Y también son injustos.

Alathea no discutió; pensaba lo mismo. Eran obstinadamente injustos, se negaban a aceptar que Amanda y Amelia tenían sentido común y que, de todos modos, estaban en su derecho de elegir a sus propios esposos. El modo en que Gabriel y Lucifer la habían tratado siempre —como a un compañero más— contrastaba de forma evidente con el trato que daban a las gemelas. A pesar de que siempre se interpusieron entre ella y cualquier peligro, no habían intentado impedirle que se topara con esas amenazas.

Levantó la vista y observó que sus hermanastras se reunían tranquilamente con las gemelas; las cuatro muchachas se enfrascaron en una ferviente discusión. Alathea echó una mirada a las gemelas: a Amanda, que fruncía el ceño mientras caminaba sobre el césped, y luego a Amelia, con el rostro menos crispado, pero con el mismo gesto resuelto marcado en la barbilla.

—¿Por qué creéis que casarlos ayudará?

Amanda alzó la vista.

—Bueno, sirvió con todos los otros. Ya no son un problema.

—Basta con que mires y lo verás. ¡Vaya! Diablo era el peor, pero ahora está mucho más fácil —confirmó Amelia.

—Una vez que se casan —observó Amanda—, es como si toda su atención se centrara en la dama que eligieron como cónyuge.

—Y en su familia.

Alathea lo consideró.

—Creo que primero deberíamos concentrarnos en Gabriel.

—Sólo porque es el mayor —dijo Amelia, echándole una mirada a Alathea—. ¿Te parece que sería lo mejor?

Alathea consideró la imagen de Gabriel intentando mantener su represiva vigilancia sobre las gemelas, mientras que, simultáneamente, esquivaba a las damas que las mismas gemelas le habían presentado. No tendría tiempo de causarle ningún problema.

—Creo que... vuestra tía Celia podría daros algunos nombres.

—Bien pensado —aprobó Amanda, resplandeciente.

—No habrá necesidad —reflexionó Alathea, mientras elaboraba la imagen en su mente— de ser demasiado sutil. A las damas no les molestará, con tal de pasar algo de tiempo a su lado, y además él conocerá vuestras intenciones desde el principio, de modo que no tendréis que ser cuidadosas al respecto.

Amelia se detuvo en seco.

—Quedará atrapado —dijo y, con ojos vivos, pasó del rostro de Alathea al de Amanda—. No tendrá escapatoria...

—Salvo —concluyó Amanda, con gran deleite— dejándonos tranquilas.

La Biblioteca Circular de Hookhams, en Bond Street, fue la escala de Alathea a la mañana siguiente. Desafortunadamente, su sección sobre África era casi inexistente. Sin embargo, se llevó prestados cuatro libros; viejos y más bien ajados, prometían poca cosa. Con ellos bajo el brazo, salió a la calle. El libro más grande se le escapó al resbalar su pie en el último escalón.

—¡Cuidado!

Unas manos fuertes la cogieron de los brazos y la enderezaron. Sacudiendo la cabeza, Alathea quedó enfrentada... con Lucifer. Se tragó el suspiro de alivio y luchó por calmar su corazón batiente. Por un instante, con el sol detrás de él, había creído que era su hermano.

—Ah...

—Ven... Dame ésos.

Por supuesto que no le dio opción alguna.

—Oh... sí —dijo Alathea, y aspiró hondo—. ¿Has estado cabalgando esta mañana?

Lucifer se la quedó mirando.

—¿En el parque? No. ¿Por qué?

—No, sólo me lo preguntaba —dijo encogiéndose de hombros—. Me encantaría ir a cabalgar, pero aquí parece imposible..., sólo se puede pasear.

—Si quieres cabalgar —dijo, metiéndose los libros debajo del brazo y poniéndose a su lado—, tendrás que organizar una excursión al campo.

Alathea hizo una mueca.

—Entonces puede que espere hasta volver a casa.

La única esperanza de la muchacha era mantenerlo ocupado con la conversación, para que no desviara su atención a los libros. África era un tema inusual y, por cierto, mucho más raro el que ella estuviera estudiándolo en profundidad. Dado que Lucifer compartía la casa con Gabriel y que ella sabía que ambos intercambiaban noticias y cotilleos...

—Pero todavía faltan semanas para que termine la temporada —comentó Alathea, respirando hondo.

—Es verdad, y esas semanas están atiborradas con más bailes que nunca —dijo Lucifer, frunciendo el ceño—. Y ahora Gabriel amenaza con evitarlos, salvo en el caso de los acontecimientos familiares obligatorios.

—Oh, ¿por qué?

—Las condenadas gemelas han pasado a la ofensiva.

—¿Ofensiva? ¿Qué quieres decir con eso?

—Anoche, se acercaron pavoneándose a Gabriel en tres ocasiones, cada vez con una dama diferente, y lo acorralaron.

Alathea deseó haber visto la escena.

—¿Pudo escaparse?

—No era fácil, con una de las gemelas colgada de su brazo y negándose a irse.

—¡Santo cielo!

—Sí, santo cielo. ¿Sabes lo que ocurrirá? —preguntó Lucifer.

La joven lo miró de manera inquisidora. Lucifer respondió a su propia pregunta:

—Ya no se ocupará de esas frescas.

—Pues te dejará a ti en la línea de fuego —observó Alathea.

Lucifer se paró en seco.

—¡Santo Dios!

Alathea se las arregló para mantenerlo quejándose de las gemelas a lo largo de todo el camino hasta donde la esperaba su carruaje. Mientras le daba un beso en la mejilla, recuperó los libros.

Él frunció el ceño.

—¿Y eso por qué?

—Sólo por ser como eres.

A salvo, en el carruaje, con los libros depositados a su lado, sonrió gloriosamente.

Lucifer gruñó algo, cerró la puerta del carruaje y la despidió con un saludo.

Alathea todavía sonreía cuando atravesó el umbral de Morwellan House; saludó con la cabeza a Crisp, mientras éste le sostenía la puerta. Apiló los libros sobre la mesa que había debajo del espejo y se quitó el gorro.

—Aquí estás, querida.

Era Serena, de pie en la puerta del salón. Tras dejar su sombrero encima de la pila de libros, Alathea atravesó el lugar.

—¿Tenemos invitados? —preguntó en un susurro.

—No, no. Es que quería hablar contigo —dijo Serena, retrocediendo—. Se trata de tu padre.

—Oh —exclamó Alathea; la siguió y cerró la puerta.

—Ha caído en uno de esos estados —dijo Serena, alzando las manos, desconsolada—. Ya sabes... No está enfermo, pero no se encuentra muy bien.

—¿Ha sucedido algo?

—Hoy no. Ayer, cuando volvió, estaba un poco apagado, pero no dijo nada. Sabes que hoy iba a ir a casa de White, pero, en lugar de ello, está sentado en la biblioteca.

Se miraron, la preocupación reflejada en los rostros. Luego Alathea asintió:

—Iré a hablarle.

—Gracias —le dijo Serena, con una sonrisa—. Siempre te escucha.

Alathea abrazó a su madrastra y le dijo:

—A ti también te escucha siempre, pero hablamos de cosas diferentes.

Fortalecida por estas palabras, Serena correspondió al abrazo.

—¿Te has enterado de algo más a propósito de ese pagaré?

—Creo que hemos encontrado algo —contestó Alathea—, un camino legal para hacer que el pagaré sea declarado nulo, pero, por ahora, no quiero despertar expectativas.

—Probablemente tu decisión es acertada. Infórmanos cuando estemos liberados del problema.

Intercambiaron rápidas sonrisas y luego Alathea se encaminó hacia la biblioteca.

La puerta se abrió sin ruido; se escabulló en el interior y observó que las cortinas estaban abiertas, el cuarto lleno de luz y no envuelto en la oscuridad. Era una buena señal. A pesar de que su padre no tenía por costumbre sucumbir ante los demonios de la tristeza, ella sabía que se estaba reprendiendo internamente por el pagaré. Por su bien y por el de Serena, había fingido impasibilidad, pero sentía el fracaso y debía de estar haciéndose amargos reproches.

Sentado en su sillón favorito, el conde miraba la extensión de césped de la parte trasera. Mary y Alice estaban cortando rosas; cada muchacha era tan delicadamente bella como los capullos que yacían en sus canastas. Un poco más lejos, Charlie le estaba enseñando a Jeremy los rudimentos del *cricket*, mientras Augusta y la señorita Helm estaban sentadas sobre una manta, al sol, leyendo un libro. El jardín estaba cercado por muros de piedra, visibles aquí y allá entre árboles y espesos matorrales. La escena podría haber sido la de una pintura que describiese la vida de una familia elegante, pero no era producto de la imaginación de nadie: era su familia y era real.

Armándose de valor, Alathea tocó el hombro de su padre.

—¿Papá?

Tan absorto estaba que ni siquiera había advertido que ella estaba allí. Alzó la vista y luego hizo un gesto con los labios.

—Buenos días, querida.

Tomó la mano de su hija y la apretó; mientras ella se sentaba en el brazo del sillón, la siguió reteniendo. Alathea inclinó el hombro contra el de él, confortada por la solidez que notaba bajo su abrigo.

—¿Qué ocurre?

El padre suspiró con profunda frustración.

—Realmente abrigué esperanzas de que estuvieses equivocada sobre la compañía; de que la Central East Africa Gold Company fuera legítima. Esperaba no haberme vuelto a equivocar.

Hizo una pausa. Alathea lo tenía cogido de la mano firmemente y esperó.

—Pero tú y Wiggs estabais en lo cierto. Era una estafa. Un tipo a quien vi ayer en casa de White me lo dijo. Era alguien que venía de esos lugares, del este de África Central. Conocía la compañía. Dijo que era un tinglado armado para embaucar bobos y escaparse con su dinero. Tuve que darle la razón.

—No podías haberlo sabido... —dijo Alathea—. ¿Quién era ese hombre?

Al advertir la repentina tensión en la voz de su hija, el conde se volvió para mirarla a los ojos.

—Era un hombre de mediana estatura, más bien corpulento. Tenía unas grandes patillas entrecanas que le cubrían las mejillas. Por su vestimenta, parecía un marino, de alto rango... Esos hombres siempre tienen un aire de mar. ¿Por qué? —preguntó, buscando el rostro de Alathea—. ¿Acaso importa?

Alathea sofocó su entusiasmo.

—Podría importar. Wiggs y yo pensamos que hay un modo legal de invalidar el pagaré, pero tenemos que saber todo lo que podamos sobre los negocios de la compañía. Un hombre como ese capitán podría sernos muy útil —explicó Alathea. Tomó la mano de su padre y le preguntó—: ¿Estaba con alguna persona que conocieras?

—No —dijo el conde, meneando la cabeza—. Pero, si es importante, puedo preguntar.

—Hazlo, papá. Podría ser muy importante. Y si das de nuevo con él, prométeme que lo traerás a casa.

El padre alzó las cejas sorprendido, pero asintió.

—Está bien. Supongo que lo mejor es que vaya a casa de White y vea si puedo localizarlo.

—¡Oh, sí! —exclamó Alathea, mientras él se levantaba—. Eso podría ayudarnos enormemente, papá. ¡Gracias! —Y lo besó en la mejilla.

Cogiéndola de un brazo, la abrazó.

—Gracias, querida —le dijo, mirándola a los ojos, y le dio un beso sobre la frente—. Que no se te ocurra pensar que no aprecio todo lo que hiciste; no sé qué es lo que hice bien para merecerte. Sólo puedo sentirme contento de saber que eres mi hija.

—¡Oh, papá! —dijo Alathea, parpadeando, y lo abrazó rápidamente. Luego, se separó para echar un vistazo por la ventana—. Tengo que ir a buscar a ese Jeremy o va a estar jugando al *cricket* todo el día.

Todavía parpadeando, se precipitó hacia fuera.

10

Esa noche, en el baile de lady Castlereagh, Alathea se encontró asediada por caballeros. Sin que ella hiciera nada para atraerlos, a medida que progresaba la temporada, el número de solteros maduros que la consideraban una agradable compañera de baile había ido aumentando sin cesar. A pesar de que Celia estaba convencida de que ella se quedaba siempre pegada a las paredes, era demasiado astuta como para hacerlo constantemente. El verdadero anonimato significa no hacer nada que llame la atención; en consecuencia, bailaba sin ganas, no cada baile, pero sí los suficientes como para asegurarse de que nadie fuera a comentar su abstención.

En verdad, a ella le gustaba bailar el vals, si bien había muy pocos hombres lo suficientemente altos como para servirle de pareja. Con todo, a pesar del obstáculo que representaba su estatura, el número de sus admiradores —como Serena insistía en llamarlos— había aumentado hasta constituirse en legión. Lo que hacía que la vida fuese sumamente incómoda cuando, al cabo de dos bailes, quería escabullirse en las sombras, lo mejor para meditar sobre sus dificultades del momento. La principal estaba presente, vestida de un severo color oscuro, con rizos brillantes y modales de inefable urbanidad. Acababa de bailar los mismos dos bailes que ella había bailado, pero ahora deambulaba, deliberadamente sin propósito, entre la multitud. Si él podía evitar la necesidad de hacerse el interesante y de conversar, a ella le parecía muy justo hacer otro tanto.

—Me temo, estimados señores —dijo sonriendo a los caballeros que la rodeaban—, que ahora tengo que marcharme. Una de mis hermanastras...

Con un gesto displicente, dejó que creyeran que la solicitaban del otro lado del salón. Como reunirse con Mary y Alice implicaba tener que vérselas con un grupo de alborozadas doncellas, ninguno de los caballeros se ofreció a acompañarla. La saludaron con una inclinación de cabeza y le rogaron que les prometiera volver; ella les sonrió y se alejó.

La aglomeración era increíble. Lady Castlereagh era una de las más ancianas anfitrionas; sus invitaciones no admitían rechazo. Según sospechaba Alathea, ésa era la razón de la presencia de la mayoría de los Cynster, Gabriel incluido. Sirviéndose de la multitud para sus fines, se abrió paso hasta una jamba ocupada por un pedestal que remataba un busto de Wellington. Se acomodó junto a la base del pedestal, que la ocultaba a los ojos de, al menos, la mitad del salón.

Afortunadamente también estaba protegida del ruido; le costaba oír incluso sus propios pensamientos. Al otro lado del salón vio que Gabriel, con obvia renuencia, reemplazaba a Lucifer en la vigilancia de las gemelas. Después de tomar una ubicación casi directamente opuesta a la suya, Gabriel adoptó un aire vigilante.

Alathea hizo una mueca. Buscó a las gemelas en la multitud. Aun cuando para orientarse se sirvió de la dirección hacia donde miraba Gabriel, no las encontró. Con un suspiro expectante, retrocedió, casi hasta la pared, pero no completamente. Cualquiera que la hubiese visto, habría pensado que estaba esperando a algún caballero, o a una jovencita a su cargo que debía regresar a su lado.

Escondida de ese modo, se puso a considerar cómo decirle a su caballero de corcel blanco dónde debería buscar en provecho de ambos. Había lanzado una llamada y él había llegado galopando en su ayuda: ahora había quedado atrapada en esa idea que él tenía de las recompensas. Seguir manejándose con él iba a resultar difícil, pero tampoco podía avanzar sin su ayuda.

Dar con el capitán, tropezarse con él entre la multitud de un salón de baile, estaba más allá de lo posible: su tipo correspondía más a los clubes que a un parque o a los entretenimientos de la alta sociedad. El capitán, efectivamente, estaba fuera de alcance. No se atrevía a cifrar todas sus esperanzas en que su padre se presentara un día para el almuerzo con el capitán a remolque.

Tenía que hablarle a Gabriel sobre el capitán tan pronto como le fuera posible. ¿Quién podía decir por cuánto tiempo un capitán de navío permanecería en tierra? Tal vez ya habría zarpado, pero ella se negaba a considerar esa posibilidad. El destino no podía ser tan cruel. Pero ¿cómo hablar con Gabriel y quedar a salvo?

Escribir una carta le había parecido apropiado hasta que se puso a imaginar una. Aun cuando había incluido palabra por palabra la descripción que su padre le había hecho del capitán, la carta carecía de vida y hedía a cobardía. Sólo podía firmarla como «la condesa». En lugar de enviársela, la desechó y volvió a reflexionar.

Si no veía a Gabriel cara a cara, no tendría manera de saber cómo reaccionaría ante sus noticias ni podría interrogarlo sobre aquello de lo que se hubiese enterado él; estaba bastante segura de que no se había quedado quieto en los cinco días que habían pasado desde su último encuentro.

En el hotel Burlington.

El mero nombre le trajo una oleada de incertidumbre; de inmediato, lo eliminó por completo. No podía permitirse dejar que sus emociones la gobernasen o le dictaran sus movimientos. ¿De qué se había enterado Gabriel? ¿Acaso Crowley había hecho algo más? Eran preguntas para las que necesitaba respuestas; y sólo tendría respuestas si se encontraba con Gabriel cara a cara; de eso estaba absolutamente segura.

Pero imaginarse en privado, sola con él en la oscuridad, le producía un escalofrío (y no de temor). Pensar en ello debilitaba su certeza y le hacía cuestionarse sus argumentos. ¿Estaría simplemente justificando sus deseos con razonamientos?

A la sombra del pedestal, examinaba, diseccionaba y volvía a montar sus pensamientos... sin llegar a parte alguna. La situación era irritante; su incapacidad para llegar a alguna conclusión la ponía de mal humor.

En aquel momento él se movió. Lo había estado observando con el rabillo del ojo. Mientras le volvía a pasar la vigilancia de las gemelas a Lucifer y luego se metía entre la multitud, ella se irguió. Lentamente sintió que un cepo se cerraba alrededor de sus pulmones. Se dijo que no había razón por la que estuviera caminando en dirección a ella, no había razón de que él supiera dónde estaba.

Había subestimado el poder de su sombrero.

El sombrero lo atrajo como un imán. Se abrió camino entre la muchedumbre con tanta eficiencia que, una vez que Alathea se dio cuenta de que su objeto era ella, no tuvo tiempo de batirse en retirada. Gabriel se detuvo a su lado.

Atrapada, levantó la barbilla y lo miró fijamente.

—No digas ni una palabra.

Los ojos de él sostuvieron la mirada de la joven durante un instante cargado de significación; Alathea tembló por dentro y se dijo que él no podía ver a través de su disfraz; que él jamás había visto en la dama que ahora tenía ante sí a la mujer que había yacido desnuda en sus brazos.

Apretando los labios, Gabriel asintió enérgicamente.

—Obviamente no hay necesidad, aunque no entiendo por qué te preocupas: muy pronto tu cabello se pondrá canoso.

Los ojos de Alathea relampaguearon, pero, en lugar de hacerlo pedazos, sonrió. Y mordazmente le dijo:

—Estoy segura de que tendrás muchas canas, si persistes en comportarte como un perro con un hueso en relación con tus jóvenes primas.

—Nada sabes de la cuestión, así que no empieces.

—Sé que las gemelas son perfectamente capaces de cuidarse solas.

—¿Tú qué sabrás? —respondió él en tono de sorna.

—Quizá se me ocurrió —replicó Alathea con un tono que lo ponía nervioso— que toda mujer capaz de vérselas con uno de los Cynster, capaz de detectar la abolladura en la armadura de uno de ellos y de conspirar y actuar para sacarles ventaja, debía de ser capaz de arreglárselas incluso con los bribones más notorios de la alta sociedad. —Y, deslizando la mirada por el rostro de él, agregó—: ¿No te parece?

Gabriel sintió que sus ojos se entornaban; estaba poniéndose furioso. Habría preferido mantenerse impávido, pero, con ella, siempre parecía imposible. La traspasó con una mirada brillante.

—Fuiste tú la que les aconsejó.

No necesitaba que ella levantara taimadamente las cejas para saber que ésa era la verdad.

—Se me acercaron con su problema... Simplemente me limité a hacerles una observación.

—Tú eres la causa de su presente obsesión por encontrarme una esposa conveniente.

—No, no —replicó ella apuntándole con un dedo—, sabes perfectamente que no podría ser la responsable de eso. Eres tú el que todavía no se ha casado. Eres tú el que necesita una esposa. Las gemelas sólo están tratando de ayudar.

Lo que él murmuró a modo de respuesta estuvo lejos de ser amable; Alathea se limitó a sonreír.

—Están tratando de ayudar, exactamente del mismo modo en que tú estás tratando de ayudarlas.

—¿Y de qué modo? —preguntó él.

—Equivocadamente —le dijo, mirándolo fijamente a los ojos.

Gabriel parpadeó.

Como él no respondió de inmediato, ella miró hacia otro lado.

—Se me ocurrió averiguar cómo reaccionarías si te vieras en los zapatos de ellas.

—Sabías condenadamente bien cómo reaccionaría —dijo, apretando los dientes—. Sólo les sugeriste eso para que me atormentaran. Sé que Lucifer intentó explicarte la necesidad de nuestra vigilancia sobre las gemelas... Está claro que no tuvo éxito. De modo que, tal vez, corresponda hacerte una demostración para que la cuestión sea evidente en tu cráneo probablemente duro —dijo, alzando la vista hacia el sombrero que le cubría el suave cabello.

Ella sacudió la cabeza. Tenía el ceño fruncido. Él se le acercó más, arrinconándola contra el espacio que había entre el pedestal y la pared de la hornacina. Apoyó una mano sobre la parte superior del pedestal y la dejó apretada en un espacio pequeño.

Al mirarla con ojos malignos, se sorprendió al ver que los de ella centelleaban; estaba sorprendido por lo mucho que había retrocedido ella en el hueco entre el pedestal y la pared.

La mirada de Alathea bajó hasta el pecho de él, a centímetros del suyo. Tragó y volvió a mirarlo a los ojos. Luchó contra la urgencia de ponerse una mano sobre el pecho, en el vano esfuerzo de calmar los latidos de su corazón. «¡Oh, Dios!» En situaciones como ésa, habitualmente lo habría golpeado en el pecho y empujado; no habría dudado, ni se habría detenido a considerar ninguna posible incorrección. Y, aunque su fuerza difícilmente lo habría hecho tambalearse, si lo empujaba, se habría movido.

Pero no se atrevió a tocarlo.

No podía responder de sus manos si lo hubiese tocado.

¡Santo cielo! ¿Qué iba a hacer? Ya podía ver la perplejidad asomándose a los ojos de Gabriel.

Con los sentidos vacilantes —¡estaba demasiado cerca!—, se enderezó hasta quedar completamente erguida y realizó un intento pasable de mirarlo desde arriba.

—¡Quiero que pienses! —dijo y su mirada se enredó en la de él—. Protegerlas de los peligros reales (peligros que en verdad se materializan) está muy bien, pero en este caso —hizo un ademán que lo obligó a inclinarse hacia atrás—, tu constante acecho en realidad les está restando oportunidades. No es justo.

—¿Justo? —dijo y, para inmenso alivio de Alathea, retrocedió, retirándose del pedestal y volviendo la vista hacia donde imaginaba que debían de estar las gemelas—. No veo qué tiene que ver la justicia en esto.

—¿No lo ves? —dijo Alathea, ya capaz de volver a respirar—. Piénsalo. Nunca acostumbrabas a impedirme... oh, cabalgar a pelo o ni ninguna otra cosa contigo y Alasdair... No me impediríais que lo hiciese ahora.

—Cabalgas como el demonio. No hay necesidad de detenerte... No estarías en peligro.

—Ah, pero si hubiera algo peligroso en mi camino... si, por ejemplo, saltara una cerca y quedara en un campo con un toro furioso, ¿vendrías a toda carrera a salvarme?

La mirada que él le lanzó fue de indignación; indignación por preguntarle algo así.

—Claro que sí —protestó y, al cabo de un momento, agregó más suavemente—: Sabes que sí.

Alathea inclinó la cabeza; la emoción le provocó un extraño nudo en el estómago; de niños, él siempre había sido el primero en interponerse entre ella y cualquier peligro.

—Sí, y eso es precisamente lo que quiero decir a propósito del modo en que estás sofocando a las gemelas.

Deliberadamente, se calló. Sintió que él se resistía; su renuencia se revelaba en oleadas. No quería oír las teorías de la muchacha, no quería indagar en la posibilidad de que él, su hermano y sus primos pudieran estar equivocados o exageraran. Porque si lo hacía, tendría que dejar de ser un Cynster protector, y eso —Alathea lo sabía bien— era muy difícil de lograr.

Finalmente, él le lanzó una mirada muy poco alentadora.

—¿Por qué sofocándolas?

Ella miró hacia otro lado, por encima del mar de cabezas.

—Porque no les dejas abrir las alas. En lugar de darles rienda suelta, en lugar de aparecerte sólo cuando estén en peligro, estás cerciorándote de que no corran ningún riesgo, asegurándote, en primer lugar, de no darles la menor libertad.

Gabriel abrió la boca para hablar, pero ella lo contuvo, apaciguándolo con la mano.

—Tu modo de proceder es perfectamente válido en otro contexto, pero en éste significa bloquearles toda posibilidad de aprender a volar, toda posibilidad de éxito. Bien —dijo, señalando hacia el otro extremo del salón—, míralas. —Alathea no podía verlas, pero él, sí—. Deben de estar rodeadas por diez caballeros.

—Veinte.

—¡Cuántos! —la suavidad de su voz hizo que él la mirase a los ojos—. ¿Te parece que no son los hombres apropiados?

Gabriel miró hacia la ingente masa que rodeaba a las gemelas e intentó decirse que no la veía.

—¿Te imaginas acaso a alguno de esos inocuos caballeros casado con las gemelas? ¿O sería más apropiado decir que vosotros, todos vosotros, habéis estado evitando cuidadosamente imaginaros a las gemelas casadas?

Ella era como su conciencia, murmurándole en el oído. Como a su conciencia, no podía ignorarla.

—Pensaré en lo que dices —gruñó, evitando mirarla a los ojos. Lo que habría visto en ellos hubiera sido la verdad, su propia verdad reflejada.

Respiró hondo, hinchando el pecho más allá de la opresión usual, la que experimentaba siempre cuando estaba con ella. Dios, qué incómodo lo hacía sentir. Incluso ahora, cuando no estaban destripándose uno al otro, sino teniendo lo que, para ellos, era una discusión racional, sentía las tripas desgarradas, como si unas garras lo hubieran marcado desde la garganta hasta el pecho y luego se hubiesen dedicado a su corazón y a su estómago.

También lo sacudía. Otra vez. ¿Por qué diablos lo había mirado de ese modo —con los ojos tan abiertos—, cuando la había arrinconado contra la pared? Esa mirada lo había conmocionado; incluso en este momento, le picaba la piel porque la tenía cerca.

Como siempre, su impulso fue fustigarla verbalmente para apartarla, aun cuando, si se quedara en el mismo salón, compulsivamente iría hacia ella. Estúpido. Ojalá pudiese decirse que ella le desagradaba, pero no podía. Nunca había podido. Sin apartar la mirada de su ridículo sombrero —la mirada de ella, seguramente, lo habría obligado a marcharse—, volvió a respirar hondo, escrutando a los invitados más cercanos, a punto de saludar y excusarse...

Entornó los ojos.

—¿Qué diablos...?

La pregunta murmurada quedó sin responder, cuando

lord Coleburn, el señor Henry Simpkins y lord Falworth, todos sonrientes, se hicieron presentes.

—Aquí está, mi querida señora —dijo Falworth, inclinándose elegantemente para saludar a Alathea.

—Pensamos que necesitaba ser rescatada —dijo Henry Simpkins, recorriendo con la mirada a Gabriel antes de posar sus ojos en el rostro de Alathea—. De la aglomeración, claro.

—En verdad, es horrenda —respondió Alathea suavemente.

Esperó a que Gabriel se excusara y se fuera, pero en lugar de ello, se quedó plantado como un roble a su lado. Con el busto de Wellington inmediatamente a su izquierda, no podía escaparse; sus aspirantes a acompañantes se vieron forzados a desplegarse en semicírculo ante ella y Gabriel. Tal como si estuviesen en un juzgado. Con un suspiro, lo presentó, muy segura de que los otros lo conocerían o, al menos, su reputación.

Esto último se hizo de inmediato evidente. A fuerza de varias sutiles indirectas, Coleburn, Simpkins y Falworth dejaron claro que pensaban que Gabriel encontraría algo mejor en qué entretenerse en otra parte. Alathea no se sorprendió en absoluto cuando él hizo caso omiso de la sugerencia de los otros, con todo el aspecto del mundo de estar peleando contra un bostezo. Cosa que además era cierta. Y para ella también. Si hubiera querido quedarse parada contra la pared y conversar con un grupo de caballeros, Coleburn, Simpkins y Falworth no habrían sido los que habría escogido. Hubiera preferido conversar con Diablo, que estaba a su derecha. Al menos, con él, no corría peligro de distraerse y perder el hilo de la conversación.

A pesar de la falta de estímulos, se sentía notoriamente aliviada de que Gabriel no hubiera decidido animar la conversación a través de la disección quirúrgica de Simpkins, quien parecía tener toda la intención de ponerse a tiro con sus estudiadas y no lo suficientemente desenfadadas indirectas. A lady Castlereagh no le habría gustado que hubiese sangre en el suelo de su salón.

—Y entonces la señora Dalrymple insistió en que siguiéramos cabalgando, pero la cerca que estaba al final del cuarto campo la obligó a retirarse. Bien —dijo Falworth, extendiendo las manos—. ¿Qué podía hacer yo? Tuvimos que refugiarnos en una granja cercana.

Los otros caballeros parecían algo intrigados por la descripción de Falworth de su abortada salida con los Cottesmore. Todos, excepto Gabriel, que hacía una extraordinaria imitación de una estatua de mármol. Con una sonrisa anodina en los labios, Alathea suspiró para sus adentros y dejó que las palabras de Falworth se perdieran.

Más allá de ese pequeño círculo, un caballero de estatura elevada, tan alto como Gabriel, se paseaba con aire despreocupado. Los recorrió con una mirada ociosa y se detuvo. Se fijó en Gabriel, luego, su mirada volvió a ella.

El caballero le sonrió; Alathea reprimió un parpadeo. No era sólo un gesto encantador, sino algo más que eso. Aun antes de pensarlo, la joven estaba haciendo un movimiento con los labios en respuesta. La sonrisa del caballero se hizo más patente; inclinó la cabeza. Con la mirada en el rostro de ella, se acercó con el mismo paso despreocupado y ágil que caracterizaba a los Cynster y, según conjeturó Alathea, a algunos de sus compañeros.

La reacción de Gabriel fue inmediata e intensa. Alathea apenas tuvo tiempo de considerar el porqué, cuando ya recibía una reverencia.

—Chillingworth, querida. No creo que hayamos sido presentados —dijo, enderezándose con gracia y, tras una rápida mirada a Gabriel, agregó—: Pero estoy seguro de que puedo convencer a Cynster para que haga los honores.

Gabriel dejó que su silencio se prolongara hasta resultar casi insultante antes de decir a regañadientes:

—Lady Alathea Morwellan... El conde de Chillingworth.

Arqueando la ceja a modo de aviso para Gabriel, Alathea le dio la mano a Chillingworth.

—Un placer, milord. ¿Está disfrutando de lo que nos ofrece Su Señoría?

En alguna parte se oía un cuarteto de cuerda tocando.

—Para serle honesto, encuentro que la velada es un poco apagada —dijo Chillingworth, soltándole la mano y sonriendo—. Un poco insulsa para mi gusto.

Alathea enarcó una ceja.

—¿De veras?

—Hmm. Me considero afortunado de haberla divisado entre esta gente —dijo, con una mirada llena de admiración, especialmente por la estatura de la joven. Y agregó—: Afortunado de veras.

Alathea sofocó la risa; a su lado, Gabriel se puso tenso. Con ojos traviesos, la joven dijo:

—Estoy ocupada planeando un baile para mi madrastra. Dígame, ¿qué tipo de entretenimiento atraería más a un caballero como usted?

La mirada que Gabriel le lanzó fue absolutamente censora; Alathea la ignoró.

Otro tanto hizo Chillingworth.

—Su grata presencia me atraería mucho.

Ella lo miró a los ojos con expresión neutra.

—Sí, pero ¿aparte de eso?

Él casi se ahogó tratando de reprimir la risa.

—Ah... ¿aparte de eso?

—Vamos, Chillingworth. Estoy seguro de que si te concentras, recordarás qué es lo que te trae por aquí. —La interrupción de Gabriel arrastrando las palabras lánguidamente distrajo la atención del conde.

Chillingworth levantó las cejas. Apoyando un brazo en la parte superior del pedestal, frunció el ceño y dijo:

—A ver... Déjame pensar.

Gabriel resopló.

—La multitud, no —respondió Chillingworth, mirando de reojo a Alathea—. No veo por qué la distinción de la exclusividad no se aprecia más ampliamente.

Con la mirada sobre los invitados, que se movían y cambiaban de lugar delante de ellos, y obligaban a los otros tres caballeros a ceder y luego luchar para volver a ocupar su posición, Gabriel emitió un sonido de aprobación:

—Dios sabe por qué se imaginan que frotarse los hombros toda la noche es divertido.

—Porque ningún anfitrión se anima a decir que la alta sociedad es un timo, de modo que todos tenemos que sufrirla —dijo Alathea, recorriendo la muchedumbre con ojos resignados.

—Al menos —murmuró Gabriel—, podemos ver bastante bien. Debe de ser peor para los que no pueden hacerlo.

—Claro que sí —dijo Alathea—. Mary, Alice y Serena parecen pasar la mitad de su tiempo intentando abrirse paso entre la gente.

Chillingworth había estado observándolos, asimilando el intercambio de opiniones.

—Hmm. Por otra parte, aunque para caballeros como yo (o como Cynster, claro) tal vez resulte agradable oír sonatas y aires a su debido tiempo, tener un conjunto de violines chirriando en un rincón constituye una distracción innecesaria.

—¿Distracción? —le preguntó Alathea, mirándolo—. ¿Respecto de qué?

La pregunta, hecha a quemarropa, hizo que Chillingworth parpadeara.

Los labios de Alathea se estiraron en una mueca.

—¿De sus intereses habituales?

Chillingworth se enderezó. Gabriel sólo le echó una mirada resignada diciéndole:

—No le hagas caso. Aunque tal vez debería advertirte que la cosa irá a peor.

Alathea lo honró con una mirada altiva.

—No eres quién para decir eso.

Mirando a uno y a otra, Chillingworth les dijo:

—Ah, pero vosotros os conocéis.

Alathea agitó su mano de manera despectiva:

—Desde la cuna: se decidió que estuviésemos asociados, pero no lo decidimos nosotros.

—Bien expresado —dijo Gabriel, enarcando las cejas.

La mirada intrigada de Chillingworth no se evaporó del todo, pero él prosiguió hablando con Alathea.

—¿Donde estábamos?

—En los entretenimientos adecuados a sus intereses habituales.

Alathea se estaba divirtiendo. Tanto Chillingworth como Gabriel la contemplaban, echándole miradas de censura.

—Muy bien —dijo Chillingworth aceptando el desafío lanzado—. No, con certeza, un programa de baile que incluya sólo dos valses. A propósito, querida, creo que la orquesta está a punto de sernos útil y ofrecernos un vals —añadió enderezándose, al tiempo que sonreía encantador y desafiante—. ¿Puedo tentarla a sacar brillo al suelo conmigo?

Alathea le devolvió la sonrisa, lista para aceptar el desafío e igualmente preparada para darle a Gabriel una oportunidad de descansar. Habían estado juntos sin caer en el sarcasmo durante casi media hora. No tenía sentido seguir desafiando al destino.

—En verdad, señor, estaré encantada.

Gabriel apretó los dientes, contuvo la respiración y trató de mantenerse calmo. Dios sabía que no quería bailar con Alathea. Tan sólo pensarlo le provocaba un escozor en la piel semejante a un sarpullido. Pero... tampoco quería que bailara el vals con Chillingworth. O con cualquier otro. Sin embargo, Chillingworth, sin duda, era la peor elección que hubiera podido hacer entre todos los caballeros del salón. Y esa elección no carecía de deliberación. Podía tener veintinueve años, pero aún poseía una robusta tendencia al descaro, fruto de una considerable temeridad.

Los miró mientras Chillingworth la llevaba hasta la pista de baile y la tomaba suavemente entre sus brazos. Ella se rió de alguna broma y comenzaron a bailar. Mientras giraban por el salón, Gabriel interiormente comenzó a resoplar: allí iba ella, tentando abiertamente al destino.

Dejó de mirarlos y localizó a Lucifer, todavía de guardia, pero charlando con dos amigos, mientras las gemelas bailaban. Gabriel las localizó, cada una en brazos de caballeros apropiadamente inocuos.

Le volvieron a la mente las palabras de Alathea y rezongó para sus adentros. Pensaría sobre lo que le había dicho. Su mirada regresó a los bailarines y allí se detuvo.

El vals casi había terminado antes de que Alathea hubiese identificado por completo la sensación que la afligía. Había comenzado después de que Chillingworth la llevara a bailar, mientras comenzaban a dar una segunda vuelta alrededor del salón.

Disfrutaba el baile. Más allá de sus preferencias, Chillingworth era encantador, ingenioso y un caballero de pies a cabeza. Era parecido a Lucifer y sus primos Cynster. Podía tratarlo como los trataba a ellos y respondía en la misma vena bromista. Se relajó.

Así estaba cuando comenzó a surgir la otra sensación, como de una mirada intensa que se fijaba entre sus omóplatos. La intensidad fue la que la ayudó a localizar su fuente.

Cuando Chillingworth galantemente la retornó al sitio ubicado al lado del busto de Wellington, ella estaba sonriendo y fermentando algo. Dirigió una mirada a los duros ojos castaños de Gabriel y se puso de mal humor. Había atravesado su armadura con éxito y había logrado molestarlo respecto de las gemelas, pero, con su mirada hosca y tenaz él la había perturbado a modo de revancha. Deslizándose a su lado le murmuró:

—¿No tienes otra cosa mejor que hacer?

Él la miró sin comprender.

—No.

Era imposible sacarlo de su estado, por lo que así permaneció toda la noche. Al final, estaba lista para cometer un asesinato. Pero en el carruaje, de vuelta a casa, tuvo que contener la cólera y escuchar la cháchara alegre de Mary y de Alice a propósito de los acontecimientos de la velada. Para su satisfacción, ambas habían encontrado su lugar y habían atraído el tipo de atención apropiada. Al dejar el carruaje y subir las escaleras de la puerta frontal, Alathea intercambió una mirada interrogativa con Serena. Su campaña marchaba bien.

A ella, en cambio, no le había ido tan bien. Para cuando llegó a su cuarto y Nellie cerró la puerta tras de ella, se sentía como un volcán humano.

—Uno de estos días —le dijo a Nellie, apretando los dientes— voy a encontrármelo con un arma en mis manos y entonces terminaré en la Torre, y será por su culpa.

—¿La Torre? —preguntó Nellie, confusa.

—¡Presa, por haberlo matado! —exclamó Alathea, dejando aflorar su malhumor—. Deberías haberlo visto. No lo podrías imaginar. Peor de lo que yo nunca hubiera pensado. Todo porque le dije, y lo convencí, que hacía mal en sofocar a las gemelas, ¡y entonces dejó de sofocarlas y comenzó a sofocarme a mí!

—¿Sofocar?

—Me miraba todo el tiempo, como si fuera su hermana. Trataba de amenazar o de echar a cualquier caballero que se me acercara —dijo, girando sobre sí—. Al menos no tuvo éxito con Chillingworth, ¡gracias a Dios! ¡Pero estuvo así toda la cena!

Le faltaban las palabras. Dirigió una mirada venenosa hacia la puerta.

—Nunca antes me había sentido así, como si fuera un hueso custodiado por un gran perro dentón, de pie a mi lado. Y deberías haberlo visto durante el segundo vals. Ya había bailado el primero con Chillingworth y no veía razón por la cual no bailar el segundo también con él. Es bien alto, por lo cual es una bendición bailar el vals con él, pero Gabriel se comportó como un... ¡maldito arzobispo! ¡Hubieras pensado que nunca había bailado con una dama en su vida!

Caminaba con los brazos cruzados.

—No era que quisiera bailar el vals conmigo. ¡Oh, no! ¡Jamás había querido bailar el vals conmigo en toda su vida! ¡Sólo quería hacerse el imposible! ¡Y es tan difícil de contrarrestar! Sinceramente siento conmiseración por las gemelas y me alegraré infinito si logro sacudirlo y hacer que se dé cuenta.

Y frunció el ceño.

—Salvo que ahora parece haberse concentrado en mí —dijo, considerando sus palabras para luego encogerse de hombros—. Supongo que sólo se ha comportado así esta noche, como venganza. Como sea, estoy bastante harta de los modales arrogantes del señor Gabriel Cynster.

—¿De quién?

Alathea se desplomó sobre el taburete que había delante del tocador.

—De Rupert. Gabriel es su sobrenombre.

Nellie dejó caer el cabello de Alathea y comenzó a peinarlo. Alathea dejó que el familiar y rítmico tironeo la tranquilizara. Su mente volvió al problema que antes la había consumido, el problema que había olvidado por completo al calor engendrado por el comportamiento de Gabriel en el baile.

Mientras era Alathea Morwellan.

Eso ya había sido bastante malo. Pero el comportamiento de él cuando ella era la condesa parecía estar todavía más lejos de sus posibilidades de controlarlo.

—Esto ya ha ido demasiado lejos; necesito dominar la situación.

—¿Lo necesitas?

—Hmm. Está bien que él tome las riendas, pero es demasiado peligroso. Es mi problema... él es mi caballero... yo fui la que lo llamó. Va a tener que aprender a cumplir mis deseos y no al contrario. Voy tener que dejárselo claro.

Ella, la condesa, iba a tener que verlo de nuevo.

—He de hablarle del capitán —anunció Alathea frunciendo el ceño.

Lo que había ocurrido en el hotel no volvería a suceder. Ése había sido simplemente un hecho aislado, una combinación entre el lugar, la oportunidad y la euforia —así como su debilidad— que había él había sentido, visto y aprovechado.

Le había dejado aprovecharse. Se prometió no ser tan débil la próxima vez. No dejar que la tomara en brazos y se la llevara a la cama con tanta facilidad.

No. Pero no tenía sentido correr ningún riesgo.

—No puedo arriesgarme a volver a encontrármelo a la luz del día.

—¿Por qué no? Ni siquiera así puede ver tu rostro, si llevas esa máscara debajo del velo.

—Es cierto. Pero mirará más atentamente, y se verá una parte de mi cara...

Podría adivinar. En las últimas semanas, con frecuencia, la había visto de cerca. Cuando se concentraba, su poder de observación era agudo y, después de su último encuentro en el Burlington, estaba muy segura de que le prestaría mucha atención a la condesa. Especialmente si ella se empeñaba en mantenerlo a una amable distancia.

Sin embargo, la distancia, amable o no, resultaba imperativa.

—Voy a tener que verlo de nuevo.

Frunciendo el ceño, tamborileó con los dedos sobre el tocador. Si pudiese idear un encuentro en el que no le diera alternativas, de modo que no pudiera aprovecharse en absoluto, estaría a salvo.

—Una carta para usted, milord... eh, señor.

Con un gesto exagerado, Chance posó la bandeja de plata, que nunca perdía ocasión de esgrimir, a la derecha de la mesa donde Gabriel desayunaba.

—Gracias, Chance.

Haciendo a un lado su taza de café, Gabriel cogió la hoja doblada de pesado pergamino blanco y buscó el abrecartas.

—Oh... ¡Ah! —exclamó Chance, buscando aparatosamente en sus bolsillos—. Aquí está —dijo, y mostró un cuchillito oxidado—. Yo lo haré.

—No, Chance, está bien —negó Gabriel, sosteniendo la nota—. Puedo hacerlo yo.

—Listo —dijo Chance; recogió la bandeja, y partió.

Gabriel rompió el sello con una uña y, con los dientes apretados, abrió la nota.

La había estado esperando durante los últimos cuatro días. Se sentía herido por la demora que había tenido la condesa en citarlo para un nuevo encuentro. La tardanza era como una mancha en su expediente, una reflexión adversa sobre sus dotes. Al menos, la nota había llegado finalmente.

Examinó las pocas líneas que contenía, luego miró hacia el cielo raso. ¿Un carruaje?

Suspiró. Bien, acababa de perder la virginidad, así que, ¿qué podía esperar? No era más que una novata arreglando encuentros amorosos.

11

Era una noche sin luna. El viento soplaba sobre los árboles que flanqueaban la senda para carruajes que llevaba a Stanhope Gate. Mientras aguardaba con impaciencia entre las sombras, Gabriel se aguantaba las ganas de sacudir la cabeza.

Encontrarse a medianoche en Stanhope Gate no era mucho mejor que hacerlo en el atrio de St. Georges. La condesa había leído demasiadas novelas góticas. En este caso, o se había olvidado de que los portones del parque se cerraban al anochecer o contaba con que él ejercitara sus singulares talentos con el candado que impedía la apertura de las puertas de hierro. Hizo esto último y dejó los portones abiertos de par en par. No sería la primera vez que alguien se olvidaba de cerrarlos.

Al menos no había niebla, apenas capas de sombras que se extendían sobre la extensión del parque, cambiando y vagando con el viento. Había luz suficiente como para ver, como para distinguir formas, pero no los detalles.

En la distancia, se escuchó el tañido de una campana, la primera nota de la medianoche. Prestó atención a los otros campanarios que se le unieron, sonaron las otras campanadas y la última de las notas murió en la noche inquietante. Volvió el silencio y se instaló.

El traqueteo de las ruedas de un carruaje fue la primera indicación de que la espera llegaba a su fin. Había muchos carruajes que circulaban alrededor de Mayfair, pero estaban lo bastante lejos para ignorarlos. El uniforme traqueteo continuó, acentuado por el golpeteo de los cascos y luego apareció un pequeño carruaje negro, con las luces apagadas, que atravesó los portones adentrándose en la negrura del parque.

Gabriel avanzó hasta el borde. El cochero cambió la dirección de los caballos; el carruaje aminoró su marcha y se detuvo. Gabriel abrió la puerta y subió, entrando en un lugar aún más oscuro que el dormitorio del hotel Burlington.

Se sentó y sintió que debajo de él había cuero, y una cálida presencia a su lado.

—Señor Cynster.

Gabriel le sonrió a la oscuridad.

—Condesa.

Ella ahogó un grito mientras se apoyaba sobre las piernas de él. A sus dedos les tomó apenas un instante dar con el velo y luego sus labios se posaron sobre los de ella.

Fue un beso abrasador (él se aseguró de que así fuera). Un beso que la aturdió, que hizo que sus sentidos se tambalearan. Un beso para avivar sus fuegos y los fuegos propios.

Los labios de ella se relajaron en el momento en que los de él se afirmaban; se abrieron en el instante en que él trazó su contorno. En sus brazos se derritió a medida que él se ponía más rígido; no alzó la cabeza hasta que ella quedó aturdida y mareada, tan sin aliento que no podía pronunciar las palabras que su mente arremolinada no acertaba a concebir.

Él dudó sólo un instante, sus alientos acalorados se mezclaron en la oscuridad, el ritmo de sus respiraciones se fragmentó. Él sentía sus ansias, sentía los labios hinchados, abiertos, hambrientos a menos de un centímetro de los suyos.

Al acortar la distancia, selló el destino de ella. Y el suyo.

Sin embargo, esta vez estaba decidido a mantener el control, a orquestar sus actuaciones hasta el mismo final. Lo había tramado, planeado y soñado todo. Cuando hubiera hecho con ella todo tipo de travesuras y le hubiera proporcionado todo el espectro de sensaciones que un amante experimentado podía evocar, apostaría su reputación tan duramente ganada a que ella no esperaría otra vez varios días antes de volver a él.

Con sus labios sobre los de ella, rápidamente quitó la capa y le echó atrás el velo. Apartó sus labios del beso y dejó que las yemas de sus dedos se entretuvieran sobre la delicada piel de la frente de Alathea, el arco de sus cejas, la curva de sus mejillas. Su mandíbula era firme y estaba finamente cincelada; el cuello, largo, esbelto..., elegante.

En la base de su garganta el pulso latía acalorado. El escote abierto de su vestido revelaba el turgente nacimiento de sus pechos llenos. La recorrió con los dedos; sus recuerdos se precipitaron. El deseo se hizo sentir.

El aliento de ella se estremeció sobre los labios de él; tembló en sus brazos.

—¿Qué instrucciones le has dado a tu cochero?

Respiró agitadamente; Gabriel sintió la lucha de ella para pensar.

—Le he dicho que condujera despacio alrededor de la avenida... hasta que terminásemos con nuestro encuentro.

—Perfecto.

Al levantarse, su cabeza tocó el techo del carruaje. Un segundo después, con un bandazo, el vehículo se lanzó hacia delante pesadamente.

Ella se enderezó.

—Yo...

Contuvo la respiración cuando él bajó el brazo y puso una mano posesiva alrededor de uno de sus pechos. Lo amasó y ella se estremeció. Hizo que ella levantase la cabeza, volvió a sus labios y se dispuso a volverla loca.

No fue difícil; ella no opuso resistencia. Parecía muy natural: una mujer profundamente sensual, que se rendía sin condiciones, a la emoción física, a la excitación sexual, al indescriptible deleite de dar y recibir.

Al principio, fue él el que recibió y ella la que dio; luego, retrocedió para reafirmar su control y, después, abordó a conciencia su libreto, su plan cuidadosamente tramado para inmovilizarla con cadenas sensuales.

Con sus labios sobre los de ella, buscó desvestirla.

Despojarla de su vestido no constituía una gran hazaña para alguien con su dilatada experiencia. Pero llevó a cabo la tarea paulatinamente, saboreando cada centímetro de sus curvas a medida que las iba exponiendo, para el trémulo placer de ella.

Su temblor no se debía al frío. Pesadas cortinas sellaban las ventanas del carruaje. Con sus acalorados cuerpos encerrados en ese espacio diminuto, no corría peligro de enfriarse, a pesar del carácter absoluto de los planes de él.

Eso era exactamente lo que quería: con su peso caliente sobre los muslos de él, sus exquisitas curvas llenando las manos de Gabriel y sus labios voraces debajo de los suyos, no necesitaba encauzar el encuentro. Esa noche, el destino estaba de su lado.

La levantó y la liberó con cuidado del vestido hasta dejarlo a la altura de sus caderas; luego, la bajó, dejándola con la parte posterior de los muslos desnudos, expuestos debajo de su breve camisa, en contacto directo con sus pantalones. Por su beso, sintió que la tensión de ella iba en aumento. Se propuso tensarla aún más.

Profundizó en el beso, y la mantuvo quieta rodeándola con un brazo. Cerró la mano sobre su muslo desnudo y fue bajándole el vestido con caricias en sus largas piernas, primero una y luego la otra. Con un movimiento, arrojó el vestido sobre el asiento, a su lado, y tomó el pie de la mujer. Le quitó el zapato, sorprendido al notar su peso. Mientras la despojaba del otro, se dio cuenta de que los tacones eran altos. Rozando con la mano una de sus piernas, localizó la liga a unos centímetros por encima de la rodilla.

Jugueteó con la banda. ¿La dejaba? ¿O la quitaba? Revisó su plan. Los labios de ella se movieron debajo de los de él; luchó por respirar, por sobreponerse a la niebla de deseo con la que él la envolvía. La paralizó con un beso escrutador y cautivante, y rápidamente le sacó las medias, que puso junto con el vestido.

La dejó vestida sólo con su camisa de seda.

La atrajo hacia sí, abrazándola más fuerte; le inclinó la cabeza y se dedicó a su boca. Ella respondió con ardor, prisionera de la caliente maraña de sus lenguas, de la fusión de sus labios.

Sus rápidos dedos desprendieron los minúsculos botones que cerraban la camisa hasta el ombligo. En el instante en que se desprendió el último, él cerró el puño sobre la fina prenda; interrumpiendo el beso, le levantó la camisa por encima de la cabeza de un solo movimiento.

—¡Oh! —exclamó ella, y atrapó el velo, no la camisa.

Su mano tocaba ahora piel desnuda; sonrió en la oscuridad. Dejó caer la camisa y alcanzó su cara, tocándola suavemente y enmarcando su mandíbula.

—Tu velo aún está en su lugar.

Era parte del plan: tenerla totalmente desnuda con excepción del maldito velo.

Las manos de ella tantearon; los dedos de una tocaban la parte de atrás de la mano de él, que le acercaba el rostro. Tocó sus labios con la lengua y se abrieron. Él se irguió, luego retrocedió y empezó a mordisquearla, martirizarla, provocarla... hasta que ella se colocó entre sus muslos tratando de satisfacer sus propias demandas, sin estar segura de cuáles podrían ser.

Él sabía. Colocó las manos de ella y sus brazos sobre sus propios hombros, la hizo volverse hacia él. Tomó una pantorrilla desnuda y, recreándose en la piel suave, le hizo levantar la pierna, elevándola por encima de sus muslos mientras la hacía darse la vuelta; luego la liberó, la dejó caer, felizmente desnuda excepto por su velo, sentada a horcajadas sobre sus largos muslos.

Oh, sí. Antes de que siquiera tuviese tiempo de pensar, le cogió el rostro con ambas manos, manteniéndola inmóvil para darle un beso incendiario, un beso que los dejó a ambos sin aliento, ardientes y anhelantes. El de ella se había suavizado; el de él, endurecido. Sus respiraciones entrecortadas se mezclaron. Él deslizó los dedos debajo de la parte posterior del velo, y halló los alfileres con que se sujetaba el cabello. Mientras caían al piso del carruaje, sus labios volvieron a encontrarse. El ardor los invadió, se extendió, creció.

El cabello de ella cayó en cascada sobre su espalda, con largas hebras ensortijadas sobre los hombros. La besó prolongada y fuertemente; luego se apartó.

Ella intentó inclinarse hacia él, para seguir los labios de Gabriel con los suyos, pero él cerró sus manos sobre los hombros de la joven.

—No.

Aun cuando no podía verla sino sólo percibirla a través de sus sentidos, supo que estaba aturdida, ansiosa, pero todavía no frenética; con la razón dispersa, pero con sus sentidos aún alerta.

—Todavía no.

Apenas acababan de empezar.

—Siéntate quieta y concéntrate en lo que sientes.

Se estremeció levemente, pero hizo lo que él le dijo. Él no esperaba resistencia —ella estaba muy lejos de querer discutir—, sin embargo prosiguió lentamente; no tenía intención de abrumarla... aún no.

Posó las manos sobre los hombros de ella, y comenzó a bajar presionando levemente con los dedos las pronunciadas curvas de sus brazos, los codos y los antebrazos, las muñecas, y luego deslizó las yemas de sus dedos sobre las palmas de ella, estirándolas hasta llegar a los dedos. Con las yemas sobre las yemas de ella, hizo que mantuviera los brazos a los costados y luego que los dejara caer.

Ella estaba fascinada; él lo sabía cuando le acarició los pechos. Ya los tenía hinchados, con los pezones duros, como rogando que se ocuparan de ellos. Durante largos y acalorados instantes, sólo se los tocó con las puntas de los dedos, y escuchó cómo la respiración de ella se hacía progresivamente entrecortada. Después, inclinándose hacia delante, tomó uno de los calientes montículos con la mano y se llevó la punta a la boca.

Ella ahogó un grito y arqueó el cuerpo. Él succionó, con una mano cerrada sobre la rodilla de ella y la otra alzando la carne hasta sus labios. Cuando ese pezón comenzó a dolerle y a palpitar, cambió la mano de lugar y empezó a torturar al otro.

Ella echó la cabeza hacia atrás; su cabello era una tenue cortina, cuyas puntas acariciaban sus caderas, su trasero desnudo y las rodillas de él. Dobló la espalda, cada nervio se le tensó; él era el amo y los dejaba tensarse y tensarse hasta que ella ya no pudo respirar, hasta que tembló, tan frágil como un hilo de cristal, y él le liberó el pecho y se echó hacia atrás.

La sintió inspirar larga y agitadamente. Dejando la mano sobre la rodilla de la joven, más para darle seguridad que para mantenerla sujeta, le dio sólo un instante de respiro y luego volvió a levantar la mano. Hasta las costillas de ella, recorriendo la piel fina sobre los suaves huesos, arrastrando luego las yemas en dirección a la cintura de ella. Soltándole la rodilla, cerró ambas manos sobre su talle, rodeándola casi por completo. Separando los dedos sobre los músculos flexibles de su espalda, la tocó, la rozó, la acarició.

Ella se calmó un poco; sus labios se curvaron en una sonrisa que él no pudo ver, mientras él dejaba que sus manos se deslizaran para acariciarle el trasero, lanzándolas luego a que fluyeran sobre sus flancos. Y las retiraba.

Por un instante, la dejó ahí, posada sobre sus rodillas, gloriosamente desnuda. Luego volvió a tocarla.

Extendió la mano sobre su estómago tirante. Ella se estremeció, pero su espalda estaba tan rígida que sólo se balanceó levemente, tensándose luego aún más, mientras él la sobaba con suavidad. Retuvo el aliento en un sollozo.

—Yo...

—No hables —pidió él, aguardando un instante, y luego agregó—: Limítate a sentir.

Esperó a que ella recuperase el control de sus sentidos; luego retiró la mano. Sujetó firmemente las rodillas de ella y deslizó las manos hacia arriba, arrastrando los dedos sobre los largos y tirantes músculos del lado externo de sus muslos, con los pulgares rozando la temblorosa cara interna. Llegado a la parte superior de los muslos, hizo que sus pulgares recorrieran de arriba abajo los pliegues entre el muslo y el torso. Luego volvió a retirar las manos.

Nuevamente aguardó, mientras ella temblaba de expectación en la oscuridad. Después, con una mano, volvió a tocarla.

Y la tocó entre las piernas.

Se sacudió; tembló.

—Chist.

Recorrió los pliegues hinchados, expuestos y abiertos para él. Sospechó que no se había dado cuenta, pudorosamente envuelta por la oscuridad.

Entonces ella lo advirtió; extendió el brazo y él sintió los dedos de ella sobre la manga.

—No. Deja las manos a los costados.

No obedeció de inmediato, pero mientras continuaba acariciándola, el lento y continuo tacto le dio seguridad y dejó que sus brazos cayeran a los lados de su cuerpo.

Su respiración era superficial y corría junto con los latidos de su corazón. Él no quería volver a hablar, arriesgarse a romper el hechizo. Estaba caliente y mojada, los dedos de él se untaban con su flujo. Encontró el apretado bulto escondido entre los pliegues y comenzó a acariciárselo, pero no era ése su objetivo. Esperó hasta que ella se calmó, se estabilizó un escalón por debajo de la cima, y luego se concentró directamente en su cavidad.

Le metió un dedo cuan largo era, atravesándola, penetrándola inexorablemente y, llenando todo su interior, le produjo un espasmo. Cada músculo de ella se cerró, tensó, con tanta fuerza que comenzó a temblar; cada fragmento de su conciencia estaba allí, esperando el toque final, el que la destrozaría.

Él no permitió que sucediese; todavía no había llegado el momento. Mantuvo el dedo inmóvil dentro de su cavidad, mientras procuraba no pensar en ese aterciopelado calor que lo aferraba, la fuerza elástica de los músculos internos, la miel caliente en la que se mojaba la mano, el perfume insinuante que coronaba su cerebro.

Ella volvió a calmarse y el orgasmo se alejó otro paso. Él lo advirtió, pero dudaba de que ella también lo hubiese advertido. Comenzó a acariciarla nuevamente.

No supo cuánto tiempo prolongó esa deliciosa tortura, cuántas veces la llevó hasta casi alcanzar el orgasmo para luego interrumpirse, pero ella se había vuelto salvaje, sollozaba de deseo, sus dedos se aferraban a los brazos de él, sus labios se inflamaban contra los suyos hasta que, finalmente, le metió el dedo más profundamente y la hizo volar.

Ella se deshizo entre sus brazos.

Maldiciendo la oscuridad que le impedía verla, cosechar la recompensa por su pericia, la atrajo hacia sí, dejando que se abrazase, y luego la acunó hasta que se desplomó por completo.

La acercó aún más, sintiendo los latidos de su corazón, sintiéndolo retumbar y luego calmarse. Ella se agitó.

—Te deseo.

Los labios de él besaron su cabello.

—Lo sé.

El aliento de la joven era un suave resoplido contra su cuello, mientras su mano se movía y buscaba hasta encontrarlo.

—¿Y esto?

Ella cerró la mano y él se sacudió.

—Ah...

Dedos tan rápidos como los de él desabotonaron su pretina, apartando la camisa. Los esbeltos dedos se metieron adentro y después acariciaron y amasaron...

Las palabras eran superfluas. Acercó aún más las caderas de ella, deslizando las suyas hasta el borde del asiento. Se encontraron; fue ella la que se hundió, con un prolongado suspiro que se deshizo en su garganta. Él también sofocó un gemido, mientras ella se cerraba con vehemencia sobre su virilidad. Tras ello, él perdió contacto con el mundo, mientras ella se convertía en su realidad, en la mujer caliente, húmeda y generosa que lo amaba en la oscuridad.

Ella era todo lo que él ansiaba: misteriosa, entregada, intensamente femenina; de algún modo sensual, era como un espejo para su alma. Llenaba sus sentidos hasta que ya no podía recordar a ninguna otra, hasta que ya no sabía cosa alguna más allá de su seductor acaloramiento y del deseo primigenio que se apoderaba de él.

Se hundió en ella y ella se envolvió en él; por indicación suya, cambió las piernas de lugar, con cierta dificultad, hasta rodearle las caderas. Cuando volvió a hundirse por completo en él, tuvo que sofocar un grito. Aferrándose a sus caderas, la levantó, empujando hacia arriba mientras la bajaba sobre sí.

Ella sollozó y luego encontró sus labios. Se unieron y amaron, dieron y recibieron, y volvieron a dar. Los caballos proseguían lentamente su marcha.

El lóbrego interior del carruaje se había convertido en una cálida cueva, llena de deseo y muchas otras cosas. Hambre, codicia, alegría y delirio entretejidos, como un caleidoscopio en la oscuridad. Luego, ella voló alto y él la siguió, planeando más allá de las estrellas. El final los dejó deshechos, rotos y destruidos, renacidos en los brazos del otro.

El suave balanceo del carruaje paulatinamente los devolvió a la tierra, aunque yacían quietos, dejando que esos largos y dolorosamente dulces momentos los arrobaran, aún no preparados para deshacer la profunda comunión de sus almas.

Sus labios estaban en la sien de ella, el cabello de ella estaba contra el pecho de él. Gabriel respiró profundamente. Su pecho se hinchó, haciendo que el peso de ella cambiara de lugar. La abrazó; no quería dejarla ir. No quería perder la paz que ella le había traído... Ella y sólo ella.

Nunca había alcanzado un estado semejante, una profundidad de sentimiento como ésa. Más allá de la sensación, más allá del mundo, todavía lo bañaba un mar de innominada emoción. Deseaba negarlo, hacer caso omiso. Lo asustaba. Pero era una droga: temía ya ser adicto a ella.

Ella fue la primera en moverse. Se sentó, suspiró y sacudió su cabellera hacia atrás.

—Quería decirte...

Él tuvo la clara impresión de lo que ella intentaba decirle, «antes de que comenzaras con esto», y, para colmo, con un tono censor. Estaba demasiado ahíto como para hacer otra cosa que sonreír en la oscuridad. Todavía estaba enterrado profundamente en el interior de ella.

—¿Qué?

Alargó las manos y la volvió a acercar a sus brazos.

Ella consintió y se relajó; a pesar de su resolución, todavía estaba aturdida.

—Mi hijastro... oyó una conversación en casa de White,

entre un capitán Fulano y otro hombre. El capitán descalificó a la Central East Africa Gold Company.

—Creía que tu hijastro era demasiado joven para ir al establecimiento de White —dijo, frunciendo el entrecejo.

—Es cierto. Eso ocurrió en las escaleras... él caminaba por St. James Street.

—¿Con quién estaba hablando el capitán?

—Charles no supo decirlo.

—Hmm. —Le resultaba difícil pensar con su cálido peso acurrucado contra él, con su cuerpo aferrado íntimamente al suyo. Esto último, y su renovado vigor, lo llevaron a decir—: Un capitán que ha regresado de África recientemente no debería ser difícil de rastrear. Habría que consultar la lista de barcos, las grandes líneas mercantes, a la Autoridad Portuaria. En algún lado lo deben conocer.

—Si tuviésemos un testigo como ése, estaríamos en condiciones de acudir a la corte de inmediato.

Pero entonces ya no habría razón para que se encontrasen, y él todavía tenía que saber su nombre. Frunció el ceño, agradecido de que estuviese oscuro.

—Tal vez. Depende de cuánto sepa —dijo, y volviendo la cabeza, entornó los ojos para tratar de verla, pero era imposible—. Voy a investigar.

—¿Te has enterado de alguna otra cosa?

—Tengo contactos en Whitehall que sondean a las autoridades africanas sobre los registros de yacimientos de la compañía, y hay otros, a quienes estoy buscando, que podrían saber sobre la presencia de la compañía en los poblados que mencionaron —dijo Gabriel, enderezándose en el asiento—. Ahora, dile a tu cochero que vaya despacio a Brook Street.

Ella se sentó, mientras intentaba coger su vestido, y aclarándose la garganta, dijo:

—Jones.

El carruaje disminuyó la marcha y luego se detuvo.

—¿Señora?

—A Brook Street, por favor... Ya sabe dónde.

—Sí, señora.

Aprovechando que había levantado la cabeza, Gabriel

apretó sus labios contra el cuello de ella. Ella luchó para ahogar la risa y luego suspiró.

Al cabo de un instante, recuperó el aliento. Luego preguntó, ligeramente aturdida:

—¿De nuevo?

—Estoy hambriento.

Ella también. Se devoraron uno al otro a gran velocidad, temeraria e impulsivamente, alcanzando el brillante pináculo antes de que el carruaje siquiera dejara el parque.

Por desgracia, Brook Street no estaba demasiado lejos. Gabriel la envolvió en su capa, y la hizo sentar enfrente de él. Se arregló las ropas y luego se inclinó sobre ella para darle un beso prolongado en los labios hinchados.

El carruaje se detuvo; él se echó hacia atrás. Por encima de su hombro, brillaba un farol, que disponía una estrecha franja de luz sobre la cara de ella. Estaba exhausta, con los ojos cerrados; Gabriel apenas pudo ver el borde de una medialuna de pestañas oscuras; la franja de luz sólo iluminaba la mejilla, el lóbulo de la oreja enmarcado por las hebras de cabello castaño, el borde de su mandíbula y la comisura de sus labios.

No era mucho como para identificarla.

Gabriel dudó, luego cambió de posición y su hombro se interpuso a la luz.

—Que duermas bien, querida.

Su adiós murmurado fue suave y bajo, la despedida de un amante.

Una vez en la calle, Gabriel observó cómo se alejaba el carruaje; era todo lo que podía hacer, ya que pedirle que regresara era imposible. Volviéndose, subió los escalones, con el ceño fruncido, buscó la llave de su casa.

Ya había visto ese rostro antes. La línea de la mandíbula le resultaba familiar.

Era alguien de su círculo.

¿Quién?

Una vez dentro, se dirigió a la cama.

Snif.

Alathea intentó abrir los ojos, pero le resultó imposible.

Snif.

Ahogando un sollozo, lo intentó de nuevo y se las arregló para ver a través de sus párpados entrecerrados.

—¿Nellie?

Snif.

—Sí, milady —oyó decir, con voz dolida.

Snif.

Alathea hizo el esfuerzo de enderezarse y levantar la cabeza. Y vio a Nellie, con la nariz roja y los ojos rojos de llorar, que se estaba quitando el abrigo. Alathea respiró hondo.

—¡Nellie Macarthur! Vete derecha a la cama. No quiero verte ni oír que estás despierta hasta que te encuentres mejor —dijo, mirando fija y acusadoramente a su anciana criada. Alathea reunió la fuerza suficiente para pronunciar esas palabras—. ¿Me has oído? —preguntó con tono intimidante.

Nellie volvió a sorberse los mocos.

—Pero ¿quién se ocupará de ti? Tienes que ir a todos esos bailes y fiestas, y tu madrastra dice que...

—La criada me ayudará por el momento... No soy completamente inútil.

—Pero...

—Peinarme de manera más sencilla por unas pocas noches será un descanso. Nadie lo notará —dijo Alathea, volviéndola a mirar—. ¡Ahora, vete! Y no te atrevas a bajar... Apenas me levante, le hablaré a Figgs.

—Está bien —refunfuñó Nellie, pero Alathea advirtió por sus movimientos letárgicos que no se encontraba nada bien.

—Le diré a Figgs que te prepare un poco de su caldo —dijo Alathea, observando cómo abría la puerta Nellie—. Oh, y no te molestes en enviar a la criada. Cuando esté lista, la llamaré.

Asintiendo levemente, Nellie se fue.

Apenas se cerró la puerta, Alathea volvió a dejarse caer sobre las almohadas, cerró los ojos y gimió. Profundamente emocionada.

Sus muslos nunca volverían a ser los mismos.

12

—¿Allie?

Alathea parpadeó y trató de distinguir. Con mirada preocupada, Alice la contemplaba del otro lado de la mesa del desayuno.

—¿Vienes al jardín con nosotras? —preguntó Mary que, sentada al lado de Alice, también parecía preocupada.

Alathea les lanzó una sonrisa.

—Estaba pensando en cualquier cosa. Cojo mi sombrero... Id delante.

Se levantó con ellas y, en el vestíbulo, se apartó para subir a su cuarto a buscar su sombrero de jardinería. No obstante, tardó casi media hora en llegar al jardín.

Mary y Alice no la habían esperado, sino que habían comenzado a desmalezar el largo borde. A pesar de que levantaron la vista cuando Alathea se acercó y de que le sonrieron a modo de bienvenida, era evidente que habían estando intercambiando confidencias, comentarios susurrados sobre sus expectativas y sobre sus sueños. Tras devolverles la sonrisa, Alathea examinó sus trabajos y luego miró alrededor.

—Comenzaré en el arriate central.

Las dejó con sus sueños y se apartó para lidiar con los suyos.

El arriate central rodeaba una fuente pequeña, donde había un duendecillo acuático en el acto de hacer que salieran gotas de una regadera para caer dentro un amplio cuenco. Tras desplegar un tapete de rafia junto al arriate, que estaba lleno de pensamientos, Alathea se arrodilló, se puso sus guantes de algodón y comenzó.

A su alrededor, su familia cumplía felizmente con sus rutinas mañaneras. Jeremy y Charlie aparecieron por detrás de la casa, arrastrando ramas secas, cortadas a los arbustos demasiado crecidos. En media hora llegaría el profesor particular de Jeremy, y Charlie se pondría su atuendo de calle e iría a pasar el día con sus amigos de Eton. La señorita Helm y Augusta, aferrada a la omnipresente Rose, habían salido a sentarse en el banco de hierro forjado; por lo que Alathea pudo oír, estaban enfrascadas en una sencilla lección de botánica. Al cabo de alrededor de una hora, ella, Mary y Alice se retirarían para lavarse, cambiarse y prepararse para su excursión matinal, cualquiera que fuera la que Serena hubiese organizado. Serena pasaría por el tamiz las invitaciones, enviaría notas y planearía el mejor itinerario para los acontecimientos de la temporada. Alathea estaba contenta de que esas estrategias fueran responsabilidad de Serena; ya era bastante malo tener que desmalezar.

La ficción que habían pergeñado para ocultar el hecho de que no podían permitirse un segundo jardinero —uno que se hiciera cargo de los macizos y los arriates del parque y del jardín de la casa londinense— era que Alathea disfrutaba de plantar y desmalezar y que a Serena le parecía perfecto que también sus hijas se hicieran expertas en el arte de crear un bonito macizo. Y, claro, todo caballero debería tener algún conocimiento en la creación de paisajes. Afortunadamente, el paisajismo, los macizos y los arriates eran la moda, aunque las damas y los caballeros, generalmente, se limitaban a supervisar tales proyectos, fina distinción que el conde, Serena y Alathea habían omitido mencionar.

Mientras cogía una brizna de hierba que asomaba descaradamente entre un macizo de pensamientos, Alathea suspiraba. Preferiría no volver a ver un hierbajo en su vida, pero... De un tirón, desraizaba la planta intrusa y la arrojaba sobre el césped, a su lado. Apartando las hojas de los pensamientos, buscaba más malas hierbas.

Por supuesto que, tan pronto como sus manos se ocupaban, comenzaba a divagar...

Nunca más podría volver a encontrarse con él en privado. Nunca jamás. La condesa iba a tener que retirarse; sin embargo, no podía desaparecer. A pesar de que había disfrutado inmensamente de la noche anterior, no podría arriesgarse de nuevo a un encuentro semejante.

En un carruaje. Todavía no podía creerlo del todo. No lo creería si no fuera porque había estado allí... ¿Habría algún lugar donde él no pudiese..., no quisiese...?

Minutos más tarde, meneó la cabeza. Luchando por esconder una sonrisa, miró hacia abajo.

Afortunadamente, nadie la vio. Reunió la fuerza suficiente como para darle la orden a Jacobs de llevarla a Grosvenor Square, mientras a duras penas se ponía la camisa, las medias, los zapatos y el vestido. Debió dejarse el cabello suelto. Dios sabía qué había hecho Jacobs con los alfileres que, para entonces, ya habría descubierto en el suelo del carruaje. Escondida detrás de su velo y capa, estaba a salvo de la mirada de Crisp. Aparte de Jacobs, que había estado ocupado con su tiro, el único despierto cuando ella regresó era Crisp. Había dejado instrucciones estrictas de que ni siquiera Nellie la esperase levantada, bajo pena de producirle un considerable desagrado. Había hecho lo mismo la noche que fue al Burlington; podía estarles agradecida a las estrellas.

De modo que nadie sabía que ella había perdido la gracia divina. Para ella, más bien había sido como una elevación. Ciertamente una revelación, una inducción a un reino de felicidad terrenal. No era de las que se regodeaban en lamentaciones sin sentido: lo había vivido todo y estaba exultante por la noche anterior, y por ello sólo podía estar contenta.

Incluso en ese momento, no estaba libre del persistente hechizo. No se había imaginado que las actividades teóricamente restringidas a la cama matrimonial podían producir tal grado de interacción, un viaje hacia otra dimensión del sentimiento, en la que el mundo se derrumbaba y reinaba la emoción. Había tenido la primera insinuación de ese estado de dicha durante la noche que habían pasado en el Burlington. La noche del día anterior habían ido mucho más lejos, a través de paisajes de placer inigualable.

Y eso les había ocurrido a ambos, no sólo a ella. Él había estado allí, a su lado; ¿había sido su inexperiencia, o él se había sentido tan atónito como ella ante el éxtasis? Fuera como fuese, ambos habían compartido el viaje, el descubrimiento, la abrumadora saciedad, seguida por su inmersión en un pozo de paz profunda.

Había sido la noche más gloriosa de su vida.

No podía evitar preguntarse qué había pensado él, mientras la tenía desnuda sobre las rodillas. Supuso que aquello había sido parte de algún plan: él siempre estaba planeando cosas. Tuvo la fuerte sospecha de que él había tratado de hacer que ella sintiera que estaba en su poder. Tuvo que sonreír. Él no podía saber que ella se iba a sentar allí, desnuda ante él, orgullosa del poder que tenía sobre él.

Porque había habido poder: esos instantes oscuros, ilícitos, habían estado cargados de poder; pero, por cada cuota de poder que él ejerciera sobre ella, ella lo ejercía en la misma proporción sobre él.

Ella lo había sorprendido cuando le declaró que lo deseaba. Otras damas no habrían sido tan audaces. Pero él no se había mostrado renuente en absoluto... oh, no. Si no lo hubiera hecho suyo, él la habría hecho suya a ella.

Cálidos recuerdos la atravesaron; allí, arrodillada bajo el sol, dejó que su mente volara.

Una risita de complicidad de Alice la trajo de vuelta; parpadeó y vio la planta de pensamientos que sostenía en la mano, con las raíces colgando.

Con una muda maldición, Alathea volvió a plantarla en el agujero del que la había arrancado y rápidamente la apisonó. Luego, controló su pila de hierbas. Otras dos plantas de pensamientos fueron prontamente replantadas. Lo único que deseó fue que, si se secaban, no le dejaran un agujero en el cantero.

Con un suspiro, se sentó sobre sus talones, ignorando los pinchazos en los muslos. Tenía que olvidar lo ocurrido la noche anterior. Tenía que determinar de qué manera iba a proceder después de aquello. Le pareció que sólo estaría a salvo en una calle atestada, a plena luz del día, y que, asimismo, iba a tener que llevar una máscara debajo del velo.

Le resultaría fácil comunicarse con él por medio de cartas, pero no veía de qué manera él podría responderle. Y lo conocía demasiado bien como para desafiarlo: si cortaba todo contacto, la perseguiría. No intentaría descubrir su identidad, sino descubrirla a ella. Estaba muy decidido, muy concentrado; en tal estado, sería imparable.

¿Adónde la conduciría eso?

No quería ni pensarlo.

No. Folwell la mantendría informada de los movimientos de Gabriel. Si fuera necesario, le enviaría notas hasta que descubrieran algo más; luego se reunirían en Grosvenor Square.

Eso la llevó a preguntarse qué más podría hacer para proseguir con sus investigaciones. Evocó los diarios de viajes y aventuras de lady Hester Stanhope por un momento y volvió a observar el largo arriete.

Tras incorporarse, se sacudió los guantes y se los quitó. Se paseó a lo largo del cantero, para dar a entender que estaba evaluando el progreso que habían hecho y luego asintió con la cabeza.

—Ya hemos hecho suficiente por hoy —concluyó, encontrándose con los brillantes ojos de Mary y de Alice—. Me gustaría visitar Hookhams de nuevo. ¿Queréis venir?

—¡Oh, sí!

—¿Ahora?

Alathea se dirigió hacia la casa.

—Una visita rápida. Estoy segura de que a Serena no le importará.

Encontró lo que buscaba en la biografía de un explorador, un mapa auténtico del este de África Central que mostraba algo más que las grandes ciudades. El mapa le reveló que Fangak, Lodwar y Kingi —Kafia Kingi, para ser exactos— eran pequeños poblados.

Echándose hacia atrás en la silla, detrás del escritorio de su despacho, Alathea ponderó su descubrimiento. ¿Significaba algo bueno? ¿O debía sentirse desanimada?

A su alrededor, la casa estaba en paz. La lámpara del escritorio arrojaba su luz sobre un libro abierto. En la chimenea, brillaban las brasas, poniéndole calidez a la noche. Había aprovechado todos los momentos libres durante el día para recorrer la pila de biografías y diarios que había tomado en préstamo de Hookhams. Finalmente, había descubierto algo, algo real.

Decidió que se trataba de buenas noticias. Al menos les daba algo para comprobar. Seguramente serían capaces de encontrar a otra persona, aparte del misterioso capitán, que conociera la región, ahora que ella sabía cuál era el área en la que debía buscar.

En las escaleras, el reloj sonó al dar la hora. Tres de la mañana, el inicio de un nuevo día. Sofocando un bostezo, Alathea cerró el libro y se levantó. Definitivamente, era hora de irse a la cama.

Al día siguiente pasó la tarde dentro de los venerables salones de la Royal Society.

—Desafortunadamente —le informó el secretario, mirándola a través de unos quevedos de cristales gruesos—, por el momento no hay programadas conferencias sobre el este de África Central.

—¡Oh! ¿Y podría la sociedad recomendarme a algún experto a quien pudiera hacer una consulta?

El hombre frunció los labios, la miró fijo y asintió con la cabeza:

—Si gusta tomar asiento mientras consulto los archivos...

Sentada en un banco de madera que estaba a lo largo de la pared, Alathea esperó durante unos quince minutos, hasta que vio retornar al hombre visiblemente molesto.

—No tenemos en los archivos ningún experto en el este de África —le informó—. Tenemos tres que son especialistas en la parte occidental, pero no en el oriente.

Alathea le dio las gracias y se retiró. Se detuvo a pensar en los escalones y luego se dirigió hacia el carruaje.

—Jacob, ¿dónde podremos localizar cartógrafos en la ciudad?

La respuesta fue el Strand. Preguntó en tres establecimientos distintos y obtuvo la misma respuesta. Para hacer los mapas de África Oriental se habían basado en las notas de los exploradores. Y sí, tenían pocos detalles, pero estaban esperando su confirmación para ampliarlos.

—Nunca lo haría, señorita —la instruyó un caballero correcto, aunque algo envarado—. No publicaría un mapa donde mostráramos pueblos de cuya localización dudáramos.

—Comprendo —contestó Alathea, se dio la vuelta para retirarse, pero se volvió repentinamente—. Los exploradores cuyas notas quiere confirmar, ¿se encuentran en Londres?

—Lamentablemente no, señorita. En estos momentos, todos están en África explorando.

No quedaba nada más por hacer que sonreír e irse. Derrotada.

Alathea retornó a Mount Street abrumada de cansancio.

—Gracias, Crisp —dijo al mayordomo, alcanzándole su sombrero—. Me sentaré por un rato en la biblioteca.

—De acuerdo, señorita ¿Quisiera usted té?

—Por favor.

Cuando llegó el té, no sirvió de nada para aliviar el sentimiento de impotencia que la inundaba. Cada vez que pensaba haber encontrado algún dato sustancial, la prueba se evaporaba. Sus esperanzas se elevaban sólo para ser derribadas. Mientras tanto, los días pasaban. Se aproximaba, inexorablemente, el día en que Crowley reclamaría su pagaré. La fatalidad la miraba a través de los ojos de Crowley.

Alathea suspiró. Dejó a un lado su taza vacía, se recostó en su sillón y cerró los ojos. Tal vez, si sólo descansaba unos minutos...

—¿Estás dormida?

Dándose cuenta de que lo estaba, Alathea parpadeó y luego sonrió, con una alegría espontánea, ante la pequeña carita de Augusta.

—Hola, cariño. ¿Dónde has estado hoy?

Tomando la pregunta como una invitación, Augusta trepó sobre los muslos de Alathea y se sentó de forma que pudiese verle el rostro. Colocó a Rose entre ambas, y procedió a distraer a Alathea con un relato pormenorizado de cómo había transcurrido su día. Alathea la escuchaba y hacía una pregunta aquí o allá, e intercalaba comentarios comprensivos cuando le parecía oportuno.

—Así que, ya ves —concluyó Augusta, abrazando a Rose y acurrucándose, colocando la cabeza en el pecho de Alathea—, ha sido un día terriblemente atareado.

Alathea se rió y con una mano le acarició el cabello a la niña. Con sus pequeños brazos y su cuerpo apretado contra ella, le hizo sentir un cálido y emotivo estremecimiento. Augusta era la hija que hubiera deseado tener. Apartó ese pensamiento de inmediato. Estaba obviamente muy cansada. Demasiada investigación.

Muchos encuentros.

Augusta se estremeció y se sentó rápidamente:

—¡Hmm! —dijo, oliendo el cuello de Alathea—. Hueles muy bien, hoy.

La sonrisa con la cual pensaba responder al cumplido de Augusta se le heló en la cara cuando se dio cuenta de lo que eso significaba.

Se había puesto el perfume de la condesa.

¡Santo Dios! Cerró los ojos. ¿Qué habría pasado si se hubiera encontrado a Gabriel? Había estado en la ciudad y, más temprano, no muy lejos de St. James, uno de sus lugares habituales.

Recomponiéndose, abrió los ojos y le dijo:

—Ven, tesoro, necesito subir y lavarme antes de la cena.

Antes de que cualquiera pudiese darse cuenta, había dejado de ser la otra mujer.

Dos noches más tarde, Alathea estaba sentada con Jeremy en el cuarto que hacía las veces de aula, con Augusta sobre el regazo, y un atlas detallado tomado en préstamo de

Hookhams, abierto sobre la mesa, cuando apareció en la puerta la pequeña criada auxiliar, sin aliento.

—Por favor, lady Alathea —apremió al entrar—, es hora de que se vista, milady.

Al notar el modo en que la pequeña criada se retorcía las manos y no sabía qué hacer, Alathea miró el reloj que estaba encima de la chimenea.

Entonces comprendió el motivo de la agitación.

—Bueno —tras alzar a Augusta y ponerla sobre el asiento con un beso cariñoso, Alathea miró a Jeremy a los ojos—. Continuaremos con esto mañana.

Muy contento de escaparse de los grilletes de la geografía africana, Jeremy sonrió y se volvió hacia Augusta.

—Vamos, Gussie. Antes de la cena podremos jugar a la lucha.

—No soy «Gussie». —El tono de la protesta de Augusta contenía malos presagios para la paz de la tarde.

—Jeremy...

Desde la puerta, Alathea lo miró fijamente de un modo maternal.

—Oh, está bien. Augusta... Bueno, ¿quieres jugar o no?

Tras dejarlos en razonable armonía, Alathea se precipitó a su cuarto. Para cuando llegó, estaba aún más nerviosa que la criada. Iban a cenar a casa de los Arbuthnot; luego, asistirían al baile que ofrecían sus viejos amigos para presentar formalmente a su nieta ante la sociedad. Era un gran acontecimiento; todas las damas importantes estarían allí. Llegar tarde a una cena semejante, sin tener como excusa una catástrofe, significaría hundirse sin atenuantes.

Pero la criada, quien sólo la ayudaba a prepararse para los bailes sin cena que los precediera, no se había dado cuenta de lo temprano que Alathea debía empezar a arreglarse, hasta que advirtió que Serena, Mary y Alice ya estaban ocupadas vistiéndose.

«¡Oh, Dios!» Alathea dominó el pánico que se había apoderado de ella cuando con la mirada recorrió el cuarto sin encontrar ni noticia de camisa o medias, por no mencionar su vestido y sus guantes... Nellie siempre lo tenía todo listo, pero con la criada, tenía que especificar cada prenda.

Por un instante, Alathea consideró la posibilidad de inventarse un horrendo dolor de cabeza, pero eso dejaría a la anciana lady Arbuthnot con un número de comensales disparejo en su mesa. Ahogando un suspiro, llamó a la criada.

—Rápido. Ayúdame con estos cordones.

Al menos el agua caliente estaba lista y esperándola.

Mientras se sacaba el vestido y se lavaba a toda prisa, dio una serie de órdenes referentes a todas las prendas que necesitaba para estar presentable. Con el rabillo del ojo, vigilaba a la joven criada, asegurándose de que cada prenda fuese la correcta antes de pedir la próxima.

Vestirse a toda prisa era una de sus peores pesadillas; odiaba correr, en especial cuando tenía por delante un acontecimiento importante en el que sabía que sería juzgada por las miradas más agudas de la alta sociedad.

Mientrsa se secaba el rostro con la toalla, Alathea sacudió la cabeza.

—No..., ésos no. Mis zapatos de baile. Los que no tienen tacones.

Corriendo hasta la cama, se quitó la camisa de lino y se metió en la bienvenida frescura de la de seda. Al menos, con las modas actuales, no tenía que preocuparse por llevar enaguas. Se pasó precipitadamente el vestido de seda color ámbar por la cabeza, tiró de él hacia abajo, se lo acomodó, y por fin giró y dejó que la criada le atase los cordones. En el momento en que el último quedó sujeto, corrió hacia el tocador, se desplomó sobre el taburete y hundió las manos en su cabello.

Las horquillas volaron.

—Rápido..., tendremos que trenzarlo.

No había tiempo para ningún peinado más sofisticado.

Sólo cuando la criada alcanzó el final de la larga trenza, Alathea advirtió que necesitaba dos trenzas para hacerse una tiara.

—Oh —exclamó, y por un instante se quedó con la mirada perdida; luego apartó a la criada y recogió la trenza—. Mira... si lo hacemos así, quedará pasable.

Enrolló hacia abajo la mitad de la gruesa trenza, se la puso en la nuca y empleó la larga terminación para doblarla y atársela. Poniendo horquillas a diestro y siniestro y de arriba abajo, aseguró frenéticamente lo que pasaría por un rodete trenzado.

—¡Listo! —dijo, y movió la cabeza para confirmar que la mata de cabello estaba debidamente segura; luego, se ordenó los mechones que habían quedado sueltos alrededor del rostro de modo que formasen un leve flequillo. Se inspeccionó una vez más y asintió—. Ya está.

Abrió un cajón de la cómoda y hurgó entre sus tocados. Hizo una mueca ante uno, de fina redecilla, incrustado con cuentas de oro.

—Éste tiene que servir —dijo, y colocándolo sobre su cabello de modo que el extremo inferior se curvara sobre el rodete, lo prendió con un alfiler.

Ya ante la puerta, escuchó las voces de Alice y Mary, y luego sus pasos presurosos por la escalera. Alathea contuvo el deseo de mirar el reloj: no tenía tiempo para eso.

—Joyas —se recordó.

Al abrir su joyero, parpadeó.

—Oh —exclamó, y su mano recorrió el bien ordenado contenido.

—Me tomé la libertad de ordenarlo, señorita. Nellie me dijo cómo tenía que ordenar y limpiar todos los días.

Tras dirigir una mirada estupefacta a la expresión pacífica de la cara de la muchacha, Alathea volvió a mirar el joyero.

—Sí... Bueno. Está bien.

Excepto por el hecho de que ahora ella no tenía ni la más mínima idea de dónde estaban los pendientes de perlas, por no hablar del colgante que hacía juego con ellos. Hundiendo sus dedos en el joyero y desarreglando su contenido, Alathea desenterró los pendientes. De pie, se inclinó hacia el espejo y se los colocó rápidamente.

—¿Allie? ¿Estás lista?

—Abre la puerta —le dijo Alathea a la criada. Tan pronto como la puerta estuvo abierta, exclamó—: ¡Ya salgo! —Y revolvió de nuevo en su joyero.

En un rincón vio el frasco de cristal veneciano que contenía el perfume de la condesa. Después de su reciente error decidió no volver a arriesgarse: el frasco era parte de una pareja idéntica. El otro contenía su perfume habitual. Lo había dejado en la mesa. Sus dedos dieron por fin con la cadena de oro que estaba buscando y se la colocó alrededor del cuello.

—Rápido.

Los dedos de la criada fueron precisos: el broche se cerró al tiempo que Mary salía por la puerta.

—El carruaje ya está listo. Mamá dice que tenemos que salir ahora.

—Ya termino.

Tomó el frasco de la mesa, se roció el perfume generosamente y luego dio media vuelta.

—¡Oh, no! Ese bolso no. ¡El pequeño dorado!

La criada hurgó en el armario de Alathea, y mantones y chales salieron volando.

—¿Éste?

Mientras recogía el chal que estaba sobre la cama, Alathea se dirigió hacia la puerta.

—¡Sí!

Agitando el bolso, la criada persiguió a Alathea por el corredor. Con el chal sobre los codos, Alathea cogió la cartera, comprobó que contenía un pañuelo y alfileres, y alargó el paso, bajó los escalones de dos en dos, corrió atravesando el vestíbulo, salió por la puerta que Crisp sostenía abierta, bajó por la escalera de la entrada y se zambulló dentro del carruaje.

Folwell cerró la puerta detrás de ella y el carruaje se puso en marcha.

La multitud en el baile de lady Arbuthnot era insoportablemente numerosa. Gabriel, que había llegado tan tarde como pudo, se preparó para la lucha, bajó los escalones y se sumergió entre el gentío. Impedido de apoyarse contra la pared —no había quedado espacio alguno sin gente—, caminó entre los presentes, vigilando con ojo avizor para ver de antemano y evitar a los más interesados en encontrarse con él.

Entre los primeros de la lista de las personas que quería evitar estaban damas como Agatha Herries. No la vio con la suficiente anticipación; se cruzó directamente en su camino. Sin alternativa, se detuvo ante ella. La dama le sonrió maliciosamente y le apoyó una mano sobre la manga.

—Gabriel, querido.

—Agatha —saludó con una inclinación de la cabeza.

Su voz fue la esencia misma del desaliento. A pesar de ello, la sonrisa de lady Herries se hizo más intensa. Sus ojos brillaban, calculadores.

—Me pregunto si, tal vez, podríamos encontrar un lugar tranquilo.

—¿Para qué?

La mujer lo estudió, luego dejó que sus pestañas velaran sus ojos y lentamente le acarició el brazo.

—Para una pequeña proposición que me gustaría hacerle. Una cuestión personal.

—Puede decirme lo que sea aquí. Con este barullo, es poco probable que alguien pueda oírnos.

La idea no le gustó, pero lo conocía demasiado bien como para presionar.

—Muy bien —aceptó, mirando alrededor, y luego fijó la vista en él—. Parece que usted está destinado a elegir esposa pronto. Quería asegurarme de que fuera plenamente consciente de todas sus opciones.

—¿Ah, sí?

—Mi hija, Clara... Seguramente la recuerda usted. Ha sido bien educada para ser una esposa complaciente y, aunque nuestras propiedades y linaje no estén tal vez a la altura de los Cynster, habría, claro, compensaciones.

El tono de su voz, el brillo lascivo en sus ojos no dejaba duda de la naturaleza que tendrían esas «compensaciones».

Gabriel la miró con frialdad, luego dejó caer su máscara y mostró su desagrado y repugnancia. Lady Herries palideció y retrocedió, y tuvo que disculparse ante una dama a la que había empujado.

Cuando volvió a mirar a Gabriel, la expresión de éste era otra vez impasible.

—Usted no está bien informada. En este momento, no estoy buscando esposa —dijo, e hizo una reverencia con la cabeza—. Si me disculpa...

Apartándose de lady Herries, Gabriel continuó su marcha, en busca no de una mujer, sino de una viuda. Cuando la encontrara, tras retorcerle el cuello y administrarle algunos otros tormentos físicos, pensaría en casarse con ella.

Pero primero, tenía que encontrarla.

Tenía que estar allí. Casi todo el mundo que importaba estaba en ese baile. Era de su círculo —de eso no cabía duda—, pero ¿dónde estaba?

Detrás de su fachada de elegante distancia, se sentía decididamente desalentado. Había estado seguro de que recibiría una de aquellas citas de la condesa la noche posterior al paseo nocturno. Pero no fue así. Pasó toda la noche con Chance, que asomaba y retiraba la cabeza por la puerta del salón como un muñeco de resorte, preguntándose por qué se quedaba en su casa. Frenando su impaciencia —lo cual no resultaba demasiado fácil después de ese interludio de medianoche y de la tempestad de emociones que ella había desatado en él—, aguardó en casa la noche siguiente, sin gran éxito.

Ahora estaba ansioso —vorazmente ansioso—, no sólo de verla, sino de saber que era suya, de saber dónde estaba, de saber que podría tenerla cada vez que quisiese. Estaba muy tenso, malherido por un deseo de poseerla más intenso que el que le hubiera provocado jamás ninguna otra mujer en todos sus años de libertino. Tenía que descubrir quién era ella, dónde vivía, dónde estaba.

Su ejemplar del *Índice nobiliario de Burke* había empezado a ejercer una atracción hipnótica sobre él. Se descubrió a sí mismo hojeando el tomo encuadernado en cuero un buen número de veces. Pero le había prometido... dado su palabra... la palabra de un Cynster.

Había pasado toda la noche anterior, solo una vez más, tratando de idear algún modo de darle la vuelta a su promesa. Su tía Helena habría sabido quién era la condesa: ella siempre sabía quién era hijo de quién, quién había muerto recientemente, quién acababa de casarse con una novia joven. Por desgracia, Helena informaría inmediatamente a la madre de Gabriel sobre la pregunta, y prefería evitarlo. Durante horas, jugó con la idea de acogerse a la misericordia de Honoria y solicitarle ayuda. Ella se la daría, pero tendría un precio; nada era más seguro. La actual duquesa de St. Ives no era de las que dejaban pasar las ventajas que podían obtener sobre los demás. Haber contemplado la posibilidad de pedirle algo era la medida de la desesperación de Gabriel.

Al final, concluyó que su promesa —la promesa que la condesa le había hecho cumplir tan astutamente— lo tenía completamente atado y no le dejaba espacio para maniobrar. Reducido a sus propios recursos, estaba allá esta noche con el único propósito de rastrearla.

Ella —su hurí—, la mujer que había atrapado su alma.

Alzando la cabeza, inspeccionó el salón. El único rasgo que ella no podía ocultar era su estatura. Presentes había un cierto número de damas altas, pero las conocía a todas y ninguna era la condesa escurridiza. Notó que Alathea estaba en ese momento en la pista de baile, acompañada por Chillingworth. Desvió la vista. Al menos, la danza era un cotillón, no un vals.

—¡Por fin has llegado!

Lucifer luchaba por librarse de la muchedumbre. Gabriel levantó una ceja inquisidora.

Su hermano se lo quedó mirando y contestó a su muda pregunta:

—Bien, las gemelas, ¡claro!

Gabriel miró alrededor y descubrió a sus bellas primas en la pista de baile.

—Están bailando.

—Ya lo sé —dijo Lucifer entre dientes—. Pero ya era tiempo de que me reemplazaras en la vigilancia.

Gabriel estudió a las gemelas durante un instante más, después volvió a mirar a Lucifer.

—Ya no. No necesitan que se las vigile. Si nos necesitan, estaremos aquí.

Lucifer, sorprendido, se quedó con la boca abierta.

—¿Qué? No hablas en serio.

—Absolutamente. Ya están promediando su segunda temporada. Ya saben cómo funciona todo. No son bobas.

—Ya lo sé. Sólo Dios sabe lo agudas que son... Pero son mujeres.

—Lo he notado. También he notado que no aprecian nuestros desvelos —dijo Gabriel y, al cabo de una pausa, agregó—: Y podría ser razonable que nos acusaran de interferir excesivamente en sus vidas.

—Ha sido Alathea la que te ha estado llenando la cabeza, ¿no?

—Bueno, sí...

Lucifer se volvió y vigiló a las gemelas. Después de un minuto, preguntó:

—¿De veras te parece seguro?

Gabriel contempló las dos cabezas brillantes que giraban en el baile.

—Seguro o no, creo que tenemos que dejarlas tranquilas. —Y un momento después, dijo—: No sé tú, pero yo tengo otras cosas en qué ocuparme.

—¿De veras? —preguntó Lucifer, arqueando una de sus negras cejas—. Y yo que pensaba que tu humor exageradamente destemplado se debía a la abstinencia forzada y a un exceso de familiaridad con tu propia chimenea.

—No empieces —gruñó Gabriel. Su fachada extremadamente fina amenazaba con romperse.

Lucifer adoptó una actitud impasible.

—¿Quién es ella?

Con un último gruñido, Gabriel se marchó, mezclándose con la multitud y dejando a Lucifer con las cejas levantadas y real preocupación en los ojos.

Quienquiera que ella fuese, tenía que estar por ahí, en alguna parte. Aferrándose a esa convicción, Gabriel comenzó a deambular por el salón.

Alathea estaba recorriendo el largo camino de vuelta desde el tocador de las damas, adonde se había retirado para escaparse de los cada vez más persistentes caballeros, cuando dio con Gabriel entre la multitud. Como hacer cualquier tipo de avance a través de la muchedumbre requería constantes giros, a pesar de ser tan altos, ninguno de los dos pudo advertir que se acercaba el otro.

De repente, estuvieron frente a frente, y a muy poca distancia.

Ambos se sobresaltaron y se pusieron tensos. Gabriel instantáneamente ocultó su reacción habitual ante ella. Alathea lo vio y rogó que él pensara que su sobresalto se debía pura y simplemente a la sorpresa y no al impacto como de terremoto que le había provocado el encuentro. Contuvo la respiración, abrió mucho los ojos. Así los mantuvo. Estaban tan cerca que podía sentir la fuerza que emanaba de cada poro de él, casi podía sentir el calor que despedía ese cuerpo enorme contra el suyo, que íntimamente la envolvía, que se hundía profundamente en ella. Se balanceó levemente en dirección a él, pero luego se repuso y contuvo. ¡Que el cielo la ayudase! ¿Sería siempre así a partir de entonces?

Él entornó los ojos. Con un desesperado suspiro, ella se irguió y alzó la cabeza. La mirada de él fue hasta la redecilla con cuentas que ella llevaba; ella levantó aún más el mentón y se aferró a su acostumbrada altanería.

—Podría ser dorado, pero...

El genio acudió en su rescate.

—No es de mal gusto. Si te atreves a decir eso... —le dijo, sosteniéndole la mirada por un instante más, lo suficiente como para saber que debía marcharse—. Nada tengo que decirte; dudo de que tengas algo civilizado que decirme. Tengo mejores cosas que hacer que quedarme aquí, cruzando espadas contigo.

—¿De veras? —preguntó con expresión de furia.

—De veras... y tampoco quiero oír tu opinión sobre nada más.

—¿Porque podría ser cierta?

—Más allá de su exactitud, para mí, tus opiniones no valen nada.

Dicho eso, intentó irse, pero el gentío era tan compacto que no podría pasar, a menos que él le cediera el paso.

No lo hizo de inmediato. La miró un instante, buscando (ella rogó que no encontrara). Luego, inclinó la cabeza y se movió.

—Como siempre, puedes irte al demonio.

Le echó una mirada de regia indiferencia y pasó de un empujón. Sus pechos rozaron el brazo de él, uno de sus muslos tocó el muslo de Gabriel. El temblor que la sacudió casi la hizo doblar las rodillas. Con un nudo en el estómago, mantuvo la espalda rígida y prosiguió su marcha, alejándose. No se atrevió a mirar atrás.

Meneando la cabeza, Gabriel aguardó que los músculos que se le habían tensado con el roce se relajaran. Ambos se habían tocado muy poco a lo largo de los años, pero el efecto que ella le causaba no había menguado. Cuando su pecho se relajó, respiró profundamente...

Ella estaba cerca.

De inmediato, inspeccionó la multitud que lo rodeaba. Ninguna mujer a la vista era lo suficientemente alta, pero no podía equivocarse con el perfume. Era la esencia que ella usaba, el aroma que envolvía sus sueños. Volvió a aspirar. El perfume todavía era fuerte, pero se dispersaba. Ella había estado muy cerca...

Sus músculos se volvieron de piedra. Lentamente, se volvió y se quedó mirado la esbelta espalda de la mujer excepcionalmente alta de quien, hasta hacía un momento, había estado cerca.

No podía ser.

Por un minuto, su mente rechazó tajantemente lo que le gritaban sus sentidos.

Luego, la realidad estalló.

Alathea sintió la mirada de Gabriel sobre su espalda, como un cuchillo entre sus omóplatos. Los pulmones se le cerraron; el pánico se aferró a su estómago. Lanzó una mirada hacia atrás.

A empujones, se iba abriendo paso entre la multitud, siguiéndola. Los ojos de Gabriel se encontraron con los de ella, tenían una expresión primitiva. Por un instante, su visión la paralizó. Luego giró y trató de ir más rápido, de deslizarse por entre el gentío y escaparse.

La multitud se hacía cada vez más densa. Lady Hendricks la llamó y le hizo una seña; Alathea tuvo que detenerse, sonreír, saludar. Después prosiguió su marcha, esquivando gente sin cesar, saludando, mientras buscaba desesperadamente un camino más despejado entre la muchedumbre...

Dedos firmes la cogieron por el codo.

Se quedó helada. En el instante en que recuperó su aterrada razón, él inclinó la cabeza y murmuró.

—No te molestes.

Con sus labios rozó la oreja de ella. Alathea reprimió un escalofrío y se puso tensa. Él permaneció a su lado, asiéndola del codo como si sus dedos fueran tenazas; aun sin su advertencia, ella supo que no podría soltarse. Y él estaba furioso. Más que furioso. Su ira se derramaba sobre ella. ¿Qué era lo que la había delatado?

—Por aquí.

Había estado mirando por encima del mar de cabezas; ahora la conducía hacia uno de los lados del salón. Ella forzó sus pies para que se movieran. No podía causar una escena, no allí. Con el humor que tenía en ese momento, él era capaz de todo, hasta de alzarla, arrojarla por encima de su hombro e irse sin decir una palabra. Había que lidiar con su mal genio, una vez desatado; desafiarlo ahora sería insensato. Mientras se desplazaban hacia una de las paredes, ella luchaba por dominar su razón y reunir sus argumentos, sus negativas, afirmándose a sí misma para lo que vendría.

No vio la puerta hasta que se detuvieron ante ella; él la abrió y la hizo pasar a una galería sin luz y, felizmente, libre de invitados. No se detuvo hasta que llegaron al final, donde, por una alta ventana, con las cortinas abiertas, se derramaba la luz de la luna dentro del estrecho cuarto.

La colocó directamente bajo el rayo de luz plateada, se balanceó para mirarla de frente.

La mirada de Gabriel recorrió el rostro de ella, devoró sus rasgos como si nunca antes los hubiera visto. El rostro del hombre parecía cincelado, más duro que la piedra, con bordes filosos. Tenía los labios y la mandíbula apretados, sus pesados párpados estaban demasiado bajos como para que ella pudiese ver sus ojos: la estudiaba. Detuvo la vista sobre la mandíbula de ella, luego alzó los párpados. Por un largo instante, le sostuvo la mirada, ojos color avellana hundidos en ojos color avellana. Rígida más allá de lo soportable, sus nervios se tensaron y se preguntó qué era lo que él podría ver.

—Eras tú.

Aunque maravillado, el tono de su voz no admitía discusión alguna.

Ella enarcó las cejas.

—¿De qué demonios estás hablando?

—¿Lo niegas? Estoy seguro de que puedes fingir mejor que eso.

—Me animo a decir que, si supiera cuál es la maldita idea que se te ha metido en tu calenturiento cerebro, podría lidiar con ella de manera más específica, pero como no sé de qué hablas, la negación se presenta como la opción más segura.

Miró hacia otro lado, demasiado atemorizada de que, si seguía mirándolo a los ojos, vería lo que él sabía de ella —su conocimiento físico de ella— gritado a los cuatro vientos. Entonces ella también recordaría, y sería barrida por su propia vulnerabilidad, permitiendo que él se le abalanzara.

El roce de los largos dedos sobre su rostro casi la hizo caer de rodillas. Él la aferró con mayor firmeza; hizo que volviera la cabeza hasta que los ojos de ambos volvieron a encontrarse.

—Oh, sabes... no tiene sentido negarlo. —Sus palabras sonaron cortadas: la furia bramaba debajo de ellas. Dudó un instante y luego agregó—: El perfume te delató.

¿Su perfume?

La criada. Ordenando. Vaciando su joyero sobre la mesa. Luego, volviendo a poner todo en su lugar. Dos frascos idénticos: uno dentro, otro fuera.

La expresión de Alathea se volvió impenetrable; sus labios comenzaron a formar un «Oh», pero se contuvo y lo fulminó con la mirada.

—¿Qué pasa con mi perfume?

Él esbozó una gélida sonrisa.

—Demasiado tarde.

—¡Absurdo! —exclamó liberando su barbilla de los dedos de él—. Se trata de un perfume poco particular... Yo diría que muchas damas lo usan.

—Tal vez, pero ninguna es tan alta. Tan... bien formada —dijo y, como ella se limitó a enarcar una ceja dubitativa, él aportó algo más—... con experiencia en violar cerraduras.

Alathea frunció el ceño.

—¿Debo entender que estás buscando a una mujer alta que usa el mismo perfume que yo y que sabe violar cerraduras?

—No... Debes entender que la he encontrado.

Su categórica certeza la hizo alzar la vista; él atrapó su mirada. Entornó los ojos y luego dirigió la mirada a los labios de ella. Una atracción insidiosa y fascinante se instaló entre ambos...

Él se le acercó. Alathea contuvo el aliento. Sus ojos se abrieron, fijó la mirada en el rostro duro de él, tembló...

Se abrió la puerta del salón de baile; entraron otros invitados.

Gabriel miró alrededor.

Alathea recuperó el aliento.

—Estás completa y absolutamente equivocado.

Cuando Gabriel quiso darse cuenta, ya se había alejado de él. Pasó entre los otros invitados con gesto regio. La cabeza en alto, deslizándose rápido como si corriera en dirección al salón de baile.

13

Acababa de empezar un vals. El loco intento de escapatoria de Alathea casi la lanzó contra los bailarines. Se tambaleó en el borde de la pista de baile...

La sostuvo un brazo fuerte, que se deslizó alrededor de su talle, la hizo balancearse hacia delante y la estabilizó después, con movimientos hábiles. Ella ahogó un grito, después luchó por recuperar el aliento, el equilibrio y las ideas dispersas, sólo para perder las tres cosas cuando Gabriel le pasó un brazo por la cintura y la mantuvo atrapada contra él desde el pecho hasta los muslos. Agarrándola fuerte con una mano, la hizo girar por el salón.

El cuerpo de ella instantáneamente revivió. Sus pechos se hincharon. Luchó por mantenerse derecha, pero su cuerpo se amoldó al de él, rozándose los muslos evocadoramente a cada vuelta. Las caderas de ambos se balancearon juntas; los recuerdos se arremolinaron.

En segundos, se relajó. Se negaba a mirarlo a los ojos, demasiado ocupada como estaba luchando por dominar su atribulada razón, por reunir su determinación, por hallar un modo de escapar. Su compostura era todo lo que le quedaba; desesperadamente, se aferró a ella.

La sostenía muy cerca de sí. Mientras su cabeza seguía girando como un torbellino, mientras su cuerpo continuaba acalorándose con cada revolución, fijó la mirada por encima del hombro de él y le dijo entre dientes:

—Me estás sujetando muy cerca.

Gabriel la miró: tan dolorosamente familiar y sin embargo..., ¿acaso alguna vez la había visto realmente? Estaba de muy buen humor, sus emociones se desordenaban; no tenía idea de qué pensar o sentir. Apenas podía creer la verdad que tenía en sus brazos. Apenas refrenó sus impulsos, al dejar que su mirada vagara por las largas y esbeltas líneas de su cuello, la blanca extensión de piel encima de su escote, sobre las turgentes redondeces, ahora firmes, calientes y duras que le presionaban el pecho.

—Por si no lo recuerdas, te he tenido más cerca.

La aspereza de las palabras de él los afectó a los dos; ella le lanzó una mirada sorprendida y escandalizada. Luego, miró hacia otro lado.

Nada más dijo; sus pies siguieron a los de él, su cuerpo fluyó con el de él, encajando tan exactamente, tan totalmente en sintonía que ambos podrían haber bailado el vals durante horas sin siquiera pensar. Gabriel se aferraba a los detalles, en busca de algún orden que imponer al caos de su cerebro. Cuando notó la diferencia de altura entre Alathea y la condesa, frunció el ceño; luego recordó los zapatos de tacones altos que había dejado caer al suelo del carruaje tres noches atrás.

Una mirada a los pies de ella mientras giraban en la pista y confirmó sus sospechas.

—En general, jamás usas tacones altos.

Los pechos de ella se hincharon, inspiró profundamente.

—¿De qué estás hablando? ¡Dices más sandeces que el pobre Skiffy Skeffington!

Gabriel ya no pudo refrenarse y le soltó:

—¿Ah, sí? En ese caso, supongo que no vale la pena preguntarte por cuánto tiempo más pensabas seguir adelante con tu farsa, o inquirir sobre su objeto. Entenderás, no obstante, que esto último me ha servido de ejercicio. —Gabriel hablaba con los dientes apretados y con una voz afilada como un cuchillo. Dejó que su mirada barriera el rostro de ella; sólo vio rojo—. ¿Acaso pensabas que me ibas a atrapar para que me casara contigo? ¿Eso pensaste? Seguramente no... —dijo y la apretó con fuerza, mientras ella intentaba liberar una mano, hasta que advirtió que le estaba lastimando los dedos—. ¿Sabes? Podría hacer un infierno de tu vida. ¿Qué querías? ¿Fue por el desafío? —Ya dura, se puso rígida. Él la miró a los ojos—. Eso parece acercarse más a la verdad.

Mientras bailaban, miró hacia arriba; luego se rió amargamente.

—¡Dios, cuando lo pienso! Lincoln's Inn Fields, Bond Street, Bruton Street. —Hizo una pausa y luego preguntó—: Dime, en Bruton Street, ¿huiste a la tienda de la modista porque no podías contener la risa?

Ella reaccionó —sacudió la mano, aplastada por la de él, los finos tendones de su cuello se tensaron—, pero mantuvo la mirada fija sobre su hombro y sus labios permanecieron tercamente apretados.

—¿Por qué lo hiciste?

No le respondió.

—Dado que te ha comido la lengua el gato, déjame ver si puedo adivinar... Perdiste tu oportunidad cuando se canceló tu propia presentación en sociedad, pero, dado que tenías que venir a Londres para las de Mary y Alice, pensaste en utilizarme para animar tu visita. Gracias a mi querida madre, estoy seguro de que estás al tanto de mi reputación. —Su voz era como un látigo—. ¿Eso es lo que pensaste? ¿Que hacerme poner de rodillas ante la misteriosa condesa sería una distracción interesante?

Pálida, con expresión glacial, Alathea se negaba a mirarlo, a encontrarse con sus ojos, se negaba a asegurarle que estaba completamente equivocado, que ella nunca lo traicionaría de ese modo.

Traicionado era como él se sentía; no sólo por ella, sino también por su álter ego. Sin importarle su devoción, sin importarle su paciencia y habilidad, sin importarle cuán profundamente la llegara a adorar, la condesa nunca le habría revelado su identidad. En cuanto a sus sueños...

Sintió amargura; luego esa sensación se hizo más intensa. Ella había impactado en él de manera más profunda que los simples sueños. Como siempre, le había tocado lo más hondo. Lo había despojado de su armadura, había encontrado su punto más vulnerable y lo había dejado expuesto. Hasta que ella lo hubo descubierto, ni siquiera él se había dado cuenta de que poseía tal debilidad. Sólo le quedaba maldecirla por ello. Era la última mujer en la Tierra a la que le hubiera revelado voluntariamente cualquier vulnerabilidad.

Pero ni siquiera eso era lo peor. La herida más mortal, la que lo había dejado sangrando por dentro, era que, a pesar de conocerlo tan bien, no había confiado en él.

Eso era lo que más le dolía.

—Siempre me pregunté cuándo te cansarías de tu vida en el campo. Dime, ahora que te he abierto los ojos sobre los placeres de la vida en la capital, ¿qué piensas?

Ni siquiera se escuchaba a sí mismo, mientras, elemento por elemento, se aplicaba a desmontar el personaje que ella se había creado. Muchos habían considerado que él tenía la lengua demasiado afilada. La usaba como un bisturí para herirla, para que también ella sangrara. Así como ella sabía dónde atacarlo, él conocía todos sus puntos sensibles. Como su altura, o el hecho de que se creía poco agraciada. Y demasiado vieja. Tocó cada punto vulnerable, regocijándose despiadadamente cuando ella se ponía rígida o cuando apretaba la mandíbula.

Para cuando la música se hizo más lenta y la neblina roja que había oscurecido su cerebro ya se había levantado lo suficiente como para ver las lágrimas que manaban de los ojos de Alathea, ya había rescatado una pequeña porción de su orgullo.

La música cesó. Se detuvieron. Ella se quedó de pie y en silencio, aún en sus brazos, con la expresión contenida, aunque todo su ser vibraba por la emoción que trataba de reprimir.

Encontró su mirada estoicamente. Más allá del brillo de sus lágrimas, él vio su furia y dolor reflejados, una y otra vez.

—No tienes la menor idea de lo que estás diciendo.

Cada palabra sonó clara y definida, enunciada cuidadosamente, subrayada con emoción. Antes de que él pudiera reaccionar, ella se separó violentamente, contuvo la respiración, se dio la vuelta y se fue.

Lo dejó solo en el medio del salón de baile.

Todavía furioso. Todavía herido.

Todavía excitado.

A la mañana siguiente, Alathea se sentó a desayunar a la mesa, en un estado de pánico amortiguado. Sabía que la espada pronto iba a caer sobre su cabeza, pero no tenía fuerzas para correr. Se sentía físicamente agotada. Apenas había pegado ojo. Exteriormente, era absolutamente imperativo mantener la calma, pero todo lo que podía hacer era sonreír a su familia y mordisquear su tostada.

Tenía el estómago vacío, pero no podía comer. Apenas podía sorber su té. Sentía que tenía la cabeza suficientemente tranquila, pero, al mismo tiempo, extrañamente vacía, como si al borrar todas las palabras hirientes de Gabriel se hubieran bloqueado también sus pensamientos.

Sabía que no podía pensar. Lo había intentado durante horas la noche anterior, pero cada intento había terminado en lágrimas. No podía pensar en lo que había pasado, mucho menos en lo que podría pasar.

Tomó su tostada, y dejó que la alegre charla de su familia la distrajera y le procurara un poco de alivio.

Crisp se detuvo al lado de ella y, aclarándose la garganta, dijo:

—El señor Cynster está aquí, milady, y desea hablar con usted.

Alathea lo miró. «¿Aquí?» No, no podía. «¿Qué?» Se detuvo y carraspeó:

—¿Qué señor Cynster, Crisp?

—El señor Rupert, señorita.

Podía.

Serena, de pronto, dejó caer:

—Pregúntele si ya ha desayunado, Crisp.

—¡No! Es decir, estoy segura que ya debe de haberlo hecho —intervino Alathea, levantándose y dejando la servilleta al lado de su plato—. Estoy segura de que no debe estar pensando en jamón y salchichas.

—Bueno, si estás segura... —dijo Serena frunciendo el ceño—, pero es una hora extraña para presentarse así, sin más.

Alathea la miró fijamente.

—Es sólo un pequeño asunto de negocios que tenemos que discutir.

—Oh —exclamó Serena, callándose, y de inmediato volvió a su familia.

Mientras abandonaba el salón, Alathea pensó que sus últimas palabras no habían sido mentira. Aquello sobre lo que Rupert o Gabriel había venido a hablar, había ocurrido debido a su «asunto de negocios».

Lo cual no iba a hacer que la entrevista fuera más fácil.

Crisp había llevado a Gabriel a la sala de atrás, un lugar tranquilo que daba a los jardines posteriores. En los días soleados, a las niñas les gustaba reunirse allí. Pero aquel día, nublado y con amenaza de lloviznas, sería un refugio tranquilo y privado.

Era improbable que alguien pudiera molestarlos.

Pensando esto, Alathea hizo una mueca. Le diría a Crisp que siguiera con sus cosas e iría sola. Con una mano en el picaporte, tomó aire, juntó todo lo que le quedaba de sus fuerzas y se negó a pensar lo que podría encontrarse del otro lado de la puerta.

Con una apariencia de calma, giró el picaporte y entró.

Gabriel volvió la cabeza inmediatamente y sus miradas se cruzaron. Estaba de pie frente a las ventanas, mirando hacia fuera. La miró sin pestañear y luego en voz baja le dijo:

—Cierra la puerta. Con llave.

Ella dudó.

—No queremos interrupciones.

Dudó un momento más, luego se dio la vuelta, cerró la puerta y echó el cerrojo. Se volvió para enfrentarlo, levantó la cabeza, enderezó la columna y entrelazó las manos.

Él continuaba estudiándola. Su cara era impenetrable.

—Ven aquí.

Alathea lo meditó, pero sentía la atracción, la compulsión, la amenaza. Forzó a sus pies para que la llevaran hacia delante.

Era la cosa más difícl que había hecho en su vida: cruzar la amplia estancia bajo su mirada. Mantuvo la cabeza erguida, derecha la columna vertebral, pero en el instante en que se puso al lado de él y la luz cayó sobre su rostro, estaba temblando por dentro y sus reservas de fortaleza y resolución estaban casi agotadas. Al detenerse al lado de él y al encontrar su dura mirada, se dio cuenta de que eso era precisamente lo que él quería.

Gabriel buscó su rostro con su mirada dura y aguda, y sus rasgos guerreros. Dijo:

—Ahora, ¿me quieres decir de qué demonios se trata esto?

Una rabia apenas contenida vibraba detras de esas palabras. Retirando la mirada de la de él, ella la fijó en el césped y los árboles.

—Ya lo sabes casi todo —dijo tomando aliento para ganar tiempo y control—. Todo lo que te dije en el papel de condesa es verdad excepto...

—Que tu supuesto difunto marido es, de hecho, tu padre; que el joven Charles es Charlie; Maria es Mary; Alicia es Alice, y Seraphina, Serena. Todo eso me lo podía haber figurado.

—Bueno, entonces —dijo, encogiéndose de hombros—, eso es todo.

Al ver que él no decía nada más, ella se arriesgó a una rápida mirada. Estaba esperándola, capturó su mirada y la sostuvo.

Pasó un momento.

—Inténtalo de nuevo.

Su enfado la golpeó de manera nítida. No había escapatoria.

—¿Qué quieres saber?

Si ella lograba ajustarse a los hechos, podría sobrevivir a aquella inquisición.

—¿Está el condado en condiciones tan desesperadas como las que me describiste?

—Sí.

—¿Por qué te inventaste a la condesa?

Ajustarse a los hechos, a las cosas. Volvió a mirar hacia fuera.

—Si te hubiera escrito o visitado con la historia de un pagaré sospechoso, sin hablarte de las dificultades financieras de la familia, ¿habrías encarado tú la investigación, o se la habrías derivado a Montague?

—Si me hubieses contado toda la historia...

—Ponte en mi lugar. ¿Acaso habrías contado tú toda la historia? ¿Alguna vez has estado al borde de la ruina?

Al cabo de un instante, inclinó la cabeza.

—Muy bien. Acepto que hubieses evitado contarme eso. Pero la condesa...

Ella alzó el mentón.

—Funcionó.

Él esperó, pero ella estaba acostumbrada al silencio, a quedarse callada ante él, y el ardid no tuvo efecto. Hubo comprensión en el tono de voz de Gabriel:

—Me imagino que tu padre y Serena no están al corriente de tu farsa.

—No.

—¿Quién está al tanto?

—Nadie... Bueno, sólo los sirvientes más viejos.

—Tu cochero... ¿se llamaba Jacobs, no?

Ella asintió con la cabeza.

—¿Qué otros?

—Nellie, Figgs, la señorita Helm, Connor, Crisp, claro. Y Folwell —hizo una breve pausa y luego asintió—. Son todos.

—¿Todos? —dijo casi sin aliento.

—Me tienen mucho cariño —repuso, frunciendo el ceño—. No hay por qué temer que de ello venga nada malo. Siempre hacen exactamente lo que les digo.

La miró, luego alzó una ceja.

—Oh.

Su voz fue casi un murmullo. Le hizo señas para que guardase silencio, cruzó hasta la puerta, descorrió el cerrojo y la dejó abierta de un solo movimiento, revelando la presencia de Nellie, Crisp, Figgs, la señorita Helm...

Alathea, sencillamente, se quedó mirando. Luego se puso rígida y les lanzó una mirada hostil.

—¡Fuera de aquí!

—Bien, milady —dijo Nellie y, con una mirada cautelosa en dirección a Gabriel, agregó—: Estábamos preguntándonos...

—Estoy perfectamente. Ahora, ¡fuera!

Se marcharon. Gabriel cerró la puerta, volvió a echar el cerrojo, luego fue hasta la ventana.

—Bien. Esto en cuanto a la farsa... —dijo Gabriel y se detuvo al lado de ella; hombro contra hombro, mirando los árboles, envueltos en una sombra pálida—. Ahora puedes contarme por qué te cargaste sobre los hombros el rescate de tu familia.

—Bien... —empezó Alathea y se detuvo, advirtiendo la trampa—. Parecía lo más sensato.

—¿De veras? A ver. Una criada halla el pagaré que tu padre firmó pero que, por alguna razón, olvidó y entonces tú, tu padre y Serena os ponéis a pensar conjuntamente y decidís, y acordáis, que seas tú misma la que se ocupe del asunto (un asunto que podría destruir vuestras vidas). ¿Fue así?

—No —respondió Alathea, mirando fríamente los árboles.

—¿Y entonces?

Las palabras quedaron suspendidas en el aire, insistentes, persistentes...

—Por lo general, soy yo quien se ocupa de todas las cuestiones de negocios.

—¿Por qué?

Alathea dudó.

—Papá... no es muy bueno con el dinero. Bueno... ya sabes lo amable que es. Realmente no tiene idea en absoluto —explicó, mirándolo a los ojos—. Hasta la muerte de mi madre, fue ella la que administró la propiedad. Y antes de ella, la que se ocupó fue mi abuela.

Gabriel frunció el ceño. Al cabo de un momento, preguntó:

—¿Y ahora eres tú la que se ocupa de todas las cuestiones financieras?

—Sí.

—¿Desde cuándo? —preguntó Gabriel, entornando los ojos.

Como ella volvió la vista hacia los árboles y no respondió, Gabriel se interpuso entre ella y la ventana para enfrentarla.

—¿Cuándo te cedió esa autoridad tu padre? —inquirió él, mirándola a los ojos. Ella siguió sin hablar. Él buscó su mirada—. ¿Preferirías más bien que se lo preguntara a él?

Si hubiera sido cualquier otro hombre, habría considerado que se trataba de una bravata.

—Hace años.

—¿Once años, tal vez?

Ella no contestó.

—Fue eso, ¿no? Ésa fue la razón por la que dejaste la ciudad. No fue el sarampión, nunca me creí aquello. Era el dinero. Tu padre había llevado el condado a una situación que no daba para más. De alguna forma, te diste cuenta y asumiste el mando. Cancelaste tu presentación en sociedad antes de que comenzara y volviste a casa. —Y continuó—: Eso fue lo que pasó, ¿no?

La expresión de Alathea se volvió aún más seria y dirigió la mirada por encima de los hombros de Gabriel.

—Cuéntame los detalles. Quiero saberlo —insistió él.

No descansaría hasta saberlo todo. Ella tomó aliento.

—Wiggs vino una tarde a casa. Parecía... desesperado. Papá se entrevistó con él en la biblioteca. Fui a preguntarle a papá si quería que les llevara el té allí. La puerta de la biblioteca estaba entreabierta. Escuché que Wiggs le suplicaba a papá, explicándole cuán desesperada era la situación debido a las deudas, y cómo el gasto de presentarme en sociedad nos llevaría a la ruina. Papá no entendía. Seguía insistiendo en que todo iba a salir bien; en que, lejos de arruinarnos, mi presentación sería la salvación del condado.

—¿Quería conseguirte un buen matrimonio?

—Sí. Una tontería, claro.

—Podría haber funcionado.

Ella negó con la cabeza

—Piénsalo bien. No habría tenido dote, más bien lo opuesto. Cualquier pretendiente exitoso hubiera debido rescatar el condado de la ruina, y las deudas eran exorbitantes. No tenía nada que me hiciera atractiva, excepto mi linaje.

—Hay unos cuantos que no estarían de acuerdo.

Ella lo miró y luego volvió la vista hacia los árboles.

—Olvidas que esto fue hace once años. ¿Recuerdas mi aspecto a los dieciocho? Era espantosamente delgada, desgarbada. No tenía ninguna posibilidad de conseguir un candidato como el que era necesario para salvar a mi familia.

Como ella no dijo nada más, él preguntó:

—¿Entonces?

—Cuando Wiggs se fue, desesperado, entré y hablé con papá. Pasé la noche revisando los libros contables que había traído Wiggs. —Alathea hizo una pausa. Luego continuó—: A la mañana siguiente hicimos las maletas y nos fuimos de Londres.

—¿Has estado protegiendo a tu familia, salvándola, desde entonces?

—Sí.

—Aun a costa de tu vida. La vida que hubieras debido tener.

—No seas melodramático.

—¿Yo? —Rió ásperamente—. Mira quién habla. Pero si hubiera sonado la campana... —sugirió, mirándola fijamente a los ojos—. Sabes lo que habría sucedido hace once años, esa primera vez. Si hubieras cerrado tus oídos a la desdicha de tu familia y hubieras tenido tu presentación en sociedad, es más que probable que hubieras logrado un buen casamiento. Estoy seguro. Tal vez no lo suficientemente bueno como para salvar el condado, pero sí como para salvarte a ti misma. Habrías tenido un hogar, un título, una posición, una oportunidad de tener tu propia familia. Todas aquellas cosas que te enseñaron que debías aguardar. Tu futuro estaba allí a la espera. Lo sabías y, sin embargo, elegiste volver al campo con los tuyos y dar batalla para conservar la fortuna familiar, aun cuando eso significara que te ibas a convertir en una solterona. Tras suspender tu presentación, tu familia no iba a poder celebrarla nunca. O, incluso, iban a tener que renunciar a presentar a nadie más. Seguramente no podrían reunir una dote respetable, un punto esencial, pero sabías que iba a ser así. Entonces, todo se te vino encima. Sacrificaste tu vida, todo, por ellos.

El enfado era patente en su voz. Alathea levantó el mentón.

—Creo que exageras.

Él le sostuvo la mirada:

—¿Sí?

Ella percibió la comprensión iluminando las profundidades de su iris color avellana. Pasó delante de ella el sacrificio de todos esos años, la soledad, el dolor a solas, en las profundidades del campo. El duelo por una vida que nunca tuvo la oportunidad de vivir. Arrastrada por esos sentimientos, con la respiración entrecortada, luchó por sostenerle la mirada. Cuando se aseguró de que su voz estaba bajo control dijo:

—No te atrevas a sentir piedad de mí.

Las cejas de Gabriel se arquearon de aquella forma tan suya.

—No se me había ocurrido. Estoy seguro de que tomaste esa decisión de forma consciente. Y llevaste adelante tu plan. No veo en eso nada de qué sentir piedad.

Lo cortante del comentario le dio a la sensibilidad de Alathea y a su vulnerabilidad el escudo que estaba necesitando. Después de un momento, ella volvió a mirar a lo lejos.

—Bueno, ahora lo sabes todo.

Gabriel estudió su cara y deseó que fuera cierto. Desde el instante en que supo la verdad se había sentido golpeado, sacudido hasta el alma, por la tempestad de sus emociones. Rabia, una furia desnuda, un dolor desesperado, el orgullo herido. Todo eso lo había podido identificar fácilmente. Otras pasiones, más oscuras, más turbulentas, mucho más difíciles de definir habían llevado ese tumulto a convertirse en una marea ingobernable que se había abierto paso a través de él.

Ahora, tras el tumulto, no se sentía vacío, sino más bien limpio, como si el templo interior que había construido para albergar su alma hubiera sido arrasado por un torrente, barrido desde sus cimientos y los ladrillos desperdigados por la subsiguiente inundación. Ahora se enfrentaba a la tarea de volver a construir su morada interior. Podía decidirse por una estructura más sencilla, sin poses, falso *glamour*, el aburrimiento que tanto lo había cansado en los meses recientes. La elección de los ladrillos para modelar su futuro dependía de él, pero el hecho de que tuviese que decidir se lo debía a ella.

Sólo ella podía haberle causado una perturbación semejante.

La vida de Gabriel, a partir de aquel momento, dependía de lo que hiciera a continuación, de lo próximo que eligiera. Había llegado hasta allí, con su furia intacta, totalmente dipuesto a hacerla escarmentar. Ahora que se había enterado de toda la historia y que finalmente entendía lo que ella había estado haciendo todo ese tiempo, su cólera se había convertido en algo muy distinto, en algo intensamente protector.

—¿Cuál es el estado actual de las finanzas del condado?

Ella le lanzó una mirada y luego, de mala gana, le dijo una cifra.

—Eso es el capital consolidado. El ingreso de las granjas se agrega a eso.

—¿Cuál es la suma anual?

Paulatinamente le fue sacando todos los detalles. Le bastaron para confirmar que ni siquiera su propio talento, ni siquiera la mano de Diablo para la administración, ni la experiencia de Vane y de Richard, ni el poder de Catriona podrían haber contribuido más para sacar del apuro a los Morwellan.

«Ojalá hubieses venido a mí antes; todos estos años anteriores.»

Así fue como habló el corazón de Gabriel; sabía más de lo que expresaban las palabras.

—De modo que nada más se puede hacer. Tu familia está todo lo segura que puede estarlo bajo estas circunstancias —comentó, ignorando la mirada ofendida de ella—. ¿Qué me dices de ese tipo... Wiggs? ¿Es de fiar?

—Siempre me lo pareció —respondió con frialdad—. Si no hubiese sido por su intercesión ante los bancos, ya hace tiempo nos habríamos hundido.

Eso debía de ser cierto.

—¿Qué piensa de tu farsa? ¿O acaso no se la has contado?

Alathea respondió sin mirarlo a los ojos.

—Cuando le conté que te había consultado, se sintió muy aliviado.

—De manera que él no sabe que has estado consultándome disfrazada. —Captó la mirada que ella le echó—. Necesito saber... Estoy obligado a reunirme con él para hablar de todo esto.

Ella parpadeó, absorta; al principio, él no entendió, luego sí.

Sintió ganas de ahorcarla.

—No voy a apartarme y dejarte que te las arregles sola.

El alivio de Alathea fue evidente, aun cuando, intuyendo la reacción de él, intentó ocultarlo. En su mirada se notaba que no entendía la reacción de Gabriel.

Tampoco él..., o no del todo. Era una de la larga y esencial lista de cosas que todavía ignoraba, como lo que sentía por ella. Incluso ahora, a no más de unos centímetros de ella, no tenía idea de cuáles eran realmente sus sentimientos. No tenía intención de tocarla..., por el momento. Aún no podía pensar en enfrentarse con la fuerza que, sabía, se desencadenaría cuando lo hiciera, cuando la tuviese en sus brazos. Ya llegaría el momento, pero todavía no, no hasta que reajustara su mente y sus sentidos a la nueva realidad. Una realidad en la que pudiese estar tan cerca de ella y no sentir otra cosa que su calor, un calor sensual, femenino y tentador. Sin ponerse tenso, sin que los nervios oscilaran, sin que lo perturbara una punzante incomodidad. La aflicción que habían sufrido durante décadas se había disipado la noche anterior, cuando la había tenido entre sus brazos y bailado el vals con ella en el salón de lady Arbuthnot.

Todavía no era dueño de sus sentimientos, pero tampoco entendía qué era lo que le pasaba a ella.

Alguna pista de lo que tenía en mente debió haberse reflejado en sus ojos. Alathea abrió mucho los suyos; en ellos brilló una repentina incertidumbre.

La miró a los ojos despiadadamente; no hizo intento alguno por ocultar sus pensamientos. Ella se le había entregado, si bien era cierto que disfrazada. Iba a tener que hacer frente a las consecuencias.

—¿Qué estás pensando?

Ella se ruborizó. Abrió aún más los ojos, buscando frenéticamente los de él.

—Sugiero —dijo él— que, dada la seriedad del peligro que significa la Central East Africa Gold Company, dejemos de lado otras discusiones sobre las ramificaciones de tu farsa hasta que hayamos solucionado las cuestiones con la compañía.

Vio que ella se calmaba, que al cabo de un instante asentía.

—De acuerdo —convino Alathea, y le dio la espalda—. Que no haya más ramificaciones.

Él la cogió por la muñeca. Ella se quedó helada. Sus ojos, al encontrarse con los de él, cuando Gabriel volvió la cabeza, estaban muy abiertos.

—No finjas —dijo, y al cabo de un instante, continuó con voz menos enérgica—. He dicho que postergáramos la discusión sobre ese asunto, no que lo ignorásemos.

—No hay nada que ignorar —replicó ella con voz entrecortada, llevándose la otra mano al pecho.

Una emoción turbulenta creció en él, amenazando con arrebatarlo. Con los dientes apretados, la reprimió, pero permitió que se reflejara en sus ojos.

—No me tientes.

Las palabras, oscuras y bajas, vibraron con un poder que

Alathea pudo sentir; se apoderaron de ella, la sacudieron, luego la retuvieron con suavidad. Si trataba de luchar, la presión se incrementaría, asiéndola y lastimándola. Por ahora, Gabriel se contentaba con mantenerla apenas sujeta. Con una respiración entrecortada, se forzó a mirar en otra dirección.

Instantes después, cuando los dedos de él soltaron su muñeca, se sintió inmensamente agradecida.

—¿Te has enterado de algo desde la última vez que hablamos de la cuestión?

La pregunta le daba algo a lo que aferrarse, algo que responder con sensatez.

—Wiggs —dijo ella, y con una nueva bocanada de aire, levantó la cabeza—. Le pedí que encontrara el procedimiento legal necesario para declarar ilegal el pagaré. Ayer me mandó un mensaje que decía que mañana por la mañana tenía una cita con uno de los jueces de la corte para discutir las posibilidades.

—Bien. ¿Algo más?

—Estuve buscando mapas de la región para verificar los lugares que mencionó Crowley —respondió Alathea.

—Resulta difícil encontrar mapas detallados de la zona.

—Es verdad. Pero finalmente encontré uno en una biografía. Tiene los tres pueblos que Crowley mencionó: Fangak, Lodwar y Kafia. Son pequeños, pero están allí.

—¿Qué es lo que dice de ellos el que escribió el libro?

—No lo sé —respondió Alathea, dubitativa—. No he leído el texto.

Gabriel resopló.

—¡Lo haré! —se apresuró a prometer ella—. Apenas hace dos días que encontré el libro. ¿Y tú? ¿Qué has estado haciendo tú? ¿Localizaste al capitán?

—No —dijo Gabriel y frunció el ceño—. No es tan sencillo. Es indudable que no forma parte de la tripulación de ninguna de las compañías navieras más importantes. Hay montones de otras que revisar, de modo que lo estamos haciendo. Estuve husmeando en el establecimiento de White, pero nadie lo recuerda. A propósito, ¿quién lo vio? ¿Charlie?

—No, papá. Pero él no recuerda nada más que lo que ya te dije. Y le hice prometerme que traería a casa al capitán, si lo volvía a ver.

—Hmm. Tengo gente buscándolo, pero es posible que ya no esté en Londres. La mayoría de los marinos veteranos llegan a tierra firme y enseguida parten para visitar a sus familias, generalmente fuera de Londres, y regresan apenas un día antes de volver a embarcarse.

—O sea que puede que no volvamos a ver al capitán.

—No si nos limitamos a esperar verlo. Hay otras posibilidades que estoy investigando —anunció, y echó un vistazo al reloj de la chimenea—. Y hablando de la cuestión, tengo que irme —agregó, mirando a Alathea a los ojos—. ¿Estamos de acuerdo en compartir toda la información para resolver este asunto tan rápidamente como sea posible?

Alathea asintió.

—Bien.

Le sostuvo la mirada por un instante y luego alzó la mano.

Alathea contuvo la respiración; perdida en las profundidades color avellana de sus ojos, tembló interiormente mientras los dedos de él recorrían y luego sostenían su mandíbula. La yema de su pulgar rozó lentamente los labios de ella. Alathea sintió que sus ojos destellaban, que sus labios se aflojaban. Sus sentidos se turbaban.

—Y luego —dijo él— resolveremos el resto.

Se sintió tentada de alzar una ceja; intervino la cautela y se lo impidió. Se limitó a sostenerle la mirada, y él asintió.

—Pasaré a verte mañana.

Nunca le había tenido miedo a Gabriel; al cabo de una cuidadosa evaluación, Alathea concluyó que seguía sin temerle. No era el miedo lo que la había puesto nerviosa cuando lo vio mientras paseaba por el parque; era la expectativa, pero no estaba segura sobre qué.

Junto a Mary, Alice, Heather y Eliza había estado paseándose desde hacía veinte minutos. Lord Esher y su amigo el señor Carstairs —de los Finchley-Carstairs—, ambos jóvenes caballeros de credenciales impecables, se habían unido al grupo; lord Esher, para hablar con Mary, mientras que el señor Carstairs, valientemente, se ocupaba de las otras, a pesar de que su mirada se demoraba con frecuencia en el rostro de Alice.

Sin prisa y más atrás, Alathea había estado observando con mirada aquiescente los florecientes romances, hasta que vio acercarse a Gabriel, después de lo cual no vio nada más aparte de él, severamente elegante con su abrigo mañanero, pantalones de gamuza y botas de montar de cuero negro, mientras la brisa alborotaba sus rizos castaños. Con expresión relajada, saludó a las hermanas de Alathea y a las suyas con fraternal familiaridad, evaluó a los repentinamente tensos jóvenes y asintió en señal de aprobación. Luego dirigió la mirada hacia ella. Abandonando al grupo de jóvenes, caminó al lado de Alathea.

Alathea apretó el mango de su sombrilla con ambas manos y rogó que él no le fuera a coger una.

Los ojos de Gabriel se encontraron con los de ella; luego, arqueó una ceja.

—No muerdo —murmuró, mientras se detenía a su lado—. Al menos, no en público —corrigió con voz profunda.

La cautela se apoderó de ella; sintió cómo le subía el rubor. Él lo advirtió, volvió a arquear la ceja, se volvió y vigiló al grupo, que se había alejado mucho de ellos.

—Supongo que es mejor que los tengamos a la vista.

—Sí —dijo Alathea, apretando el paso; él se puso a su lado.

—¿Ya has sabido algo de Wiggs?

—No; tenía su cita a las once.

Acababan de dar las doce del mediodía.

—¿Irás al baile de los Clare esta noche?

—Sí.

—Bien. Te encontraré allí.

Alathea asintió. Era uno de los beneficios de haber desenmascarado a la condesa: ahora podían encontrarse con facilidad para intercambiar informaciones.

—He leído ese libro del explorador. Al menos, las partes relevantes.

Mientras sacudía la sombrilla y la guardaba en su bolso, sintió la mirada de Gabriel sobre su rostro.

—¿Te has quemado las pestañas leyendo de noche?

Le echó una mirada. No necesitaba que él le dijera que tenía ojeras.

—¿En qué otro momento hallaría tiempo para leer?

La acidez de la respuesta no tuvo un efecto discernible.

—Tampoco se trata de que te agotes. ¿Qué es esto? —preguntó, cogiendo la hoja que ella le tendía.

—Es la descripción que el explorador dio de esos tres poblados.

Gabriel la examinó mientras caminaban; sus cejas se alzaron gradualmente.

—Qué interesante. ¿Cuándo estuvo en esos lugares?

—El año pasado. El libro acaba de ser publicado —informó Alathea, acercándose para ver la hoja. Señaló un párrafo—. Según recuerdo, Crowley dijo que la compañía le había comprado un gran edificio en Fangak a una agencia gubernamental francesa para alojar a los trabajadores que participan en la construcción de las minas de la compañía. De acuerdo con el explorador, Fangak es «una serie de endebles chozas de madera lejos de la civilización».

—Crowley también dijo que Lodwar estaba sobre una ruta principal. En lugar de eso, parece ser una minúscula aldea a mitad de camino de la ladera de una montaña, «muy lejos de senderos conocidos».

—Es evidencia, ¿no? —preguntó Alathea, mirándolo a la cara.

La miró y asintió. Dobló la nota y la deslizó en su bolsillo.

—Pero necesitaremos más —dijo y miró al grupo que iba delante de ellos—. ¿Qué te parece?

—Bastante prometedor. Esher parece más seguro cada día, mientras que Carstairs... —comentó Alathea, ladeando la cabeza al considerar al joven caballero—. Creo que está tratando de exprimir su coraje, pero no puede creer que esto realmente le esté pasando a él.

—Pobre tipo —gruñó Gabriel.

Alathea simuló no haberlo oído.

Continuaron caminando, siguiendo a los otros. En un momento dado, Gabriel se detuvo.

—Aquí os dejo.

Alathea se volvió hacia él, sólo para sentir sus dedos muy cerca de los suyos. Él le tomó la mano y la consideró: dedos finos atrapados por los suyos. Luego alzó la vista hasta sus ojos.

Ella no podía respirar ni pensar. Estaba cerca de ella; por la altura de ambos, la sombrilla les daba sombra a los dos, creando una ilusión de privacidad en medio del parque. Nunca intercambiaban los cumplidos de rutina, darse la mano, o una reverencia, pero ahora él la tenía cogida de la mano y ella a él. Alathea se preguntó qué iba a hacer él, que sonrió, burlón, y dijo:

—Te veré esta noche.

Le apretó brevemente la mano y luego la liberó. Se despidió con una inclinación de cabeza.

Alathea se quedó inmóvil, y lo observó marcharse. Parte de su mente notó que se había ido justo antes de que su demorado paseo los hubiese llevado hasta la senda de los carruajes, en ese momento atestada con los vehículos de las matronas de la aristocracia, incluidas la madre y la tía de Gabriel. El resto de su mente estaba absorta con la candente pregunta sobre qué iría a hacer él, qué táctica iba a seguir con ella.

La situación entre ellos había cambiado y aun asi él la quería, incluso ahora que sabía quién era ella. Intentaba poseerla, continuar con sus relaciones ilícitas: por más sorprendente que pareciera, eso estaba claro.

Y había poco más.

Con la condesa desenmascarada, el control de la relación que había entre ambos estaba en manos de él. Estaba totalmente en su poder, un poder que ella sabía, no era tan ingenua como para dudarlo, que él iba a utilizar si se lo provocaba.

El pequeño grupo que ella había estado observando estaba ahora delante. Enderezó su parasol y se puso a caminar en su dirección.

No podía saber qué tenía él en la cabeza, así como no podía estar segura de sus motivos. En vista de sus encuentros en Bond Street y Bruton Street, y dejando de lado el resto, podía simplemente querer castigarla. Su conducta actual bien podía ser una fachada adoptada para facilitar las cosas, mientras investigaban a la compañía. Él era lo bastante honrado como para dejar de lado sus propios sentimientos mientras se enfrentaban a aquella amenaza. Pero, después, podría esperar algun tipo de retribución.

Por suerte, Gabriel raramente le guardaba rencor a alguien. Para el momento en que la investigación hubiese terminado, era posible, incluso probable, que su interés en ella se hubiera desvanecido, que se sintiera aburrido de ella y dirigiera sus esfuerzos hacia nuevas conquistas.

Ceñuda, Alathea subió la pendiente donde estaba el carruaje y se preguntó por qué la idea de que él se aburriera de ella y abandonara cualquier noción de retribución no la tranquilizaba.

14

Al baile de lady Clare asistió una multitud. La temporada estaba en su apogeo y todos querían dejarse ver en los eventos más importantes. Al final, tras abirse paso hasta llegar al lado de Alathea, Gabriel dirigió una malevolente mirada sobre la abigarrada muchedumbre.

—Maníacos —gruñó.

Lord Montgomery, que estaba atrayendo la atención de Alathea, pensó que el insulto iba dirigido a él. Se irritó. Sonriendo serenamente, Alathea hizo como si no hubiera escuchado:

—¿Vinieron a la ciudad este año su hermana y su madre?

Ante esa muestra inequívoca de interés, su señorial irritación amainó. Dirigiendo una mirada desdeñosa a Gabriel recitó:

—Sí, claro, están naturalmente preocupados respecto del futuro de su patrimonio. Vaya...

Recientemente poseído por la convicción de que ella sería la esposa perfecta para él, Su Señoría siguió con la cantinela. Alathea dejó que su sonrisa se deslizara sobre las otras caras ansiosas, pero no se detuvo por mucho tiempo ante una en especial, para no animar a nadie a interrumpirlo. Completando su circuito posó la mirada sobre Gabriel. Él la enfrentó, con la irritación escondida detrás de sus ojos color avellana. Dudó, y entonces, para sorpresa de Alathea, alcanzó y tomó la mano que ella no había pensado en ofrecerle. La retuvo, esperando con estudiada paciencia, hasta que el monólogo de lord Montgomery llegó a su fin y Gabriel hizo una reverencia. Mientras se enderezaba, Alathea, perpleja y desconcertada, vio que una expresión de preocupación se dibujaba en el rostro de Gabriel.

—Querida, estás bastante pálida.

«¿Querida?» Alathea abrió los ojos desorbitados.

Gabriel colocó la mano en su manga, atrayéndola hacia su órbita de protección:

—Tal vez, un paseo afuera... antes de que te desmayes por el ambiente cargado.

Ella nunca se había desmayado. Con su mirada en la de Gabriel, Alathea se abanicó la cara con una mano y comentó:

—Hace mucho calor aquí.

Gabriel enarcó las cejas e hizo una mueca.

—Las puertas de la terraza están abiertas...

La sugerencia fue saludada por numerosas ofertas de acompañarlos. Obedeciendo a los dedos de Gabriel que le apretaban la mano, Alathea sonrió lánguidamente:

—El ruido... —Hizo un gesto vago—. Unos pocos momentos de calma me ayudarán y luego retornaré con ustedes.

Con eso, debían quedarse satisfechos. Gabriel la retiró del círculo y la llevó por el salón. Por su propio bien, Alathea esperaba que aquello hubiese parecido un gesto fraternal, pero las miradas especulativas que vio en muchos ojos le produjeron ardor en las orejas. A partir de entonces, iban a tener a todos los buscadores de escándalos observándolos ávidamente y sólo Dios sabía lo que iban a ver.

Llegaron a la terraza, adornada con banderines, junto con otras parejas que estaban paseando. Trató de retirar la mano de la manga de Gabriel para poner más distancia entre ellos. Los dedos de Gabriel apretaron aún más. Supo que era mejor dejarse remolcar.

—Vas a lograr que la gente comience a hablar —le dijo entre dientes, sin resistirse, no obstante, a deslizarse junto a él.

—No más de lo que ya están hablando sobre ti y los aspirantes a tus encantos. ¿Por qué diablos te dejaste rodear por ellos?

—Te aseguro que no fue por elección —respondió, y luego de un momento agregó—: Estoy segura de que Serena ha tenido algo que ver, a pesar de que dejé claro que era la temporada de presentación de Alice y Mary, y que yo no tenía interés en conseguir marido. Bien. —Gesticuló, señalando su cofia de cuentas—. ¿Cuánto más en claro lo tengo que poner?¿Acaso no lo pueden ver?

Mirando la cofia con un violento desagrado, Gabriel le respondió:

—Probablemente, no.

Sus cofias lo ofendían en algún nivel elemental. Ahora que lo pensaba, había sólo una forma de deshacerse de ellas de una vez y para siempre. Mientras contemplaba la posibilidad de no volver a ver ninguna otra cofia sobre su cabeza, la guió hasta el extremo oscuro de la terraza, en ese momento desierto.

—¿Te informó Wiggs sobre su encuentro con el juez?

Alcanzaron la balaustrada, al final de la zona con banderines, controlaron los espesos arbustos, más allá de la barrera de piedra, y luego se volvieron y se inclinaron sobre ella, cadera contra cadera, hombro con hombro en una posición de raro compañerismo.

—Sí. Parece que podemos pedir que declaren inválido el pagaré mediante una petición dirigida directamente al magistrado, sin tener que presentar evidencias o deliberaciones en la corte.

—Bien. Eso hace las cosas más fáciles.

—El juez dijo que la prontitud de la decisión depende de la calidad de nuestra evidencia. Cuanto más detallada y completa sea la evidencia, más rápida es la resolución. Si el caso está bien fundado, la decisión puede formalizarse en cuestión de días.

Gabriel asintió.

—Cuando estemos listos, alertaré a Diablo. Él se ocupará de que reciba atención inmediata. —Al ver la sonrisa nerviosa de Alathea, preguntó—: ¿Qué pasa?

—Nada. Es la forma en que... operas —dijo ella—. Así como así... te sacas un as de la manga.

Él se encogió de hombros.

—Si tienes un as que sacarte...

—¿Ha averiguado algo más tu gente? —preguntó Alathea.

—No tuvieron grandes revelaciones, pero Montague está haciendo progresos con todos esos gráficos y proyecciones. Crowley soltó algo, pero no es necesario decir que no agregó demasiado. Mis contactos en Whitehall están todavía comprobando las peticiones que él hizo sobre varios departamentos de gobierno extranjeros y funcionarios, y sobre los permisos que él dijo que la compañía ya había recibido. Cuantas más falsedases haya, más amplia será la base sobre la cual las pretensiones de la compañía serán rechazadas y más fácil será convencer a la corte.

—Pero un testigo, un testigo presencial, sería una prueba definitiva. ¿Has oído algo más sobre el capitán?

—Sí y no. Más bien, no. Hay muchas líneas marítimas y en la mayoría de ellas no tengo contactos a los cuales recurrir discretamente. No podemos arriesgarnos a ninguna búsqueda abierta, ni siquiera por el capitán. Crowley es demasiado poderoso. Puede tener contactos que le informen sobre preguntas inusuales a propósito de barcos que pasan por su área de interés.

—¿Tan poderoso es?

—Sí. No lo subestimes. Puede que no haya asistido a ninguna escuela de prestigio, pero sabe cómo poner en juego sus contactos. Y si no, fíjate en Archie Douglas. —Al cabo de un momento, Gabriel agregó—: Cualquier cosa que hagamos, nunca debemos olvidarnos de Crowley.

Esas palabras intranquilizaron a Alathea, que sin embargo las apartó de su mente.

—Debe de existir algún registro de barcos y de sus capitanes, ¿no es cierto?

—Existe y lo lleva la autoridad portuaria —respondió él—. Hay dos registros que tenemos que mirar: el diario, que enumera todos los barcos que entran a Londres, así como a sus capitanes; y el registro principal de embarcaciones, que muestra para qué línea navega cada barco. Desafortunadamente, hubo un escándalo que involucró al último funcionario encargado de ese registro. En consecuencia, su sucesor es sumamente renuente a la idea de permitirle el acceso a nadie, tanto al diario como al registro.

—¿Excesivamente renuente?

—No existe nada, a excepción de una orden del Almirantazgo o del fisco, que te permita ver esos libros.

—Hmmm.

Gabriel miró a Alathea.

—Ni se te ocurra siquiera pensar en entrar ilegalmente —dijo.

—¿Por qué? —dijo ella—. ¿Ya lo has considerado?

—Sí. —Gabriel hizo una mueca. Miró hacia atrás, en dirección a la terraza, y luego se volvió—. La oficina está ocupada con gente las veinticuatro horas del día. Es imposible mirar el diario y el registro.

Siguiendo con la mirada a Lucifer, que se acercaba a ellos atravesando las sombras, Alathea murmuró:

—Nada es imposible cuando tienes doce años.

Gabriel le disparó una mirada mientras Lucifer se les unía.

—¿Qué estáis haciendo aquí afuera?

—¿Qué piensas que estamos haciendo? —contestó Gabriel. Aún no había tenido tiempo de llevar su encuentro con Alathea al plano que él pretendía.

Alathea saludó a Lucifer y dijo:

—Está haciendo averiguaciones para mí. Una inversión.

Gabriel giró la cabeza y la miró. Ella, con la mirada fija en Lucifer, lo ignoró.

Lucifer miró a Gabriel.

—Creo que las gemelas lo han notado. No caben de entusiasmo, bullen e intercambian miradas como locas. Dios sabe qué harán una vez que se aseguren de que es verdad.

—¿Que se aseguren de que es verdad qué? —preguntó Alathea.

Lucifer la miró.

—Cuando se den cuenta de que él ya no las está vigilando.

—¿Ya no las vigila? —preguntó Alathea, mirando a Gabriel, mientras él se concentraba en sus uñas.

El condenado Gabriel la había escuchado. La había escuchado y había permitido que influyera sobre él. Ella se sintió levemente confusa.

—No, ya no lo hace. Y por el momento yo tampoco —dijo Lucifer, en evidente desacuerdo, mirando primero a Gabriel y luego a Alathea nuevamente—. Sólo espero que sepas lo que estás haciendo. Ese sinvergüenza de Carsworth está husmeando cerca de sus faldas.

Gabriel lo miró.

—¿Se ha acercado a alguna de ellas?

La pregunta intentaba parecer suave, aunque el tono subyacente no lo era.

—Bueno, no —admitió Lucifer.

—¿Alguna de las mellizas lo ha animado a hacerlo? —quiso saber Alathea.

La expresión de Lucifer le daba un aire testarudo.

—No. Interceptó a Amelia, pero no se le aproximó abiertamente, sino que se la encontró en medio de la multitud.

—¿Y?

Su reluctancia era palpable, pero finalmente cedió.

—Hizo exactamente como la tía Helena —dijo—. Lo miró de arriba abajo. Luego alzó la nariz y pasó al lado de él sin decir palabra.

—Bueno, ahí tienes —subrayó Alathea enderezándose, y enlazó su brazo con el de Lucifer—. Han sido bien preparadas. Son perfectamente capaces de manejarse solas, si les dejan hacerlo.

—¡Hum! —Lucifer dejó que ella lo paseara por la terraza. Tomados del brazo, llegaron hasta las puertas abiertas que destilaban luz y ruidos por entre los banderines. Aunque no le dirigió siquiera una mirada, Alathea sabía que Gabriel merodeaba a su lado.

—Carsworth es un gusano, no es una verdadera amenaza —dijo Lucifer, cambiando una mirada con Gabriel por encima de la cabeza de Alathea—. Pero ¿qué pasará cuando intenten ese truco con alguien que tenga un poco más de... *savoir faire*?

Gabriel se encogió de hombros.

—Ya aprenderán.

—¿Aprender el qué? —preguntó Alathea, mientras entraban en el salón de baile.

—Aprender qué pasaría si una dama intentara hacerle eso a uno de nosotros, por ejemplo —replicó Lucifer.

Alathea enarcó una ceja, mirando a Gabriel.

Él se fijó en ella, luego le echó una mirada a Lucifer. Tras comprobar que la atención de su hermano se había desviado, volvió a mirarla a ella a los ojos.

—Inténtalo, y verás qué pasa.

Había algo en los ojos de Gabriel que le recordaba mucho a un tigre; esa especie de ronroneo de su voz ponía de relieve la relación. Al recordar lo que había pasado la última vez que había intentado pasar a su lado sin siquiera mirarlo, Alathea se puso rígida y alzó la cabeza.

—Las gemelas se las arreglarán perfectamente bien.

Lucifer, mirando a la multitud, gruñó en respuesta.

—Bueno, si te niegas a mirarlas, tal vez yo también pueda usar mejor mi tiempo —dijo arqueando una ceja y mirando a Gabriel, para, tras saludar a Alathea con elegancia, darles la espalda y volver a mezclarse en la multitud.

El amontonamiento no había cesado de empeorar. Alathea sintió los dedos de Gabriel muy cercanos a los suyos. Luego, su mano se encontró sobre su manga, mientras él, ante las puertas, la arrastraba fuera de la marea humana. Fue en la dirección opuesta al lugar donde habían dejado a los caballeros que antes rodeaban a Alathea.

—¿Puedes ver a Mary y a Alice?

Por alguna razón que no podía entender, se sentía inquieta.

—No —susurró Gabriel cerca de su oído, y su respiración era como una suave caricia—. Pero, al igual que las gemelas, se las arreglarán.

Se prometió que ella también lo haría, mientras él encontraba unos pocos metros cuadrados de espacio en los cuales instalarse. Aunque estaban rodeados, igualmente podrían haber estado solos, ya que ninguno de sus vecinos, ensimismados en sus propias conversaciones, advirtió su presencia.

—Ahora dime, ¿qué quisiste decir con eso de tener doce años? —preguntó Gabriel, atrayendo su mirada—. Por si no te has dado cuenta, ni tu ni yo tenemos esa edad.

El sentido que le daban sus ojos a la frase era bien distinto del tema de su conversación.

—No estaba refiriéndome a nosotros.

—Bien.

—Quise decir...

—Mi querida lady Alathea...

Alathea se volvió para ver al conde de Chillingworth, que emergía de la multitud. Éste le ofreció una reverencia limitada por la falta de espacio.

—Qué alegría descubrir tan divina delicia en este amontonamiento pagano —dijo, lanzando una mirada en dirección a Gabriel— ¡Así la noche no será una completa pérdida de tiempo!

Gabriel no respondió.

Alathea sonrió y le ofreció la mano a Chillingworth.

—Pienso que los músicos que contrató Su Señoría son excepcionales.

—Si pudiera uno escucharlos —dijo Chillingworth—. ¿Sus hermanas están disfrutando de la temporada?

—Ciertamente. Nosotros daremos nuestro baile la semana que viene. ¿Podremos esperar que usted asista?

—Ninguna otra anfitriona —respondió Chillingworth— conseguirá convencerme de que vaya a otro lado. —Miró a Alathea a los ojos y añadió—: Dígame, ¿ha visto la última producción de la ópera?

—No, sólo he oído hablar de ella —contestó Alathea, mientras el mar de invitados repentinamente se sacudía y luego se dividía. A medida que el clamor de voces disminuía, se filtraron los compases de un vals.

—¡Ah! —exclamó Chillingworth—. Me pregunto, querida, si me haría el honor...

—Me temo, querido muchacho, que este vals es mío.

El lánguido acento de Gabriel no hizo nada por ocultar la frialdad que yacía tras sus palabras. Chillingworth miró hacia arriba, por encima de la cabeza de Alathea y sus ojos grises chocaron con los ojos color avellana. Alathea se dio la vuelta y miró la cara de Gabriel; notó la férrea determinación de sus rasgos. Éste, eludiendo la mirada de Chillingworth, buscó la de Alathea.

—¿Vamos?

Hizo un gesto en dirección al salón de baile, que rápidamente se vaciaba, colocó el brazo debajo de los dedos de Alathea y su mano se cerró sobre la de ella. Miró a Chillingworth y le dijo:

—Si Su Señoría nos perdona...

Confusa y algo sorprendida por lo que había visto en esos ojos de párpados caídos, Alathea sonrió a Chillingworth a modo de disculpa. El conde se inclinó para saludarla. Sin más trámite, Gabriel la llevó hacia delante. Un segundo después ella estaba entre sus brazos, dando vueltas por el salón.

Le costó un circuito completo recuperar el aliento. Él la apretaba, pero ella no iba a desperdiciar el poco aire que le quedaba protestando por eso.

—Supongo que, de hecho, no tiene sentido señalar que este vals no era tuyo.

Él la miró a los ojos.

—Ni el más mínimo sentido.

La mirada de Gabriel la dejó sin aliento. Recurrió a todo su menguado temperamento para protegerse.

—¿Sí? Entonces cuando quieras bailar un vals, espero...

—No lo has entendido. De ahora en adelante todos tus valses son míos.

—¿Todos?

—Cada uno de ellos.

La fue llevando con destreza hacia el final del salón. Cuando llegaron, continuó:

—Puedes bailar cualquier otro tipo de danza con quien desees, pero el vals es sólo para mí.

Toda inclinación a protestar o discutir se evaporó. «No me tientes», le había advertido una vez, y esas palabras estaban otra vez en sus ojos. Resonaron en la cabeza de Alathea. Cuando por fin logró volver a tomar aliento, Alathea miró por encima de los hombros de Gabriel y trató de aguzar su ingenio para determinar cuáles eran sus motivos.

Pero sólo sirvió para caer víctima de sus sentidos, de los movimientos seductores de sus cuerpos, de sus largas piernas entrelazadas, deslizándose, separándose y luego volviendo a unirse. Él bailaba del mismo modo en que realizaba cualquier actividad física: como un experto, con una gracia inherente que enfatizaba el poder desatado detrás de cada movimiento. La sostenía con facilidad, su palpable fortaleza la rodeaba, guiándola, protegiéndola.

Ella había bailado con otros, pero ninguno poseía su autoridad, fundada en el conocimiento físico y sensual que tenía de ella. Él sabía que ella no podía resistirse, que mientras estuviera en sus brazos estaba indefensa. Que su corazón latía atronadoramente, que su piel ardía, que ella iría a dondequiera que él la llevara. La había atrapado en sus redes, las mismas que ella había ayudado a confeccionar, hechas de pasión, de ansia, de deseo sólo aplacable por una recompensa sensual. Ella era suya y él lo sabía. Lo que fuera a hacer con ese conocimiento, con ella, seguía siendo perturbadoramente desconocido.

La música finalizó y se detuvieron. Alathea estudió el rostro de él, que no transmitía nada sobre sus planes, y suspiró para sus adentros.

—Debo encontrar a Serena.

Gabriel la soltó, colocó la mano de Alathea sobre su manga, y de manera protectora la llevó a través de la multitud.

A la noche siguiente, Alathea volvió a abandonar su dormitorio a toda prisa. Se dirigió a su despacho, abrió la puerta de par en par y se precipitó al escritorio. Se sentó, sacó una hoja en blanco y la colocó sobre una carpeta, al tiempo que destapaba el tintero.

—¿Me llamaba, milady?

—Sí, Folwell —dijo Alathea, sin levantar la vista. Mojaba la pluma en el tintero, y escribía industriosamente—. Quiero que entregues esta nota en Brook Street.

—¿Al señor Cynster, milady?

—Sí.

—¿Ahora, milady?

—Apenas vuelvas de llevarnos a Almacks.

Pasó un minuto. El único sonido en el cuarto era el que hacía la pluma raspando contra el papel. Después Alathea aplicó el papel secante sobre la misiva, dobló ésta y garabateó el nombre de Gabriel en el dorso. Soltó la pluma. Sacudiendo la nota, atravesó el cuarto para entregársela a Folwell.

—No habrá respuesta.

Folwell deslizó la nota en el bolsillo de su abrigo.

—La entregaré cuando vuelva de King Street.

Alathea asintió. Con los labios apretados, caminó hacia el salón del frente, donde la esperaban Serena, Mary y Alice.

Un minuto después, estaba en el carruaje, que se bamboleaba en las calles adoquinadas, en dirección a los sacrosantos portales de los deprimentes salones de las matronas. ¡Almacks! El lugar no le había gustado desde la primera vez que lo vio, cuando era una desgarbada jovencita de dieciocho años. Sinceramente dudaba que fuese a disfrutar la velada, pero... su dulce madrastra había insistido con terquedad.

Había abrigado la esperanza de quedarse en casa esa noche y arreglar algún encuentro discreto con Gabriel para discutir las urgentes novedades. En lugar de ello, a la hora de cenar, Serena había anunciado que Emily Cowper había mencionado especialmente que esa noche quería verla, porque por la tarde no se la había encontrado en el parque. Esa tarde, en que había salido de excursión para ver hasta qué punto podía husmear un mocoso de doce años en los inexpugnables dominios de la autoridad portuaria.

El éxito de Jeremy le había causado vértigo. Estaba desesperada por ver a Gabriel. Se había armado de todos los argumentos posibles en contra de Almacks y había pasado media hora exponiéndolos después de la cena, pero Serena se había mantenido firme. Eso ocurría tan raramente, que no tuvo otro remedio que acceder, por lo que le quedó poco tiempo para arreglarse. Por fortuna, Nellie se había recobrado por completo; a pesar de la prisa, llevaba el cabello peinado con elegancia, y sus guantes, bolso y chal combinaban con su vestido de seda verde pálido.

No era que se preocupara. Dado que Gabriel no estaría allí, la noche sería una completa pérdida de tiempo. De todos modos, hablando en términos logísticos, la mañana siguiente era tan buen momento como lo hubiera sido esa noche.

Esa conclusión resonó en su mente a la mañana siguiente como una burla. Poniéndose rápidamente de pie, limpiándose la tierra de los guantes de algodón para jardinería y quitándoselos rápidamente, se dijo que no le importaba lo que él pensara ni cuánto hubiese visto.

Lo vio acercarse.

—No esperaba que llegaras antes de las once.

Arqueó una ceja, al tiempo que se apoderaba de una de sus manos con delicadeza.

—Dijiste lo más temprano posible.

Un dedo largo le acarició la palma de la mano. Alathea intentó enderezarse.

—Supuse que, para ti, lo más temprano posible sería cerca del mediodía.

—¿De veras? ¿Por qué? Recuerda que anoche no salí.

—¿No?

—No —respondió, y al cabo de un instante, agregó—: No había ningún lugar al que quisiera ir.

Las miradas de ambos se encontraron y Alathea se sintió inexplicablemente aturdida. ¿Era posible que estuviese coqueteando con ella? Se aclaró la garganta y señaló vagamente en dirección a sus hermanastros.

—Cada mañana nos gusta pasar algo de tiempo en el jardín. Hacer ejercicio.

—¿De veras?

Gabriel recorrió el jardín con mirada sagaz. Respondió a los alegres saludos de Mary y de Alice con una sonrisa y al familiar «hola» de Charlie con la mano. Jeremy, que estaba ayudando a Charlie a arrastrar una rama hasta el fondo del jardín, hizo un gesto con la cabeza. Gabriel sonrió, posando luego la mirada sobre la señorita Helm, quien se ruborizó cuando él le hizo una reverencia. Al lado de la diminuta institutriz, estaba sentada Augusta, con Rose firmemente instalada en sus brazos, y sus ojazos clavados en Gabriel.

—No recuerdo haber visto a Jeremy desde que era una criatura —murmuró—, y no creo haber visto antes a tu hermanita menor. ¿Cómo se llama?

—Augusta. Tiene seis años.

—¿Seis? —dijo, y volvió a mirarla—. Cuando tú tenías seis, me contagiaste la varicela.

—Esperaba que te hubieses olvidado. De inmediato se la pasaste a Lucifer.

—Los tres siempre lo compartíamos todo —agregó y, al cabo de un instante—: Y hablando de Roma...

Ella indicó la casa.

—Si te parece...

—No hay necesidad de interrumpir lo que estabas haciendo —objetó y, mirando hacia abajo, agregó—: La hierba está seca. —Dicho eso, se sentó al lado del tapete, con la mano de ella todavía en la suya. La miró y dijo—: Puedes contarme aquí las novedades.

Alathea apenas pudo arreglárselas para no fulminarlo con la mirada. Logró calmarse con una gracia aceptable, volvió a arrodillarse y a ponerse los guantes.

—Sabes que odio la jardinería.

Él levantó las cejas; Alathea podía verlo con el rabillo del ojo.

—Sí. Y qué delicado por tu parte, hacerle compañía a tus hermanas. —Y, al cabo de un momento, preguntó—: ¿Por eso lo haces?

—Sí. No —contestó y, con la mirada sobre los pensamientos, Alathea sintió que se le acaloraban las mejillas. Respiró hondo, y se recordó que él ya sabía más que suficiente como para adivinar la verdad—. Ellas creen que yo adoro la jardinería, y Serena insiste en que aprendan los principios elementales de los arriates y los macizos, por así decirlo.

Sintió que la mirada de él recorría su rostro; se quedó mirando el prado.

—Comprendo. ¿Y Charlie y Jeremy son los especialistas en tijeras?

—Más o menos.

Por un instante, no dijo más y se quedó con una pierna estirada y la otra doblada, y el brazo apoyado en la rodilla. Luego se volvió nuevamente hacia ella.

—Bueno, ¿y de qué te has enterado?

Alathea arrancó un terrón de hierba.

—Me he enterado de que, teniendo doce años, puedes abrir el registro de la autoridad portuaria.

Gabriel miró a Jeremy.

—¿Eso es posible?

—Me llevé a Jeremy de excursión para que viera cómo se manejan los barcos que entran y salen del puerto de Londres. El capitán del puerto fue extremadamente servicial; tiene un hijo de la misma edad. Por supuesto que ser hijo e hija de un conde nos ayudó.

—Me imagino que sí. Pero todo lo que teníamos era la descripción del capitán. ¿Cómo diablos hiciste para averiguar más de forma discreta? Porque doy por sentado que lo has hecho...

—¡Claro! Preparé a Jeremy. Él tiene una excelente memoria. Le describí al capitán tal como me lo describió papá y le expliqué lo que necesitábamos averiguar. Decidimos que lo mejor sería interesarnos por el registro y luego preguntar para qué servía. Eso nos permitió sugerir que la información tal vez pudiera ser usada para descubrir qué líneas navieras llevaban bienes a diferentes partes del mundo. En ese punto, mencioné vagamente a un amigo nuestro, a un tal señor Higgenbotham, quien...

—¡Espera! ¿Quién es Higgenbotham? ¿Existe?

—No —respondió Alathea, frunciendo el ceño—. Sólo es parte de nuestro cuento —agregó, arrancando más hierbajos—. ¿Por dónde iba? Ah, sí..., ese señor Higgenbotham había pasado por casa con un amigo suyo, un capitán cuyo barco, procedente del este de África Central, había atracado recientemente. Ése, claro, fue el pie para que Jeremy desafiara al capitán del puerto a demostrarnos que su registro podía indicarnos hacia dónde había zarpado el capitán.

—¿Y el capitán del puerto aceptó el desafío?

—¡Claro! Los hombres siempre quieren demostrar sus habilidades ante un público que sabe apreciar, especialmente si éste está compuesto por una mujer y un muchachito. Tardó veinte minutos (había unos cuantos barcos que verificar), pero creemos que el capitán debe ser un tal Aloysius Struthers, quien navega para Bentinck and Company. Su oficina está en East Smithfield Street. El capitán del puerto dijo reconocerlo por nuestra descripción. Struthers es nuestro hombre.

Gabriel reprimió sus deseos de sacudir la cabeza.

—Sorprendente.

—Jeremy —añadió Alathea, arrojando otro hierbajo al montón— estuvo sencillamente magnífico. Aun cuando tú hubieses sido el capitán del puerto, habrías buscado alegremente en el registro lo que te pedía. Hizo muy bien su papel.

Gabriel alzó una ceja.

—Obviamente, se te parece: debe de haber heredado las mismas inclinaciones dramáticas.

Aguardó, pero Alathea ignoró deliberadamente el comentario, y buscó otro hierbajo. Al cabo de un instante, preguntó:

—¿Qué hacemos ahora?

Gabriel miró hacia el prado, donde los hermanastros de Alathea estaban luchando contra una rama gruesa.

—Esta tarde visitaré Bentinck and Company.

Alathea lo miró, frunciendo el ceño.

—Creía que habías dicho que cualquier averiguación abierta resultaba demasiado peligrosa.

Completando su recorrido visual por el jardín, Gabriel volvió a posar la mirada sobre el rostro de ella.

—¿No pensarás que eres la única que puede disfrazarse, no?

Le temblaron los labios.

—¿De qué te disfrazarás? ¿Un comerciante de Hull que

está buscando un barco rápido para transportar su morralla a África?

—¿Hull? Santo Dios, no. Seré un importador de objetos tallados en madera que busca una línea de confianza para transportar sus mercancías, compradas en toda África, hasta los muelles de St. Katherine.

—¿Y?

—Y habré recibido una recomendación sobre Struthers y la línea para la cual él navega, pero, como seré un cliente extremadamente exigente, insistiré en hablar directamente con Struthers antes de tomar ninguna decisión. Eso alentará a la compañía a darme la dirección de Struthers con la mayor rapidez.

Alathea asintió aprobadoramente.

—Muy bien. Todavía haremos un actor de ti.

La joven alzó la vista, esperando alguna respuesta de circunstancia; él la estaba estudiando con sus ojos color avellana. La mantuvo atrapada, buscando, considerando... los sonidos de los otros, su charla, sus risas, el canturreo brillante de los pájaros y el rumor distante de las ruedas de los carruajes se desvanecieron, dejándolos solos a los dos sobre la hierba, al sol.

La mirada de Gabriel se desplazó a los labios de ella, y se mantuvo allí un instante antes de volver a sus ojos.

—El truco —murmuró él, con una voz muy baja— no está en asumir el papel, sino en saber cuándo termina la farsa y empieza la realidad.

En sus ojos —así como en los de ella— había vívidos recuerdos de todo lo que habían compartido: los triunfos de la infancia, las aventuras juveniles, su reciente intimidad. En el juego de miradas, Alathea se sentía vivir. Gabriel extendió una mano y atrapó un mechón díscolo caído sobre la mejilla de ella. Lo domó y se lo metió detrás de la oreja. Cuando retiró la mano, con el dorso de los dedos acarició la curva de su oreja y luego rozó la línea de su mandíbula.

Dejó caer la mano.

Sus miradas se encontraron, luego Alathea suspiró y miró hacia abajo. Él desvió la vista.

—Veremos lo que averiguo.

Juntando sus largas piernas, se levantó. Alathea mantuvo la vista sobre los pensamientos.

—Te avisaré, si tengo éxito.

Ella inclinó la cabeza.

—Sí. Cuéntame.

Sin que mediara adiós alguno, se fue, saludando con la mano a los otros, deteniéndose para intercambiar alguna gentileza con la señorita Helm. Alathea dudó, luego cedió a la tentación de volverse y observarlo partir.

Doce horas después, Alathea estaba en un costado del repleto salón de música de lady Hendricks, cautivada por la composición ejecutada de manera impecable por el cuarteto de cuerda más solicitado de la capital. El primer movimiento de la obra estaba cerca del final, cuando sintió unos dedos largos que se curvaron en torno de su muñeca y que luego se deslizaron para entrelazarse con sus dedos.

Giró la cabeza. Sus ojos se agrandaron.

—¿Qué demonios estás haciendo aquí?

Gabriel la miró, comenzando a fruncir el ceño.

—Quería verte.

Se acomodó al lado de ella. Se vio forzada a hacerle lugar. La última cosa que deseaba era atraer miradas.

—¿Cómo sabías que estaba aquí? —Ambos hablaban en un susurro.

—Folwell me dijo adónde te dirigías.

—Fol... ¡Oh! —exclamó, sosteniéndole la mirada—. Tienes contacto con Folwell.

—Hmm. ¿Te mencionó a mi nuevo hombre?

—¿A Chance?

Gabriel asintió.

—Habla por los codos, en mi presencia y fuera de ella. Sabía que Folwell estaba acechándome desde el principio. Sin embargo, no había relacionado su presencia contigo. Pensé que estaba allí para ver a Dodswell. Ahora lo sé, pero Folwell tiene su utilidad.

Con desdén, Alathea volvió a mirar a los músicos.

—No puedo creer que lady Hendricks te enviara una invitación para esto... Ni siquiera ella puede ser tan ingenua.

—No lo hizo —dijo Gabriel colocándose a su lado—. Simplemente entré, con la certeza de que ella no me iba a indicar la puerta de salida.

Estudió el perfil de Alathea, observando cómo se suavizaba a medida que la música la volvía a atraer. La línea de su mandíbula lo fascinaba: una sutil mezcla de fortaleza femenina y vulnerabilidad. Siempre lo había impresionado de esa manera: tanto si la veía como su socia como si la consideraba alguien que debía ser protegido. Había reconocido esa cualidad en la condesa y también en Alathea, toda su vida.

Mirando en la misma dirección que ella, esperó hasta que los músicos concluyeron la pieza con un crescendo, para luego murmurar:

—Por el momento, no podemos contactar al capitán.

El estallido del aplauso distrajo a la multitud, por lo que nadie pudo ver la decepción de Alathea. Se veía en sus ojos y en su expresión. Gabriel se cruzó delante de ella y puso la mano de Alathea sobre su manga.

—Vayamos hasta la ventana. Podremos hablar con mayor libertad allí.

Las angostas ventanas estaban abiertas; ante ellos había un balcón, que era apenas una cornisa. Una fresca brisa sacudía las cortinas; las apartaron y se pararon en el umbral, cara a cara, en una situación que no era íntima, pero suficientemente aparte de los otros invitados como para hablar sin ser oídos.

Alathea se apoyó en el marco de la ventana:

—¿Qué has averiguado?

—Nuestro hombre es Aloysius Struthers. El empleado de la compañía naviera confirmó la descripción y también que es un experto en el este de África, ya que ha navegado por esas costas durante más de diez años. Por desgracia, el capitán está fuera de la ciudad, visitando a amigos, y la compañía no tiene idea de dónde se encuentra. No tiene familia ni un domicilio fijo en el país. Sin embargo, está descansando y no hay cambios en su calendario de navegación. No tiene que volver a salir hasta dentro de un mes. Le dejé tal mensaje que garantizo que vendrá hasta Brook Street en el momento en que lo lea, pero puede ser que no lo vea hasta dentro de una semana o más.

Alathea hizo una mueca.

Gabriel dudó, y luego continuó:

—Existe también la posibilidad de que no quiera ayudarnos. El empleado me lo describió como un caballero viejo e irascible, más preocupado por sus barcos y por África que por cualquier otra cosa. Supongo que no tendrá mucho tiempo para dedicarle a los que no son navegantes como él.

—¿Tenemos suficientes pruebas como para presentar un caso sin su testimonio?

Gabriel hizo una pausa y luego dijo:

—Los gráficos de Montague sugieren un fraude deliberado, pero no son concluyentes. Un buen abogado puede discutirlos. Aparte de eso, lo único que tenemos sobre los tres pueblos (Fangak, Lodwar y Kingi), se basa en los informes de exploradores que no están disponibles para brindar más detalles. En cuanto a otra información por parte de las autoridades africanas, a mis contactos en Whitehall les resulta extremadamente difícil obtener respuestas directas, lo que, de por sí, es altamente sospechoso. Para cualquier inversor serio lo que tenemos sería más que suficiente como para elaborar una opinión sobre el esquema de Crowley. Pero para un tribunal, necesitamos más.

—¿Cuánto más?

—Seguiré presionando en Whitehall. Pero sin más pruebas definitivas, presentar una petición en este momento sería desafortunado.

—En resumen, necesitamos al capitán.

—Sí, pero por el momento, no podemos hacer más en ese frente.

—E incluso si lo encontráramos, podría no querer colaborar.

Gabriel no respondió. Un momento después los músicos volvieron a tocar. Ambos se volvieron hacia el estrado, mientras la multitud se colocaba para escuchar la próxima pieza. Un aire cadencioso llenó el salón con una melodía evocadora y suave. Alathea observó a los músicos y se dejó arrobar por su arte, que aliviaba sus temores por unos momentos. Gabriel la observó. La breve pieza acabó; los aplausos atravesaron el salón. Alathea cumplió con su parte de la ceremonia, luego suspiró y se volvió hacia Gabriel.

—Me había olvidado de que te gustaba la música —admitió él.

La expresión de ella se volvió irónica.

—En mi opinión, poder oír a los músicos más talentosos es uno de los pocos atractivos de la capital.

Gabriel se limitó a asentir. Su mirada se dirigió más allá de las espaldas de ella y, abruptamente, se endureció.

—¡Demonios! En verdad esa arpía quiere arrojarme en brazos de su hija.

Al mirar a su alrededor, Alathea contempló cómo su anfitriona se les venía encima con rostro brillante, con su hija a remolque, pálida y claramente renuente.

—Bueno, después de todo, has venido. Ella va a creer que la estás alentando.

Gabriel hizo un ruido burlón con la boca.

Alathea arqueó una ceja y le preguntó:

—¿Dejaré que se cumpla tu destino?

—Ni te atrevas. Esa pobre muchachita siempre se queda muda cuando está conmigo. Sólo Dios sabe por qué. Conversar con ella es peor que sacarse una muela.

Alathea sonrió, al tiempo que se volvía para saludar a lady Hendricks. Gabriel se apropió de la mano de Alathea y la posó sobre su manga, negándole de ese modo a Su Señoría cualquier oportunidad de que se desembarazase de ella para dejarlo a solas con su hija. Lady Hendricks aceptó la situación con una mirada intrigada, y se deshizo en cumplidos para agradecer la presencia de Gabriel, antes de retirarse, dejando a su hija con ellos. Alathea, que conocía a la señorita Hendricks, se apiadó y mantuvo viva la conversación, sin alejarse jamás de los temas más mundanos.

Tras una mirada de advertencia por parte de Alathea, Gabriel se comportó y se avino a charlar cortésmente. Cuando los músicos subieron otra vez a la tarima, él y Alathea se alejaron de la señorita Hendricks, dejando a la damita con una sonrisa en el rostro. Al deslizarse por el salón del brazo de Gabriel, Alathea se sintió segura de que lady Hendricks estaría suficientemente complacida como para olvidar su desconcierto anterior.

—Esher y Carstairs están sentados con tus hermanas —le anunció Gabriel, echándole una mirada cuando se dirigían hacia el salón de música—. ¿Qué tal va eso?

—Muy bien —contestó ella, deteniéndose en el vestíbulo y retirando la mano de su manga para volverse a mirar en dirección al salón—. Pensaré en ello dentro de dos semanas —agregó y luego miró a Gabriel, con expresión seria—. ¿Acaso... has oído algo sobre alguno de ellos?

—No —respondió, escrutando su rostro—. Estuve averiguando... No son exactamente lo que parecen. Ambos son lo bastante ricos como para casarse con quien quieran, y en ambos casos sus respectivas familias estarán más que contentas si consiguen como novia a la hija de un duque.

—Gracias a Dios. Empezaba a preguntarme si no era demasiado bueno como para ser cierto. Jamás me imaginé que fueran a arreglárselas tan bien —dijo, mirando a sus hermanas—. Esta temporada está resultando mucho más feliz de lo que podríamos haber esperado.

Con la mirada sobre el rostro de ella, sobre la delicada línea de su mandíbula, Gabriel asintió. Dudó y luego le tocó el brazo.

—*Au revoir* —dijo y prosiguió su camino para dejar la casa.

Al día siguiente por la tarde, la encontró en el parque, esbelta figura vestida de verde pálido. La fina tela de su vestido se pegaba a sus caderas, balanceándose evocadoramente, mientras seguía a sus hermanas y, por desgracia, a las de él. Esher y Carstairs nuevamente formaban parte del grupo; Gabriel se resignó a la obligación de hablar con ambos en los días siguientes a propósito de sus intenciones. Un codazo sutil no le iba a hacer mal a nadie.

Tenía los ojos clavados en Alathea. Apretando el paso, acortó la distancia que los separaba. Cuando la alcanzó, ella se volvió. La sorpresa la sobrecogió y se reflejó en sus ojos; se controló e inclinó graciosamente la cabeza.

—¿Has sabido algo?

Gabriel tomó su mano, una acción que ahora ya parecía normal e incluso que se imponía, la depositó sobre su manga y se puso a caminar a su lado.

—No. Nada más.

—Oh.

Él sintió la inquisitiva mirada de ella. Quería saber qué lo había traído allí.

—He pensado que podrías estar interesada en los detalles que reunió Montague.

El señuelo sirvió: no sólo siguió el relato que él le hizo, sino que planteó algunas inteligentes preguntas sobre los costos proyectados por la compañía. Gabriel asintió.

—Haré que Montague averigüe...

—¡Alathea! ¡Qué agradable sorpresa!

La exclamación los sacó de su ensimismamiento; absortos en la conversación, no habían advertido nada a su alrededor. Gabriel murmuró una palabrota cuando su mirada cayó sobre la condesa de Lewes, que se acercaba con su hermano, lord Montgomery.

Alathea sonrió.

—¡Cecile! ¡Qué alegría encontrarte!

Conteniendo el mal humor, Gabriel intercambió un seco saludo con Montgomery. Ambos esperaron con fingida paciencia, mientras las damas se saludaban con mucha más amabilidad. Por referencias que hizo la condesa, Gabriel dedujo que ella y Alathea tenían la misma edad; se trataban desde la abortada temporada de Alathea, once años antes. Por la expresión petulante de Montgomery, Gabriel conjeturó que Su Señoría se imaginaba que la amistad de su hermana le permitiría tener una relación más cercana y personal con Alathea.

—¡Y el señor Cynster! —dijo la condesa, volviéndose hacia él con una sonrisa pícara.

—Madame.

Gabriel aceptó la mano que ella le tendió, hizo una reverencia y la soltó. Alathea retiró los dedos de la manga de él. Sin mirar, él cogió la mano de ella, encerrándola entre la suya. Ella se quedó petrificada. Gabriel casi pudo oírla preguntarse qué significaba aquello.

—Tal vez —prosiguió la condesa, ignorando lo que pasaba— podríamos caminar juntos.

Alathea sonrió.

—Desde luego, ¿por qué no?

Gabriel le pellizcó los dedos, luego, aparatosamente, tomó la mano de ella y se la puso donde el antebrazo se une al codo. Ella le lanzó una mirada cortante y se volvió hacia lord Montgomery para preguntarle:

—¿Cómo está su madre?

Sintiéndose claramente insociable, Gabriel se volvió hacia la condesa.

—¿Cómo anda Helmsley?

La condesa se ruborizó y le dio vueltas a la pérfida pregunta de Gabriel. Le contestó con una descripción de sus hijos y sus enfermedades, un tema que garantizaba la huida de cualquier caballero sensato. Gabriel lo soportó y se negó a ceder. Mientras caminaban, notó que Alathea mantenía fija la mirada sobre lord Montgomery, sin prestar atención a todos los detalles morbosos sobre los tres hijos de la condesa. Conociéndola como la conocía, sabiendo lo mucho que se había visto involucrada en el cuidado de sus hermanastros, al principio le pareció que su actitud era extraña. Después llegaron al lago Serpentine y la miró a la cara.

Ella mantuvo la vista apartada; no podía verle los ojos. Pudo apreciar la subrayada dureza de sus rasgos. Con soltura, se volvió hacia la condesa:

—¿Planea asistir a la gala de lady Richmond?

Lo repentino de la pregunta hizo que la condesa se interrumpiera, pero la emprendió con el nuevo tema con presteza. Con preguntas aquí y allá, Gabriel la mantuvo enfrascada en el torbellino social, bien lejos del asunto de sus hijos. Su atención se centraba en Alathea, podía sentir cómo cedía paulatinamente su tensión. De hecho, ella había renunciado a mucho para salvar a su familia, mucho más de lo que nunca permitiría que nadie supiera.

—¡Lady Alathea!

—¡Mi querida señora!

—Condesa, por favor, presénteme.

Un grupo de cinco caballeros, incluidos lord Coleburn, el señor Simpkins y lord Falworth, se les apareció desde atrás; si Gabriel los hubiese visto, los habrían evitado, pero ahora él y Alathea no tenían modo de desembarazarse de ellos.

Alathea sintió la creciente irritación de Gabriel. Le echó un vistazo: estaba mirando a lord Falworth con una expresión impasible y un peligroso brillo en la mirada.

—¿Qué le parece, lady Alathea?

—Oh... sí —respondió, recordando la pregunta de Falworth y rápidamente se corrigió—. Pero sólo en compañía de amigos íntimos.

El tratar con sus aspirantes a pretendientes a sabiendas de que Gabriel consideraba la posibilidad de aniquilar a uno o a todos ellos, trastocaba sus nervios, normalmente inexpugnables. Su alivio fue bastante genuino cuando él cerró su mano sobre la suya, todavía en su codo y se detuvo.

—Me temo —susurró de la manera más amable— que debemos escoltar a las hermanas de lady Alathea y a las mías hasta los carruajes de nuestras madres. Deben excusarnos.

Esta última frase fue dicha como una orden implícita, de tal forma que incluso lord Montgomery se convenció de que lo mejor era inclinarse y realizar alguna extravagante despedida.

Gabriel hizo caso omiso del enfado de Alathea. Atrapó la mirada de su hermana Heather y con un gesto fraternal dirigió al grupo, ahora adelantado, de vuelta hacia la avenida.

Lado a lado, paseando tranquilamente, sus largas piernas los llevaron hacia la retaguardia. Alathea suspiró aliviada.

Gabriel le lanzó una mirada grave.

—Podrías haber intentado desanimarlos.

—Para empezar, yo no los he animado.

Caminaron en silencio. Cuando se acercaron al punto donde los carruajes de Serena y Celia se harían visibles, Alathea disminuyó el paso esperando que Gabriel se excusara y se alejara. Él tomó más firmemente su mano y la hizo seguir.

Lo miró sorprendida. Él le dirigió una mirada irritada.

—No estoy acompañándolas a ellas. —Señaló con la cabeza a las cuatro muchachas, Esher y Carstairs—. Te estoy acompañando a ti.

—No necesito que me acompañen.

—Deja que sea yo quien juzgue eso.

Su expresión era resuelta y eso era todo lo que él se dignaría decir. Alathea estaba demasiado sorprendida de que se arriesgara a alertar a su madre sobre cualquier situación particular que se diera entre ellos como para poner ninguna objección. Pronto llegaron a la vista de los carruajes.

Con un suspiro interior, mantuvo el paso al lado de él.

—Esto no va a hacer las cosas más sencillas, lo sabes.

Pensó que él no le iba a responder pero justo antes de que alcanzaran el carruaje de su madre, donde Serena y Celia estaban sentadas en matronil esplendor, Gabriel murmuró:

—Dejamos el «sencillo» atrás hace mucho.

Llegaron junto al carruaje y se unieron a las muchachas, Esher y Carstairs. Por encima de sus cabezas Gabriel sintió la mirada de Celia. Alathea, que la observaba de cerca, pudo interpretarla con facilidad: Celia quería saber por qué estaba él allí. Gabriel le devolvió la mirada, impasible, con un suave encogimiento de hombros, dándole a entender a Celia que simplemente se les había unido en el camino de vuelta. No pasaba nada en particular, en absoluto. Su actuación fue tan sutil que si Alathea no lo hubiera conocido mejor, también lo habría creído. Gabriel inclinó la cabeza y Celia sonrió, saludándolo.

Gabriel se volvió hacia Alathea y sus miradas se encontraron. En las arrugas de su vestido sus dedos se tocaron. Con una breve inclinación de cabeza, giró sobre sus talones y se marchó.

Alathea lo vio alejarse, con el entrecejo fruncido y con una insistente pregunta que daba vueltas en su cabeza.

15

Esa pregunta fue contestada dos noches después. La gala de la duquesa de Richmond era uno de los momentos culminantes de la temporada. La casa de los Richmond, a la vera del río, estaba totalmente abierta: cualquiera que fuera alguien en la sociedad podía asistir. Alathea llegó relativamente temprano, junto con Serena, Mary y Alice. Su padre, que había ido a cenar fuera con unos amigos, se les uniría más tarde. Tras dejar a Serena en una *chaise* con lady Arbuthnot y Celia Cynster, Alathea se paseó hasta que Mary y Alice estuvieron rodeadas por un corro, con Esher y Carstairs al frente, y luego se encaminó hasta un rincón tranquilo cerca de la pared.

Su intento de pasar inadvertida se frustró cuando lord Falworth la localizó entre la multitud. Segundos después su «corte» cerraba filas en torno de ella.

Para alivio de Alathea no pasaron más de cinco minutos antes de que Chillingworth se les uniera. Luego de intercambiar los usuales cumplidos, el conde se instaló a su lado, desplazando a Falworth quien, de manera malhumorada, se hizo atrás. Del mismo tamaño que Gabriel, Chillingworth ejercía el mismo efecto en sus admiradores: ante el desafío que les planteaba, se esforzaban en conversar con inteligencia.

Para el momento en que la orquesta atacó la primera pieza, Alathea se sentía agradecida para con el conde y muy dispuesta a cederle la pieza. Sin embargo, no la solicitó, y retrocedió de manera calmada cuando lord Montgomery pidió ese honor. Sin una excusa preparada, Alathea se vio forzada a acceder al fervoroso reclamo de Su Señoría, pero como el baile era un cotillón, ella al menos podía evitar sus pomposas declaraciones.

Cuando al finalizar la pieza lord Montgomery la devolvió a su círculo, se sorprendió al descubrir que Chillingworth la había esperado pacientemente. Su gratitud resurgió ya que, bajo su dirección, la conversación se mantuvo alegre y general. Entonces los músicos atacaron un vals y ella se dio cuenta de por qué el conde la estaba esperando.

Su mirada, mientras se inclinaba ante ella, era halagadora e insinuante.

—Si quisiera hacerme el honor, querida...

Alathea dudó, ya que tenía a otro caballero en mente. Miró a la multitud y lo encontró, observándola, atento a sus actos, listo para avanzar a reclamar si ella no obedecía su decreto. Su intencionalidad fue clara para ella, mientras que su círculo de admiradores, al darse cuenta de la presencia de Gabriel, se abría como las aguas del mar Rojo.

Sepultando su rebeldía y reconociendo que no se atrevía a desafiar a Gabriel, en vista de su actual malhumor, miró a Chillingworth.

—Me temo, milord, que ya tengo comprometida esta pieza. Con el señor Cynster.

Eso último fue redundante. La mirada de Chillingworth se había fijado en la cara de Gabriel. Un desafío primitivo se desató entre ellos y luego Chillingworth se inclinó.

—Pierdo esta vez, querida, pero sólo temporalmente. Habrá muchos otros valses esta noche.

Mucho más que sus palabras, su tono dio a entender su intención.

Con una gracia pareja a la de Chillingworth, Gabriel se inclinó y la tomó de la mano. Alathea colocó sus dedos en la mano de Gabriel muy consciente de la fuerza contenida que éste poseía. La atrajo hacia sí, la arrancó con elegancia del círculo de sus admiradores. La pista de baile estaba sólo a unos pasos y pronto giraba en sus brazos.

Alathea frunció el ceño para adentro. Sabía que esa pequeña escena lo había complacido. Pero no la había complacido a ella.

—Estás llamando demasiado la atención sobre nosotros.

—En estas circunstancias, es inevitable.

—Entonces cambia las circunstancias.

—¿Cómo?

—Tu insistencia en que sólo baile el vals contigo es ridícula. Va a provocar comentarios. Difícilmente es algo que se pueda explicar porque nos conocemos desde hace tiempo.

—Quieres que te deje bailar con otros hombres.

—Sí.

—No.

Él la hizo girar. Alathea apretó los dientes ¿Por qué imaginaba que podía darle órdenes? Por las horas que había pasado con él en la oscuridad. Dejó esas reflexiones de lado.

—No es inteligente atraer la atención de los chismosos. La gente empieza a hacerse preguntas.

—¿Y? No se están preguntando nada que te sea adverso.

Sí lo hacían. Si él continuaba como hasta ahora, toda la gente pronto empezaría a creer que él y ella se iban a casar. Para el momento en que debieran lidiar con Crowley y su compañía, la atracción que sentía Gabriel por ella se habría desvanecido y ya estaría asediando a su próxima conquista. Plantear expectativas que nunca iban a ser concretadas no era una buena idea. Peor: era el tipo de expectativas que servía para echar leña al fuego de los rumores. Era demasiado vieja, muy vieja como para ser considerada elegible.

Alathea siguió furiosa todo el resto del vals y su humor no podía mejorar ante las miradas especulativas que los acechaban o ante la continua excitación de sus sentidos, que Gabriel, estaba bastante segura, provocaba deliberadamente.

Al final de la pieza estaba lista para volver a la seguridad de su «corte». Pero sentía que él tenía otros planes. Las salas se abrieron. De su brazo, la hizo desfilar entre ellas. Sólo la creciente multitud impedía que fueran el centro de la atención de todos los ojos.

—¿Adónde vamos?

—A alguna parte donde haya menos gente.

No podía discutir la sabiduría de esa frase. A pesar de su altura, comenzaba a sentirse cercada. El pequeño salón al que se dirigieron tenía palmas y estatuas distribuidas en todo el espacio. Por ello contaba con áreas en donde se podía conversar, si no en privado, por lo menos con una cierta protección. Gabriel la llevó a un rincón creado entre un trío de palmas y un arco ornamental.

Pasó un camarero con una bandeja. Gabriel tomó dos copas de champán.

—Ten. Esto se va a poner caluroso.

Alathea aceptó la copa y tomó un sorbo, relajándose mientras las burbujas bullían en su garganta. Observó el salón y de pronto sintió el sobresalto de Gabriel. Cuando se giró su mirada colisionó con la de Chillingworth, que se unía a ellos.

—Me considero afortunado de haberla encontrado nuevamente, querida.

Gabriel bufó.

—Nos has seguido.

—No en realidad —dijo, mientras tomaba una copa de la bandeja de un camarero que estaba a su alcance. Sorbió el líquido mientras su mirada se fijaba sobre Alathea—. Supuse, después de esa pequeña exhibición en la pista de baile, que Cynster se retiraría a algún área más adecuada para sus propósitos.

—Una táctica que conoces muy bien.

Chillingworth miró a Gabriel.

—Eso es en realidad lo que más me ha desconcertado. Después de todo, tú eres un amigo de la familia. Nunca hubiera esperado esta táctica.

—Eso es porque no tienes la menor idea de cuál es mi triquiñuela.

Chillingworth sonrió provocadoramente.

—No creas, mi querido muchacho. Te aseguro que no ando tan escaso de imaginación.

—Tal vez —atacó Gabriel, un acero afilado bajo sus palabras— hubiera sido más inteligente que no la tuvieras.

—¿Y qué? ¿Dejarte el campo libre?

—No sería la primera derrota que sufres.

Chillingworth bufó.

Mirando a uno y a otro, Alathea se sintió aturdida. A pesar de su altura hablaban por encima de su cabeza, discutiendo sobre ella como si no estuviera allí.

—Hubiera sido más acertado —opinó Chillingworth— que, dadas las circunstancias, terminaras con tu actitud y salieras de mi camino.

—¿A qué actitud te refieres?

—A la del perro que cuida su comida.

—¡Discúlpenme, caballeros! —dijo Alathea, con los ojos rojos de furor y silenciando primero a Gabriel, que estaba abriendo los labios para replicar, sin duda en el mismo tono, y luego dirigiéndose a Chillingworth—. Me perdonarán si encuentro este intercambio bastante poco gratificante.

Ambos la miraron. Sin estar totalmente sonrojada, tenía un suave color en las mejillas. La cruda naturaleza de aquellos comentarios estaba totalmente fuera de lo habitual en ambos y lejos de la pose usualmente elegante que conservaban en toda circunstancia.

—Estoy asombrada —dijo, mirando a uno y otro, y manteniéndolos en silencio—. Parece que os habéis creído que no sólo soy poco imaginativa sino también sorda. Para vuestra información estoy perfectamente al tanto de las «actitudes» de ambos y permitidme que os diga que no apruebo ninguna de ellas. Como cualquier dama de mi misma edad y experiencia, yo seré el árbitro de mis acciones. No tengo ninguna intención de sucumbir a las prácticas lisonjeras habituales de cualquiera de vosotros dos. Pero lo que encuentro imperdonable es vuestra propensión a seguir de manera estúpida vuestros propios esquemas, sin percataros del hecho de que vuestras atenciones me están convirtiendo en el punto de mira de todos, de manera no deseada e injustificada.

Finalizó su arenga mirando a Chillingworth, que tuvo el detalle de mostrarse arrepentido.

—Mil perdones, querida.

Alathea gruñó, asintió con la cabeza y miró a Gabriel. Él la miró por dos segundos y luego sus dedos se cerraron sobre su codo. Le dio su copa a Chillingworth y luego tomó la de ella y también se la pasó.

—Si nos perdonas, hay algunos detalles importantes que debemos aclarar.

—No hay problema —respondió Chillingworth—. Una vez que hayáis aclarado la naturaleza inexistente de tus proposiciones, yo mismo podré clarificar mi postura. —Y se inclinó para saludar a Alathea.

Gabriel frunció el ceño, y afirmó:

—Créeme, en este caso no tienes ninguna posibilidad.

Antes de que Chillingworth pudiera replicar e incluso antes de que Alathea pudiera ver cómo reaccionaba, Gabriel la llevó hacia delante. Alathea echaba humo, pero no trató de liberarse: unas esposas de acero hubieran sido más fáciles de quebrar. La llevó a través del salón, hacia una puerta entreabierta que daba acceso a un corredor.

—¿Adónde vamos ahora? —le preguntó, mientras trasponían la puerta.

—A algún lugar privado. Necesito hablarte.

—¿En serio? Yo también tengo algunas cosas que decirte.

La llevó a través de un tramo de escaleras y luego a lo largo de un ala del edificio, que estaba en calma. La puerta al final de esa ala estaba abierta. Más allá había una pequeña sala que tenía las cortinas cerradas. Había un fuego encendido en la chimenea. Tres candelabros derramaban una luz dorada sobre el satén y la madera lustrada. El cuarto estaba vacío. Retirando la mano del brazo de Gabriel, Alathea cruzó el umbral. Él la siguió. Alcanzaron el hogar, ella se dio la vuelta para enfrentarlo y dejó salir toda su furia.

—Esta situación ridícula ha llegado a su punto final. —Lo inmovilizó con una mirada furiosa—. La condesa no existe. Desapareció en la niebla para no volver.

—Sin embargo, tú estás aquí.

—Sí, yo. A-la-thea-a-quien-conoces-de-toda-la-vida. No soy una cortesana encantadora por la que tienes un particular interés. Estás irritado porque pensabas que yo era la condesa, pero ahora sabes la verdad. Y sabes perfectamente bien que, una vez que se te pase el enfado, te irás detrás de otra dama, de una más conforme a tus gustos.

Él permaneció cerca de la puerta.

—¿O sea que mi interés en ti está motivado por el enfado? —dijo.

—Sí, y por la perversidad. Una respuesta a Chillingworth y a los otros. Es como si, al haber renunciado a tu ridícula vigilancia sobre las gemelas, ahora hubieras transferido esa atención hacia mí.

—¿Y qué tiene eso de malo?

—Eres obsesivamente protector. Si sólo te detuvieras a pensarlo te darías cuenta de que no es necesario. Necesito menos de tu protección que las gemelas. Peor: acecharme es poco inteligente. Llama la atención sobre nosotros y sabes cómo es la gente. Antes de que te des cuenta, la muchedumbre habrá imaginado algo que sencillamente no existe.

Al cabo de un momento, Gabriel preguntó:

—Eso que no existe, eso que piensas que va a ver la muchedumbre, ¿qué es, precisamente?

Alathea resopló.

—Van a imaginar que nos entendemos e imaginarán que, en un futuro muy próximo, saldrá el anuncio de nuestro compromiso en *The Gazette* —dijo mirándolo a los ojos—. Como tan sabiamente lo afirmó Chillingworth, es bien sabido que nuestras familias son amigas y que tú y yo nos conocemos desde hace años. Nadie va a imaginar una relación ilícita, imaginarán una boda. Y una vez que la idea gane crédito será difícil desmentirla.

—Hummm —dijo, y comenzó a caminar en torno de ella—. ¿Y eso es lo que te está dando vueltas en la cabeza?

—No tengo ningunas ganas de pasar el resto de la temporada explicando a los interesados por qué no nos casaremos.

—Puedo garantizar que eso no va a ocurrir.

—¿En serio? —contestó, molesta por el tono condescendiente de Gabriel—. ¿Y cómo puedes estar tan seguro?

—Porque nos vamos a casar.

Gabriel se detuvo directamente enfrente de ella. Pasó un

minuto completo mientras ella lo miraba, sin habla. Luego sus ojos se nublaron.

—¿Qué?

—Pensé que debíamos diferir la discusión de la cuestión hasta haber terminado con el asunto de la compañía. Sin embargo, eso ya no podrá ser. Así que es mejor que lo discutamos ahora. En lo que a mí concierne, vamos a casarnos y cuanto antes mejor.

—Pero nunca habías pensado en casarte conmigo. No lo pensabas cuando hablamos después del baile de lady Arbuthnot.

—Gracias a Dios, nunca aprendiste a leer mis pensamientos. Decidí casarme contigo cuando supe que eras la condesa. A la mañana siguiente del baile de lady Arbuthnot, yo todavía estaba tratando de adaptarme al deslumbrante descubrimiento de que eras tú la mujer a quien había decidido hacer mi esposa. Como podrás imaginar, eso fue un gran impacto.

—Pero... debiste de cambiar de parecer. No querías casarte conmigo.

—No sólo quiero casarme contigo, sino que voy a hacerlo, lo cual explica a la perfección mi actitud hacia ti y hacia otros caballeros. Puedo ser obsesivamente protector pero únicamente con aquéllos con los que soy obsesivamente posesivo, como con la dama que será mi esposa. La última ramificación de tu farsa como la condesa será casarte conmigo. De modo que no hay una falsa ilusión para la multitud. A la única conclusión a la que llegaría la sociedad es a la verdad.

—Como digas.

—Como será. —Se le acercó. La conciencia de su proximidad brilló en sus ojos. Ella levantó el mentón. Él la miró fijamente y añadió—: Esto es totalmente real. No me voy a ir o a perder interés. Para mí, el matrimonio es tu futuro inmediato e irrevocable. Si no te habías dado cuenta, necesitarás algún tiempo para adaptarte, pero no te imagines otra cosa.

—Pero... —Ella sacudió la cabeza, aturdida—. No soy la

condesa. Fue la condesa la que te conquistó, una mujer hecha de misterio e ilusión. A mí no me encuentras fascinante. Sabes todo lo que hay que saber sobre mí.

La besó, cerrando sus labios sobre los de ella y luego la abrazó. Era fácil hacerlo, siendo ella tan alta. Su resistencia duró un segundo y luego se evaporó. Se hundió en él, sus labios obedientes, su boca una ofrenda que él estaba reclamando.

Alathea se atuvo a lo que pasaba en su cabeza. Lo entregó todo sin pelear, sabiendo que cualquier lucha sería fútil, pero se reservó la capacidad de razonamiento. Alrededor de ella el mundo giraba, sus sentidos se desataban. La había conmocionado con su declaración, pero se sorprendía aún más de sí misma.

Ella lo deseaba. Su ansia era demasiado fuerte, demasiado aguda en su novedad como para ignorarla o equivocarse. Los brazos que la apretaban eran una jaula bienvenida. Su cuerpo, apretado contra el de ella, era la esencia de una delicia soñada. Arrasó su boca de una forma ruda e implacable, sin gentilezas. Ella lo tomó, lo atrapó más, para entregarse y recibir y entregarse nuevamente.

Él la tomaba y se regocijaba al hacerlo. Ella lo sabía. Sentía surgir la pasión entre ambos, se deleitaba en su poder. La vertiginosa ola creció hasta convertirse en un torbellino de pasión, girando en torno de ellos, con sus llamas lamiéndolos, tocándolos pero sin consumirlos todavía. Y entonces, para su sorpresa, el mundo se detuvo.

Él levantó la cabeza.

Sintió su respiración, su pecho apretándose contra el suyo. Fue un esfuerzo abrir sus párpados para ver su cara. Los planos de su rostro, recortado por el deseo, no le brindaban pistas. Los ojos de Gabriel, dorados bajo sus párpados, tan pesados como los de ella, quedaron fijos en su cabello.

Sus brazos se elevaron. Una mano se extendió sobre su espalda, atrayéndola hacia él. La otra se elevó...

Hasta su cabello.

—¿Qué...? —Sintió un brusco tirón. La satisfacción brillaba en los ojos de Gabriel. Al mirar hacia los lados, vio su cofia de cuentas en la mano de él.

—¡No te atrevas a tirarla al fuego!

—¿No? —dijo él mirando a Alathea. Se encogió de hombros y la arrojó al suelo—. Como quieras.

Su mano volvió hacia el cabello de la joven y acarició la suave masa, buscando y tirando de las horquillas que cayeron en el hogar con sonidos tintineantes.

—¿Qué estás haciendo?

Trató de escurrirse, pero él la sostenía con fuerza. Su cabello se soltó totalmente.

—Pareces haberte formado una idea groseramente inadecuada de lo que me fascina. Como discutir contigo ha sido siempre una pérdida de tiempo, prefiero pasar a una demostración concreta.

—¿Demostración?

—Hmmm. —Él llevó la mano libre a sus cabellos y hundió los dedos en los largos mechones—. Nunca has entendido por qué odio tus cofias, ¿verdad?

Hipnotizada por la expresión posesiva de su rostro, Alathea no contestó. Él jugaba con su sedosa cabellera y luego recogió unos mechones en su puño y tiró suavemente.

—¿Qué más? —Su mirada se clavó en sus ojos—. Ah sí, tus ojos. ¿Tienes idea de lo que se siente al mirarlos? Más bien, al entrar en ellos. Cuando lo hago siento como si hubiera caído en una piscina mágica y me hubiera perdido dentro. Como si perdiera mis sentidos. —Su mirada descendió—. Y después están tus labios. —Los tomó con un rápido, doloroso e incompleto beso—. Ya sabemos por qué me gustan. —Su brazo se aflojó y apartó la mano de su espalda. Aún la sostenía de los cabellos—. Pero no creo que tengas idea de esto.

Sus largos dedos rozaron su mandíbula, del mentón a la oreja. Luego ahuecó las manos, tomó su rostro y lo sostuvo mientras la hacía inclinar la cabeza, y siguió con los labios la misma línea que había trazado con los dedos.

Alathea se estremeció.

—Eso es. Vulnerable. —Las palabras acariciaron sus oídos—. No débil, sino vulnerable. A mi disposición.

Los párpados de Alathea se cerraron, mientras los labios de Gabriel acariciaban la sensible piel cercana a sus orejas y luego se deslizaban hacia abajo, dejando una corriente de calor en su cuello. Su mente le decía que debía corregirlo: no le pertenecía. Pero, sin embargo, cuando él llegó hasta la base de su cuello, ella se tambaleó. Sus piernas se debilitaron. Se agarró de sus solapas mientras su razón se estremecía.

Él le soltó el cabello. Sus labios retornaron a los de Alathea y sus ansias resurgieron, poniéndose a la par de las de ella, alimentándola, incitando su deseo. Él bebió profundamente, tomó, reclamó. Distraída, Alathea no se había dado cuenta de que los dedos de Gabriel habían estado ocupados hasta que él cerró sus manos sobre las de ella y la llevó hacia abajo, terminó su beso y deslizó su vestido por sus hombros.

También había soltado las tiras de su camisola. Sus senos, hinchados y coronados por un pico rosáceo estaban en manos de Gabriel antes de que Alathea pudiera abrir los párpados.

Los acarició en la oscuridad. Ella no podía ver cómo los tocaban sus manos ahuecadas. No podía ver su cara, ver el deseo grabado en sus rasgos, ver el fuego de la pasión ardiendo en sus ojos.

Sus manos se cerraron, posesivas.

—Hermosa —murmuró Gabriel—. No hay otra palabra. Ninguna otra te hace justicia.

Inclinó la cabeza. Alathea cerró los ojos y luchó por conservar su cordura, mientras él se daba un festín. Con labios, lengua y dientes, él la adoraba saltando de placer en placer hasta que ella gritó. El sonido gutural que él emitió estaba pleno de satisfacción masculina; luego volvió a repetir la tortura.

Sus caricias eran exquisitas. Indefensa, ella se arqueaba en sus brazos, ofreciéndose, rogando y, sin embargo, plenamente consciente del matiz de cada caricia, del significado de cada una. Aunque el torbellino de la pasión giraba en torno de ellos, seguían todavía en medio del ojo del huracán.

Gabriel lo sabía. Nunca antes había alcanzado tal nivel de excitación y, al mismo tiempo, tal capacidad de control absoluto. Con ninguna mujer. La mujer en sus brazos era especial, pero él ya lo sabía. Lo sabía de toda la vida, aun cuando nunca lo hubiera entendido.

Levantó la cabeza y retiró sus labios de los dulces montículos de sus pechos, deslizó sus manos por la espalda de ella y logró bajarle aún más el vestido y la camisola, que se arremolinaron alrededor de sus caderas. Con los ojos abiertos y una mano sobre su hombro para mantenerse en equilibrio, Alathea encontró su mirada.

Los labios de Gabriel se curvaron. Levantó sus manos hasta la parte de atrás de los hombros de Alathea y luego los recorrió lentamente hacia abajo, a lo largo de la espalda por la suave musculatura a cada lado de su columna.

—Me gusta que seas alta. Eres abundante y delgada.

Esparció sus manos, abarcando la parte de atrás de su caja torácica.

—Tengo dos veces tu tamaño.

Cerró sus manos sobre su angosta cintura. Un ansia posesiva lo invadió.

—Alta y, sin embargo, femenina. Mi ideal.

Su tono grave la conmocionó. Inspiró temblorosamente.

Su beso acalló todo lo que ella hubiera pensado decir. Empujó su vestido y la camisola hasta sus muslos. Se deslizaron a través de sus piernas hasta el suelo.

—Gabri...

La interrumpió con otro beso. Las curvas lujuriosas llenaron las manos de Gabriel. No estaba interesado en la comunicación verbal. Profundizó su beso, la atrajo hacia sí, con sus dedos flexionándose, aprendiendo. Conocía sus sentimientos, ese contraste entre la firmeza femenina y la suavidad y, sin embargo, sus sentidos continuaban hambrientos, necesitaban urgentemente más y más de ella.

Fascinación era una palabra muy débil para describir su obsesión.

Y sus piernas...

—No te muevas —ordenó; cerró sus manos sobre sus

muslos y se arrodilló. Escuchó la respiración de Alathea, besó su cintura y siguió hacia abajo hasta su ombligo. Las manos de Alathea habían caído hasta los hombros de Gabriel, sus dedos inquietos. Mientras él, provocativamente, sondeaba la suave oquedad, los dedos de Alathea se deslizaron por su cabello.

Rindió homenaje a sus piernas, deslizando sus manos hacia abajo y hacia arriba, a lo largo de sus extremidades llenas de gracia. Ella se estremeció, sus músculos se tensaron. Cuando él inclinó la cabeza y con ella acarició su terso vientre, ella exclamó:

—¡Gabriel!

Esa palabra era un susurro doloroso, suplicante. Alathea apenas podía creer que hubiera salido de su boca. Su cuerpo ardía, su piel estaba arrebatada, sus sentidos confundidos y sin embargo sentía cada caricia agudamente. El deseo vibraba en el aire. La pasión lo hacía arder. Esta vez no había ninguna oscuridad que velara sus sentidos, ningún velo que oscureciera su realidad.

Estaba de pie, desnuda ante él, atrapada por el pensamiento de que su desnudez lo cautivaba. Su cabeza contra su estómago era un peso cálido. El tacto de sus manos la aplacaba tanto como la excitaba. El cabello de Gabriel, sedosos mechones deslizándose sobre su piel chispeante cuando giraba la cabeza, le producía una sensación deliciosa.

La única respuesta de Gabriel a su ruego fue un cálido y húmedo beso con la boca abierta en su tembloroso vientre, justo por encima de los rizos de su base. Ella tembló y tomó su cabeza. Él colocó una mano en su trasero, apuntalando su precario equilibrio, mientras que los dedos de su otra mano iban de un lado a otro por la cara interior de sus muslos.

Luego fue una fracción más abajo.

Ella esperaba que tocara la suave carne entre sus muslos. Lo esperó, con los nervios en tensión. Cuando llegó ella se sintió morir. La cálida y húmeda sensación de su lengua, la sutil exploración, casi la puso de rodillas. Soltó una exclamación incoherente.

—Chist.

Él la atrapó, tomó una de sus rodillas y la levantó sobre su hombro. Alathea tuvo que cambiar su centro de equilibrio, doblando la pierna por encima de la amplia espalda de Gabriel, sus dedos posados en su cráneo. Esa posición era más segura, pero inevitablemente más íntima. Su lengua ardiente la atacó de nuevo.

—Voy a saborearte.

Esas palabras dichas entre dientes fueron todo el aviso que tuvo. Degustada, probada, bebida. No importaba si ella estaba de acuerdo con esa intimidad. Simplemente él la tomó y ella le dio.

Sus nervios se exaltaron, sensibilizados, terriblemente conscientes. Sus músculos tensos, apretados. Su razón se tambaleaba y sin embargo una pequeña parte de ella permanecía despierta. Lo suficientemente aparte como para catalogar la demostración de Gabriel, lo suficientemente cuerda como para preguntarse si ésa había sido su intención desde el principio.

Su extrema conciencia era excitante. Podía ver y sentir más allá del plano sensual. El aire que estaba frente a ella era frío, el fuego detrás de ella era cálido. Y el hombre que estaba arrodillado ante ella era el dios del puro placer. La desollaba, la azotaba, no escatimaba nada hasta lograr que sus sollozos y su cuerpo se convirtieran en nada más que un recipiente de ardiente ansia.

Supo exactamente en qué instante su lengua y sus labios la dejaron y sintió su crudo poder cuando él se levantó. Sus manos se cerraron sobre sus muslos y Gabriel la levantó.

Y entonces la llenó.

Su gruesa y sólida longitud la penetró, abriendo el leve estrechamiento y luego se deslizó en profundidad. Con un grito ahogado y un sollozo, ella se cerró sobre él, envainándolo, reteniéndolo allí. Los dedos de Gabriel se flexionaron. Ella sintió la presión de su pecho. Con sus piernas, atrapó los muslos de Gabriel y cerró los brazos por sobre sus hombros. Así presionó sobre él, con su cabeza atrapada con las manos, y encontró sus labios.

Ese beso fue una verdadera fusión de los dos. Sus cuerpos se movían en una armonía similar, en un ritmo lento y evocativo, tan instintivo como la respiración. Él la levantaba y ella sensualmente se deslizaba hacia abajo. Ella lo atrapaba y luego lo liberaba. Él se retiraba y luego retornaba.

Podría, tal vez, haber sentido vergüenza. Esta intimidad desnuda en sus brazos, sus piernas desnudas envolviendo su cuerpo vestido. Él sólo había liberado su miembro de los confines de su pantalón. Cualquier mínimo movimiento rozaba la sensibilizada piel de Alathea con la tela de sus elegantes ropas de noche.

Lo había planeado así, ya no le quedaban dudas. Le había dicho que le iba a demostrar su fascinación. Mientras él revelaba el calor de su cuerpo, dibujando cada momento precioso, manteniendo el éxtasis a raya, supo que él no estaba actuando.

No necesitó ese beso, con los ojos cerrados, con la concentración en cada línea de su cara, para estar convencida. No necesitaba sentir su propio cuerpo respondiendo, ondulándose contra el de Gabriel, sobre él, para saber que le creía.

No necesitaba que él abriera sus pesados párpados, la traspasara con una mirada brillante y le dijera:

—Piensas que te conozco, pero no es cierto. No conozco a la mujer en que te has convertido. No sé cómo es pasar mi mano a través de tu cabello cálido al despertarte, o cómo es deslizarse dentro de ti cuando te despiertas por la mañana. No sé cómo es quedarse dormido contigo entre mis brazos, cómo es despertarse sintiendo tu respiración en mi mejilla. Cómo es tenerte desnuda entre mis brazos a la luz del día o cómo será abrazarte cuando lleves a nuestro hijo en tu vientre. Hay muchas cosas que no sé de ti. Pasaré mi vida contigo y aun así no sabré todo lo que quiero aprender. No me importa qué nombre tengas, eres la misma mujer. La mujer que me fascina.

Ella lo hizo callar con sus labios pero ninguno de los dos tuvo la fortaleza de prolongar el beso. Su cordura pendía de un hilo. Ella puso su cabeza sobre los hombros de Gabriel y con ella los acarició y le dio un beso en su piel ardiente. Los labios de Gabriel retornaron el placer y luego la mordisqueó suavemente.

—Te gusta, ¿no?

La voz de Gabriel sonaba quebrada, forzada y emitió una risa ronca.

—Vas a matarme.

Ella se apretó más contra él. Algo que, se había dado cuenta, le producía placer.

Gabriel echó la cabeza para atrás y gimió. Luego tomó los extremos del cabello de Alathea y tiró de él para que ella pudiera mirarlo a los ojos.

—¿Ves? Fuiste hecha para esto. Para entregarte a mí.

Ella mantuvo sus labios cerrados. Tenía miedo de que él tuviera razón. Con un tirón de la cabeza logró que sus cabellos se zafaran de su puño. El rápido movimiento hizo que se hundiera más en él y lo apretara más.

Él tomó aliento y luego puso sus labios sobre los suyos, que pedían y apremiaban. Ya estaba fuera de control. El torbellino se cerró sobre ellos, las llamas se desataron.

Fueron tomados por la pasión, que los llevó a las alturas en una ola de pura necesidad y que luego los hizo añicos. La liberación fue tan profunda que ninguno de los dos se dio cuenta de que habían caído al suelo. La única realidad que sus sentidos les permitieron era la del saberse juntos y unidos.

—Me llamaste Gabriel.

Desplomada sobre su pecho, todavía radiante, Alathea apenas podía pensar.

—Te he estado llamando Gabriel mentalmente desde hace semanas.

—Bien. Ése soy yo.

Despatarrado de espaldas en el sofá al que la había llevado, su mano se entretenía con su cabello.

—Ya no soy tu compañero de juegos de la infancia. Soy tu amante y seré tu marido. Reclamo ese puesto.

Su mano se cerró sobre su nuca y luego suavemente la acarició.

—Así como no importa mi nombre, cómo te llames no cambia nada. Eres la mujer que quiero y tú me quieres. Eres mía. Siempre lo fuiste y siempre lo serás.

La profunda seguridad de sus palabras impactó a Alathea.

Su piel estaba todavía arrebolada. El cuerpo de Gabriel, debajo del suyo, irradiaba calor. Ella no tenía huesos: era incapaz de reunir fuerzas para tomar el control y cambiar de dirección. Tampoco estaba segura de querer hacerlo.

Recordó que habían estado juntos, de espaldas, mirando las estrellas, una noche de verano. No se habían tocado. En cambio, la tensión entre ellos había sido tan espesa que había estado a punto de estallar. Esa tensión se había desvanecido. Lo que los rodeaba ahora era paz honda y duradera. Una satisfacción más profunda de lo que ella había imaginado que pudiera existir los rodeaba. Él parecía contento de estar abrazado a ella, compartiendo esa calma.

Ella podía escuchar los latidos de su corazón debajo de su oído, lento y continuo.

—¿Por qué estás aquí?

Se lo había preguntado sin alterarse. Perpleja, ella respondió:

—Tú me has traído.

—Y tú has venido. Y ahora yaces en mis brazos, totalmente desnuda. Me has tomado voluntariamente y voluntariamente te me has entregado sólo porque yo te quería.

Ella se sintió más a su merced que antes. ¿Cómo podía saber él sobre la confusión y la incertidumbre que alborotaban su cabeza? Pero parecía saberlo.

—Eres buena en eso. En dar. Y lo que tienes para dar, yo lo quiero.

Su mano acariciaba su pelo con suavidad.

—Eres una mujer sensual. Eres una diosa en la cama y ciertamente no me preocupa para nada tu edad. No has tenido ninguna experiencia y aun así haces que mi cabeza gire sin parar.

Ella cerró sus ojos y dijo:

—No lo hagas.

—¿Que no haga qué? ¿Decir la verdad? ¿Por qué, si ambos la conocemos?

Su mano bajó, hasta acariciar su espalda y luego la abrazó dulcemente.

—Amas entregarte y el único hombre al que te has entregado ha sido a mí.

Ella no quería oírlo porque no podía negarlo y eso le daba mucho poder sobre ella. Luchó para sentarse.

—Tenemos que irnos.

—Todavía no —le dijo él, reteniéndola. Sus labios tocaron su piel, y añadió—: Sólo una vez más...

16

A la mañana siguiente, Alathea, sentada en la glorieta, vio a Gabriel, que cruzaba el césped, a su encuentro. La brillante luz solar ponía tonos rojos y dorados en sus cabellos. Ella recordó su tacto en sus manos.

Con los ojos entornados por el resplandor, vio que intercambiaba saludos con Mary y con Alice, que estaban quitando la maleza del arriate cercano a la fuente. Ella se había resistido a cumplir con esa tarea con la excusa de que se sentía mal. Era verdad: apenas había pegado un ojo en toda la noche.

Si aún necesitaba pruebas inequívocas de que los sentimientos de Gabriel eran verdaderos, la segunda parte de su encuentro en la sala de lady Richmond habría sido concluyente. Incluso ahora, varias horas después de los hechos, el sólo pensar en las sugerencias que él le había susurrado al oído, lo que ella le había hecho y lo que le había dejado hacer, ponían colores en sus mejillas. Él quería y ella deseaba darle. Esa última noche él la había introducido en la esencia del dar.

Ella no era lo suficientemente hipócrita como para simular que no lo había disfrutado, que la felicidad que encontraba en darle le había traído la alegría más dulce y profunda que hubiera conocido. Al satisfacerlo, ella se sentía realizada. No había otra palabra, ninguna otra que se acercara a describir la amplitud y profundidad de lo que ella sentía. Él la había llamado «entregadora» y tenía que reconocer que estaba en lo cierto. Lo que no podía aceptar era la conclusión de Gabriel.

Estaba fascinado con ella. Eso no había sido una actuación. De todos los hombres, sólo él podía apreciar la ironía de sentir por ella, una mujer a la que conocía desde la cuna, una atracción física tan grande. Y a pesar de lo que había dicho, su edad importaba, pero no de la forma en que le hubiera importado al común de la gente. Debido a que ella era mayor y, en lo que a él concernía, más segura que cualquier otra dama a la que hubiera seducido, ella implicaba un mayor desafío, demandaba más de sus talentos. Eso también sabía apreciarlo Gabriel.

Su fascinación era real. Pero la fascinación no llevaba al matrimonio.

Cuando dejó a las muchachas y se acercó ágil y confiadamente hacia ella, Alathea experimentó cierta certeza y tranquilidad. Él era un excepcional practicante de las artes sensuales. Sabía cómo usar sus talentos para presionarla, para nublar sus sentidos. Pero ella lo conocía muy bien, demasiado bien, como para tragarse la historia de que era la fascinación lo que estaba detrás de su determinación de casarse. Pensaba demasiado en él, se preocupaba demasiado por él, como para caer en esa trampa.

Llegó a la glorieta y subió los escalones. Agachando su cabeza por debajo del jazmín que cubría la pequeña estructura, entró en la fresca sombra. Se enderezó y encontró su mirada. La calma lo invadió.

—¿Qué?

Alathea le hizo señas de que se sentara en el sofá que estaba a su lado. Le había mandado una nota a Brook Street, pidiéndole que viniera. Esperó mientras él se sentaba. El sofá de mimbre era pequeño, los dejaba hombro contra hombro. Él se echó hacia atrás, estirando un brazo a lo largo del respaldo del sofá para evitar el apretujamiento. Ella tomó aliento y resueltamente cogió el toro por las astas.

—No hay ninguna razón para que nos casemos —dijo—. ¡No! —añadió, adelantándose a su respuesta—. Escúchame.

Él se puso tenso, pero permaneció en silencio.

Alathea miró hacia donde sus hermanastras y hermanastros charlaban alegremente.

—Sólo nosotros dos sabemos de la condesa. Sólo nosotros dos sabemos que intimamos. Tengo veintinueve años. Como trato de recordarles a todos, ya dejé de lado mis pensamientos sobre el matrimonio. Lo hice hace once años. Se me acepta como una solterona y a pesar de tus recientes atenciones, no hay expectativas de que me case. Salvo que nuestra relación se haga de conocimiento público, lo que no sucederá porque ambos somos lo suficientemente inteligentes y conscientes de lo que les debemos a nuestras familias y a nosotros mismos como para dar a conocer el hecho, no hay necesidad de que nos casemos.

—¿Es eso?

—No —giró la cabeza y encontró sus ojos—. No importa lo que decidas que es correcto hacer, no me casaré contigo. No hay razón para que hagas semejante sacrificio.

Él la estudió.

—¿Por qué causa piensas que quiero casarme contigo? —preguntó finalmente.

Los labios de Alathea se fruncieron. Hizo un gesto señalando a sus hermanastros, afortunadamente inconscientes de las nubes que se cernían sobre el horizonte familiar.

—Quieres que me case contigo por la misma razón por la que conté contigo cuando, como la condesa, te pedí ayuda. Sabía que si te explicaba los peligros que ellos corrían me ayudarías. Te lo dije antes. Eres obsesivamente protector.

—Él era su caballero y la protección era su traje más resistente y uno de sus más básicos instintos.

Gabriel siguió la mirada de Alathea hasta las niñas.

—Piensas que me quiero casar contigo para protegerte. Eso tiene que ver con alguna noción de caballerosidad.

Ella trató de evitar la palabra. Sonaba tan melodramática, incluso aunque fuese la pura verdad. Con un suspiro, lo enfrentó.

—Quise ponerte una trampa para que me ayudaras... Nunca para que te casaras conmigo.

Gabriel buscó los ojos de ella, pozos de sinceridad color avellana. La vulnerabilidad que lo había obsesionado casi desde el momento en que descubrió la identidad de la condesa se evaporó.

Ella no lo sabía. No tenía idea de que él la adoraba, de que su fascinación era como una obsesión, irresistible y absoluta. Se había olvidado de la inocencia de ella, de que, a pesar de su edad, a pesar de conocerlo de toda la vida, en algunos aspectos, era inocente por completo. Ella no sabía que era tan distinta de todas las que antes había conocido.

Gabriel miró a Mary y a Alice, mientras se esforzaba por volver a orientarse.

—A riesgo de hacer añicos tus ilusiones, no es por eso que deseo casarme contigo.

—Entonces ¿por qué?

La miró a los ojos.

—No creo que no te des cuenta de que te deseo.

Ella se ruborizó.

—En nuestro círculo, el deseo no requiere matrimonio —dijo inclinando la cabeza. Desvió la vista, dejándolo que le estudiase esa línea reveladora de su mandíbula. Fuerza y vulnerabilidad: ella combinaba ambas cosas.

La reacción de Gabriel fue inmediata, pero ya no sorprendente: ahora sabía lo primitivos que eran sus sentimientos hacia ella. La noche anterior, cuando ella se inquietó por su cabello suelto y procuró recogerlo y arreglarlo, se sintió asaltado por la violenta urgencia de volver a soltárselo y llevarla por la casa, delante de todos los invitados de lady Richmond —especialmente de Chillingworth—, como para que todos supiesen que era suya.

Suya.

La poderosa oleada de posesión le resultó dolorosamente familiar. Era la misma emoción que ella siempre le suscitaba, la fuente de esa maldita tensión que se apoderaba de él ante su proximidad. La emoción había cristalizado. Al descubrir a la condesa, otros velos se habían rasgado; ahora él podía ver su impulso primitivo tal como era: el deseo instintivo de acoplarse a su compañera. «Tener y Sujetar» era el lema de la familia Cynster; no era sorprendente que sintiese el impulso con tanta intensidad.

Pero ¿hasta qué punto era seguro revelárselo a ella?

—¿Cuánto hace que nos conocemos?

—Desde siempre..., de toda la vida.

—Hace semanas le dijiste a Chillingworth que nuestra relación había sido decidida por nosotros. Estuve de acuerdo. ¿Lo recuerdas?

—Sí.

—El primer recuerdo que tengo de ti es de cuando tenías unos dos años. Yo debía de tener tres. Estábamos en nuestras cunas y nuestros padres nos dijeron que éramos amigos. Tenía doce cuando empezó a resultarme difícil tratarte como hermana. Jamás entendí por qué; sólo supe que algo andaba mal. También tú lo sentiste.

El «sí» de ella fue un susurro; ambos estaban contemplando lo que había pasado tiempo atrás.

—¿Te acuerdas de cuando tuvimos que deslizarnos fuera del viejo granero de Collinridge por la ventana de atrás y de la vez que tu abrigo se enganchó en un clavo? Lucifer ya estaba montado, cuidando los caballos; yo tuve que cogerte por la cintura y sostenerte para que pudieras desenganchar la tela.

Gabriel hizo una pausa; un segundo después, ella sintió un escalofrío. Él prosiguió:

—Precisamente. Fue una mezcla singular de cielo e infierno. No podía comprender por qué siempre estaba a tu lado, siempre quería estar cerca de ti, porque, cada vez que me acercaba, me sentía... violento. Enloquecido. Como si quisiera agarrarte y zamarrearte.

Ella rió.

—Nunca estaba segura de que no fueras a hacerlo —dijo.

—Nunca me atreví. Tenía mucho miedo de ponerte las manos encima... tocarte... me habría vuelto loco, me habría hecho comportar como un lunático. Ese baile que compartimos ya fue bastante malo.

Ambos miraron sin ver más allá de los prados; luego, él prosiguió:

—Lo que estoy tratando de decirte es que me he sentido... posesivo con respecto a ti desde hace mucho. No sabía qué clase de sensación era hasta después de esa noche en el Burlington, pero no se trata de algo que haya comenzado recientemente. Estuvo ahí, entre nosotros, haciéndose fuerte durante más de veinte años. Si nuestros padres no nos hubiesen impuesto que íbamos a ser hermano y hermana, esa sensación hace tiempo se habría resuelto en un matrimonio. Tu farsa nos abrió los ojos y nos dio la oportunidad de reelaborar nuestra relación como debió ser —Gabriel le echó una mirada; tercamente ella seguía con la vista en dirección a los prados—. Me siento más que atraído sexualmente por ti... Eres la mujer que quiero por esposa.

Ella levantó la cabeza.

—¿Cuántas mujeres has conocido?

—No sé —dijo, frunciendo el ceño—. No las he contado.

Ella lo miró con una ceja levantada y desconfianza en los ojos.

—Está bien —dijo, apretando los dientes—. Al principio las contaba, pero dejé de hacerlo hace tiempo.

—¿A qué número llegaste antes de dejar de contarlas?

—¿Qué importancia tiene? ¿Qué intentas demostrar?

—Simplemente que parece que las mujeres te gustan, pero que, hasta ahora, ese gusto no te había urgido a encaminarte a la iglesia. ¿Por qué ahora? ¿Y por qué yo?

Gabriel advirtió la trampa, pero estaba listo para darles vuelta a las preguntas en ventaja propia.

—Ese «ahora» tiene fácil explicación: ya es tiempo. —La fatídica frase «ya te llegará el momento» resonó en la mente de Gabriel—. Lo supe en la boda de Demonio. Lo único que no sabía era con quién. Ya sabes lo nerviosa que se estaba poniendo mamá; y, aunque me cueste admitirlo, tenía razón. Es tiempo de que me case, de que me establezca, de pensar en la próxima generación. Y en cuanto al «¿por qué tú?», no se trata, como pareces determinada a pensar, de que seas amiga de la familia ni de que yo crea que, al haber intimado, te he arruinado y debe haber una reparación.

Su habla progresivamente entrecortada había hecho que ella mirase en su dirección; atrajo su mirada.

—Lo que te estoy diciendo es que eres la mujer que quiero por esposa. Simplemente eso; no necesito ninguna otra razón —dijo e hizo una pausa para luego proseguir—: Puede que hayas notado que ya no sufro cuando estoy a tu lado. Puedo sentarme a tu lado, casi cómodo, sin sentirme atrapado hasta el punto de volverme loco, porque sé que puedo abrazarte y besarte, que en alguna ocasión no lejana volverás a yacer debajo de mí nuevamente. —Y bajó la voz—. Sin embargo, si eres tan tonta como para luchar contra eso (contra lo que hay entre nosotros), si tratas de rechazarme y te dedicas a sonreírle a Chillingworth o a cualquier otro hombre, entonces te garantizo que lo que hubo entre nosotros durante todos estos años no será nada comparado con lo que vendrá.

Alathea le sostuvo la mirada y preguntó:

—¿Es una amenaza?

—No. Una promesa.

Ella lo consideró y luego abrió la boca para hablar, pero él apoyó un dedo sobre sus labios.

—Estoy profundamente ligado a ti, y lo sabes. Ahora que ya no estoy cegado ni impedido por una idea preconcebida, puedo admitirlo. Te deseo sexualmente, pero eso es sólo la mitad de la cuestión. Te deseo porque no puedo pensar en otra con quien deseara compartir mi vida. Somos uno para el otro. Podríamos ser socios de por vida con éxito. Nunca hemos sido realmente amigos, pero después de eliminar la dificultad que existía entre ambos, la relación que está a nuestro alcance es otra.

Los ojos de ella buscaron los de Gabriel; trataba de poner en orden sus ideas, resistiéndose todavía, tercamente, con todas sus fuerzas.

Al liberar los labios de Alathea, recorrió la línea de su mandíbula y luego dejó que su mano cayese sobre el respaldo del sofá.

—Thea, no importa cuánto luches para negarlo: sabes lo que hay entre nosotros. Puede que haya estado oculto y velado durante años, pero ahora que nos hemos desprendido del disfraz, puedes ver de qué se trata tan bien como yo —afirmó Gabriel, sosteniéndole la mirada—. Se trata de una pasión ardiente y eterna, y no sólo por mi parte, sino también por la tuya.

Alathea miró para otro lado. No sabía qué hacer. No era sólo su cabeza lo que daba vueltas. Las palabras de Gabriel le habían evocado muchas emociones, muchas necesidades hacía tanto tiempo enterradas y apenas reconocidas como sueños. Pero... irguiéndose, declaró:

—Me estás diciendo que estás sentimentalmente comprometido conmigo.

—Sí.

—Que lo que hay entre nosotros exige casamiento como estado ideal... que ésa es la salida obligada.

—Sí.

Como ella se quedó mirando fijamente a la distancia sin decir nada más, él quiso saber más:

—¿Y bien?

—No estoy segura de creerte. —Frente a él, se apresuró a explicárselo—. No me refiero tanto a lo que hay entre nosotros sino a las razones por las que deberíamos casarnos. —Buscó su rostro y, luego, preparándose mentalmente para la lucha, habló sin rodeos—. Efectivamente nos conocemos bien... muy bien. Dices que los sentimientos que siempre nos incomodaron tenían que ver con un deseo frustrado, que lo que hay entre nosotros es deseo físico, y yo acepto que eso sea probablemente así. Dices que estás emocionalmente comprometido conmigo y también lo acepto. Pero lo que yo no sé es cuál de tus emociones es la que ocupa el primer plano.

Gabriel frunció el ceño.

—Sea cual fuere, es la emoción que impele a un hombre a casarse.

—A eso es a lo que le tengo miedo. La emoción que te impulsa, que te apresura, que te espolea a casarte conmigo es la pasión dominante que te posee. Quieres protegerme. Te has hecho a la idea de que el modo correcto de hacerlo es a través de una capilla, y tú siempre tienes éxito una vez que te fijas una meta. En este caso, desgraciadamente, alcanzar tu meta requiere mi cooperación, de modo que me temo que tu registro de éxitos está a punto de terminar.

—Crees que me lo he inventado todo.

—No... Creo que, en lo fundamental, eres sincero, pero no que tus conclusiones se ajusten a los hechos. Pienso que estás fantaseando. Y si lo que quieres saber es si pienso que mentirías para lograr lo que te has fijado como meta más importante, entonces la respuesta es sí, creo que mentirías descaradamente.

Con los ojos, lo desafió a que la desmintiera.

Él apretó los labios y sostuvo la mirada de ella de manera intimidante, pero no negó nada.

Ella asintió.

—Exactamente. Nos conocemos demasiado bien. Al crear a la condesa, sabía precisamente qué decir, cómo mover las cuerdas apropiadas para que hicieras lo que deseaba. No soy tan engreída como para imaginar que tú no eres capaz de hacer precisamente lo mismo conmigo. Has decidido que deberíamos casarnos, así que harás cualquier cosa para lograr que nos casemos.

La miró fijamente. Ella esperaba una reacción inmediata, posiblemente agresiva. Su silenciosa valoración la ponía nerviosa. Nada podía leer en sus ojos de lo que pensaba.

Gabriel se incorporó. El brazo que tenía sobre el respaldo del sofá se deslizó alrededor de ella; puso la otra mano en su rostro. Apenas un instante, y ya la apretaba, levemente, abrazándola.

—Tienes razón.

Ella parpadeó. ¿Qué era esa expresión irónica en los ojos?

—¿Sobre qué?

Él descendió la mirada hasta los labios de ella.

—Sobre que haré lo que sea para que nos casemos.

Alathea maldijo para sus adentros. No había querido decir eso como un desafío.

—Yo...

—Dime —murmuró Gabriel—. ¿Aceptas que lo que hay entre nosotros es «una pasión ardiente y eterna»?

Le costaba respirar.

—Ardiente, tal vez; pero no eterna. Con el tiempo, se desvanecerá.

—Te equivocas.

Se inclinó más cerca de ella y rozó con sus labios los suyos. El contacto fue demasiado leve como para satisfacer; se limitó a abrirle el apetito.

El aliento de él era cálido sobre los palpitantes labios de ella.

—El calor que te inundó anoche cuando estaba en ti... —sus labios volvieron a rozar los de ella, fue otro beso incompleto y doloroso—, la pasión que te llevó a abrirte para mí, a darme toda ofrenda sensual que reclamé, ¿crees que todo eso se desvanecerá?

Jamás. Alathea se balanceó. Los párpados le pesaban tanto que lo único que pudo ver fueron los labios de él acercándose. Las manos de la joven sobre las solapas de él deberían haberlo hecho retroceder; en lugar de ello, sus dedos se curvaron, atrayéndolo. Su razón se ahogaba en un mar de deseo sensual. En el instante anterior a que los labios de él completaran su conquista, se las arregló para decir:

—Sí.

Los labios se unieron. Un momento después, ella se rindió con un suspiro, ofreciéndole la boca, estremeciéndose ante su demanda pausada y paulatina. Gabriel tocó cada centímetro; luego, deliberadamente, invocó el recuerdo de su unión. Con pasión embriagadora, deseo ardiente, la tenía firmemente cogida, cuando retrocedió y susurró contra los labios de ella:

—Mentirosa.

—Buenos días.

Alathea alzó la vista y apenas pudo arreglárselas para ocultar su sorpresa.

—¿Qué estás haciendo aquí?

Era su despacho, su dominio personal y privado al que los demás sólo podían aventurarse con invitación. El cuarto al que se había retirado, en apariencia para llevar las cuentas domésticas, en realidad le servía para poder encerrarse con tranquilidad en su siempre cambiante mundo sensible. Desde el interludio en la glorieta, ya no estaba segura de qué era real y qué descabellada imaginación. Mientras observaba a Gabriel cerca de la puerta, se resignó a no realizar progreso alguno en ese frente; con él en el mismo cuarto era imposible.

—Se me ocurrió —dijo, escrutando la estancia a medida que se aproximaba a ella— que con la temporada en su esplendor, podemos esperar que Crowley exija el pago inmediato de sus pagarés en unas dos semanas. —Al llegar al escritorio, la miró a los ojos—. Es hora de que empecemos a preparar nuestra petición ante el tribunal.

—¿Apenas dos semanas?

—No esperará hasta el final. Probablemente aprovechará la animación social. Te sugiero —añadió, encogiendo sus largas piernas para sentarse en la mecedora que había delante del escritorio— que cites a Wiggs. Necesitaremos su colaboración. He traído las cifras de Montague.

Alathea lo contempló, sentado a sus anchas en la mecedora que le pertenecía. Gabriel le sonrió de manera encantadora, con expresión estudiadamente afable. Con una calma pasmosa, se levantó y tiró de la campanilla. Cuando Crisp acudió, le pidió que mandara a buscar a Wiggs. Crisp hizo una reverencia y partió; ella se volvió para descubrir a Gabriel mirando los libros de contabilidad que había sobre su escritorio.

—¿Qué estás haciendo? —preguntó él.

—Las cuentas de la casa.

—Ah —exclamó, y se le escapó una sonrisa—. No permitas que te interrumpa.

Alathea juró que no lo permitiría, algo mucho más fácil de decir que de hacer. Con la pluma en la mano, se forzó a concentrarse en sus anotaciones, columna tras columna. A pesar de sus intenciones, las cifras mostraban una molesta tendencia a desvanecerse ante sus ojos. Aunque realizaba un gran esfuerzo, sus sentidos oscilaban. Se mordió el labio, aferró la pluma con los dedos y frunció el ceño ante sus ordenadas entradas.

—¿Necesitas ayuda?

—No.

Completó tres columnas más; luego, cuidadosamente, levantó la vista. La estaba observando con una expresión que no podía descifrar.

—¿Qué?

Sostuvo la mirada de ella y entonces, lentamente, alzó una ceja.

Ella se ruborizó.

—¡Aléjate! Ve y siéntate en el vestíbulo.

Él sonrió.

—Estoy cómodo aquí y la decoración es de mi agrado.

Alathea lo miró fijamente.

El sonido del pestillo hizo que ambos se volvieran. La dorada cabeza de Augusta apareció en la puerta.

—¿Puedo entrar?

—Claro, muñeca —dijo—. Pero ¿dónde está la señorita Helm?

—Está ayudando a mamá a poner la mesa para la cena.

Augusta cerró la puerta y se adelantó, estudiando a Gabriel con su franca mirada de niña.

—¿Te acuerdas del señor Cynster? Su mamá y su papá viven en Quiverstone Manor.

Gabriel siguió sentado, un perezoso león relajado en la silla; luego, tendió la mano.

—¡Qué muñeca tan grande!

Augusta la miró, luego dio la vuelta a Rose y la ocultó.

—¿A que no puedes adivinar su nombre?

Gabriel cogió la muñeca; la colocó sobre la rodilla y la estudió.

—Solía llamarse Rose.

—¡Todavía se llama así! —dijo Augusta y se sumó a Rose, trepando al regazo de Gabriel.

Mientras la instalaba allí, alzó la vista... y se encontró con la sorprendida mirada de Alathea. Le sonrió y miró a Augusta.

—¿Te ha contado tu hermana que una vez Rose se quedó atorada en ese manzano que hay al final del huerto?

Alathea observó y oyó, sorprendida de que él aún recordase todos los detalles y de que a Augusta, tan tímida en general, él le hubiese caído tan bien. Recordó que tenía tres hermanas mucho más jóvenes que él; probablemente podría escribir la tesis definitiva sobre cómo cautivar a las muchachitas.

Aprovechando la oportunidad, Alathea rápidamente terminó con las cuentas; luego abrió otro libro de contabilidad y se dispuso a revisar los ingresos. La actividad le requería sólo una pequeña parte del cerebro; el resto lidiaba con el problema de Gabriel y con lo que podía y debía hacer al respecto. El sonido profundo de su voz, que retumbaba bajo mientras cautivaba a Augusta, no le resultaba consolador.

Habían pasado dos días desde que se habían encontrado en la glorieta, dos días desde la última vez que había estado en sus brazos, con los labios de él sobre los suyos. Esa noche se habían encontrado en un baile; a pesar de que le había exigido dos valses, no le había pedido nada más. Se había presentado a la mañana siguiente para pasearse por el parque a su lado. Ella estaba lista para contrarrestar cualquier actitud posesiva que él mostrara, cualquier maniobra para demostrar que la reclamaba para sí. Pero él no había hecho nada. Desgraciadamente, los ojos de Gabriel la alertaban de que sabía cómo se sentía ella, cómo reaccionaría; sencillamente, estaba a la expectativa hasta que el campo de batalla se adaptase mejor a sus propósitos.

De esos propósitos no quedaba ni pizca. Matrimonio. La idea —no del matrimonio, sino de casarse con él— la ponía profundamente nerviosa. Sólo de pensar en ello sentía una turbación que nunca antes había experimentado. La intimidad y todas las emociones que traía aparejadas habían trastocado por completo su paisaje interior. Sin embargo, si él le permitiera desaparecer como ella había planeado, desaparecer para siempre de su vida, aunque ella hubiera lamentado la brevedad de su relación, estaba segura de que habría conservado la calma interior.

En lugar de ello, se sentía atribulada, con el estómago frecuentemente hueco, una mezcla de incertidumbre, excitación y desasosiego. No podía nombrar lo que sentía por él;

temía ponerle un nombre, siquiera pensarlo, no podía hacerlo mientras lo rechazara.

Él había decidido casarse con ella porque la deseaba y porque la quería como esposa. Él se negaba a aclarar la razón que había detrás de ese deseo; ella estaba segura de que estaba motivado por la compulsión de protegerla.

La perspectiva de él, casarse con ella con el verdadero objetivo de protegerla, la horrorizaba. Sería amable, considerado, generoso, incluso un amigo, pero a medida que el tiempo pasara dejaría de ser solamente suyo. Dejaría de ser su amante. Se separarían...

Con un sobresalto, volvió al presente, a su oficina y al libro contable abierto ante ella; a la retumbante voz de Gabriel y al cotorreo agudo de Augusta. Respirando profundamente, retuvo el aire y ordenó la pila de recibos.

No iba a casarse con Gabriel: no podía dejar que él se sacrificase, ni tampoco ella lo haría. Desviarlo de su objetivo podría no ser fácil, pero casarse con él no sería correcto, ni para él ni para ella.

Tras hacer una marca en el último de los recibos, abrió un cajón y los guardó en una caja; luego cerró el cajón y el libro contable. El ruido hizo que Gabriel y Augusta alzaran las cabezas. Alathea sonrió.

—Ahora tengo que hablar de negocios con el señor Cynster, muñequita.

Augusta se bajó del regazo de Gabriel y le brindó a su hermanastra una sonrisa confiada.

—Me ha dicho que puedo llamarlo Gabriel. Es su nombre.

—Claro —dijo Alathea, levantándose y rodeando el escritorio. Abrazó a Augusta y luego la dejó en el suelo—. Ahora sal... la señorita Helm ya debe de haber casi terminado.

Escondida detrás de las faldas de Alathea, Augusta saludó a Gabriel y canturreó un «Adiós»; luego, brincó hacia la puerta.

Apenas ésta se cerró detrás de ella, Alathea sintió que unos dedos largos se enredaban con los suyos. Se volvió para descubrir a Gabriel que estudiaba su mano, ahora entrelazada con la suya.

—¿De qué negocios quieres que hablemos? —preguntó, con una expresión insinuante.

Una parte de la mente de Alathea la impelía a sacudirse de encima la mano de él, a salirse de su órbita. El resto de ella se deleitaba en el calor que de ella emanaba cuando los dedos de Gabriel le acariciaban la palma. Alathea escrutó la invitación lánguida y somnolienta que había en los ojos de él y no se dejó engañar en absoluto. Miró el reloj de la pared.

—Wiggs tardará unos veinte minutos, pero podemos comenzar un borrador sin él.

Volvió su mirada hacia Gabriel, levantó una ceja y suavemente se desprendió de su mano. Él le sonrió, pero la dejó ir.

—De acuerdo. Pero escribe tú —sugirió, y se levantó, mientras ella volvía a sentarse ante el escritorio—. Podemos comenzar por anotar las falsas peticiones de concesión que identificamos.

Sin sorprenderse por verse convertida en su amanuense, Alathea dispuso una hoja de papel sobre el secante. Hicieron una lista de los cálculos de Montague, derivados de las cifras que Crowley le había proporcionado a Gerrard, en comparación con las solicitudes de Crowley. Gabriel dictaba y ella transcribía, agregando y corrigiendo cuando correspondía. Él caminaba de un lado al otro detrás de ella, entre el escritorio y la ventana, y se detenía de vez en cuando para leer por encima del hombro de Alathea. Cuando llegaron al final de lo que Montague había descubierto, Gabriel se detuvo al lado de ella y revisó la lista. Aproximó la mano al hombro de Alathea, cerca del cuello, sobre la piel que su vestido de verano dejaba al descubierto.

Allí apoyó la mano, dedos poderosos posados suavemente sobre la piel femenina.

—¿Qué más te parece que hagamos?

Incapaz de respirar, descompuesta, Alathea oyó las suaves palabras y se dio cuenta, con un sofoco mortificante, de que él no se había propuesto turbarla. Sencillamente la había tocado del mismo modo que lo haría un amigo, sin ninguna intención sexual.

Era ella la que pensaba en intenciones sexuales.

Antes de que pudiese recobrarse, él le hizo alzar el rostro. Lo estudió; ella intentó adoptar alguna expresión que enmascarase la verdad. La mirada de Gabriel se volvió resuelta, y ella supo que era demasiado tarde. Los dedos que ahora tenía en la garganta volvieron a moverse, esta vez con un claro propósito.

Los ojos de Alathea relumbraron sensuales. Gabriel lo advirtió.

—Tal vez —dijo, inclinándose sobre ella— deberíamos intentarlo.

Alathea abrió los labios debajo de los de él; levantó la mano para acunar el dorso de la de Gabriel, mientras éste le sostenía el rostro. Le ofreció la boca abiertamente, como siempre había hecho; él tomó posesión, bebió y la reclamó para sí. En su dulce abandono, en su total incapacidad para esconder su reacción ella era un deleite, el anhelo femenino que yacía bajo la confianza de la edad. Su lengua se enredaba con la de él; sus dedos se aferraban a su hombro. Gabriel deslizó la mano sobre el rostro de ella y lo bajó hasta sus pechos, sosteniendo primero el firme montículo y luego buscando su pico. La mano de Alathea siguió a la de Gabriel, sintiendo cómo la acariciaba y disfrutaba. Con un movimiento rápido, él deslizó la mano por debajo de la de ella e hizo que cambiaran de posición, de modo que su propia mano cubriese la mano de Alathea y presionara su palma contra la piel caliente de su pecho, guiando los dedos de la joven hasta sus pezones para que se los apretara.

Ella lanzó un grito ahogado, se balanceó...

Ambos oyeron el crujido de una madera del otro lado de la puerta, un instante antes de que ésta se abriese.

Charlie echó un vistazo.

—¡Hola! —dijo y le hizo un gesto con la cabeza a Gabriel, apoyado contra el marco de la ventana; luego transfirió su mirada hacia Alathea—. Voy a Bond Street... Mamá me sugirió que preguntara si había algo más que necesitáramos para mañana por la noche.

Con el pulso latiéndole, Alathea meneó la cabeza, rogando con fervor que, como ella estaba de espaldas a la ventana, Charlie no pudiese ver el rubor que le acaloraba el rostro.

—No. Nada —dijo Alathea. Su baile tendría lugar la noche del día siguiente, para presentar formalmente a Mary y a Alice en sociedad—. Todo está bajo control.

—¡Bien! Salgo entonces —dijo Charlie y, saludando con la mano, partió, cerrando la puerta detrás de sí.

Con un profundo suspiro, Alathea se volvió y se topó con la mirada de Gabriel. Frunció el ceño torvamente.

—¡Deja de pensar en eso! —dijo y, de vuelta en el escritorio, cogió la pluma—. Además de cualquier otra consideración, la puerta no tiene pestillo.

Lo oyó reírse, pero se negó a mirarlo.

—Creo —dijo, clavando la pluma en el tintero— que lo próximo que deberíamos anotar es todo lo que descubrimos sobre Fangak, Lodwar y ese otro lugar como se llame.

—Kingi —dijo Gabriel, suspirando dramáticamente.

A pesar de sus esperanzas de que todo estuviese bajo control, a la mañana siguiente se topó con una cantidad de pequeños recados que sencillamente tenían que realizarse. Dejando al mando a Serena, con Crisp y Figgs a sus anchas, Alathea metió a Mary y a Alice en un pequeño carruaje y escapó con ellas.

—¡Es un manicomio! —dijo Alice frente a la ventana, mientras observaba hacia atrás, donde se sacudía y barría la alfombra roja—. Si la colocan ahora, por la noche estará hecha un desastre.

—Crisp se ocupará de eso —dijo Alathea hundiéndose en el asiento y cerrando los ojos. Había estado en pie desde el alba y ya se había reunido con los encargados de la comida y con el florista. Todos los elementos importantes de la velada por suerte ya estaban arreglados. Al abrir los ojos, examinó la lista que llevaba firmemente agarrada en una mano—. Primero, los guantes; luego, las medias; y después, las cintas.

El carruaje las devolvió a la casa una hora y media más tarde. Mary y Alice bullían de excitación; Alathea las observaba con alegría en el corazón. No importaba lo agotador que hubiese sido el día, esa noche sería su propia recompensa.

Cuando giraron en Mount Street, echó un vistazo por la ventana... y vio la cabeza de Jeremy casi en la misma línea que la suya propia.

—¿Qué...?

Desplazándose hacia adelante, miró y luego se asomó por la ventana para tener una mejor visión de su hermano menor, que se reía a carcajadas, con los brazos como aspas de molino, sentado encima de un carruaje de dos ruedas, propulsado a toda velocidad sobre el pavimento por Charlie y Gabriel.

Se abstuvo de gritar.

El carruaje se detuvo delante de la escalera del frente. Mary y Alice bajaron dando tumbos, hicieron una pausa para ver a Jeremy y compañía, se rieron y entraron corriendo en casa.

Alathea descendió del carruaje lentamente, se detuvo y aguardó a que los tunantes llegaran antes que ella. Lo hicieron, corriendo desmañados; por un instante observó, horrorizada, esperando ver cómo se desarrollaba la peor de sus pesadillas cuando, frenado de golpe, el inestable aparato se volcaba de lado, arrojando a Jeremy fuera de su asiento...

Gabriel se adelantó y lo atrapó en el aire; luego lo depositó de pie en el suelo, mientras Charlie enderezaba el vehículo. Charlie y Gabriel le sonrieron; Jeremy hizo lo que pudo para pasar inadvertido.

Alathea fijó su vista en él.

—Creo que me habías prometido no usar esa máquina en la ciudad.

Con la mirada en el suelo, Jeremy no sabía dónde meterse.

Gabriel suspiró y dijo:

—Ha sido culpa mía.

—¿Culpa tuya? —inquirió Alathea, mirándolo.

—Llegué cuando tu lacayo estaba recibiendo la máquina y me ofrecí a demostrarles cómo se usaba.

—¿Te subiste a eso?

La mirada que Gabriel le dirigió era de desdeñosa superioridad.

—Por supuesto. Es fácil. ¿Te gustaría que te lo demostrase?

Alathea estuvo a punto de decir que sí. La idea de verlo, puntillosamente fino como siempre, montado de manera precaria sobre el poco elegante vehículo, yendo y viniendo por la distinguida calle, era demasiado buena como para perdérsela. Pero...

—No —dijo y desplazó la mirada hacia Jeremy—. Ésa no es la cuestión.

—Sí que lo es, porque, una vez que lo condujo hasta la esquina, me limité a sentar a Jeremy sobre la máquina y le dije que se sujetara. No se me ocurrió que le hubieran comprado la máquina, pero que le hubiesen prohibido subirse a ella.

Alathea vio la rápida mirada hacia arriba que Jeremy le dirigió. Apretó los labios y luego explicó:

—El acuerdo al que llegué para obtener la aprobación de Serena para comprar el vehículo era que Jeremy sólo lo utilizaría en el parque. Es proclive a las fracturas, hasta ahora hemos pasado por tres brazos rotos y una pierna. Una clavícula rota en tres partes nunca será bienvenida, pero hoy sería menos bienvenida que nunca.

Jeremy la miró de nuevo y Alathea le devolvió la mirada y le dijo:

—Has tenido mucha suerte de que fuera yo quien llevara a Mary y a Alice de compras y no tu mamá. Ella se hubiera desvanecido de haber visto tu actuación.

Jeremy arrastraba los pies, pero sus ojos brillaban. Una sonrisa jugueteaba en sus labios a punto de surgir.

—Pero ella no la ha visto; la has visto tú. ¿No ha sido fantástica? —contestó dejando que su sonrisa se hiciera visible.

Alathea tuvo que torcer los labios para no sonreírse.

—Potencialmente fantástica. Puedes lograrlo con un

poco más de práctica. Pero no te atrevas a hacerlo aquí de nuevo.

—Pero ¿qué tal en el jardín trasero? —preguntó Charlie—. Allí el césped es bien mullido, no se romperá nada si se cae.

—Y también tiene una buena pendiente —agregó Gabriel—. Y prometo no dejarlo correr entre los rododendros.

Enfrentada a tres caras masculinas que iban desde los doce a los treinta, pero todas con la misma expresión de niño pequeño, Alathea se dio por vencida.

—Está bien. Iré y prepararé a Serena —dijo y agregó mirando a Gabriel mientras se daba la vuelta—. Al menos eso los mantendrá fuera de nuestra vista.

Su sonrisa habría puesto orgulloso a su tocayo.

Se fueron llevando el vehículo hacia la puerta trasera, mientras Alathea cruzaba el umbral y se adentraba al pandemonio. Buscó a Serena y la tranquilizó con respecto a la seguridad de Jeremy, basándose en la promesa de Gabriel y sin mayores argumentaciones, en cuanto se dio cuenta de que Serena se contentaba con eso y confiaba en Gabriel.

Durante la siguiente hora estuvo totalmente ocupada con las preguntas de los cocineros, floristas y, sobre todo, del decorador. Su idea de decorar el enorme salón de baile con franjas de muselina azul, que luego podrían ser regaladas a las sirvientas allí y en el parque, había tomado forma y estilo gracias al joven decorador: el salón blanco y dorado parecía una visión celestial.

—Perfecto —dijo, asintiendo mientras retrocedía para admirarlo—. Envíe la cuenta rápido, señor Bobbins. Apenas estaremos aquí por algunas semanas más.

El señor Bobbins hizo una reverencia, asegurándole que la cuenta sería presentada a la mayor brevedad.

Alathea controló la provisión de salmón y camarones con Figgs, y luego ella y Crisp bajaron a la bodega. Pasado el mediodía terminaron de seleccionar los vinos para la cena formal que precedería al baile. Alathea se retiró a su oficina, sin otra pretensión que recuperar el aliento y examinar sus listas las tareas pendientes, y se encontró mirando por la ventana.

En el césped, Jeremy, Charlie y Gabriel estaban totalmente absortos con el nuevo juguete. Gabriel se había quitado la chaqueta. Junto con Charlie, estaba entrenando a Jeremy en el difícil proceso de mantener el equilibrio sobre la extraña máquina. Alathea miraba, asombrada por la paciencia que mostraba Gabriel. Nadie sabía mejor que ella que él era naturalmente impaciente; sin embargo, al tratar con Jeremy demostraba tacto y lo animaba continuamente, exactamente lo que necesitaba el chico. Bajo la mirada de Gabriel, Jeremy maduraba. Antes de volver al despacho, lo vio lanzarse sin frenos hacia abajo, logrando dirigir el vehículo lejos de los arbustos.

Mientras dejaba la oficina y retornaba al tumulto, pensaba que, si no «paciencia», el segundo nombre de Gabriel debería ser «persistencia», hecho que haría bien en recordar.

Media hora después, él la encontró supervisando la ubicación de los caballetes en el salón que estaba siendo arreglado para la cena. Gabriel contempló la escena, alzó las cejas y le dijo:

—¿Cuántas invitaciones enviaste?

—Quinientas —contestó Alathea pensando en otra cosa—. Dios sabe cómo nos las arreglaremos si llegan a venir todos juntos al mismo tiempo.

Gabriel estudió su cara y luego, con calma, la tomó de un brazo. Ignorando su resistencia y su expresión distraída, la arrastró hacia un costado del salón.

—¿Dónde está la petición?

—¿La petición? —contestó mirándolo—. No estarás insinuando que trabajemos en eso ahora.

—Yo puedo trabajar en eso. Sé escribir ¿sabes?

La expresión de su rostro sugería que ella no estaba convencida de eso. Él la ignoró.

—Me la llevaré a casa y continuaré trabajando en los argumentos —dijo, mirando a las sirvientas y a los lacayos que correteaban frenéticamente—. Hay mucho ruido aquí.

Ella no pareció feliz con la idea pero asintió.

—Está en la gaveta superior de mi escritorio.

—La buscaré. —Gabriel comenzó a moverse, pero se detuvo. Ignorando la presencia de todos los que estaban a su alrededor la tomó de la barbilla y le dijo—: No te esfuerces demasiado. Te veré en la cena.

Antes de que ella pudiera reaccionar, bajó la cabeza, la besó y rápidamente se fue.

—Lady Alathea ¿Está bien esta mesa aquí?

—¿Qué? Oh... sí... supongo.

Sonriendo para sus adentros, Gabriel se dirigió escaleras abajo.

17

La cena formal que precedía al baile era, en términos sociales, más importante que el mismo baile. El conde, Serena y Alathea se habían puesto de acuerdo en que esa cena, sin reparar en gastos, debía ser la más brillante, hasta tal punto que haría que el conjunto de la sociedad recordara a los Morwellan. Alathea había supervisado cada detalle personalmente, desde la lista de invitados que había organizado Serena, la cartulina blanca en donde se habían impreso las invitaciones, hasta el brillante cristal y el servicio de plata así como el servicio de cena de Messien y el mantel de crujiente damasco blanco. Los doce platos previstos habían sido cuidadosamente preparados para complementarse en un delicioso desfile culinario. El vino era excelente. Ninguno de los cincuenta invitados sentados a la larga mesa podría albergar la menor sospecha acerca de cómo iba la economía en Morwellan House.

Desde su asiento, a mitad de la mesa, Alathea miraba cómo se servía el sexto plato. Todo estaba saliendo bien y los ruidos que se escuchaban por todas partes —conversaciones, risas sofocadas, el constante entrechocar de la porcelana y la platería— eran testimonio fiel de ello. Su padre, que presidía el evento en la cabecera de la mesa, tenía un aspecto magnífico. Serena, en el otro extremo, resplandecía en su seda azul y era su contrapunto perfecto. En el sector opuesto al de Alathea y distribuidas entre los invitados, Mary y Alice conversaban. Charlie estaba sentado un poco más lejos a su derecha. Los tres estaban vestidos a la perfección Cada uno era un paradigma de expectativas sociales.

Con su vestido de seda ámbar y con una cofia bordada con cuentas en la cabeza, Alathea contribuía a la fachada.

Su corazón se alegraba cuando miraba a su alrededor. Lo habían logrado. Habían venido a Londres y, a pesar de las dificultades, habían conseguido el lugar que por derecho les correspondía en la sociedad. Para ilustrar su éxito Sally Jersey la miró, sonriendo y asintiendo. Sentada más allá, la princesa Esterhazy había ya dado su aprobación. Sólo al seguir la mirada de Sally Jersey hacia Serena, se le ocurrió a Alathea preguntarse por qué ambas damas le hacían cumplidos a ella. Por supuesto dirigían a Serena sonrisas de aprobación por la cena y demás. Pero ¿qué era lo que ella había hecho para atraer su beneplácito?

Giró la cabeza hacia Gabriel, sentado a su izquierda. Había estado tan absorta en la cena que no había registrado como algo extraño su aparición para escoltarla hasta la mesa. Había crecido acostumbrada a tenerlo cerca, a descansar sus manos sobre el brazo de Gabriel y a dejarse llevar a través de la multitud. No fue hasta que vio la mirada inquisitiva de Lucifer a mitad del cuarto plato que se dio cuenta. Una mirada a la expresión intrigada de Celia le confirmó que la repentina inclinación de ambos por la compañía del otro no se le había escapado a nadie.

Esa sospecha la aplastó súbitamente. Antes de que ella tuviera la oportunidad de preguntarle si lo había planeado así, Gabriel la miró y vio su expresión contrariada.

—Relájate. Todo está saliendo bien. —Indicando un plato servido en la mesa, continuó—: Esto está excelente. ¿De qué es la salsa?

Alathea miró el plato.

—Uva moscatel y jarabe de granada.

No tenía sentido discutir sobre cómo había logrado sentarse al lado de ella. Estaba allí. Debía sacar ventaja de eso.

—¿Cómo va la petición?

Se encogió de hombros.

—Empezamos bien. Pero no lo suficiente como para estar seguros de un resultado favorable.

Ella frunció los labios. Él no contestó.

Alathea prosiguió, su voz era casi un susurro, mientras consideraba la bandeja que tenía ante sí.

—Todo lo que tenemos está abierto a discusión. No tenemos nada claro, ninguna falsedad obvia y absoluta. Todas nuestras acusaciones dependen de la palabra de otros a quienes no podemos llamar para verificar los hechos. Sin un testigo de buena fe, sin el capitán Struthers, todo lo que necesita Crowley es negar nuestros argumentos. El peso de la prueba recae sobre nosotros.

Se sirvió las alubias en salsa blanca y pasó la bandeja.

—Tenemos que encontrarlo, ¿no es cierto?

Gabriel la miró.

—El caso sería favorable con él. Si no, va a ser difícil.

—Debe de haber algo más que podamos hacer.

Otra vez sintió su mirada sobre ella.

—Lo encontraremos.

Debajo de la mesa, la mano de Gabriel se cerró sobre la suya. Su pulgar le acarició la palma

—Pero hoy disfruta de tu éxito. Deja al capitán y a Crowley para mañana.

Sin poder mirarlo, asintió y rezó para que su rubor no se notara. La mano de Gabriel sobre la suya le había evocado un recuerdo sensual de su cuerpo envuelto en torno del de ella, acariciando sus... Cuando su mano se deslizó determinadamente Alathea levantó la cabeza y tomó aliento, mirando al resto de la mesa en vez de a Gabriel.

—¿Debo considerar que ambos, Esher y Carstairs, son serios?

Alathea dirigió la mirada a Mary. Junto a ella, lord Esher estaba callado y resueltamente atento, y Mary dulcemente agradecida. Una escena similar tenía lugar hacia el otro lado de la mesa, donde el señor Carstairs estaba sentado junto a Alice.

—Así lo creo. Sus padres estaban encantados de estar invitados esta noche —dijo Alathea, indicando a lady Esher y la señora Carstairs. Sus respectivos maridos estaban más alejados de ella en la mesa.

Gabriel siguió su mirada y luego dirigió su atención a la bandeja que él le pasaba a Alathea.

—Esher tiene una hermosa propiedad en Hampshire. Le va bien y presta atención a sus bienes. Es un muchacho agradable, con mucho sentido del humor, pero sensato y correcto. Por lo que sé está en una posición muy satisfactoria. Dudo que le ponga reparos a la falta de dote de Mary.

—Ella tiene una dote.

—¿Tiene? —dudó y luego preguntó—. ¿Cuánto?

Alathea se lo dijo. Gabriel comentó:

—Lo suficiente como para asegurar que no haya ninguna elevación de cejas censora. Has tapado todas las grietas.

Alathea inclinó la cabeza.

Gabriel prosiguió:

—Bueno, si a Esher no le preocupa el dinero, en el caso de Carstairs es menos probable aún. Mientras la fortuna de Esher es antigua y bien consolidada, la de Carstairs es antigua y nueva a la vez. Ellos se conocieron en Eton y, desde entonces, han sido amigos íntimos, lo que convendría a Mary y Alice de manera formidable.

—Viven cerca uno del otro.

—La propiedad de Carstairs está al sur de Bath, a una distancia adecuada para visitas a Morwellan Park. Su abuelo materno tiene intereses navieros, afición que heredó Carstairs. Tiene reputación de hacer negocios prudentes en el tipo de empresas correcto. Es ambicioso en esa área y no se conformará con ser un inversor pasivo.

La aprobación era clara en el tono de Gabriel. Alathea lo miró.

—¿Un contacto útil para ti, tal vez?

—Tal vez.

—¿Cómo averiguaste todo eso sobre Carstairs y Esher?

—Pregunté por ahí. Disimuladamente. Supuse que tu padre no tendría los contactos necesarios para averiguar todo esto.

—No los tiene —Alathea dudó y luego inclinó la cabeza—. Gracias.

Desvió la vista, recorriendo la mesa y fingiendo escrutar

a los invitados para no dejar que su gratitud se hiciera demasiado visible. El réprobo que tenía a su lado —el que tan bien la conocía— no debía ser alentado. Trataba de no pensar demasiado en lo fácil que era su vida con él cerca, proveyendo las seguridades que ella necesitaba pero que no podía lograr por sí misma. Tener el hombro de Gabriel para apoyarse resultaba una oferta demasiado seductora.

Su mirada vagabunda se topó con Lucifer, que bebía su vino, contemplándolos a ella y a Gabriel. Su expresión era serena y pensativa.

Sonriendo tranquilamente, Alathea dejó que su mirada se paseara un poco más, sólo para encontrar más miradas curiosas. Tardó unos pocos minutos en darse cuenta de por qué Gabriel y ella motivaban tantas preguntas en tantas mentes. Era la forma en que conversaban entre ellos. Estaban tan en sintonía, tan atentos a cualquier matiz que no necesitaban mirarse para saber qué quería decir el otro. Hablaban como dos personas que se conocen muy bien, como dos que, según dice la gente, se «entienden» desde hace tiempo.

Hablaban como amantes.

No volvió a prestarle atención a Gabriel hasta que el último plato fue retirado de la mesa. Todos los invitados se dirigieron entonces hacia el salón de baile. Él ya estaba de pie y le ofreció el brazo. Colocó su mano sobre la manga de Gabriel y le permitió ayudarla a levantarse. Tan pronto como ella estuvo de pie, le cogió la mano, apretándola contra su brazo, posesivamente, y dejó que ella se uniera a la cola que salía de la cena.

El mensaje que él estaba enviando a todos los observadores interesados era clarísimo. Aunque Gabriel, cuando quería, podía comportarse de manera diabólica, estaba segura de que en ese momento no estaba montando una escena falsa. Su conducta era simplemente una expresión instintiva de sus sentimientos por ella.

Él se dio cuenta de la mirada de Alathea y alzó una ceja.

—¿Qué pasa?

Ella miró sus ojos color avellana y luego hizo una mueca, sacudió la cabeza y miró hacia delante.

—Nada —contestó.

No iba a cambiarlo y en su fuero interno sabía que, si él cambiaba, iban a perder su nueva intimidad.

El salón causó sensación entre los invitados. Plantada en el lugar de recepción, Alathea escuchó numerosos cumplidos sobre la original decoración, mientras ayudaba a Alice y a Mary a saludar a las matronas más intimidantes. Por desgracia, más de una nave de guerra, cuando se distraía de Alice y Mary, estaba pronta a apuntar sus cañones sobre ella.

—Absolutamente criminal —declaró lady Osbaldestone, mientras estudiaba con sus impertinentes su figura cubierta de seda—. Un desperdicio, ¡un desperdicio!

Con un dedo huesudo, hurgaba entre sus costillas diciendo:

—Dios sabe por qué has estado escondiéndote tanto tiempo, pero ha llegado el momento de que alguien te saque de la estantería.

Otras atacaban por otro rumbo:

—Entonces, querida, ¿pasas mucho tiempo haciendo tareas de caridad? —preguntaba lady Harcourt, de la misma edad que Alathea, con una sonrisa falsa—. Debe de ser tan agradable tener una vida tranquila...

Alathea respondió a todas esas preguntas con una sonrisa serena y calma seguridad. Cuando la marea entrante se alivió, apareció Gabriel, quien, alentado por Serena, la retiró de allí.

—Pero Mary y Alice...

—Serena está con ellas. Hay alguien a quien quiero que conozcas.

—¿Quién?

Su tía abuela Clara era una dulce anciana, aunque un tanto despistada. Acarició la mano de Alathea y dijo:

—Tus hermanas son adorables, querida, pero primero debemos verte casada a ti.

—Precisamente lo que yo le digo —acotó Gabriel.

Por encima de la cabeza de lady Clara, Alathea miró a Gabriel entornando los ojos.

—Claro que sí —dijo lady Clara, acariciándole la mano nuevamente—. Debemos encontrar a un agradable caballero para ti. Tal vez ese adorable chico Chillingworth.

La expresión de Gabriel era impagable. Alathea apenas pudo contener la risa, y contestó:

—No lo creo —mientras sonreía a Clara.

—¿No? Bien, entonces, veamos. ¿Quién más podría ser?

Diablo se detuvo delante de ellos antes de que Clara pudiera evaluar otras opciones. Ella soltó a Alathea para atrapar la manga de Diablo, y le preguntó:

—¿Ha venido Honoria?

Diablo sonrió.

—Está al otro lado del salón. Te llevaré ante ella si es lo que quieres.

—Si eres tan amable —contestó tomando su chal con una mano y a Diablo con la otra. Lady Clara sonrió a modo de despedida y se fue.

—Ahí están los Carmichael —señaló Gabriel, y le indicó a Alathea una pareja cuya propiedad no estaba lejana a Morwellan Park. Se dirigieron hacia ellos.

Durante los siguientes veinte minutos se movieron por entre la creciente multitud, deteniéndose aquí o allá para dialogar siempre bajo la dirección de Gabriel. Sólo cuando pudo espiar a lord Montgomery y luego a lord Falworth entre el mar de cabezas, Alathea se dio cuenta de lo que estaba haciendo. Si ellos se movían de una conversación a otra, sus pretendientes no iban a tener oportunidad de reunirse a su alrededor.

Alathea se tragó la protesta y prefirió moverse por entre la multitud del brazo de Gabriel a detenerse para ser rodeada por sus pretendientes, tan frecuentemente vacuos. Fingirse ignorante de esas maniobras era el mejor camino a seguir.

Los músicos comenzaron a tocar y la multitud se dividió en dos mágicamente, dejando un amplio espacio vacío. Puesto que Mary y Alice tenían permiso desde hacía tiempo, la primera pieza fue un vals. Con ganas de ver colmadas sus expectativas de que Esher bailara con Mary y Carstairs con Alice, Alathea acompañó ansiosamente a Gabriel hasta la pista de baile.

Ciertamente, Mary y Esher comenzaron primero, Mary ruborizada de manera deliciosa, con su sonrisa por toda declaración, mientras Esher parecía el orgullo en persona. Alathea sonrió vagamente mientras transcurría el vals y luego miró hacia la parte posterior del salón. Alice ya estaba rodeada por los brazos de Carstairs. Ambos parecían perdidos en los ojos del otro, ajenos a la multitud que los rodeaba.

Alathea suspiró. Había jugado sus cartas con sus hermanas y ganaría. Tendrían el futuro que había deseado para ellas y que merecían plenamente. Serían felices y amadas...

El vals de Alice y Carstairs concluyó.

Un momento después, Alathea también estaba en medio de la pista de baile, girando entre los brazos de Gabriel. Sus ojos se abrieron de par en par. No había otras parejas en la pista.

—¿Qué...?

Gabriel alzó una ceja.

—Mi pieza, según creo.

Le hubiera encantado decirle lo que pensaba de su arrogancia, pero, bajo la mirada curiosa de la gente, todo lo que podía hacer era instalar una sonrisa en sus labios y dejarse llevar. Sin embargo, lo miró firmemente.

Él sólo sonrió, acercándola contra sí, mientras otras parejas acudían a la pista de baile. Se inclinó hacia ella al dar la vuelta.

—No me tientes.

Esas palabras susurrantes acariciaron los oídos de Alathea y ella se estremeció.

—Debería sentirme ofendida.

—Pero no lo harás. Sabes que no puedo contenerme.

Su respuesta se limitó a un resoplido. Prolongar esa conversación no lograría calmarla. La sensación persistente de que disfrutaba del vals con él, de la calidez de su mano en la espalda a través de la seda y de sentirse cautiva de su fortaleza, girando sin esfuerzo por todo el salón, era una distracción suficiente.

Deseó no haber pensado que todo el placer de su vida dependía cada vez más de él.

Terminada la pieza, se pasearon una vez más entre la multitud, dialogando con los conocidos. Estaban dejando uno de esos grupos cuando Gerrard Debbington saludó a Gabriel. Gabriel se detuvo y Gerrard, tras avanzar serpenteando entre el gentío, finalmente los alcanzó.

Le sonrió a Alathea.

Ella le devolvió la sonrisa olvidando completamente que no lo había encontrado en la recepción inicial.

—Hola.

Gabriel apretó los dedos de la mano de Alathea y los presentó. Alathea continuó sonriendo como si acostumbrara a hablar con caballeros a los que no conocía previamente. Gerrard, afortunadamente, había sido educado demasiado bien para hacer comentarios al respecto.

Miró a Gabriel.

—¿Puedo hablar contigo?... Hay algo que debes saber.

Gabriel hizo un gesto hacia Alathea.

—Ella sabe de mis intereses y sobre Crowley. Puedes hablar con libertad.

—Oh. —La sonrisa de Gerrard ocultó su sorpresa—. En ese caso... Ayer salía del Tattersal, cuando literalmente me topé con Crowley. Estaba con un caballero. Vane dijo que era lord Douglas. Desafortunadamente, Vane y Patience estaban justo detrás de mí y Patience habló. Por lo que dijo, resultó obvio que era mi hermana —hizo una mueca y siguió—. Sólo una hermana diría algo así. Como ella iba del brazo de Vane, no hacía falta ser muy listo para adivinar la conexión. Vane me dijo que te contara esto y te preguntara qué piensas.

—Pienso —dijo Gabriel— que debemos discutir las posibilidades con Vane. —Miró por encima del mar de cabezas—. ¿Dónde está?

—Al fondo a la izquierda —dijo Gerrard, estirando el cuello—. Cerca de la pared. Patience está con él.

Alathea ubicó la pluma púrpura que Patience Cynster tenía en el pelo.

—Allí, donde está el segundo espejo.

Se encaminaron en esa dirección, pero al atravesar la multitud, Gerrard tomó la delantera. Gabriel atrajo hacia sí a Alathea.

—Necesito hablar con Vane de esto. Gerrard podría estar en peligro.

Alathea lo miró con preocupación.

—¿Por Crowley?

—Sí. Necesito que distraigas a Patience, mientras hablo con Vane.

—¿Por qué no puedes hablar del asunto delante de Patience? Después de todo Gerrard es su hermano.

—Por esa misma razón. Y en caso de que no lo hayas notado, Patience está embarazada, por lo que Vane ciertamente no querrá que se preocupe por una amenaza hacia Gerrard que nosotros nos aseguraremos de que nunca se materialice.

—¿O sea que quieres que la distraiga? ¿Que sea cómplice de mantener en la oscuridad algo que ella tiene todo el derecho de saber? —Alathea estalló con otra idea que superaba a la de los derechos fraternales de Patience—. Dime: si existiera una amenaza hacia Charlie o Jeremy, ¿me lo contarías o harías que nunca supiera de ella?

La forma en que los labios de Gabriel se sellaron fue una respuesta suficiente. Ella entrecerró los ojos mirándolo.

—¡Hombres! Pero ¿qué te has creído...?

—Dime, ¿quién quería parar a Crowley? —inquirió Gabriel.

Alathea pestañeó.

—Yo.

—¿Y a quién le pediste que lo parara?

—A ti.

—Recuerdo vagamente haberte pedido que obedecieras mis órdenes.

—Sí, pero...

—Thea, basta de discusiones. Necesito hablar con Vane y no quiero que Patience se sobresalte innecesariamente.

Visto de esa forma...

—Oh, muy bien —dijo echándole una mirada torva—. Pero no lo apruebo.

Se liberaron de la multitud y avanzaron hasta Vane y Patience. Con una sonrisa segura, Alathea llevó a Patience hacia un lado. Gabriel escondió una sonrisa cuando escuchó que Alathea le preguntaba sobre su embarazo. El tópico perfecto, la excusa perfecta para excluir a los hombres de su charla.

Los hombres en cuestión pronto formaron su propio grupo.

—¿Qué te parece? —le preguntó Vane.

—Muy peligroso. Crowley pudo haberlo sabido por Archie Douglas enseguida. —Gabriel miró a Vane—. ¿Puedo suponer que Archie estaba lo suficientemente sereno como para reconocerte?

—Definitivamente. Estaba muy sobrio, esto fue antes del mediodía.

Gabriel miró a Gerrard.

—No hay más que hablar. Tenemos que sacarte de la circulación.

Gerrard se encogió de hombros.

—Puedo ir a casa en Derbyshire por un tiempo.

—No. Demasiado lejos. Tienes que estar al alcance de Londres y del tribunal. Te necesitaremos como testigo para corroborar los detalles de la propuesta de la compañía a los inversores.

Vane preguntó:

—¿Cómo piensas que reaccionará Crowley?

—Creo —contestó Gabriel— que de momento se detendrá. Ha estado en el juego demasiado tiempo como para actuar apresuradamente. Y falta poco para que pueda reclamar los pagarés. Creo que pensará que Gerrard me había consultado después del encuentro. No hay razón para que sospeche que yo sabía sobre el encuentro de antemano. Incluso si Gerrard me hubiese mencionado alguno de los esquemas de Crowley antes del encuentro, le habría aconsejado que no acudiese. Por eso, imaginará que me consultó después y que le aconsejé que no invirtiera en la compañía.

No supo nada de Gerrard después y ahora sabe por qué. Está tan cerca de tener en sus manos una pequeña fortuna que no querrá hacer demasiada bulla innecesariamente. No creo que venga a buscar a Gerrard por ahora, pero lo hará, y buscando venganza, en el momento en que se entere de que hay una denuncia contra la compañía.

—¿Cuán peligroso es?

Gabriel encontró la mirada de Vane.

—Lo mataría sin dudar.

Vane alzó las cejas. Gabriel continuó:

—La información que he recibido sugiere que puso hasta su último centavo en este montaje. Si los documentos de la compañía fracasan, estará en la ruina. Y probablemente tendrá tras él a algunos acreedores desagradables y furiosos. Yo calificaría a Crowley como más peligroso que una rata rabiosa acorralada.

—Hum —dijo Vane, mirando a su esposa que hablaba animadamente con Serena, a un metro de ellos—. Me preocupa Patience. Parece algo pálida, ¿no?

Gabriel evaluó el estado de salud que las sonrosadas mejillas de Patience dejaban traslucir.

—Definitivamente paliducha.

—Una corta estadía en Kent le servirá para recuperarse. Aire fresco, sol...

—Y muchos trabajadores en los campos que rodean la casa. Justo lo que ordenó el doctor. —Gabriel se dirigió entonces a Gerrard—. Y tú, por supuesto, como un buen hermano, la acompañarás.

Gerrard sonrió.

—Como queráis. Puedo estar tanto allí como aquí.

Vane hizo un gesto, señalando a Alathea y Patience.

—¿Les decimos la novedad?

Diez minutos después, Gabriel y Alathea estaban nuevamente inmersos en la multitud. Alathea sonrió.

—Es muy atento por parte de Vane preocuparse tanto por Patience, aun cuando no hay necesidad. Ella está perfectamente.

—Sí, bueno, los maridos tienen que hacer lo que les corresponde, especialmente cuando se trata de una Cynster —dijo Gabriel mirando a Alathea—. ¿Alguna novedad de la que te hayas enterado?

—Hablamos sobre embarazos.

—Lo sé.

Alathea se adelantó, se detuvo y se dio la vuelta para detenerse ante él.

—¿Qué estás sugiriendo...? ¿No...?

Los ojos de Gabriel se abrieron de par en par.

—¿No qué?

Los músicos comenzaron de nuevo. Deslizando un brazo alrededor de su cintura, la atrajo hacia él, hacia sus brazos y hacia la pista de baile.

Con la mirada fija por encima de sus hombros, Alathea inspiró hondo. Ignorando el rojo que cubría sus mejillas, categóricamente afirmó:

—No estoy embarazada.

El profundo suspiro de Gabriel le hizo cosquillas en las orejas.

—Bueno, siempre hay esperanzas.

La mano de Gabriel se movía sobre su espalda en pequeños círculos. Alathea se mordió los labios para frenar la repentina compulsión de decirle la verdad: que no sabía si estaba embarazada o no. No iba a discutir esas cosas con él, definitivamente. Especialmente no con él.

—Bueno, algún día estarás embarazada de mi hijo. Lo sabes, ¿no?

Cerró los ojos y también trató de cerrar los oídos para no escuchar esas palabras que caían directo en su mente, en su corazón, en su alma vacía y ansiosa.

—Amas a los niños. Y quieres tener los tuyos propios. Te daré tantos como quieras.

Giraban, sin prestarle atención a la música, moviéndose según una melodía que escuchaban en otro plano.

—Tú quieres tener un hijo mío. Yo también. Eso ocurrirá algún día. Thea, confía en mí, eso ocurrirá.

Ella se estremeció. Para su inmenso alivio, él no dijo nada más, sólo siguió girando por la pista de baile. Cuando la música terminó y él la soltó, ella pudo recuperarse. Sin embargo, no lo miró. En cambio, examinó el salón.

—Voy a ver si Serena...

—Todo está bien. Ella me ha dicho que te aleje de las preocupaciones.

Eso hizo que ella lo mirara.

—No lo hizo.

—Sí lo hizo y sabes que un caballero debe hacer todo lo que esté a su alcance para satisfacer a su anfitriona.

Su contestación fue impedida por la llegada de lord y lady Collinridge, los vecinos que eran dueños del viejo granero con la angosta ventana trasera. Los Collinridge los conocían a ambos desde su infancia, pero no habían visto a Gabriel desde hacía años. Con una dulce sonrisa, Alathea alentó a lady Collinridge para que se acercara y atormentara a su torturador.

Al fin, Gabriel inventó que su madre lo había mandado llamar para poder escapar, y se llevó a Alathea con él.

—Jezabel —le susurró, mientras atravesaban la multitud que ahora había alcanzado la misma densidad que la de cualquier otro baile de la temporada.

—Te lo merecías —le respondió Alathea. Un repentino agolpamiento de cuerpos los detuvo, Gabriel detrás de Alathea.

—Hmmm. ¿Y qué más me merezco?

Alathea tragó saliva cuando sintió una mano que se deslizaba sobre su cadera para ejecutar un circuito placentero en torno a su trasero revestido de seda.

Cerrando la mano, Gabriel levantó la cabeza y susurró en sus oídos:

—Tal vez quisieras retirarte a tu despacho. Después de todo, tu madrastra me ordenó que hiciera todo lo que estuviera a mi alcance para mantenerte entretenida.

Alathea no pudo resistir la necesidad de girar la cabeza y mirarlo a los ojos. Bajo sus pesados párpados, sus ojos brillaban con un fuego dorado. No había ninguna duda respecto a sus intenciones.

Su mirada se detuvo en los labios de Gabriel. ¿Podía la

tentación presentarse de una manera más potente que ésta?

El apretujamiento en torno de ellos cesó y ella pudo entonces respirar.

—No hay cerradura en la puerta de mi oficina. ¿Lo recuerdas?

Habló antes de pensar. Sus mejillas se sonrojaron. La perversa risa entre dientes de Gabriel le hizo pensar en un bucanero que estuviera a punto de atraparla, pero su mano dejó su trasero, su carne febril, cerrándose brevemente, de manera afectuosa, en su cadera antes de liberarla. El flujo de gente se puso en movimiento de nuevo y siguieron.

Casi inmediatamente se encontraron con lady Albermarle, pariente lejana de los Cynster y se detuvieron a conversar. Después de ella pasaron a hablar con lady Horatia Cynster.

—No tengo idea —respondió a la interrogación de Gabriel— de si Demonio y Felicity volverán a la ciudad antes del final de la temporada. Por lo que dicen todos, lo están pasando muy bien. Lo último de lo que nos enteramos es que andaban por Cheltenham.

Hablaron durante algunos minutos y luego, nuevamente, se pusieron en movimiento. La siguiente dama con la que intercambiaron saludos resultó ser también pariente de los Cynster; Alathea se quedó pensando. Era cierto que había un montón de Cynster y muchas más relaciones familiares. Sin embargo...

Cuando volvieron a ponerse en marcha, le echó una mirada y le dijo:

—Por casualidad, ¿no me estarás presentando a tu familia?

—Claro que no... Ellos ya te conocen. Y los que no te conocían te fueron presentados en la recepción.

Alathea suspiró exasperada. La mirada de Gabriel, la posición de su mandíbula la alertaron de que toda protesta sería infructuosa... Tenía una idea fija. Las riendas estaban en sus manos y la estaba conduciendo a toda velocidad hacia el matrimonio. Meneó la cabeza.

—¡Eres imposible!

—No. La imposible eres tú. Yo, simplemente, soy inflexible.

Alathea trató de ocultar la risa, pero no pudo.

—¡Lady Alathea! —dijo lord Falworth, abriéndose paso entre la multitud para hacerle una reverencia—. Querida señora, he estado buscándola obstinadamente. Se lo aseguro. —Y le echó una mirada censora a Gabriel—. Pero ahora que la he encontrado, creo que acaba de comenzar un baile. ¿Me haría el honor?

Alathea sonrió. A pesar de todos sus modales de petimetre, Falworth era un caballero afable y un compañero muy correcto.

—Por supuesto, señor. Soy yo la que se sentirá honrada —dijo. Ya era tiempo quizá de que pusiera alguna distancia entre ella y su sedicente guardián—. Si me disculpa, señor Cynster.

Y dicho esto, con una inclinación de cabeza dirigida a Gabriel, apoyó la mano sobre la manga de Falworth y lo dejó guiarla hacia donde se estaban disponiendo los bailarines.

Tan pronto como comenzó el baile, se olvidó de Falworth y sus pensamientos se dirigieron a Gabriel. Había —y probablemente siempre había habido— sólo un hombre para ella: el hombre de quien siempre había estado muy cerca a lo largo de toda su vida. Y ahora él quería casarse con ella. Se preocupaba por ella, pero no del modo que ella podía aceptar como una base firme para el matrimonio. No tenía idea de lo que debía hacer, de cómo hacerse cargo de la situación y marcar un rumbo seguro para ambos. Con cada día que pasaba, crecía la presión para darse por vencida, para rendirse.

Su única defensa contra eso era sencilla, pero sólida. El miedo. Un miedo imposible y constante de un dolor mayor, tan profundo que jamás podría ser capaz de sobrellevarlo. Un dolor que presentía aunque no lo conociera, un dolor que podía imaginar, pero que nunca había sentido. El tipo de dolor al que ninguna persona sensata se expondría.

Eso es lo que sabía. Tenía demasiado miedo para consentir que se casaran, si lo que él sentía por ella era, fuera del deseo pasajero, un ligero cariño y el deber de protegerla.

Mientras daba giros y se balanceaba al compás de las figuras de la danza, consideró esa verdad y el hecho de que implicaba que nunca tendría un hijo de él.

Nunca, jamás tendría hijos propios.

Pero eso había sido decidido once años atrás. Sin embargo, el destino había abolido su determinación.

A un costado de la pista de baile, Gabriel observaba cómo Alathea giraba graciosamente. Ella pensaba en otra cosa, en algo que no era el baile: en su mirada había una distancia, en su expresión una calma cerrada que significaba que mentalmente estaba en otra parte. Estaba seguro de que ella estaba pensando en él. Quería que pensara en él, pero... tenía la profunda sospecha de que lo que pensaba en ese momento no seguía los caminos que él deseaba. Sus instintos lo instaban a presionarla, a estar tan encima de ella como pudiera. Sin embargo, otra sensación —una sensación más fuerte— lo alertaba de que la decisión era de ella. Y sabía lo fácil que era de influenciar.

En ese momento, su campaña estaba teñida por las circunstancias y su presa demostraba ser escurridiza. Cada vez que pensaba que la tenía a su alcance, se alejaba, con los ojos muy abiertos, levemente intrigada, pero no convencida.

En ningún momento lo bastante convencida de casarse con él.

Ese hecho lo dejaba con la sensación de estar atrapado y, cada vez que ella se alejaba de su lado, de no ser en absoluto civilizado. No había ninguna pared conveniente contra la que pudiese apoyarse y vigilarla, de modo que merodeaba por el borde de la pista, sin ganas de ser abordado por ninguna de las damas deseosas de que él las mirase.

Tuvo éxito en evitar a las damas comedidas, pero no pudo evitar a Chillingworth. El conde se cruzó directamente en su camino.

Sus miradas chocaron. De mutuo acuerdo, cambiaron de

posición para quedar hombro con hombro, mirando hacia la pista de baile.

—Estoy sorprendido —dijo Chillingworth, arrastrando las palabras— de que no te hayas cansado de ese juego.

—¿A qué juego te refieres?

—Al juego del caballero protector, que nos mantiene a todos a raya —dijo Chillingworth mirándolo de frente—. Siendo un amigo tan próximo de la familia de ella, puedo entender que te atraiga la idea, pero ¿no te parece que estás exagerando demasiado?

—Me pregunto, ¿qué es lo que te preocupa de todo el asunto?

Incluso en el momento de efectuar la pregunta, Gabriel sintió un frío cosquilleo en la nuca.

—Creía que era obvio, querido muchacho —dijo Chillingworth, señalando hacia los bailarines, con cuidado de no señalar específicamente a Alathea—. Ella es un partido interesante, especialmente para alguien en mi situación.

Cada palabra profundizaba el escalofrío que ahora recorría incesante las venas de Gabriel. Aquellos que no conocieran la sociedad podrían imaginar que Chillngworth había querido decir que estaba considerando seducir a Alathea porque, en ese momento, estaba sin amoríos. Pero Gabriel sabía la verdad. El conde pertenecía a su propia clase, era del mismo estrato social que los Cynster; era, en todo aspecto, su igual. Se atenía al mismo código no escrito que Gabriel había honrado a lo largo de toda su vida adulta. Las damas de buena familia y de buena reputación no eran un blanco legítimo.

Alathea, indudablemente, era de buena familia y tenía buena reputación. Seducirla no estaba en los planes de Chillingworth.

Con expresión impasible, Gabriel miraba a los bailarines, la vista fija en el rostro de Alathea.

—No es para ti.

—¿No? —había algo de desafío en la voz de Chillingworth—. Me doy cuenta de que puede que caiga como una sorpresa, especialmente a un Cynster, pero eso le toca juzgarlo a la dama en cuestión.

—No —dijo Gabriel, pronunciando la palabra tranquilamente, aunque había en su voz una fuerza latente que puso tenso a Chillingworth. Y esperó.

Gabriel vio claramente el peligro. Chillingworth tenía la edad de Diablo, pero todavía no se había casado. Necesitaba un heredero, y para ello debía casarse. Podía reconocer el buen gusto de Chillingworth al sentirse atraído por Alathea; sin embargo, no estaba dispuesto a aprobarlo.

Alathea lo amaba, pero él no sabía si ella lo sabía o si lo aceptaba. Era empecinada y testaruda, estaba acostumbrada a trazar su propio camino. También tenía esa veta de temeridad que a él le resultaba alarmante. Nunca podía predecir lo que haría. La idea de llegar a un acuerdo sobre casarse con él le estaba resultando difícil. Si Chillingworth pedía su mano, ¿acaso no aceptaría para escaparse del callejón sin salida al que él la había conducido?

A pesar de amarlo —o incluso justamente por eso—, ¿casarse con Chillingworth en lugar de con él, no le permitiría liberarlo de las ataduras caballerescas a las que ella imaginaba que se vería sometido?

Por encima de las cabezas de los otros bailarines, Gabriel vio a Alathea y supo que no podía arriesgarse. Ella era amigable con Chillingworth. El conde podía ser encantador cuando lo deseaba y, al fin y al cabo, era un caballero cortado con el mismo patrón que Gabriel. Y Alathea era hija de un conde. Sería una unión oportuna.

Salvo por una cosa.

Volviéndose hacia Chillingworth, Gabriel se topó con su mirada.

—Si estás pensando remediar tu falta de heredero a través de una alianza con los Morwellan, te sugiero que lo vuelvas a pensar.

Chillingworth se puso tenso; el aspecto de sus ojos sugería que apenas podía creer lo que estaba oyendo.

—¿Qué quieres decir? —preguntó, con voz dura y apenas ocultando su actitud agresiva.

—Porque morirías —afirmó Gabriel— antes de apoyar apenas un dedo sobre la dama en cuestión, lo que podría hacer que lo de tu heredero fuera un poquito difícil.

Chillingworth se lo quedó mirando; luego desvió la vista, resumiendo su anterior actitud no combativa.

—No puedo creer que hayas dicho eso —murmuró.

—Palabra por palabra.

—Lo sé —dijo Chillingworth—. Muy esclarecedor.

—Tanto como para que lo tengas en mente.

La danza había terminado; Chillingworth miró hacia donde estaba Alathea del brazo de Falworth. Ambos, él y Gabriel, se adelantaron para interceptarla.

—Lo tendré presente —replicó Chillingworth.

Alathea no pudo creer con qué facilidad Gabriel la había localizado entre la muchedumbre; ella y lord Falworth apenas habían comenzado a pasear, cuando él se les apareció de entre el gentío. En consecuencia, ella se sintió especialmente contenta al ver a Chillingworth a su lado.

—Milord —dijo, dándole la mano a Chillingworth y sonriendo con aprecio auténtico mientras él se inclinaba—, espero que note que tomé sus comentarios al pie de la letra. No pude hacer nada respecto de la cantidad de invitados, pero hay planeados muchos valses esta noche.

Chillingworth suspiró.

—¿Qué clase de tortura es ésa, querida? Supongo que, como de costumbre, no le quedan valses libres.

Alathea no se perdió la mirada de refilón que Chillingworth le dirigió a Gabriel.

—Por desgracia, no.

—Sin embargo —continuó Chillingworth—, a menos que mis oídos me engañen, está comenzando una contradanza. ¿Puedo solicitarle el placer de su compañía?

Alathea sonrió.

—Estaré encantada.

Se trataba de una danza que se bailaba en parejas. Chillingworth conversaba con facilidad sobre temas generales. Alathea respondía superficialmente aunque en su cabeza, los pensamientos, como siempre, se deslizaban hacia Gabriel.

Ella lo perdió de vista cuando terminó la pieza. No estaba donde lo había dejado. Se preguntó adónde había ido y qué estaría haciendo.

Al terminar el baile, apoyó la mano sobre la manga de Chillingworth. Él la guió a través de la pista directamente hasta Gabriel, quien estaba esperando en el otro extremo del salón de baile.

Alathea se contuvo de alzar la vista hacia el cielo. Retirando la mano del brazo de Chillingworth, se ubicó entre ambos, lista para darles un codazo en las costillas si infringían los estándares de la conversación.

Pero, para su sorpresa, ninguno lo hizo. Chillingworth parecía cuidadosamente atento. Gabriel era arrogante como de costumbre, con la única diferencia de que trataba a Chillingworth como a un igual. Después, se les unió Amanda, escoltada por lord Rankin. Un minuto más tarde, llegó Amelia, del brazo de lord Arkdale.

—¡Qué baile tan bonito, lady Alathea! —dijo encantada Amanda—. Estoy disfrutando muchísimo.

La descarada le hacía ojitos a Rankin, quien, sin darse cuenta, resplandecía.

—Ha venido una multitud... una verdadera multitud —terció Amelia—. Hay tanta gente... —agregó, sonriéndole a lord Arkdale—. ¡Vaya! Nunca antes había tenido la oportunidad de charlar con Freddie.

—Espero —las cortó Alathea, adelantándose a Gabriel— que sabréis aprovechar las posibilidades que se os ofrecen.

—Oh, sí —le aseguró Amanda—. Nuestros carnets de baile están llenos. Hemos bailado cada pieza con un caballero diferente.

—Y pasado cada intervalo con otros caballeros distintos —agregó Amelia. Ambas muchachas morigeraron la noticia de su deliberada inconstancia con sonrisas cautivadoras dirigidas a sus acompañantes. Ninguno de los caballeros estaba seguro de si debían o no vanagloriarse.

—A propósito, Gabriel, no hemos visto a Lucifer —dijo Amanda, fijando sus angelicales ojos celestes en el rostro de su primo—. ¿Está aquí?

—Estaba.

—Ha debido de encontrar algo terriblemente interesante. O a alguien —anunció Amelia ingenuamente.

—También he visto a lady Scarsdale y a la señora Sweeny. Llevaba algo bermellón... un tono horrible. No creo que Lucifer esté con ella, ¿no?

—Tal vez esté con lady Todd. Sé que ella anda por aquí...

Las gemelas siguieron especulando sobre la ocupación presente de Lucifer. Sus compañeros estaban completamente desconcertados. Gabriel, no, pero tampoco quería desviar su atención. Alathea se mordió el labio y dejó que las gemelas tuvieran su venganza.

Cubierto por la ligera y animada charla de las muchachas, Chillingworth tocó el brazo de Alathea. Al volverse, ella se topó con una expresión levemente compungida en los ojos del conde.

—Me temo que voy a abandonarla, querida, y dejarla cautiva de este grupo de Cynster.

Alathea sonrió.

—Son un grupo revoltoso, pero las gemelas, como ve, están celebrando una victoria familiar.

Por un instante, los ojos de Chillingworth sostuvieron la mirada de ella, luego su vista se desvió a Gabriel, que en ese momento intercambiaba pullas con Amanda. Chillingworth miró interrogativamente a Alathea.

—¿Cynster también, no?

Alathea no supo qué pensar... y mucho menos qué responder.

Chillingworth la liberó del problema haciendo una inclinación.

—A sus órdenes, querida. Si alguna vez se encuentra necesitada de ayuda, sepa que sólo tiene que pedírmela.

Hizo una reverencia elegante y se apartó, desapareciendo entre la multitud.

Intrigada, Alathea lo observó irse y luego se volvió hacia Gabriel y las gemelas.

El siguiente baile fue un vals.

Sin ni siquiera disculparse, Gabriel, con el humor severamente puesto a prueba por las gemelas, cerró la mano alrededor de la de Alathea y la condujo a la pista de baile. La rodeó con el brazo y la atrajo contra sí. Sus miradas se encontraron.

Ella sonrió, pero no dijo una palabra. Estaba relajada, y lo seguía sin esfuerzo. Contemplaba el salón a medida que evolucionaban por la pista, y no vio que hubiese problema alguno; su baile estaba en lo mejor y todo andaba bien.

Estaba a punto de volver a concentrarse en el rostro de Gabriel, cuando se le presentó fugazmente el de lady Osbaldestone. La expresión jubilosa en los ojos de la vieja dama le recordó la aprobación de lady Jersey, la princesa Esterhazy y los demás. ¿Cuántos otros habían estado esa noche con los ojos vigilantes y las mentes censoras alerta?

—Esto es peligroso... Tú y yo... —dijo, mirando a Gabriel—. Vamos a terminar dándoles el gusto a los chismosos.

—Pamplinas. ¿Quién nos ha desaprobado?

Nadie. Alathea apretó los labios. Al cabo de un instante, dijo:

—Soy demasiado vieja. Toda la alta sociedad está esperando que te cases. No aprobará que lo hagas conmigo.

—¿Por qué no? Ni que fueras una anciana, por Dios.

—Tengo veintinueve años.

—¿Y qué? Si a mí no me preocupa, y sabes muy bien que no, ¿por qué les debe preocupar a los demás?

—Por lo general, los solteros de treinta no acostumbran a casarse con solteronas de veintinueve.

—Probablemente porque la mayoría de las solteronas de veintinueve se quedan así por alguna buena razón —dijo Gabriel observando la mirada de ella—. Tú estás soltera por una razón completamente distinta; una razón que ya no es válida. Hiciste lo que tenías que hacer: volviste a poner de pie a tu familia. Te has hecho cargo de todo hasta que Charlie pueda reemplazarte, y lo has preparado para que así sea —dijo, y bajó la voz—. Ahora es tiempo de que empieces a vivir la vida que deberías haber vivido. Conmigo.

Alathea permaneció en silencio, insegura de poder confiar en su propia voz.

Gabriel prosiguió:

—No he detectado ni el menor atisbo de desaprobación... Más bien, lo contrario. Todas las matronas conocieron a tu madre: están encantadas con sólo pensar en que te cases. Así como el resto de la alta sociedad, nunca entendieron por qué no te casaste. Para ellas, la idea de que te cases es altamente romántica.

Alathea contuvo el resuello. Al cabo de un minuto, se atrevió a levantar la vista.

La mirada de Gabriel era amablemente despiadada.

—Se alegrarán del anuncio, cuando consientas en dejarme hacerlo. No serán ellas quienes me lo impidan.

Ella era quien se lo impedía. Alathea desvió la vista. Parecía que no había nada que hacer. Estaba nadando contra la corriente.

En el cercano cuarto de juegos, Diablo Cynster, duque de St. Ives, se acercó al conde de Chillingworth, quien estaba apoyado contra una pared, observando una mano de piquet.

—Asombroso. Jamás pensé que te retirarías —dijo Diablo, mirando significativamente hacia el salón de baile—. Me resulta difícil de creer que allí no haya posibilidades. Si no te apresuras, esta noche pasarás frío. Yo, al menos, tengo una cama calentita en casa.

Chillingworth lo miró divertido.

—¿Y qué te hace pensar que yo no? La única diferencia entre tú y yo, querido muchacho, es que tu cama mañana por la noche será la misma, mientras que la mía posiblemente sea otra.

—Eso no está mal, si uno no es muy exigente.

—En este momento, me inclino por la variedad. Aparte de eso, ¿a qué debo este dudoso placer?

—Estoy comprobando tu interés.

—¿Para saber si debemos retirarnos el saludo?

Diablo apoyó los hombros contra la pared.

—De manera puramente altruista, por mi parte.

Chillingworth ocultó una sonrisa.

—¿Altruista? Dime, ¿es mi integridad física la que te interesa? ¿O piensas en alguien más cercano?

A través del arco que había delante de ellos, Diablo estudió a la multitud en el salón de baile.

—Digamos que no deseo ver ningún nubarrón ni malentendido en la simpática relación que existe entre tu familia y la mía.

Chillingworth nada dijo durante varios minutos, contemplando también a las figuras que se agitaban en el salón de baile. Luego se movió.

—Si dijera que no tengo intención de perturbar la armonía reinante entre nuestras casas, ¿me harías un favor?

—¿Cuál?

—No se lo digas a Gabriel.

Diablo volvió la cabeza.

—¿Por qué?

Con una expresión irónica en los labios, Chillingworth se separó de la pared.

—Porque es divertido observarlo morder mi anzuelo y porque considero que es un consuelo —dijo en un murmullo, apenas audible para que Diablo lo oyera, mientras partía.

18

El baile había tenido lugar el lunes por la noche. Alathea no volvió a ocuparse de Gabriel hasta el miércoles. Paseando por el parque, detrás de las hermanas de él y de las suyas, escoltadas por lord Esher y por el señor Carstairs, se hallaba sumida en pensamientos perturbadores a propósito de Crowley y de la Central East Africa Gold Company, cuando sintió que la llamaban. Heather Cynster señaló el cercano camino de los carruajes, donde su hermano Gabriel retenía su tiro de incansables caballos, que piafaban, impacientes. A medida que apresuraba el paso, Alathea tuvo la clara impresión de que los caballos reflejaban el estado de ánimo de su amo.

—Buenos días.

Alathea tuvo que levantar la cabeza para mirarlo, debido al asiento alto del vehículo. El carruaje atrajo el interés de las muchachas y de sus pretendientes, y le dejaron a ella la cuestión de vérselas con su conductor.

Éste le hizo señas para que subiera.

—Vamos. Te llevaré a dar una vuelta por la avenida.

—No, gracias —dijo sonriendo.

Él la miró fijamente.

Los otros lo habían oído.

—¡Ve, Allie! Lo disfrutarás.

—Estaremos bien.

—Será por unos minutos.

—Carstairs y yo nos comprometemos a cuidar de las muchachas en su lugar, lady Alathea.

Alathea mantuvo la mirada fija sobre el rostro de Gabriel.

—¿Cuál fue la última vez que llevaste a una dama por el parque?

Gabriel la estudió por un largo momento y luego apretó los labios.

—Sostenlos, Biggs —ordenó.

Su mozo de cuadra saltó desde atrás y corrió hacia la cabeza de los caballos. Gabriel ató las riendas y bajó de un salto.

Sin una palabra, la cogió del brazo y saludó con la mano a los otros. Absortas en sus propias preocupaciones, las muchachas estaban a gusto. De mutuo acuerdo, ella y Gabriel esperaron hasta que el grupo estuvo lo suficientemente adelantado, de modo que pudieran hablar sin ser oídos, y luego siguieron tras sus pasos.

—No hay razón para que no me dejes conducirte por el parque.

—No tengo intención de dejarte declarar tus intenciones de manera tan desembozada —contestó Alathea, lanzándole una mirada de reprobación—. No voy a dejarme manipular por tales maniobras.

—Peor para ti. ¿Quién te lo dijo?

—Tu madre siempre está contando tus hazañas... las tuyas, las de Lucifer y las del resto de tus primos. Parece que el hecho de que ninguno de vosotros lleve damas al parque (salvo que sean sus esposas) es bien sabido por todos.

Gabriel lo había hecho a propósito.

—¿Qué te parece Gretna Green?* Podríamos llegar allá en dos días.

—Por ahora, tengo cosas que hacer aquí. Tan pronto como haya terminado con eso, espero volver a retirarme al campo.

—Yo, en tu lugar, no haría apuestas.

—Bueno, ¿y qué has sabido? Supongo que anoche recibirías mi nota.

* Pueblo del sur de Escocia, en la frontera con Inglaterra, que, antaño, las parejas solían elegir para celebrar sus matrimonios. *(N. del T.)*

—Sí, pero no la he visto hasta hoy por la mañana. Anoche estuve ocupado tratando de sacarles información a algunos funcionarios africanos —contestó Gabriel.

—¿Qué te dijeron?

—Lo suficiente como para confirmar extraoficialmente que al menos cuatro permisos gubernamentales de Crowley son falsos. Estoy haciendo lo posible para que lo dicho de manera informal se vuelva oficial, pero la burocracia de los gobiernos jamás trabaja rápido. Para cuando debamos hacer nuestra presentación, no tendremos ningún respaldo oficial a nuestra petición.

—¿Y cuándo será eso? —quiso saber Alathea.

—No me parece que debamos esperar más allá del próximo martes.

—¿Tan pronto?

—No podemos arriesgarnos a que Crowley ejecute sus pagarés, y apostaría cualquier cosa a que va a hacerlo hacia finales de la semana que viene —explicó Gabriel y miró a Alathea—. La petición todavía no está lista. El empleado de Wiggs debería terminarla, como muy tarde, para mañana. Wiggs me la traerá. Si no hay más que agregar, con tu autorización, le diré a mi abogado que pida una cita para el martes por la mañana a uno de los jueces del tribunal para someterle el caso. No debemos aguardar más: una tentativa posterior, una vez que el pagaré sea ejecutado y se nos exija el dinero, nos dejaría en una posición legal considerablemente peor.

—Si no hay otro remedio —dijo Alathea, con una mueca.

—Alertaré a Diablo y también a Vane. Él hará venir a Gerrard a la ciudad cuando se lo necesite —dijo Gabriel.

Contemplando el rostro y el perfil de la mujer, abrió la boca para decir: «Thea, es un riesgo grande», pero no pronunció esas palabras. Si él ya había considerado todos los peligros y alternativas, ella también. No había peligro para ella: se casaría con él en breve y él rescataría de la miseria tanto a su familia como a Alathea; ella lo sabía sin que él tuviese que decirlo. Pero ¿qué pasaría con Morwellan Park y con el título que un largo linaje de Morwellan había poseído desde tiempos remotos? ¿Qué sucedería con el orgullo familiar? Eso era lo primero que ella se había propuesto proteger y no era algo que pudiese ser rescatado sin arriesgarlo todo.

Sus motivaciones no necesitaban ser explicadas a un Cynster. Todo lo que él podía hacer era estar a su lado y hacer todo lo posible para que ella triunfase.

Y tal vez, proporcionarle una distracción.

—En realidad, la razón por la que he venido a buscarte no era decirte esto. He conseguido entradas para la representación del viernes de *El barbero de Sevilla*. Tal vez a ti y a tu familia os gustaría asistir.

Alathea se lo quedó mirando.

—El viernes por la noche es la última representación. Será una noche de gala.

—Eso tenía entendido.

La producción había causado sensación entre la aristocracia. El productor había decretado que la interpretación final sería una gala, en agradecimiento al elenco y a los mecenas.

—Pero... las localidades para la gala se agotaron apenas fue anunciada la semana pasada. ¿Cómo has podido conseguir entradas para todos nosotros?

—¡No importa cómo obtuve las condenadas entradas! ¿Vendrás?

—Por lo que a mí respecta, ¡por supuesto que iré! En cuanto a los demás, pregúntales tú mismo —dijo Alathea e hizo señas al grupo que se había congregado alrededor del carruaje de los Morwellan.

Gabriel se sintió aliviado al ver que sus hermanas ya se habían despedido y se dirigían al carruaje de su madre, situado un poco más allá. Celia lo vio y lo saludó, pero no esperaba que él le respondiera. Tampoco se sorprendió de verlo nuevamente paseando con Alathea. Esos hechos hablaban de que Celia, por lo menos, entendía sus intenciones y las aprobaba. Gabriel sabía que podía contar con su apoyo en caso de necesidad.

Gabriel se unió a los otros ante el carruaje de los Morwellan, y les ofreció con delicadeza su invitación, la cual incluía específicamente tanto a Esher como a Carstairs. Alathea lo miró con curiosidad, pero no dijo nada. No tenía que hacerlo: todos estaban ansiosos por asistir a la gala de *El barbero de Sevilla*.

Cuando llegó con los otros a la ópera, la noche del viernes, Alathea descubrió que Gabriel no sólo había conseguido las entradas sino que la ubicación era una de las más buscadas: los dos palcos privados que estaban encima del escenario. Se encontró con Gabriel en el vestíbulo; él la tomó a ella de un brazo y a Serena del otro y las condujo escaleras arriba, por el corredor alfombrado del primer piso, hasta la dorada puerta del palco que daba a la izquierda del escenario.

Todos los ojos se volvieron mientras ellos se sentaban. Los ocupantes de los palcos menos favorecidos estiraban el cuello para ver quiénes se sentaban en esos lugares privilegiados en la noche del evento más celebrado de la temporada. Las murmuraciones abundaban cuando Alathea, cabeza erguida y expresión serena, se sentó en una de las butacas al frente del palco. Serena se sentó al lado de ella y volvió la cabeza para darle las gracias a Gabriel, mientras él se sentaba en la butaca de atrás y al lado de la de Alathea.

Alathea habría peleado con él de buen grado, pero no en público. En aquella situación, todo lo que podía hacer era sonreír y devolver las graciosas inclinaciones de cabeza que le hacían las matronas. Mary y Alice, con los ojos abiertos de par en par, se sentaron en la fila de delante, más allá de Serena. Esher y Carstairs se sentaron detrás de ellas. Su Señoría se inclinó hacia Serena y trabó conversación con ella. Alathea se volvió en dirección a Gabriel, con la intención de informarle de que después pelearía con él, pero se lo encontró inclinado más cerca de ella, con el ceño fruncido.

—Mis disculpas. No me di cuenta de que íbamos a atraer tanta atención.

Alathea sonrió y lo absolvió de culpa. Se abstuvo de

contestarle de manera ácida que ése era el grado de atención que él, un Cynster, debía esperar al pedirle la mano.

—Supongo —dijo en un susurro, y mirando brevemente a Serena para asegurarse de que no escuchaba nada— que no has tenido noticias del capitán.

—No —respondió él, levantando la vista hasta la frente de ella, con el ceño fruncido—. Deja de preocuparte. De una forma u otra nos las arreglaremos.

Ocultando toda evidencia externa de su estado, Alathea suspiró.

—He hecho todo lo que he podido de antemano, por si acaso... —Gesticuló desesperanzada—. Pagué todas las cuentas del baile: la comida, las modistas, los sombrereros, hasta los músicos. Todos pensaron que estaba loca al pedir que mandaran su cuenta de inmediato.

—Lo creo. Si habéis pagado todo ya, los Morwellan vais a ser la única familia que finalizará la temporada con las cuentas claras.

—Pensé que sería mejor; en cierta forma, más ético. Prefería que se les pagara a nuestros honestos acreedores antes de que Crowley reclamara todo lo que tenemos.

Los dedos de Gabriel se cerraron sobre la mano de Alathea. Ante la sensación de los labios de él acariciando el dorso de sus dedos, ella sólo tuvo tiempo de ponerse en tensión.

—Relájate. Olvídate de la Central East Africa Gold Company. Olvídate de Crowley, al menos por esta noche. —Con la cabeza, le señaló el escenario. El telón se levantaba ante el aplauso generalizado.

—Te he traído aquí esta noche y el único agradecimiento que quiero es que lo disfrutes. Deja de preocuparte.

Hizo girar su mano y le acarició la parte interna de la muñeca con los labios; luego la soltó. Alathea miró el escenario mientras se apagaban las lámparas de la sala e hizo lo que Gabriel le había pedido.

No fue difícil: la producción era un *tour de force*; los cantantes, soberbios; la escenografía y la orquesta, insuperables. En aquellas pocas semanas de su primera estadía en Londres, se había enamorado de los espectáculos musicales.

Desde entonces, moría por ellos; los esfuerzos de los teatros provinciales no se podían comparar con la extravagante opulencia de las veladas de Londres.

A causa de las escenas adicionales y de las arias especiales que se presentaban como parte de la gala, sólo iba a haber un intermedio, que tendría lugar después del segundo acto. Cuando cayó el telón y se encendieron las lámparas, Alathea suspiró con satisfacción y miró a Gabriel.

Él levantó una ceja y luego movió su corpulenta humanidad.

—Hora de estirar las piernas.

Alathea se volvió hacia Serena.

Su madrastra desplegó su abanico y lo agitó nerviosamente ante su rostro.

—Voy a quedarme aquí... Vosotros podéis recorrer los corredores, pero estad de vuelta a tiempo para el próximo acto.

Les sonrió a todos, a Esher del brazo de Mary y a Carstairs al lado de Alice. Gabriel les hizo señas para que se adelantaran y luego él y Alathea salieron del palco, introduciéndose en el mar de gente. Nada podían hacer, sino dejarse llevar con todos los demás.

—Olvídate de vigilar a los otros —aconsejó Gabriel—. Pero, dime, ¿ya han dicho algo?

—Ambos han pedido ver a papá el próximo miércoles —dijo Alathea, con una sonrisa—. Supongo que están preparando muy seriamente el encuentro para obtener su consentimiento. Nadie se ha animado a decirles que no necesitan tomarse el trabajo. Cada uno a su manera, son dos tesoros.

—Déjalos hacer. El matrimonio, al fin y al cabo, es una cuestión seria, no algo en lo que un caballero pueda embarcarse sin la debida consideración.

—¿De veras? Entonces podría sugerir...

—No. No puedes. Veintinueve años de conocerte es suficiente.

Vestido como alabardero de la Torre de Londres, se les acercó un lacayo, que les presentó una bandeja llena de vasos; cada uno cogió un vaso y ambos bebieron. La condesa

Lieven los saludó por entre la multitud; mientras estaban a su lado y sufrían sus observaciones, sonó la campana que llamaba al público de vuelta a sus asientos.

Diez minutos más tarde, lograron llegar a su palco y se hundieron en sus asientos, en el momento en que se levantaba el telón. Gabriel dispuso su silla de modo que pudiese ver el rostro de Alathea, iluminado por la luz del escenario. Luego se dispuso a observar, no la pieza, sino las expresiones que animaban los rasgos de la joven, las señales de alegría, de tristeza, de deleite que evocaba la historia que se desarrollaba. Los intérpretes tenían subyugados a los aristócratas, pero para Gabriel sólo existía Alathea.

La segunda parte del programa excedió las expectativas que había despertado la primera; al final, el público estaba de pie, aplaudiendo frenéticamente y las flores llovían sobre los solistas cuando se inclinaban para saludar. Por fin, todo acabó y el telón cayó por última vez. Gabriel observó cómo Alathea suspiraba profundamente y se volvía hacia él, con una expresión risueña en los ojos y todas sus preocupaciones desvanecidas por el momento.

Una recompensa suficiente.

Los otros prorrumpían en exclamaciones de admiración y discutían los puntos fuertes de la función. Inclinando la cabeza, Alathea estudió a Gabriel. Su sonrisa se hizo más marcada.

—No te hacía falta simular que prestabas atención.

—Uno de los beneficios de que nos conozcamos tanto es que no hay necesidad de andarse con rodeos.

Ella buscó su rostro.

—¿Por qué has hecho esto? Tomarte todo este trabajo, permitirte lo que estoy segura que ha sido un gasto increíblemente horroroso?

Gabriel le devolvió la mirada sin apartar la vista.

—La música te gusta.

Era así de simple; dejó que ella leyera la verdad en sus ojos. Ella se estremeció. Buscó el chal que había olvidado sobre el asiento y lo cogió. Dudó y luego se volvió de modo que le permitiese a Gabriel ponérselo sobre los hombros.

Tras soltar la seda fina, acercó sus manos a los hombros de ella; se acercó más, y murmuró:

—Como con otros placeres, mi recompensa es tu gozo.

La mirada que ella le lanzó era fascinante; la expresión de Alathea, difícil de identificar. Él no tuvo posibilidad de hacerlo en el breve lapso que le tomó escoltarla escaleras abajo, donde esperaban sus carruajes.

Cuando la ayudó a subir al mismo carruaje negro al que había ayudado a subir a la condesa en las semanas pasadas, ella le apretó la mano. Luego se agachó y entró al carruaje. Gabriel cerró la puerta y se apartó, mientras Folwell agitaba las riendas.

Alathea se hundió en el carruaje, frunciendo el ceño ahora que las sombras le daban la libertad de hacerlo. A su lado, Alice charlaba animadamente con Tony Carstairs, sentado enfrente de ella. Los dejó diseccionar el espectáculo; había otra interpretación por la cual se sentía más afectada.

Una interpretación que comenzaba a pensar que tal vez no era tal.

Si hubiese alguna posibilidad de que eso fuera...

Era tiempo de enfrentarse a su temor y la emoción que lo originaba. Ambas circunstancias le resultaban nuevas. Consentía la emoción, mientras simulaba que el temor no existía. No podría seguir así por mucho tiempo.

Siguió ensimismada durante el viaje de vuelta a Mount Street, respondiendo distraídamente cuando, junto a Serena y sus hermanastras, despidió a Esher y a Carstairs delante de la puerta de entrada. Subió los escalones, murmuró unas buenas noches y luego, rodeada por las atenciones de Nellie, continuó analizando cada uno de sus encuentros pasados, tratando de ver más allá del escudo de su caballero andante. Finalmente sola, se echó un chal sobre el camisón y se acurrucó sobre un asiento mullido ante la ventana.

Morwellan House tenía más de cincuenta años y había sido construida encima de los cimientos de una residencia mucho más antigua. Los Morwellan habían sido dueños de la propiedad durante siglos. Cuánto tiempo seguirían allí dependía de los dioses. No obstante, su vida estaba en sus propias manos. Se quedó mirando fijamente los árboles añosos al final del prado trasero, luego suspiró profundamente, cruzó los brazos sobre el alféizar de piedra de la ventana y apoyó el mentón sobre sus muñecas.

¿Cuándo se enamoró de él? ¿Había sido a los once, esa primera vez que él se había sentido tenso al estar cerca de ella? ¿O fue más tarde? ¿Acaso el amor había florecido sin que lo supiera en algún momento de su adolescencia? ¿O había sido su fantasía de niña que, paulatinamente, se había desarrollado hasta convertirse en otra cosa?

Preguntas que hoy no podían ser respondidas. Lo único que sabía era que, en algún momento, había ocurrido. En verdad, no parecía ser algo nuevo tanto como algo recientemente descubierto, una vulnerabilidad que no sabía que poseía hasta que el destino y las circunstancias se lo habían revelado. Ya era algo suficientemente malo, pero había más cosas con las que debía enfrentarse. Lo amaba, pero su amor todavía no había florecido por completo. Todavía era como un capullo, que acababa de retoñar al cabo de un prolongado invierno; aún debía abrirse. Todavía debía experimentar toda la expresión de su amor, el espectro completo de su anhelo. Pero podía sentir la fuerza, el poder que hinchaba a ese capullo; si se liberaba, barrería con su voluntad; se convertiría en la fuerza dominante de su vida.

Ese hecho no hacía más que agregarse a su temor.

Los dos hilos de su preocupación —su familia y su amor— estaban gobernados por una resolución simultánea. Más allá de lo que sucediera en el tribunal, ella sabía que él estaría allí, listo para salvarla, cualquiera que fuese el resultado, victoria o derrota. Si era victoria, la presionaría para que se rindiese; si era derrota, no esperaría autorización alguna sino que sencillamente la reclamaría como suya. Desde el punto de vista de él, todo iba a salir a pedir de boca; desde el de ella, no.

Por fin comprendió la naturaleza de su miedo, ahora que admitía la extraña idea de amarlo. Uno de los beneficios de tener veintinueve años era conocerse bien. Amarlo como sabía que haría si se permitía darle rienda suelta a su amor, significaría un compromiso completo, que la dejaría totalmente enredada en la relación que ambos tenían. Era incapaz de hacer las cosas a medias: cuando daba, lo daba todo. Si le ofrecía su corazón, sería de él, por completo y para siempre. Aún no lo había hecho, aún no le había entregado ni su amor ni su vida. Si consentía en ser su esposa, haría precisamente eso.

Pero ¿qué sucedería si él no la amaba?

El dolor que sentía venía de ahí. Se había enfrentado a la adversidad, al sufrimiento y a la soledad, a la amenaza de la servidumbre y de la indigencia, al miedo de ver a sus seres queridos en andrajos. Encontraría la fuerza cuando la necesitara, pero sabía en el fondo de su corazón que el dolor resultante de la generosidad de Gabriel la mataría.

Porque él sería amable, considerado y siempre gentil. Y aunque no la amase del mismo modo en que ella lo amaba, el amor que ella sentía por él era de tal suerte que la destruiría interiormente. No podría albergarlo, no podría limitarse a guardarlo en su fuero interno de no haber alguien a quien ofrecérselo, a quien prodigárselo. Había esperado demasiado tiempo para que el capullo floreciese: ahora florecería gloriosamente o se marchitaría hasta morir. No había otra forma. Y si moría, también ella moriría.

Era mejor que el capullo volviera a congelarse y que nunca floreciera.

Estaba segura de que él no la amaba. Ni por un instante había creído que el destino hubiera sido tan maleable como para hacer que él se enamorase locamente de ella. La vida nunca había sido así de amable. Él se preocupaba por ella, sí, tal como siempre se había preocupado, de ese modo racionalmente cauto que tenía, en el que cada emoción era precisamente lógica.

Eso era lo que la enfadaba. ¿Cómo se atrevía a ser tan lógico, cuando ella se sentía tan exaltada? Sin embargo, esa diferencia había parecido confirmar que lo que él sentía no era el amor que ella estaba descubriendo. En ese momento él la deseaba, quería cuidarla, protegerla, casarse con ella, pero no la amaba. Se había mantenido firme contra sus propósitos, completamente segura de que los interpretaba correctamente.

Hasta esa noche.

No había sido por la extravagancia del palco, ni siquiera por el hecho que él, según le constaba a ella, no hubiese apreciado la música. El momento en que la certeza había sido conmovida hasta sus cimientos fue cuando él dijo en un suspiro: «Como con otros placeres, mi recompensa es tu gozo.»

Lo que la había conmovido era el tono de su voz, tan habituada estaba a cada matiz, a cada inflexión que él emplease. Pronunció esas palabras como si la que hablara fuera su alma y no sólo su mente. Esas palabras habían resonado dentro de ella como si, en ese momento, se hablaran de corazón a corazón.

¿Se había equivocado? ¿La amaba? ¿Podría él amarla?

El problema era cómo saberlo.

Levantó la cabeza y miró hacia las estrellas, hacia la luna que lentamente palidecía en el oeste. No podía preguntárselo directamente. Si ella no estaba preparada para confesarle su amor en voz alta, difícilmente podía esperar que él hiciera otro tanto. Se sentía demasiado vulnerable como para hacerle tal confesión. Y en lo que respectaba a esperar que él se pusiera de rodillas y le declarase su amor...

Curvando los labios, estiró las piernas y se levantó. Caminó hacia su lecho reflexionando. Se deslizó entre las sábanas sin tener en mente un plan para hacer que Gabriel le confiara su intimidad, pero estaba determinada a lograr eso. No seguiría viviendo sin saber si había una mínima probabilidad de que el destino, al final, les sonriera y les enviara a ambos el amor.

A la mañana siguiente el día amaneció plomizo, el cielo acerado, la luz grisácea: todo coincidía con su humor. Mientras jugaba con su tostada, consciente de la naturaleza apagada de las conversaciones que se daban alrededor de la mesa del desayuno, Alathea peleaba por sobreponerse a un sentimiento atenuado de catástrofe en ciernes. El triunfo de su baile había sido eclipsado por la persistente preocupación acerca de la tenebrosa posibilidad de que su defensa incompleta no convenciera a la corte de que la Central East Africa Gold Company era un fraude. La magia especial de la noche anterior en la ópera, con la seductora insinuación de que, tal vez, también Gabriel estuviera ocultando la verdadera naturaleza de sus sentimientos, se había dispersado con las frías luces de la mañana.

A pesar de las varias horas sin dormir, no había sido capaz de diseñar un plan que le garantizara poder bajar las defensas de Gabriel, esa barrera con la cual él había protegido su corazón, al menos desde que ella tenía conocimiento. A pesar de su cercanía, Alathea no podía ver dentro de su alma.

Ella no lo hacía mejor. Siempre había sido cuidadosa en proteger sus sentimientos más íntimos. Tampoco iba a bajar la guardia y dejar que él viera dentro de su alma. Desafortunadamente, ésa parecía la única táctica con cierta posibilidad de éxito, pero los riesgos eran enormes.

Reprimiendo un suspiro, alcanzó la tetera. Debía de haber algo que ella pudiera hacer, alguna acción positiva que pudiese llevar a cabo para librarse de ese humor tan adusto. Si no podía develar las complejidades de su enemigo vuelto amante y ahora posible esposo, entonces debía proseguir con sus investigaciones. Tenía que haber algo aún no intentado, algo todavía no buscado. Alguna piedra a la que todavía faltara dar la vuelta...

Miró a Charlie.

—¿Ya habéis visitado el museo, tú y Jeremy?

—No —contestó Charlie, encogiéndose de hombros—. Queríamos hacerlo mientras estuviéramos aquí, pero...

Jeremy exclamó:

—¿Podemos ir hoy? El jardín trasero está demasiado mojado como para correr con el coche por allí.

Alathea miró a Alice y Mary.

—¿Por qué no vamos todos? Hace semanas que no salimos juntos y no hay nada más que hacer esta mañana.

Un tirón de mangas hizo que Alathea se diera la vuelta. Augusta la miraba con sus ojos marrones abiertos de par en par.

—¿Yo también?

Alathea sonrió, su depresión cedía.

—Claro, encanto, tú también.

Una hora después, Alathea estaba de pie en una de las cavernosas salas del museo, mirando lo que se suponía que era un mapa del centro de África Oriental, dispuesto sobre una larga mesa y protegido por una cubierta de vidrio. Estaba señalado Lodwar, pero no figuraba Fangak, ni Kingi, ni siquiera Kafia Kingi. Para más contrariedad, Lodwar parecía estar a orillas de un ancho río, un río que el explorador, cuyo trabajo ella había estudiado, aparentemente no había observado.

Alathea suspiró.

No se había molestado en ir antes al museo, pensando que el empleado de la Royal Society habría mencionado cualquier exposición que fuera útil. Desesperada, sin embargo, había sido capaz de hacer un gran avance. Al preguntarle al custodio de la puerta principal y descubrir que el museo tenía una exposición e incluso un buen mapa, su corazón había dado un brinco. Tal vez...

Dejó a los otros vagando por allí: Charlie y Jeremy con los objetos militares; Mary, Alice y Augusta con la cerámica antigua, y se deslizó hacia esa sala. Sólo había un gabinete con artefactos nativos y unas pocas acuarelas con temas de la vida salvaje del centro de África Oriental.

El corazón le pesaba tanto como el plomo. Había levantado incluso esa piedra, pero, como en todo el resto, no había nada de ayuda debajo de ella. Con una última mirada de disgusto al poco útil mapa, se alejó. Chocó contra un caballero.

—Oh —exclamó, y sujetó su chal que se deslizaba.

—Le pido que me disculpe, querida —dijo el caballero, haciendo una reverencia—. Estaba tan indignado por estas

cosas oropeladas que no estaba mirando por dónde iba.
—Su gesto señaló la exposición entera.

—Al contrario, era yo la que no miraba —contestó Alathea, mientras contemplaba las cejas profusamente pobladas del hombre, que colgaban sobre sus rasgos curtidos por los elementos. Esos rasgos estaban enmarcados por unas patillas entrecanas. Sus ojos eran de un azul lavado, su abrigo pasado de moda y sus pantalones de pana y hasta la rodilla ya no se usaban en la ciudad. La postura que adoptaba también era inusual: las manos entrelazadas detrás de la espalda; sus pies, separados, sus piernas, en tensión...

Dándose la vuelta abruptamente hacia la exposición, Alathea señaló el mapa y dijo:

—¿Eso es entonces incorrecto?

La respuesta desdeñosa del hombre fue inmediata:

—Paparruchadas. Todo. Nada que ver con eso, le doy mi palabra.

—¿Usted estuvo allí?

—Cuando navegaba y tenía que esperar meses debido a alguna inundación, o a alguna hambruna, o a una escaramuza entre tribus, recorrí las colinas junto con un explorador. Y bien, cruzamos el continente entero una cierta cantidad de veces. —El movimiento de su mano recorría el área en la cual estaban los intereses de la Central East Africa Gold Company—. No hicimos progresos en el Gran Desierto del centro de África Oriental. Es un erial polvoriento. Ese río que se ve allí no es más que un hilito de agua y sólo en la época de lluvias.

—¿Usted navega? —dijo Alathea conteniendo el aliento—. ¿En un barco?

—Ciertamente —contestó el hombre, y colocando su sombrero debajo del brazo y haciendo una reverencia de épocas pasadas dijo—: Capitán Aloysius Struthers a su servicio, señora. Capitán del *Dunslaw*, que navega para Bentinck y Compañía.

Alathea exhaló y tomó aliento extendiendo la mano.

—Capitán, usted no tiene idea de cuán contenta estoy de conocerlo.

Struthers pareció sorprendido, pero instintivamente tomó la mano de Alathea. Alathea, sin vergüenza, estrechó la de él. Dio una rápida mirada a su alrededor.

—Si nos sentamos en ese banco, podría explicárselo. Mi interés tiene que ver con la Central East Africa Gold Company.

El cambio en la expresión de Struthers fue inmediato.

—Ese canalla de Crowley —estalló—. Discúlpeme, señora, pero cuando pienso en todo el daño que ha hecho ese chacal, me hierve la sangre.

—¿De verdad? Entonces podría estar interesado en saber que un amigo y yo tenemos planes para hacer fracasar sus negocios.

Deslizando su mano de la de ella, Struthers le ofreció el brazo.

—Estaré endemoniadamente interesado en escuchar a cualquiera que tenga intención de ponerle un palo en la rueda a ese forajido. Pero ¿qué hace una dama como usted mezclada con gente de esa calaña?

Explicarle eso requería un tiempo. Alathea dudó pero, al final, le reveló su identidad. Si quería la ayuda de Struthers, lo único que podía hacer era serle franca. Le delineó los planes de Crowley y luego le detalló las falsas pretensiones que ellos habían descubierto. Para su alivio, Struthers entendió toda la situación rápidamente.

—Correcto, ése es su juego. Es un chupa sangre. Estafó a los colonos y los abandonó por toda el área. Y lo que le hizo a las tribus locales... —añadió, mientras su expresión se endurecía—. No quiero dañar sus oídos con las historias de sus infamias, señora, pero si alguna vez hubo un canalla que debería estar en el infierno, ése es Ranald Crowley.

—Sí, bueno, estoy de acuerdo. Sin embargo nuestro problema es que no tenemos pruebas para rechazar las pretensiones de Crowley. Toda nuestra evidencia es conjetural, a partir de lo que sabemos por otros. Necesitamos desesperadamente a alguien que pueda presentarse ante el juez y corroborar lo que sabemos: un testigo, en definitiva.

Struthers se enderezó.

—El capitán Aloysius Struthers es su hombre, señora. Y puedo hacer algo mejor que darle mi parecer. Sé donde puedo obtener mapas. Y si pregunto por ahí, de manera disimulada, estoy seguro de que puedo obtener más información sobre las pretendidas posesiones de Crowley. Pueden ayudarnos. No puedo asegurarlo con certeza, pero creo que un viejo conocido tiene los derechos mineros de esa área. Puedo preguntárselo fácilmente. Usted necesitará tener la mayor cantidad de clavos posibles cuando llegue el momento de cerrar el ataúd de Crowley.

Alathea no discutió. La reacción del capitán hacia Crowley, la sombría mirada que surgía en sus ojos cada vez que lo mencionaba la asustaba más que lo que ella había visto del villano.

Struthers asintió con decisión.

—Será un honor acabar con ese forajido. Ya.

Se volvió hacia Alathea y le preguntó:

—¿Cómo puedo ponerme en contacto con usted cuando tenga mis pruebas?

—La audiencia será el martes por la mañana —Alathea buscó en su bolso y encontró un lápiz— en los juzgados del Tribunal de Comercio.

El único papel que tenía era la entrada del museo. El dorso estaba en blanco. Lo partió por la mitad.

—Si necesita ponerse en contacto conmigo, aquí tiene mi dirección. —Escribió su nombre y su dirección. No tenía sentido darle la dirección de Gabriel. El capitán no sólo no conocía a su caballero andante, sino que su protector tenía el hábito de estar dando vueltas por la ciudad. En ese momento estaba haciendo un serio esfuerzo por tomar conocimiento formal del estatus de la Central East Africa Gold Company a partir de los representantes en Londres de las autoridades africanas. Tampoco ella tenía muchas esperanzas al respecto. El capitán era su mejor baza, su salvador, ciertamente. Si tenía que ponerse en contacto con alguien era mejor que lo hiciese con ella. No podían arriesgarse a perder el contacto con él. Le dio el papel garabateado.

—¿Dónde se hospeda usted?

Él le dio la dirección de un alojamiento en Clerkenwell.

—Me alojo en un lugar diferente cada vez que vengo a Londres. No suelo quedarme mucho tiempo.

Alathea escribió la dirección y luego puso el papel en su cartera.

—No va a navegar de nuevo antes del martes, ¿no es cierto?

—Es poco probable —murmuró Struthers, leyendo la dirección de Alathea. Deslizó el papel en el bolsillo de su chaqueta—. Muy bien, entonces.

Ambos se levantaron. Struthers le hizo una reverencia y agregó:

—No tenga miedo, señora. Aloysius Struthers no la abandonará.

Dicho eso, se colocó el sombrero y, con un movimiento adusto de cabeza, se despidió.

Alathea lo vio irse. Una ola de alivio la recorrió. Mareada, se hundió en el banco. Cinco minutos después, Mary, Alice y Augusta la encontraron sentada allí, sonriendo.

—Sí —les contestó respondiendo a su pregunta—. Podemos ir a casa.

Mandó un mensaje a Brook Street, apenas arribaron a la casa. Gabriel llegó cuando se levantaban de la mesa, después del almuerzo. Sin darle oportunidad de saludar al resto de la familia, Alathea lo arrastró hacia la glorieta.

Como si estuvieran a tono con su humor, las nubes se habían disipado. Los demás los siguieron hacia la parte soleada del jardín, dispersándose para descansar y jugar, pero ninguno intentó seguirlos hacia la umbría privacidad de la glorieta.

—Presumo —dijo Gabriel, siguiéndola y subiendo los escalones— que me vas a revelar enseguida la naturaleza de tu «fantástico descubrimiento».

—El capitán Aloysius Struthers —dijo Alathea, girando y hundiéndose en el sofá—. Lo encontré.

—¿Dónde?

—En el museo. —Y con regocijo le contó su encuentro—. Y no sólo está de acuerdo en testificar sobre la falsedad de los reclamos de Crowley, sino que dijo que puede obtener mapas verificados y detalles sobre los contratos de arrendamientos mineros. —Gesticulando expansivamente, agregó—: Podrá ayudarnos más de lo que pensábamos.

Gabriel frunció el ceño. Sorprendida ella preguntó:

—¿Qué pasa?

Haciendo una mueca Gabriel le contestó:

—Estaría satisfecho con la simple presentación del capitán ante el juez. Con su testimonio, le daría firmeza a nuestro argumento y no necesitaríamos nada más.

—No nos va a hacer daño tener unos cuantos datos más que nos respalden.

—Hmm. ¿Te dijo Struthers dónde se hospeda?

Alathea sacó la hoja doblada de su bolsillo.

—Copié la dirección para ti ¿Irás a verlo?

Gabriel leyó la dirección. Su expresión se hizo sombría.

—Sí. Si hubiera estado en Surrey, no me molestaría. Pero dada la situación, creo que sería aconsejable.

—¿Por qué?

—Para advertirle. Si hace mucha bulla respecto de mapas y arrendamientos de minas, puede alertar a Crowley. Podemos estar cerca del final, pero Ranald Crowley no es un oponente al cual pueda dársele la espalda.

—Es cierto que no, pero el capitán parece conocerlo muy bien.

—Sin embargo, voy a hablarle. No estará de más subrayarle la necesidad de mantener el secreto —dijo, poniendo la nota en su bolsillo. Gabriel miró a Alathea, se dio la vuelta y se sentó al lado de ella diciendo—: Lo que me lleva a otra cosa.

Alathea se movió para hacerle espacio, y lo miró intrigada.

—No vayas sola a ningún lado. No lo hagas hasta que tengamos en las manos la decisión final. No, incluso después de eso, tampoco. No hasta que Crowley se haya ido de Inglaterra.

—Y yo que pensaba que era la melodramática.

—Lo digo en serio —dijo, tomándole la mano—. Crowley no es un villano cualquiera, predecible. No reconoce otra ley que la de la jungla. En cuanto sepa de nuestros planes y hasta el momento en que retorne a la jungla o algún otro lugar incivilizado, no estarás a salvo —aseguró, atrapando su mirada—. Prométeme que no irás a ningún lugar sola y que, incluso acompañada, restringirás tus salidas a lo puramente social. No más visitas al museo, o a la Torre, no más investigación. Ahora tenemos lo suficiente para derrotar a Crowley. No hay razón para ponerte en peligro.

Una ráfaga de risas, procedente de donde Charlie y Jeremy estaban en el jardín, incordiando a Mary y Alice, que estaban sentadas sobre una alfombra, llegó hasta ellos.

—Ellos están a salvo. Mientras permanezcan entre el gentío, todos estaréis a salvo. Ése no es un ambiente en el cual Crowley pueda moverse sin atraer la atención de manera inmediata. —Mirando a Alathea, Gabriel apretó su mano—. Prométeme que te cuidarás.

Alathea lo miró a los ojos. Vio apremio y una desacostumbrada suavidad en las profundidades color avellana de su mirada.

—Seré cuidadosa, pero si...

—Sin «pero», sin «si». —En un abrir y cerrar de ojos toda la suavidad había desaparecido de su cara. Su caballero protector la miraba fijamente—. Promételo.

Una exigencia, no una súplica. Alathea le devolvió la mirada.

—Seré cuidadosa, no haré tonterías. Con eso debes darte por satisfecho. Nunca seré tuya para que me gobiernes.

La expresión de Gabriel, la dureza granítica de su mirada, reforzó su tono grave:

—Estás caminando sobre hielo delgado.

Sí, pero ¿qué había debajo? Desesperada por saberlo de una vez por todas, Alathea le devolvió la mirada altaneramente.

—Soy mía, no tuya.

El color avellana se topó con otro color avellana. Pasó

un momento largo y, luego, él miró para otro lado. Su expresión se hizo más dura mientras miraba a Jeremy y Alice, Augusta y Mary. Expuso sus planes:

—Déjame decirte lo que va a pasar después de que ganemos el juicio contra la Central East Africa Gold Company. Primero, nos casaremos. No ocultándonos en cualquier rincón, sino justo aquí en el corazón de la sociedad. En la iglesia de St. Georges, una bonita mañana de junio. Después de la boda, dividiremos nuestras vidas entre Londres y Somerset: la temporada en Londres y varios viajes de negocios según se requiera, pero pasaremos la mayor parte del año en Quiverstone Manor. Aparte de cualquier otra cosa, desde allí tú y yo podremos echar un ojo en Morwellan Park y ayudar a Charlie si lo necesita. Y estarás allí para ver crecer a Jeremy y a Augusta. Podremos apoyar a Augusta para su presentación en sociedad y, mientras estemos en Londres, podrás ver a Mary y a Esher y a Alice y a Carstairs. Mientras tanto, podrás ponerte en contacto con los arrendatarios del Manor a quienes todavía no conoces y ayudar a mamá con las miles de cosas que hace para la propiedad; así estarás lista para hacerlo cuando a ella le flaqueen las fuerzas. Y allí estarán Heather, Eliza y Angelica, quienes, como ya sabes, se sentirán encantadas de considerarte como su hermana. Puedes enseñarles a no reírse tontamente, Dios sabe que mamá todavía no lo ha logrado... El ala este debe ser redecorada. Nunca hice más que ordenar que limpiaran los muebles viejos. Desconozco el estado en que se encuentra la mitad de ella, aunque mi cama allí es suficientemente sólida.

Alathea se tragó la pregunta «¿suficientemente sólida para qué?». La respuesta no tardaría en venir.

—Y si todo eso no te mantiene suficientemente entretenida, tengo un cierto número de otras distracciones planeadas: al menos tres niños y un buen número de hijas. —Dándose la vuelta, buscó su mirada—. Tuyos y míos. Nuestros. Nuestro futuro.

Ella le sostuvo la mirada y rogó que él no pudiera ver cuánto tocaba en su corazón ese relato.

—Imagínate. Nosotros sentados debajo del viejo roble en

el jardín sur, mirando jugar a nuestros niños. Escuchando sus voces estridentes, las carcajadas, los llantos. Calmándolos, reconfortándolos o simplemente sosteniéndolos. —Buscó los ojos de ella; los suyos eran duros como ágatas—. Siempre te gustaron los niños, siempre esperaste tener una tribu propia. Ése fue siempre tu sueño, tu destino. Lo sacrificaste por tu familia, pero ahora el destino te lo está devolviendo.

Su mirada barrió la cara de Alathea y luego, como si estuviera satisfecho con lo que había visto, se sentó normalmente y miró hacia el jardín.

—Te conozco demasiado bien como para creer que sacrificarás ese sueño por segunda vez.

Su confianza encrespó el humor de Alathea, pero ella hizo a un lado la tentación de la ira. Sus palabras, su pronunciamiento, deberían de haberla estremecido. Pero no había en ellas la ternura que se da entre amantes. Habían sido las palabras de un guerrero: lógicas, prácticas. Su caballero protector llevándola hacia un nuevo comienzo, por el cual ella debía estarle agradecida y acceder a todas sus demandas.

Era suficiente como para hacerla reír, pero no lo hizo. Si él se hubiera comportado de forma encantadora y hubiese presentado sus argumentos con el tacto leve y etéreo del que, ella sabía, él era capaz, su corazón se habría hundido sin dejar huella. Así era como él se comportaba en cuestiones que no lo tocaban profundamente. En lugar de ello, se presentó ante ella con su lado guerrero, todo granito impenetrable y con un escudo inexpugnable. Ella no podía por menos que preguntarse qué protegía. Levantando el mentón, fijó la mirada en su perfil.

—¿Y qué hay de nosotros? De ti y de mí. De ambos, juntos. ¿Cómo nos ves?

La cuestión tocó un punto sensible. Su entrecejo cambiante y una tensión infinitesimal de los músculos, hasta ahora rígidamente controlados, se lo hicieron saber.

—Nos veo en la cama —dijo, gruñón— y también en unos pocos lugares más. ¿Quieres saber los detalles?

—No. Soy bastante imaginativa para hacerme una idea.

—Entonces, bien —manifestó, pero su voz se había suavizado, como si al pensar en la pregunta de ella hubiese visto más de lo que esperaba—. Imagino que cabalgaremos cada día como solíamos hacerlo. A tí siempre te gustó cabalgar... ¿Sigues en ello?

Al cabo de un instante de duda, ella respondió:

—Vendí todos los caballos años atrás.

Él asintió con la cabeza.

—De modo que cabalgaremos cada día. Y, acabo de darme cuenta, puedes ayudar con las cuentas de la propiedad, lo que nos dejará más tiempo para las cabalgatas. E invirtiendo, invertiremos, estudiaremos las noticias, descartaremos los rumores, los comprobaremos con Montague y mis otros contactos. Yo administro todos los fondos de los Cynster. Dadas las circunstancias, hiciste bien las cosas con el dinero de los Morwellan, pero yo juego más fuerte.

—No soy particularmente dada a la agresividad.

—Puedes dedicarte al aspecto defensivo, entonces: bonos y capital —dijo, gesticulando expansivamente—. Así es cómo nos veo.

Alathea esperó un momento y luego dijo suavemente:

—Sabes perfectamente que no es eso lo que quise decir. Quería saber qué veías entre nosotros.

Gabriel sacudió la cabeza y se la quedó mirando con el ceño fruncido.

—Thea, deja de resistirte. Pronto nos casaremos. Todo lo que he dicho es lo que va a pasar... lo sabes.

—No sé nada de eso. ¿Por qué te imaginas que aceptaré tus órdenes?

Él dudó, su mirada no se apartó de la de ella. Luego dijo:

—Aceptarás porque me amas.

Alathea sintió cómo sus labios se abrían, cómo se le abría la boca. Horrorizada, buscó los ojos de Gabriel. La comprensión que vio la horrorizó aún más. ¿Cómo podía saber? Se enfrentó a él con una mirada combativa.

—Yo seré quien juzgue si te amo o no.

—¿Acaso estás diciendo que no? —preguntó con voz de advertencia.

—Estoy diciendo que todavía no he llegado a una conclusión.

Con un bufido de disgusto, Gabriel apartó la vista.

Aunque lo murmuró, Alathea lo oyó decir: «¿No te das cuenta de que te amo?... ¡No sabes cuánto!» Y mirándola fijamente, agregó:

—Te amo.

—¿De qué manera?

Al cabo de un instante, desvió la vista; esta vez, su mirada se fijó sobre el jazmín, que florecía masivamente por encima de la glorieta, llenando los arcos con fragantes capullos blancos que la brisa agitaba. Cogió un ramillete, lo cortó. Con la vista hacia abajo, lo hizo girar entre sus manos, con dedos largos que acariciaban los capullos suaves como terciopelo.

—¿A cuántos hombres les has permitido hacer el amor contigo?

—Lo sabes perfectamente bien —dijo Alathea, poniéndose tensa.

—Precisamente —dijo él, con la vista sobre los jazmines—. Sólo a mí. No sabes...

Alathea aguardó; al cabo de un buen rato, respiró hondo y lo miró a los ojos.

—Sé que me amas —dijo Gabriel— por la manera en que te entregas a mí. La manera en que te comportas cuando estás en mis brazos.

—¡Y bien! —exclamó, reprimiendo el estallido—. Dado que eres el único amante que he tenido...

—Dime —preguntó con palabras aceradas, interrumpiéndola de plano—, ¿puedes imaginarte haciendo lo que has hecho conmigo con otro hombre?

Se lo quedó mirando. Ni siquiera podía comenzar a hacerse una imagen mental; la idea le resultaba extremadamente ajena.

Tan ajena que de pronto se dio cuenta de que estaba perdiendo de vista sus prioridades.

—Estás evitando mi pregunta.

Era una manera de desviar su mente de la dirección a la

cual él la había llevado, de considerar en cambio que, si él supiera que ella lo amaba, se sentiría aún más caballerosamente obligado a casarse con ella, dejando fuera cualquier otra motivación. Advertirlo impulsó en ella una ráfaga de emociones, esperanza y frustración presentes por igual. Esperanza de que la razón para la coraza autoprotectora de él fuera un corazón tan vulnerable como el suyo; frustración por no saber convencerlo para que bajase la guardia lo suficiente como para que ella lo averiguase.

Sintió que tenía los puños apretados, los ojos cerrados, y que debía exigir que él le dijese la verdad. En lugar de ello, dejó la vista fija en él y dijo cuidadosamente:

—No me casaré contigo hasta que me digas por qué quieres casarte conmigo y hasta que pongas tu mano sobre el corazón para jurarme que me has dicho todas tus razones, hasta la última.

Aquellos que pensaban que él era el epítome del caballero civilizado nunca habrían reconocido a ese guerrero violentamente primitivo que ahora se le enfrentaba. Afortunadamente, ella lo había frecuentado lo suficiente como para no temblar.

—¿Por qué?

El aire mismo se estremeció ante esas dos palabras, tan llenas de pasiones reprimidas: ira, frustración y deseo apenas sofrenado.

Alathea no pestañeó.

—Porque necesito saberlo.

Él mantuvo la mirada sobre ella por tanto tiempo que Alathea empezó a sentirse aturdida; luego, Gabriel desvió la vista y se puso de pie abruptamente.

Miró por encima de los prados y luego a ella. Su expresión era impasible. Con una sacudida de los dedos, arrojó el ramito de jazmines sobre la falda de Alathea.

—¿No te parece que ya hemos desperdiciado suficientes años?

Levantó la mirada y luego se volvió para descender la escalinata.

Alathea, sentada en la glorieta, reprodujo mentalmente lo que se habían dicho, preguntándose si hubiese dicho algo distinto de haber tenido la oportunidad, hecho algo diferente o logrado algo más.

Al cabo de una hora, alzó los jazmines y aspiró el perfume embriagador. Se concentró en el ramito; luego, con una mueca de autoreprobación, se lo puso en el escote.

Para que le diera suerte.

Había apostado contra el destino por sus hermanas y había ganado. Ahora jugaba sólo por su propio futuro... ¿Acaso no le había dicho a Gabriel que no era agresiva? Arriesgaría todo en el último tiro.

Lo volvería a hacer sin parpadear.

Con un suspiro, se incorporó y se dirigió a la casa.

19

Domingo por la noche. Gabriel entró en su casa con su llave. Apenas cerró la puerta, Chance apareció desde la parte trasera del vestíbulo.

Gabriel le entregó el sombrero y el bastón.

—¿Hay brandy en el salón?

—Claro, señor.

Gabriel le hizo una seña para que se retirara.

—No necesitaré nada más esta noche —dijo, y se detuvo con la mano en el picaporte del salón—. Una cosa, ¿Folwell trajo su informe?

—Sí, señor; está sobre la repisa de la chimenea.

—Bien.

Al entrar al salón, Gabriel cerró la puerta y se dirigió directamente hacia el aparador. Se sirvió dos dedos de brandy y luego, con el vaso en la mano, cogió de la repisa el sobre de Folwell y se dejó caer en su sillón favorito. Bebió un largo trago, con la vista en la hoja doblada y después, disponiendo el vaso y la nota sobre una mesita, se apretó los ojos con las manos.

Dios, qué cansado estaba. A lo largo de la última semana, aparte del tiempo que había pasado con Alathea y unas pocas horas de sueño inquieto, había dedicado cada minuto de vigilia a tratar de obtener declaraciones formales —declaraciones con peso legal— de toda una serie de empleados civiles y de edecanes de embajadores extranjeros. Nada de provecho. No era que esos caballeros no quisieran ayudar; era sencillamente por el modo de proceder de la autoridad gubernamental en todo el mundo. Todo debía ser verificado y vuelto a verificar tres veces, y sólo luego era autorizado por alguna otra persona. El tiempo, según parecía, tanto en Whitehall como en las embajadas extranjeras, se medía en una escala distinta.

Suspirando profundamente, Gabriel estiró las piernas y dejó caer la cabeza hacia atrás, con los ojos cerrados. No era su fracaso en el frente extranjero lo que lo preocupaba.

Esa tarde había visitado al capitán Aloysius Struthers. Incluso por esa breve entrevista, resultaba claro que el capitán era de hecho el salvador que Alathea pensaba. Su testimonio, aun en ausencia de otras evidencias que pudieran añadirse a las que ellos ya habían recogido, animaría al más reticente de los jueces a pronunciar una decisión rápida y favorable. El problema era que el capitán se había embarcado en una cruzada con todas las banderas al viento. Ya se había puesto en contacto con conocidos para buscar mapas y licencias de explotación minera.

Gabriel no estaba nada seguro de que ése fuera el modo de colgarle una soga al cuello a Crowley. La cautela hubiera sido una estrategia mejor.

Había pasado media hora urgiendo a Struthers para que fuese cauto, pero el hombre no había querido escuchar. Estaba obsesionado con hacer caer a Crowley. Al final, Gabriel había aceptado y se había ido tratando de ignorar la sensación de peligro que resonaba, cual clarín, en su cabeza.

Todo iría bien en la medida en que Struthers apareciera por la corte la mañana del martes. Hasta entonces, sin embargo, la investigación y sus nervios estarían en el filo de una navaja. Cualquier movimiento erróneo...

Abrió los ojos, se enderezó y alcanzó su vaso para beber de él. Por esa noche no podía hacer nada más para apoyar la causa de los Morwellan. No obstante, era hora de que se ocupara de otra cosa.

Era un cobarde.

Un hecho difícil de enfrentar para un Cynster, pero debía hacerlo. Ella no le dejaba opción.

No había vuelto a ver a Alathea desde su encuentro en la

glorieta la tarde previa. Es más, en realidad no había querido verla, hasta que él decidiera qué hacer, cómo responder a su ultimátum. Lo había hecho sentir tan... primitivo, tan despojado de todas sus actitudes elegantes, de esa pátina de encanto social. Con ella, se sentía como un cavernícola, un hombre primitivo que había descubierto repentinamente que el paraíso terrenal estaba más allá de lo que su garrote podía proveerle. Le había descrito los detalles de su vida futura conjunta, intentando hacerle admitir cuán deseable sería, mostrarle cuán fácilmente sus vidas podían acoplarse. En cambio, esa descripción le había abierto los ojos sobre lo desesperado de su deseo por aquello que describía.

No había considerado los detalles con anterioridad, sabía que la quería como su esposa y eso le había parecido suficiente. Pero ahora que había conjurado esas visiones en toda su gloria, éstas lo acosaban.

Y habían aguijoneado su cobardía.

¿Iba a arriesgar ese futuro, el glorioso futuro que compartirían juntos, simplemente porque no podía encontrar las palabras para decirle lo que ella quería saber? ¿Porque el sólo hecho de pensar lo que ella significaba para él le había cerrado la garganta y lo había dejado mudo?

Pero no había palabras para decirle todo lo que ella significaba para él, ¿cómo diablos iba a decírselo?

Tragó un poco de brandy y rumió la cuestión. Tendría que decírselo, pronto. La paciencia no había sido nunca su virtud favorita, la paciencia, que hubiera implicado abstinencia, era extraña a su naturaleza. Había resistido más de una semana sin ella, pero su paciencia, al estirarse tanto, estaba a punto de agotarse. Ciertamente no iba a dejar que el caso siguiera su curso y arriesgarse a que ella se volviera al campo. Si lo hacía, debería correr tras ella; y pensar en cómo repercutiría eso en la sociedad, ya muy interesada en ellos, era toda una cuestión.

No. Tenía que decírselo antes del martes por la mañana. Sólo Dios sabía cómo resultarían las cosas, con o sin Struthers. Y si por algún infernal giro del destino las cosas salían mal y la decisión de la corte les era contraria... Si esperaba hasta entonces para armarse de coraje y hablar, iba a tardar toda la eternidad en convencerla de que no estaba haciéndolo para protegerla. Probablemente se volvería loco antes de tener algún éxito. Era mejor atacar ahora, cuando su caso todavía parecía fuerte. Así ella no tendría justificación para atribuirle como motivo su obsesivo instinto protector. Él no lamentaba ese instinto, ni en sueños pensaba pedir disculpas por ello, pero veía que en este caso se iba a interponer en su camino.

Entonces, ¿cómo decirle lo que ella quería saber antes del martes por la mañana?

No podía hacerlo mediante una visita matutina formal, y tratar de hablarle en el parque sería una locura. Tomó la nota de Folwell y estudió la lista de compromisos de Alathea. Como suponía, su siguiente encuentro sería en el baile de los Marlborough al día siguiente por la noche.

Y luego se verían en la corte la mañana siguiente.

Gabriel hizo una mueca. ¿Cómo esperaba el destino que se le declarara y pidiera su mano entre el momento en que se encontraran en la corte y el presente?

—Envíame a Nellie, Crisp. Estaré lista enseguida.

—De acuerdo, lady Alathea. Creo que Nellie está con Figgs. Le informaré de inmediato —dijo Crisp, saliendo por la puerta.

Alathea subió las escaleras, ignorando, obstinada y constantemente, sus vacilantes emociones. Por un lado se sentía casi histérica de alivio, animada hasta el punto de la frivolidad, al haberse sacado de encima la espada que pendía sobre el futuro de la familia durante los últimos meses. El testimonio del capitán apuntaba contra Ranald Crowley. Había momentos en los que realmente tenía que concentrarse para no quedarse con una sonrisa tonta en la cara.

Le había mencionado a su padre y a Serena que las cosas se estaban solucionando. Sólo una rara superstición le había impedido asegurarles que la familia estaba finalmente a salvo. Eso lo haría ya más avanzada la semana, en el instante en que el juez hubiera dado a conocer su veredicto.

Pero estaban a salvo. En el fondo de su corazón, lo sabía.

Su corazón, desafortunadamente, estaba comprometido en otros asuntos y nada inclinado a la alegría inmediata. Había un asunto que le preocupaba, uno que, para su sorpresa, había pasado a significar más que su familia. Su corazón estaba intranquilo, insatisfecho.

Al alcanzar el final de la escalera, se soltó la falda y suspiró.

¿Qué estaba urdiendo Gabriel?

No lo había visto ni tenido noticias suyas desde que se había ido de la glorieta pronunciando esas duras palabras que seguían retumbando en sus oídos: «¿No te parece que ya hemos desperdiciado suficientes años?»

Entonces, ¿qué? ¿Se imaginaba él que ella se debilitaría y lo consentiría mansamente?

—¡Ja! —con los labios apretados, corrió por esa ala de la casa y abrió la puerta de su dormitorio. Los pasos de Nellie se escucharon detrás de ella.

—Quiero ese vestido marfil y dorado, ese que reservo para las ocasiones especiales.

—¡Ohhh! —dijo Nellie, dirigiéndose al ropero—. Entonces ésta es la ocasión.

Alathea se sentó ante el tocador. Delante del espejo, consideró la luz combativa de sus ojos.

—Aún no lo he decidido.

No iba a hacerlo, debilitarse y ceder. Iba a ser tenaz, obstinada, estaba determinada. Desde su punto de vista, era ella la que había corrido todos los riesgos hasta entonces, al preguntarle sus motivos profundos, al ser tan ingenuamente transparente. Era tiempo de que él hiciera su parte y le contara toda la verdad.

Un golpe en la puerta señaló la llegada del agua para el baño. Mientras Nellie vigilaba los preparativos, Alathea se soltó el cabello, lo cepilló y luego lo arrolló en un rodete simple. Nellie cogió sus sales de baño habituales. Ella le murmuró, con las horquillas de cabello en la boca:

—No, ésas no. La bolsita francesa.

Las cejas de Nellie se alzaron, pero se precipitó a buscar en el cajón, donde estaba oculto el costoso regalo de cumpleaños que le había hecho Serena. Un momento después se pudo respirar en todo el cuarto un exuberante aroma que recordaba al perfume de la condesa.

La cara de Nellie estaba alegremente iluminada. Sin tener que oír más órdenes, juntó todo lo requerido para llevar a Alathea al escalón más alto de la finura y de la seducción.

Casi una hora después, estaba lista. Mientras se colocaba una cofia dorada en la cabellera, Alathea estudiaba su reflejo tratando de verse a través de los ojos de Gabriel. Su cabello resplandecía, tenía los ojos bien abiertos y brillantes. Su complexión, algo que raramente consideraba, no tenía defectos. Los años habían borrado toda traza de inmadurez de su cara y de su figura, dejando a ambas a punto y refinadas. Con la punta de los dedos, se tocó suavemente los labios y luego sonrió. Rápidamente examinó sus hombros y senos, revelados por el exquisito vestido que Serena había elegido para ella al inicio de esa temporada.

Mientras agradecía con calor el gusto de su madrastra, Alathea se puso en pie. El vestido crujía cuando cayó la seda firme, mientras brillaba el bordado del escote y del dobladillo. Dando un paso atrás, se dio la vuelta y estudió su figura y la forma en que el vestido le acariciaba las caderas. La determinación brillaba en sus ojos.

Estaba convencida de que el próximo movimiento le correspondía a Gabriel, especialmente dado que él se había permitido hacer la declaración de ella. Haber sido tan ingenuamente transparente era ya bastante malo, pero haber tenido que soportar que él le explicara su propia transparencia era peor.

No iba a cambiar de opinión. Tenía que convencerla, total y completamente, más allá de cualquier duda...

—¡Hey! Aquí —le dijo Nellie, dándose la vuelta desde la puerta, adonde se había dirigido ante un golpe suave—. ¡Mira lo que ha llegado!

Alertada por el tono deslumbrado de Nellie, Alathea observó.

Sosteniendo con reverencia una caja blanca y dorada, Nellie miraba encantada lo que contenía. Luego le sonrió a Alathea:

—¡Es para ti! ¡Y tiene una nota!

El corazón de Alathea pegó un brinco. Se hundió en su taburete. Mientras Nellie se aproximaba con la caja, Alathea se dio cuenta de la razón de su expresión deslumbrada. La caja no era blanca: era vidrio forrado con seda blanca. Tampoco había dorado: las decoraciones de los vértices, de la bisagra y de la tapa eran de oro puro.

Mientras Nellie se la entregaba, Alathea pensó que no podía imaginar algo más exquisito. ¿Qué demonios contenía?

No necesitó abrirlo para darse cuenta. La tapa no tenía forro. A través de ella vio un simple ramillete.

Sí, simple. Pero en todos los aspectos, el ramillete era un complemento perfecto para la caja. Un grupo de cinco flores blancas, de un tipo que ella nunca había visto antes, atadas con una cinta de filigrana dorada. El ramillete estaba colocado en medio de la seda blanca y dejaba ver una nota que había debajo. Los pétalos de las flores eran lozanos, gruesos, aterciopelados y contrastaban con el verde de sus tallos.

Era el ramillete para presentación en sociedad más elaborado, caro y extravagante que Alathea hubiera visto.

Girando en el taburete, dejó la caja sobre el tocador y levantó la tapa. Una marea de perfume la alcanzó, sensual y denso. Una vez que lo hubo inhalado, no la dejó. Deslizó cuidadosamente sus dedos debajo de las flores, levantó el ramillete y lo puso a un lado. Luego sacó la nota. Respirando con dificultad, la abrió.

El mensaje era simple, una línea manuscrita: «Tienes mi corazón en tus manos. No lo destroces.»

Leyó las palabras tres veces y aun así no podía apartar sus ojos de ellas. Luego se le nubló la visión. Parpadeó, tragó. Sus manos empezaron a temblar. Dobló rápidamente la nota y la dejó.

Y se concentró en volver a respirar.

—Oh, cielos —pudo decir finalmente, aunque de manera titubeante. Parpadeando frenéticamente miraba con fijeza el ramillete—. Oh, cielos ¿Qué diablos voy a hacer?

—Lo llevarás, claro. Tengo que decir que es muy bonito.

—No, Nellie, no entiendes —objetó Alathea, poniendo las manos de Nellie en sus mejillas—. No hay nadie como él para hacerlo complicado.

—¿Quién? ¿El señor Rupert?

—Sí. Ahora lo llaman Gabriel.

Nellie resolló.

—Bueno, no veo por qué no puede llevar sus flores, aunque él esté usando otro nombre.

Alathea se tragó una carcajada histérica.

—No es su nombre, Nellie. ¡Soy yo! No puedo llevar un ramillete de presentación en sociedad.

Él lo sabía, por supuesto. Ella nunca había tenido su presentación en sociedad, nunca había recibido un ramillete de presentación en sociedad, nunca había tenido la oportunidad de llevar uno.

—¡Es un demonio! —exclamó, sintiendo que iba a llorar de felicidad—. ¿Qué voy a hacer?

Nunca se había sentido tan nerviosa en su vida. Quería llevar las flores y salir corriendo por la puerta como una orgullosa jovencita, y apresurarse para llegar al baile para así poder mostrarle a él, su amante, que ella había entendido. Pero...

—Los chismosos nos mirarán. —Si llevaba el ramo, ellos serían la comidilla de la noche y posiblemente de toda la temporada.

—Tal vez pueda llevarlo prendido —dijo, probándoselo y orientándolo primero en una dirección y luego en otra, a su derecha, a su izquierda, en el centro del escote.

—No —suspiró—. No lo haré.

Una flor no era tanto sobre el bordado de oro, pero tres, el número necesario para equilibrar el ramillete, era demasiado, muy grande. Demasiado visible. Fuera de otras consideraciones, tendría el ramillete constantemente a la vista. Nunca mantendría la compostura.

—No puedo —dijo abatida y contempló las hermosas

flores, la prenda que su guerrero le había enviado como prueba de su corazón. Quería llevarlo con desesperación, pero no se atrevía—. Trae un florero, Nellie.

Nellie la dejó con un bufido de desaprobación.

Alathea sostuvo el ramillete en sus manos, y dejó que todo lo que éste significaba la inundara. Luego oyó las voces de Mary y de Alice; parpadeando, tratando de no llorar, volvió a depositar el ramillete en la caja y dispuso ésta a un lado de la mesa. Aturdida, concluyó su toilette, se abrochó el collar de las perlas de su madre, se puso los pendientes a juego, y se roció generosamente el perfume de la condesa.

—Allie, ¿estás lista?

—¡Sí, ya voy!

Con la cabeza dándole vueltas, se levantó. Miró el ramillete, acomodado en la delicada caja, inspiró y exhaló, luego cogió su bolsa y se volvió.

—¡Rápido! ¡Ha llegado el carruaje!

—Ya voy.

Al llegar al umbral, Alathea se detuvo. Con la mano en la puerta, se volvió a mirar la delicada caja en la que él le había enviado su corazón.

Su mirada se posó en el espejo que había más allá, en su propio reflejo.

Un momento después, parpadeó. Abandonando la puerta, volvió a atravesar su cuarto.

Se detuvo delante del tocador y cogió la nota de Gabriel. Volvió a leerla. Luego se miró de nuevo en el espejo. Torció los labios. Guardó la nota en su joyero y alzó las manos hasta la cofia.

Tardó un instante en deshacerse de los alfileres. Alathea ignoró el coro de llamadas que venía del pasillo. Esta vez su familia debería esperar.

Tras apartar la cofia, rápidamente desenrolló el ramillete. Envolvió la cinta alrededor del ajustado rodete que llevaba en la cabeza y lo ató con un nudo sencillo, dejando que los extremos de la cinta se intercalaran con los bucles que los rodeaban. Separó tres exquisitos capullos del arreglo. Cuando engarzó los tallos en la mata de su cabello y los prendió

con alfileres, sonreía, su corazón volaba y su rostro reflejaba su dicha.

Nellie llegó corriendo, con el florero en la mano y se detuvo abruptamente.

—¡Oh! ¡Muy bien! ¡Esto está mucho mejor!

—Pon las otras en agua. Tengo prisa.

Como un remolino, Alathea apretó el brazo de Nellie y
luego, sin aliento, corrió hacia la puerta.

Con las cejas levantadas, Nellie la vio irse y, sonriendo,
fue hacia el tocador. Colocó los dos capullos restantes en el
florero y luego, con cuidado, lo llevó hasta la mesa que había al lado de la cama. Nellie se sacudió las manos y regresó
al tocador para arreglar los peines y cepillos de Alathea. Estaba a punto de irse, cuando la nota cerrada que asomaba en
el joyero de Alathea le llamó la atención.

Nellie le echó una mirada a la puerta, luego levantó la tapa del joyero y sacó la nota. La abrió, la leyó, luego la volvió a cerrar y la guardó nuevamente. Y murmuró dichosa:

—Lo vas a lograr, muchacha. Lo lograrás.

En el instante mismo en que ella se apareció en el arco de
entrada del salón de baile de lady Marlborough, Gabriel vio
sus flores en el cabello de Alathea. Esa visión lo paralizó: la
alegría le cerró los pulmones, le produjo alivio y algo mucho
más primario. Al detenerse con su familia escaleras arriba,
Alathea miró hacia abajo, en dirección al salón de baile, pero
no lo vio de inmediato. La mirada de Gabriel no la abandonó mientras ella descendía con una mano en la balaustrada,
mientras recorría el salón y buscaba entre la muchedumbre.

Entonces lo vio.

Él tomó aliento y avanzó hacia ella. Sus ojos no abandon-
naron el rostro de Alathea mientras se le acercaba. No tenía
idea de cerca de quiénes había pasado mientras avanzaba entre la multitud. Alcanzó la base de la escalera antes que ella.

Ella bajó los últimos escalones, con la mirada puesta en
los ojos de Gabriel, se detuvo en el último escalón y quedó así un poco más alta que él, y luego descendió hasta el

suelo e inclinó la cabeza para que él pudiera ver las flores.

—No podía llevarlas de otra forma, ¿lo entiendes, no?

La sensación de triunfo lo atravesó en una ola que casi lo puso de rodillas.

—Has estado inspirada.

Le tomó la mano, sin importarle quién estuviera mirando y se la llevó hasta los labios, mirándola.

—Mi señora.

Los atrapó una fuerza mágica, el avellana de los ojos de ambos ahogándose mutuamente, tan cerca que podían sentir la respiración del otro, el latido del corazón del otro. Ninguno de los dos atinó a sonreír.

—Y a tiempo, además, pero vamos. Hay un asiento libre allí que quiero conseguir.

Alathea saltó y giró. Gabriel miró a los ojos negros de lady Osbaldestone. Ella sonrió y le dio un golpe en el brazo a Gabriel.

—No dejéis que os interrumpa si estáis ocupados con este juego, pero dejadme pasar.

Lo hicieron. Lady Osbaldestone pasó entre ellos y se zambulló en la multitud. Gabriel se volvió, mientras Alathea lo tomaba del brazo.

—Será mejor que la imitemos.

Colocando su mano sobre la de ella, la guió por entre la ya densa multitud.

—Llegamos tarde —musitó Alathea—, sólo unos pocos minutos, pero nos hemos quedado muy lejos en la cola de los carruajes...

—Estaba comenzando a preguntarme si había sucedido algo...

Algo había sucedido. Alathea buscó sus ojos: estaban sonriendo gentilmente, magnánimos en la victoria. Ella miró para otro lado.

—Sabes, nunca hubiera esperado flores de ti.

No dijo nada más. Los músculos que estaban debajo de su mano lentamente se tensaron.

—Había una nota con las flores.

Alathea lo volvió a mirar con una sonrisa.

—Lo sé, la he leído.

Él hizo que se detuviera buscando su mirada.

—Con tal que la hayas entendido...

Su tono implicaba agresión, incertidumbre y una fuerte corriente subterránea de vulnerabilidad. Alathea dejó que su expresión se suavizara y bajó la guardia lo suficiente como para permitir que su corazón se viera a través de sus ojos.

—Por supuesto que la he entendido.

Él miró más profundamente en los ojos de Alathea y luego soltó el aire que hasta entonces había retenido, y dijo:

—No la olvides. Incluso si nunca vuelves a escuchar o ver esas palabras, siempre serán verdaderas. No lo olvides.

—No lo haré. Nunca.

La ruidosa multitud que estaba en torno a ellos se había desvanecido. Por un momento, permanecieron en ese mundo en el cual sólo ellos existían, y entonces Alathea sonrió suavemente, apretó el brazo de Gabriel y lo trajo de nuevo al presente. Ella miró a su alrededor.

—Podrías haber elegido una noche más propicia para tu declaración.

Gabriel suspiró y comenzó a caminar.

—Hasta ahora, nuestro romance... no, nuestras vidas, han sido siempre gobernadas por las circunstancias. Estoy tratando de que nos sacudamos nuestras ataduras y tomemos nosotros las riendas.

—¿De verdad? —dijo Alathea, mientras intercambiaba gestos amables con lady Cowper—. ¿Puedo sugerirte que te resignes a compartir las riendas?

Gabriel la fulminó con la mirada. Sus cejas se levantaron.

—Lo pensaré.

Se pasearon a través de la muchedumbre, sin encontrarse con miembros de sus respectivas familias.

—Esto es ridículo —dijo Alathea, cuando la presión de los cuerpos apretujados la obligó a detenerse—. Gracias al cielo que sólo quedan unas pocas semanas de la temporada.

—Hablando del tiempo que pasa, ¿Struthers se ha puesto en contacto contigo?

Rindiéndose ante lo inevitable, Gabriel la retiró de entre

la multitud y se detuvo en un lugar donde podían quedarse parados y conversar con relativa comodidad.

—No, ¿por qué? Pensé que ibas a verlo.

—Y fui. Le di mi dirección y le dije que se pusiera en contacto conmigo si necesitaba ayuda, pero no lo hizo.

—Bien —dijo Alathea encogiéndose de hombros y mirando a su alrededor—. Supongo que eso significa que todo está bien y que lo veremos mañana en la corte.

Entonces Alathea sonrió y estiró la mano diciendo:

—Buenas noches, lord Falworth.

Lord Falworth cogió su mano e hizo una reverencia. Gabriel maldijo para sus adentros. En cuestión de minutos todos los pretendientes estarían allí. La debían de haber localizado buscándolo a él, era lo suficientemente alto como para ser seguido a través de la multitud. Lord Montgomery llegó a continuación. Falworth y los otros intentaron acaparar la conversación y llevar el agua a sus molinos. Con una sonrisa cortés en los labios, Alathea simuló seguir la charla, asintiendo y murmurando en los momentos apropiados.

Con el primer vals, ella sería suya de nuevo. Por desgracia, lady Marlborough era de una generación anterior: había programado un gran número de piezas de todo tipo —incluido un rigodón— entre un gran número de contradanzas. Tendría que esperar un tiempo por ese vals.

Entretanto...

—Querida lady Alathea, le imploro que me haga el favor de concederme la próxima pieza —dijo Montgomery con una reverencia.

El señor Simpkins miró a Su Excelencia con un disgusto inocultable.

—Lady Alathea sólo necesita decirlo y me sentiré honrado de acompañarla —dijo, mientras su reverencia se abreviaba hasta hacerse abrupta.

Alathea sonrió serenamente a todos con la mirada finalmente dirigida hacia Gabriel.

—Me temo caballeros —dijo volviéndose hacia sus pretendientes— que no bailaré esta noche.

Todos escucharon. Todos vieron esa rápida y compartida mirada. Ahora todos estaban intrigados. Furiosamente.

—¡Ejem! —dijo lord Montgomery, luchando por no mirar a Gabriel—. ¿Puedo preguntarle...?

Alathea hizo un gesto hacia la multitud.

—Es demasiado cansado incluso imaginar la lucha para abrirse paso en la pista de baile —explicó, favoreciéndolos con una nueva sonrisa—. Prefiero disfrutar de la conversación —agregó, con una mirada dirigida a Gabriel—. Ahorrar energía para los valses.

Con una expresión inescrutable, Gabriel encontró la mirada de Alathea y luego, arrogante, alzó una ceja. Si sus pretendientes no habían entendido todavía el mensaje, ese momento cargado de una sensualidad descarada les abriría los ojos. El guerrero que tenía en su interior rugió su triunfo. Dudó y luego inclinó la cabeza y retiró su mirada de la de ella. A pesar de que su yo primitivo se regodeaba con el gesto que ella había tenido, eso no lo ayudó a mantener la compostura, erosionando el fino barniz que, cuando se trataba de ella, era lo único que le ocultaba al mundo sus verdaderos sentimientos.

Ella había declarado públicamente que era de él. Por lo que su posesividad podía relajarse, triunfante. Pero no se sentía relajado. Alathea había reiniciado la conversación con Falworth, ignorando olímpicamente las miradas no muy convencidas de Montgomery y Simpkins. Gabriel trató de quedarse al lado de ella y no pensar en lo que le gustaría estar haciendo.

Pero era imposible. Ella tenía razón. Marlborough House, repleta hasta el techo, no era un lugar apropiado para lo que él hubiera preferido hacer. Encontrar un cuarto vacío esa noche iba a ser imposible. ¿Habría alguna otra forma en la que pudieran estar solos una hora o un poco más? Con la conversación que se había dado en torno de ellos zumbándole en los oídos, consideró todas las opciones y lamentablemente tuvo que rechazar cada una de ellas. La miró. Apenas ella y su familia estuvieran libres de las amenazas de Crowley, tenía que raptarla, por unas pocas horas al menos, para calmar a la bestia que tenía en su interior.

Pensar en cómo podía aliviar sus clamorosas necesidades no lo ayudaría. Apretando los dientes, encaminó sus pensamientos hacia otro lugar. Struthers. Al mediodía, había enviado a Chance para ver al viejo lobo de mar y para que le ofreciera sus servicios, en la medida en que pudiera necesitarlos. El capitán había echado a Chance, no de manera del todo inesperada, con un áspero pero educado rechazo. Chance, obedeciendo sus órdenes, había estado vigilando el alojamiento de Clerkenwell Road. El capitán se había ido por la tarde rumbo a la ciudad y hacia el puerto. Chance lo había seguido fielmente, un talento que había aprendido en su vida anterior, pero el capitán debió de haberse dado cuenta de que lo seguían. Fue a una taberna y luego despareció. Chance había buscado en los tres callejones a los cuales tenía salidas la taberna pero no había podido encontrar al hombre. Derrotado, volvió a Brook Street para informarle.

Si el capitán era lo suficientemente astuto como para librarse de Chance, entonces podía cuidarse solo. Era de suponer. El presentimiento de peligro que había surgido en Gabriel durante su primer encuentro con el capitán continuaba preocupándolo.

Miró a Alathea. Al menos ella estaba a salvo. De Crowley. Pero no estaba enteramente a salvo de él, no al menos según Alathea. Tenían casi una década que recuperar y más de un evento para celebrar. Su mirada se dirigió hacia su cabello, al regalo que él le había hecho y que finalmente había logrado lo que había buscado durante tantos años. Se había deshecho de sus malditas cofias. Nunca más se pondría una. Se aseguraría de que ella nunca más pensara en eso.

Todo lo cual se agregaba a su tensión, a la impaciencia que podía sentir crecer como una marea, una presión creciente que no podía liberar, al menos no allí, ni entonces. Respiró profundamente y se concentró en su cara, abruptamente consciente de que se estaba acercando al final de sus terribles ataduras. Miró a su alrededor a los caballeros que los rodeaban. Ninguno parecía ser más amenazante para ella que él.

Enderezándose, se acercó, consciente del provocativo perfume de la condesa que se desprendía delicadamente de su piel suave. Pensar cuánto más fuerte se iba a percibir ese aroma una vez que la piel de Alathea entrara en calor, gracias a la pasión, lo hizo cerrar los puños.

Arriesgarse a protagonizar una escena en ese momento no tenía sentido. Haría mejor si colocaba sus clamorosos instintos y su posesividad en otra parte.

Un repentino estallido de carcajadas en un grupo cercano hizo que los pretendientes de Alathea miraran hacia atrás. Aprovechó la oportunidad y tocó la parte trasera del brazo de Alathea, sus dedos suavemente posados en la suave piel, desnuda por encima del guante.

Una vívida conciencia los recorrió a los dos. Y ella lo miró con los ojos muy abiertos.

—¿Qué?

La palabra apenas había salido de su boca. Ella estaba tan aturdida como él.

—Voy a dar una vuelta. Volveré para el primer vals.

La mirada de Alathea se dirigió hacia los labios de Gabriel. Estaban tan cerca que podía sentirlos respirar. Ella humedeció los suyos.

—Tal vez —murmuró Alathea— eso sea lo mejor.

Retiró su mirada de la de Gabriel. Gabriel asintió.

Logró darse la vuelta sin rozarle los labios.

Lo vio alejarse y luego, suspirando para sus adentros, volvió a prestar atención a sus pretendientes, ya que el jaleo cercano había terminado y ellos volvían a entablar conversación. Se sentía aliviada de que Gabriel se fuera. Sentía su tensión subyacente. El hecho de que ahora sabía qué la provocaba, lo que verdaderamente la provocaba, el saber que la causa era ella, no la tranquilizaba. Sin embargo, hubiera preferido liberarse de sus pretendientes, deslizarse sujeta del brazo de Gabriel y hacer todo lo que pudiera para calmarlo.

Manteniendo la sonrisa cortés en su lugar, animaba a sus pretendientes a entretenerla. Su corazón, sin embargo, no estaba allí. Cuando un lacayo se le acercó con una nota doblada en una bandeja, ese órgano ingobernable le dio un brinco. Su primer pensamiento fue que su guerrero había encontrado algún refugio y la estaba llamando a su lado. Pero la realidad fue mucho más preocupante.

Querida lady Alathea:

Encontré toda la información que buscaba y más. Tengo evidencia suficiente como para desacreditar los manejos de Crowley, pero fui llamado a mi barco y debo levar anclas y partir con la marea de la mañana. Debe venir enseguida. Tengo que explicarle algunos de los detalles de los mapas y documentos en persona y será vital para su argumentación que yo haga una declaración firmada ante testigos y deje todo en sus manos.

Le imploro que no pierda el tiempo. Debo levar anclas en el mismo instante en que cambie la marea. Ánimo, querida señora, el final está cerca. Todos los documentos necesarios estarán pronto en sus manos y será capaz de enviar a Crowley al demonio.

Me tomé la libertad de enviarle un carruaje con gente que la escolte. Debe confiar en estos hombres, saben adónde llevarla. Pero debe venir enseguida o todo puede fracasar.

Su respetuoso servidor
ALOYSIUS STRUTHERS, CAPITÁN

Alathea levantó la vista. Sus festejantes estaban conversando entre ellos y le habían dado un momento de privacidad en el cual leer la nota. Se volvió hacia el lacayo:

—¿Hay un carruaje esperando?

—Si, milady. Un carruaje y un cierto número de... hombres. Probablemente sean marineros.

Alathea asintió.

—Por favor, dígales a esos hombres que estaré con ellos en un momento.

El lacayo estaba demasiado bien entrenado como para mostrar cualquier tipo de reacción. Hizo una reverencia y se fue a cumplir lo que se le había encargado. Alathea tocó el brazo de Falworth y les sonrió a lord Montgomery, lord Coleburn y el señor Simpkins.

—Me temo, caballeros, que debo dejarlos. He recibido un mensaje urgente de un pariente enfermo.

Murmuraron comprensivamente, pero ella dudó que le hubieran creído. Alathea inclinó la cabeza y los dejó. Sumergiéndose en la multitud, levantó la cabeza, buscando. No pudo ver a Gabriel.

—¡Maldición! —murmuró y comenzó a recorrer en sectores el salón. Lo había tenido encima de ella durante semanas. Ahora, cuando lo necesitaba, no estaba en ningún lado. La multitud era tan densa que no podía estar segura de que no estuviera cruzándose con él. Vio a Celia, a Serena y a las gemelas, pero su primo no aparecía por ningún lado. Tampoco Lucifer. Se detuvo en los primeros escalones de las escaleras que daban al salón de baile, y lanzó una mirada exasperada a su alrededor, pero no pudo ver a ninguno de los otros Cynster que pudieran ayudarla.

—¿Señora? —dijo el lacayo que se había materializado a su lado—. Los hombres insisten en que deben irse ya.

—Sí, muy bien. —Con una última mirada disgustada alrededor del salón, Alathea se levantó la falda y se volvió. Entonces pudo ver a Chillingworth hablando con un grupo de otros invitados al abrigo de las escaleras.

—Un momento.

Dejó al lacayo y se zambulló entre la multitud. Con una carcajada y una inclinación, Chillingworth les dio la espalda a sus amigos y ella se le acercó. La vio inmediatamente.

Él comenzó a sonreír y luego se dio cuenta de la expresión de Alathea. Buscó sus ojos.

—¿Qué pasa?

Alathea tomó la mano que él le ofrecía y le dio la nota.

—Por favor. Cuide de que esto le llegue a Gabriel. Es importante. Yo tengo que irme.

—¿Adónde va? —preguntó Chillingworth, atrapando tanto la nota como la mano de Alathea. Miró al lacayo que estaba en las escaleras como a un sirviente de librea dispuesto a susurrar chismes en el primer oído que encontrara.

Alathea siguió su mirada.

—Tengo que irme con alguien. Esto es un mensaje. Gabriel lo entenderá.

Con una habilidad forjada durante años de luchar con los Cynster, se liberó de Chillingworth.

—Sólo asegúrese de que la reciba tan pronto como sea posible.

El primer lacayo había llegado hasta su lado.

—Milady, los marineros se están poniendo nerviosos.

—¡Marineros! —exclamó Chillingworth, tratando de sujetarla del brazo.

Alathea lo eludió. Empujando al lacayo se apresuró para alcanzar las escaleras.

—No tengo tiempo para explicaciones —dijo lanzándole esas palabras a Chillingworth, que la seguía tan rápido como podía—. Sólo dele la nota a Gabriel.

Al llegar a la parte de las escaleras que estaban libres de gente, se levantó la falda y apretó el paso.

—¡Alathea! ¡Deténgase!

No lo hizo. Siguió obstinadamente hasta el final de las escaleras y luego se apresuró a cruzar el arco de entrada y salir de la casa.

En el otro extremo de la escalera, Chillingworth la buscaba. Un nuevo flujo de invitados lo llevaba hacia abajo, haciéndole imposible seguirla. Otros invitados que lo habían oído lo miraban extrañados. Con los labios sonrientes, simplemente los ignoró.

—¡Maldición! —Miró la nota que tenía en su puño y luego se volvió para buscar entre la multitud—. Servir a Cynster malditamente bien.

Encontró a Gabriel en el cuarto de juegos de naipes, con los hombros contra la pared, mirando ociosamente una partida de *whist*.

—Toma —dijo Chillingworth dándole la nota—. Es para ti.

—¡Oh! —exclamó Gabriel, enderezándose. El presentimiento que lo aguijoneaba se convirtió en un puñetazo. Tomó la nota.

—¿De quién es?

—No lo sé. Alathea Morwellan me encargó que te la diera, pero no creo que sea de ella. Ella se ha ido.

Gabriel leyó la nota. Al llegar al final maldijo. Miró a Chillingworth.

—¿Se ha ido?

Chillingworth asintió.

—Y, por cierto, traté de detenerla, pero la has entrenado demasiado bien. No responde a las órdenes verbales.

—No responde a ninguna orden —dijo Gabriel, dirigiendo la atención hacia la nota—. ¡Maldición! Esto no tiene buen aspecto.

Su expresión se endureció. Dudó y luego le dio la nota a Chillingworth.

—¿Qué dirías tú?

Chillingworth leyó la carta y luego hizo una mueca.

—Efectivamente, le dice que vaya inmediatamente tres veces. No es buena señal.

—Exactamente lo que pienso —confirmó Gabriel y tomó de nuevo la nota, la colocó en su bolsillo y empujando a Chillingworth le dijo—: Ahora todo lo que me queda por hacer es tener alguna idea de adónde ha podido ir.

—Marineros —dijo Chillingworth siguiéndolo—. El lacayo dijo que los hombres que la esperaban eran marineros.

—Los muelles. Fantástico.

Estaban acercándose a las escaleras cuando Chillingworth, todavía detrás de Gabriel propuso:

—Iré contigo. Podemos tomar mi carruaje.

Gabriel le lanzó una intensa mirada por encima del hombro.

—No me voy a sentir agradecido, lo sabes.

—Mi único interés en esto —replicó Chillingworth mientras subían las escaleras— es traer de vuelta a la dama para que ella pueda acosarte por el resto de tu vida.

Ya al final de las escaleras, se abrieron paso a través de la galería y luego descendieron por la escalinata y atravesaron el vestíbulo. Pasaron raudamente por la puerta principal, hombro contra hombro.

Charlie Morwellan miraba hacia atrás, hacia los escalones del patio delantero, y chocó con ellos en el umbral. Se cayó.

—Perdón —dijo. Comenzaba a hacer una reverencia cuando reconoció a Gabriel.

—¿Sabes adónde va Alathea? —le preguntó Charlie. Miró hacia el camino que llevaba a la ciudad—. No puedo entender adónde tiene que ir con esos tipos tan rudos.

Gabriel lo cogió por los hombros.

—¿Adónde van? ¿Alguna idea?

Charlie parpadeó.

—Pool de Londres. El muelle Execution.

Gabriel lo soltó.

—¿Estás seguro?

Charlie asintió.

—Estaba tomando el aire, dado el terrible apretujamiento que hay allí dentro, y me puse a conversar con el marinero... —Pero ya le estaba hablando a las dos espaldas que partían presurosas—. ¡Hey! ¿Adónde vais?

—A buscar a tu hermana —le contestó Gabriel y miró a Chillingworth.

—¿Cuál es tu carruaje?

—Uno pequeño. —Chillingworth recorría las filas de carruajes dispuestos a lo largo del camino.

—Debí haberlo adivinado —murmuró Gabriel.

—Sí —le replicó Chillingworth—. Yo, por lo menos, tenía planes para esta noche.

Gabriel también tenía planes, pero...

—¡Allí está!

Junto con otros cocheros, el chófer de Chillingworth había dejado el carruaje de su patrón al cuidado de otros dos, mientras el resto se había ido a una taberna cercana.

Uno de los cuidadores le ofreció:

—Puedo correr como el viento y traerle a su chófer en un momento, jefe.

—No, no tenemos tiempo. Dile a Billings que vaya a casa por su cuenta.

—Muy bien, señor.

El carruaje estaba atrapado entre otros dos. Necesitaron los esfuerzos combinados de Gabriel, Chillingworth, Charlie y los otros dos cocheros para hacerle sitio y liberarlo. Chillingworth esperó hasta que Gabriel se subió al asiento delantero junto a él y Charlie saltó en la parte de atrás, antes de darle la orden a los caballos.

—Billings va a tener un ataque cardíaco —dijo Chillingworth, mirando a Gabriel—. Pero no es eso lo que me preocupa. ¿Qué está pasando?

Gabriel se lo contó, omitiendo sólo la extrema situación de riesgo financiero de los Morwellan.

—O sea que ella piensa que va a encontrarse con el capitán.

—Sí, pero todo es muy extraño. ¿Por qué esta noche, la última antes de la audiencia? Llamé a su compañía naviera el último viernes y no había expectativas de que el capitán saliera pronto. Struthers mismo no esperaba salir por algunas semanas.

—¿Y ese Crowley? ¿Qué tipo de persona es?

—Peligroso. Sin principios. Una rata de albañal. Sin escrúpulos.

Chillingworth miró a Gabriel, viendo sus rasgos, la expresión granítica que le daban las luces callejeras.

—Comprendo. —Chillingworth volvió a mirar sus caballos, él mismo con una expresión preocupada.

—Alathea va a estar bien —les aseguró Charlie—. No tienen por qué preocuparse por ella. Ningún pícaro podrá hacerle mella.

Había una confianza insoslayable en su voz. Gabriel y Chillingworth intercambiaron miradas, pero ninguno intentó explicarle que Crowley no era un mero pícaro.

Era un canalla.

—Pool de Londres —musitó Chillingworth alcanzando su látigo—. Los barcos pueden zarpar directamente desde allí.

Con un giro de las muñecas, azuzó a sus caballos, que hicieron repicar sus cascos a lo largo del Strand.

20

El coche que llevaba a Alathea se sacudía y bamboleaba con gran estruendo sobre el muelle. Firmemente agarrada del marco de la ventanilla, espiaba un mundo de oscuras sombras, de lóbregos cascos de embarcaciones que se mecían con la marea. Las sogas chirriaban, las maderas crujían. El suave golpeteo del agua oscura contra los pilotes del muelle era tan inexorable como el latido de un corazón.

El propio corazón de Alathea latía un poco más rápido, pero, dada la atmósfera, templado por la precaución y un miedo primitivo. Hizo caso omiso a esto último, atribuyéndolo a una imaginación excesivamente creativa. Por siglos, los piratas condenados habían sido colgados en el muelle Execution. Pero si los fantasmas caminaban seguramente no acecharían un sitio tan relacionado con la justicia. Seguramente era una buena premonición que fuera en este lugar, de entre todos los enormes muelles de Londres, aquel donde el capitán la había mandado llamar. Ella también buscaba justicia.

El coche se detuvo. Miró hacia fuera, pero todo lo que pudo ver fue la negra densidad del costado de un barco.

La puerta del carruaje se abrió por completo. Una cabeza envuelta en un pañuelo de marinero se delineó contra la noche.

—Si me da la mano, señora, la ayudaré a descender e ir hasta la plancha.

A pesar de ser innegablemente rudos, los marineros habían sido corteses, en la medida en que podían serlo. Alathea extendió la mano y le permitió al marinero ayudarla a descender del carruaje.

—Gracias —dijo, enderezándose, sintiéndose como un faro en el corazón de la noche, su vestido de seda marfil brillando a la luz de la luna. No había llevado chaqueta ni chal al baile. La noche en Mayfair era agradable. Pero allí, una leve brisa que se levantaba desde el agua le hizo sentir como si unos fríos dedos se posaran en sus hombros desnudos. Ignorando el súbito enfriamiento, aceptó el brazo que le ofrecía el marinero.

El muelle, debajo de sus pies, era sólido y la ancha plancha estaba sujeta con sogas y poleas. Se sintió agradecida de poder sujetar el brazo musculoso del marinero mientras trataba de eludir diversos obstáculos. La llevó hasta una pasarela. Ella se sujetó de la soga mientras subían, cruzando el abismo oscuro que estaba por encima de las aguas picadas, entre el muelle y el casco.

Llegó a la cubierta, agradeciendo que no se moviera como había temido. El balanceo era tan suave que podía mantener el equilibrio sin esfuerzo. Con mayor seguridad, miró a su alrededor. El marinero la llevó hasta una trampilla. Mientras él se inclinaba para levantar la tapa, Alathea frunció el ceño para sus adentros. Cuando el capitán le había dicho que dirigía un barco de carga que iba a África, ella se había imaginado uno de mayor porte. La embarcación era más grande que un yate pero sin embargo...

El golpe de la puerta de la escotilla abierta hizo que se volviera. El marinero le hizo un gesto hacia la abertura, en cuyo interior se veía luz procedente de alguna lámpara.

—Si puede descender por la escalera, señora... —E inclinó la cabeza como disculpándose.

Alathea sonrió.

—Lo intentaré.

Recogiendo su falda con una mano, se apoyó en el costado de la abertura y descendió por los gastados peldaños de madera. Había una soga que hacía las veces de baranda. Una vez que pudo cogerse de ella, el resto fue fácil. Al descender vio que un corredor se abría ante ella. Se extendía a lo largo de la embarcación con puertas a ambos lados. La puerta que estaba al final del pasillo estaba semiabierta y la luz de una lámpara asomaba desde allí.

Mientras llegaba a la cubierta inferior y dejaba caer su falda, Alathea se preguntó por qué el capitán no había salido a recibirla.

La puerta de la escotilla se cerró.

Alathea miró hacia arriba. Un cerrojo de hierro corrió atravesando la puerta de la trampa y manteniéndola en su lugar. Ella giró, agarrándose de la soga de la escalera...

Su mirada se encontró con la cara de Crowley.

A través de los huecos que había entre los peldaños de la escalera, él la miraba con sus ojos negros y vacíos, buscando su rostro, mirando, esperando...

Alathea dejó de respirar. Él la miraba para ver su miedo. Esperando, para regodearse. Mentalmente en lucha, al borde del pánico, se recompuso, entrelazó las manos delante de sí y levantó el mentón.

—¿Quién es usted?

Se sintió complacida con su tono. Aristocrático, listo para tornarse desdeñoso. Crowley no reaccionó inmediatamente. Una pizca de sorpresa brilló en sus ojos. Dudó y luego, decidido, salió de detrás de la escalera.

—Buenas noches, milady.

Alathea se vio acuciada por la urgente necesidad de ponerlo de vuelta detrás de la escalera. Estaba acostumbrada a los hombres altos y grandes. Tanto Gabriel como Lucifer eran tan altos como Crowley, o posiblemente más. Pero ninguno de ellos, ni ningún otro hombre que ella conociera, tenía el peso de Crowley. Su complexión. Era macizo, un toro, y ninguno parecía tan gordo como él. Potente y malvada, su presencia tan cercana amenazaba con sofocarla. Era un esfuerzo enojarse en lugar de salir corriendo. Levantó una ceja y dijo:

—¿Nos conocemos?

Su tono dejaba claro que no había tal posibilidad.

Para su creciente intranquilidad, la gruesa boca de Crowley hizo una mueca.

—Basta de juegos, querida. Al menos, no esos juegos.

—¿Juegos? —dijo Alathea, mirándolo por encima de la nariz—. No tengo idea de qué está diciendo.

Él la alcanzó, sin rapidez, pero sin aviso. No había nada que ella pudiera hacer, no había espacio como para evitar sentir la firmeza de sus dedos cerrándose sobre su muñeca. Con la mirada fija en la de él, Alathea se negó a dejar que emergiera su pánico. Levantó de nuevo el mentón y le dijo:

—No tengo la menor idea de lo que está diciendo.

Probó la fuerza de su prensión. Era imposible soltarse y él ni siquiera estaba haciendo su mejor esfuerzo.

—Hablo —continuó, ignorando su fútil intento de liberarse— del interés que ha mostrado por la Central East Africa Gold Company —dijo, mirándola fijamente a los ojos—. Uno de mis planes empresariales.

—Soy una dama. No tengo absolutamente ningún interés en cualquier «plan empresarial» y menos si es suyo.

—Así lo hubiera pensado cualquiera —acordó Crowley—. Fue una sorpresa saber que no era así. Struthers, por supuesto, trató de negarlo pero... —Cerrando la mano sobre la muñeca de Alathea la obligó a levantar el brazo, forzándola a darle la cara.

—¿Struthers? —dijo Alathea, mirándolo.

—Hmm —exclamó y la mirada de Crowley se posó en sus pechos—. El capitán y yo tuvimos una conversación muy satisfactoria. —Su mirada siguió hacia abajo, rastrillándola con insolencia—. Fue imposible para Struthers explicarme por qué un papel que tenía su nombre y dirección, y escrito por una mano evidentemente femenina, estaba tan cuidadosamente colocado entre sus mapas y las copias de esos malditos permisos.

Volviendo a mirarla a la cara, Crowley sonrió de manera desagradable.

—Swales recordaba ese nombre. No fue difícil sumar dos más dos. Ustedes, los Morwellan, han decidido tratar de escabullirse y no abonar el pagaré que su padre ha firmado.

La mirada de Crowley se endureció. Sus dedos apretaron aún más la muñeca de Alathea y la sacudió.

—Debería darles vergüenza.

Alathea se enardeció.

—¿Vergüenza? ¿A nosotros? Creo que esa noción escasamente puede aplicarse al engaño y la estafa que implican sus ganancias mal habidas.

—Se aplica cuando yo soy el estafador —dijo, mientras sus mandíbulas se apretaban amenazantes—. Sé cómo conservar lo mío y hasta donde me concierne, la fortuna de su padre es mía, desde el preciso instante en que firmó el pagaré.

La sacudió de nuevo, sólo para hacerle sentir su fortaleza física y cuán insignificante era ella al lado de él.

—El honor familiar... ¡Bah! Puede despreocuparse de ello. Ahora debe preocuparse más por usted misma, por lo que tengo planeado para usted.

La maldad pura que había en ese gruñido se apoderó de ella. Alathea luchó contra su miedo. Alguna señal de esa lucha debió haberse filtrado en sus ojos ya que el comportamiento de Crowley cambió al instante. El cambio fue tan rápido que asustaba.

—¡Ajá! Así, ¿no? —Con sus ojos brillando, la empujó contra la pared—. Bien, entonces, déjeme contarle lo que tengo planeado.

Se inclinó más hacia ella. Alathea luchó para no apartar el rostro, forzada a encontrarse con su negra mirada sin un solo estremecimiento. Él respiraba pesadamente, bastante más rápido de lo que sería de esperar para su complexión. Tuvo la desagradable sospecha de que era de ese tipo de hombres que encontraba excitación en el miedo de los otros.

—Primero —dijo, enunciando cada palabra, con los ojos mirándola fijamente—. Voy a usarla. No una, sino tantas veces como quiera y de la forma en que yo quiera.

Miró sus pechos, los montes marfileños que quedaban tan tentadoramente expuestos en su elegante vestido. Alathea sintió que su piel se erizaba.

—Oh, sí. Siempre tuve ganas de probar una dama verdadera y de buena crianza. La hija mayor de un conde servirá perfectamente para eso. Y después, si es que aún queda con vida, deberé estrangularla.

«Está loco», pensó Alathea, tragándose las palabras. La voz de Crowley se había hecho más profunda y pronunciaba más lentamente, arrastrando levemente las palabras. Continuaba mirándole los senos. Ella trataba de no respirar profundamente, pero su pulso se estaba acelerando, su boca se secaba y sus pulmones se esforzaban.

—Pero cuidado. —Su tono era el de alguien que evaluaba en voz alta—. Supongo que si sobreviviera podría venderla a los traficantes de esclavos. Se podría sacar un buen precio por usted en África del Norte. No se ven muchas blancas altas como usted, pero... —Se detuvo, moviendo la cabeza como si pensara—. Si quisiera obtener un buen precio, debería ser cuidadoso y no estropear la mercadería de manera demasiado evidente. Y eso no sería divertido. Y no estaría cien por cien seguro de que la amenaza hubiera terminado. No.

Sacudió la cabeza, levantó los ojos y los dirigió hacia los de ella. Eran chatos, sin fondo, sin sentimientos. Alathea no podía respirar.

Su cara era una máscara maligna. Crowley retrocedió apartándola de la pared.

—Me desharé de usted después de hartarme. De esa forma no necesitaré tener cuidado al tomarla.

Cambiando de dirección, repentinamente le acercó la cara a la suya.

—Un castigo apropiado para sus ganas de entrometerse.

Lanzándole una mirada lasciva y con una carcajada que reverberó locamente, comenzó a arrastrarla por el corredor, detrás de él.

—Un castigo apropiado en verdad. Podrá unirse a su amigo Struthers con la marea matinal.

Alathea frenó con los talones.

—¿Struthers? —dijo y arrojándose con todo su peso contra Crowley logró detenerlo—. ¿Ha matado al capitán Struthers?

Crowley frunció el ceño.

—¿Piensa que lo hubiera dejado ir, con toda la información que tenía? —Resopló y volvió a empujarla—. El capitán aprovechó su última marea.

—¿Como él tenía información que a usted no le convenía, simplemente lo mató?

—Se puso en mi camino. La gente desaparece. Le pasó a él. Le pasará a usted.

Alathea arañó la mano que la sujetaba de la muñeca.

—¡Usted está loco! No puedo desaparecer como si nada. La gente se dará cuenta. Se harán preguntas.

Crowley echó la cabeza hacia atrás riendo. La maldad que había concentrada en ese sonido sacudió a Alathea como nunca nada antes lo había hecho. La risa cesó abruptamente. La cabeza de Crowley volvió a su sitio. Su mirada oscura se clavó en ella. Incapaz de hacer nada, Alathea se incrustó contra la pared del corredor.

—Sí. —La palabra sonó ferozmente. Crowley la hizo rodar en su lengua y sonrió—. La gente se dará cuenta. Y se harán preguntas. Pero no las preguntas que usted piensa, mi belleza.

Se le acercó, apretándola contra la pared, regocijándose más pronunciadamente que antes.

—Hice una pequeña investigación —dijo, bajando la voz.

Levantó una mano para acariciarle una mejilla. Alathea apartó la cabeza.

Un segundo después, su mano se cerró como una tenaza sobre la mandíbula de ella. Con sus dedos apretándola cruelmente, la forzó a mirarlo.

—Tal vez —dijo ásperamente, con la mirada puesta sobre los labios de Alathea— la mantenga viva lo suficiente como para que vea lo que va a pasarle a su preciosa familia y a quién van a culpar todos.

Se detuvo. Su cercanía hacía que Alathea sintiera que se iba a desmayar. Ella trataba de no respirar profundamente, de no sentir su olor. Su peso se cernía sobre ella. Alathea comenzó a sentirse mareada.

Crowley hizo una mueca con la boca y dijo:

—Su desaparición va a coincidir con mi reclamación de los pagarés. Puedo garantizarle que su familia será atacada por los alguaciles inmediatamente. Estarán confundidos.

Nadie sabrá dónde está usted o qué hacer respecto de su desaparición. Todo lo que verá su preciosa sociedad es a su familia desalojada de su casa, andrajosa y usted desaparecida. —Su regocijo se profundizó—. He oído que hay ofertas flotando en el aire por sus hermanas. Esas ofertas se evaporarán. ¿Quién sabe?

Se apretó más contra ella, su mirada fija en sus ojos. Alathea podía sentir la pared de madera clavándosele en la columna vertebral.

—Si disfruto con usted, puede que envíe a algunos caballeros que conozco para hacer una oferta por sus hermanas. Por las tres, claro.

Alathea explotó:

—¡Canalla!

Con toda la fuerza de su brazo, logró darle una bofetada.

Crowley maldijo y se hizo atrás, deteniendo el brazo de Alathea y empujándola, haciéndole perder el equilibrio. Alathea gritó. Él puso una mano sobre su boca y ella lo pateó.

Eso le había dolido. Y su dolor sólo la ponía más furiosa y le daba más fuerzas. Maldiciendo brutalmente, Crowley le soltó el brazo y la tomó por la cintura. Ella le dio codazos en las costillas. Él jugó con ella y luego cerró sus carnosos brazos a su alrededor, atrapándola, con la espalda de Alathea contra su pecho. Levantándola un poco, la empujó por el corredor.

Hacia la puerta entreabierta que estaba al final.

Alathea se retorcía. Pero era inútil. El hombre era tan fuerte como un búfalo. Ella lo pateaba, pero eso era menos que inútil. Tomando un poco de aire y presa del pánico, pensó en aquellos días del pasado en que solía pelear con dos jóvenes flacuchos que siempre habían sido más altos que ella.

Tomando otra bocanada de aire, se estiró y alcanzó las orejas de Crowley. Tiró de ellas tan fuerte como pudo.

Él aulló y echó la cabeza para atrás. Las uñas de Alathea se clavaron en su mejilla.

—¡Perra! —sonó la voz de Crowley en sus oídos—. Pagarás por esto. Por cada rasguño.

Ella se sintió afortunada de que, al ser él tan corpulento, el corredor le resultaba angosto para golpearla. Para hacerlo debía arriesgarse a soltarla.

Maldiciendo con furia, él a medias la cargaba, a medias la empujaba hacia delante. Alathea luchaba y se retorcía pero no hacía más que retrasarlo. Su fortaleza era abrumadora, sofocante. La idea de quedar atrapada bajo su peso hacía que el pánico la recorriera.

A dos metros de la puerta abierta, Crowley se detuvo. Antes de que ella pudiera darse cuenta de lo que él pretendía, abrió otra puerta oculta en la pared y la empujó hacia allí.

Alathea vio la cama fijada contra la pared.

Se aferró al marco de la puerta y redobló su resistencia, pero, pulgada a pulgada, Crowley la forzaba a entrar. Luego descargó la fuerza de su puño contra los dedos de ella, que se aferraban contra el marco.

Con un alarido, la mujer entró y él la empujó para que traspusiera el umbral.

Oyeron pasos que venían de arriba. Se quedaron quietos y miraron al techo.

Alathea aspiró profundamente y gritó con todas sus fuerzas.

Crowley maldijo. La empujó al cuarto.

Ella tropezó con sus faldas y se cayó, pero inmediatamente se incorporó.

—¡Gabriel!

Crowley le cerró la puerta en la cara.

Lanzándose contra la pared, Alathea oyó chirriar una llave y un cerrojo que se corría. Se agachó y pegó un ojo al agujero de la cerradura.

Y vio los paneles de la pared del lado opuesto del corredor.

—¡Gracias a Dios!

Crowley se había llevado la llave. Buscó una horquilla del cabello.

Del otro lado de la puerta, Crowley miraba en dirección a la escalera. Sobre la cubierta se oían pasos, estaban buscando en una escotilla tras otra.

—¿Gabriel? —dijo Crowley con sorna, y luego se rió, se volvió y se dirigió al camarote abierto.

Gabriel halló la escotilla principal. Tiró del pesado pestillo en forma de cruz y lo oyó chirriar. Maldiciendo, redobló sus esfuerzos. Chillingworth apareció y lo ayudó a levantar la puerta de la escotilla, facilitándole la tarea. Miraron adentro, hacia el círculo del corredor alumbrado con faroles y los peldaños de la escalera que conducían abajo.

Mirando a Chillingworth, Gabriel se sacudió las manos y le hizo una señal de que iba a descender. Su rostro parecía carente de expresión. No tuvo problema en proceder sin nerviosismo. Tenía la sangre congelada como el hielo, al igual que sus venas. Nunca había sentido un miedo como ése... un puño frío que le apretaba el corazón. Había conocido a Alathea desde siempre, pero sólo acababa de encontrarla. No podía perderla ahora, no cuando finalmente había hecho de tripas corazón y se había abierto a ella, y cuando ella estaba dispuesta a entregarse a él. No, dejó la idea de lado. Era impensable.

No iban a perderse uno al otro.

Se agarró del borde de la escotilla y se dejó caer por el agujero. Tras localizar los escalones, descendió rápidamente. Era tan alto que alcanzó el piso antes de que el corredor se viera por completo. Avanzando por la cubierta inferior, miró recto a través del vacío... directamente hacia el cañón de la pistola con la que Crowley le estaba apuntando al corazón.

Gabriel oyó el clic del gatillo. Se arrojó al suelo.

La pared del corredor se abrió con un estallido. Una puerta se interpuso, bloqueando el disparo de Crowley. Alathea irrumpió en el corredor. El panel de la puerta se astilló al lado de su hombro. Instintivamente, se agachó.

El estruendo del disparo tronó y retumbó, rebotando sordamente por el corredor.

—¡Abajo! —rugió Gabriel.

Alathea lo miró y luego miró la puerta. Ambos oyeron la maldición de Crowley, oyeron acercarse sus pesados pasos. Alathea se encogió contra la pared del corredor.

Crowley cerró la puerta de un portazo. No miró a Alathea sino a Gabriel, acercándosele con una promesa de muerte en los ojos.

Crowley se volvió y se precipitó al camarote principal.

—¡Aguarda!

Alathea oyó el grito de Gabriel, pero ni siquiera miró, mientras se precipitaba directamente hacia Crowley. Éste debía recargar el arma. Gabriel estaba desarmado. Al menos podría demorarlo.

Se arrojó al camarote, esperando ver a Crowley en su mesa o en la cama, recargando frenéticamente. En lugar de ello, lo vio arrojar la pistola al otro extremo del cuarto, mientras se dirigía más allá de la mesa. Al llegar a la pared, cogió la empuñadura de uno de los sables gemelos que colgaban cruzados en sus vainas entre dos ojos de buey.

El sable salió de su funda con un silbido mortal.

Alathea no se detuvo; se lanzó sobre Crowley, confiando en que su condición de mujer la protegería. Jamás se le ocurrió que Crowley podría usar el sable contra ella.

A Gabriel, sí; atravesó el umbral justo a tiempo para verla forcejear con Crowley, que blandía el sable de caballería. De un sólo golpe podía partirla en dos; a Gabriel se le paralizó el corazón. Sintió alivio al ver que Crowley arrojaba a un lado a Alathea, del mismo modo que un buey se habría sacado de encima a un mosquito. Acabó estrellándose contra la pared, aturdida, zarandeada, pero sin heridas.

Gabriel lo vio todo en un instante, el instante antes de que la furia ciega se posesionara de sus sentidos. Después de eso, lo único que vio fue a Crowley.

Crowley se plantó firmemente, cogiendo el sable con las dos manos; su posición misma hablaba a las claras de que jamás se había servido de uno en ninguna batalla.

Gabriel sonrió con fiereza. Crowley se movió. Poniéndose fuera de su alcance, Gabriel empujó una mesita que se interponía en su camino y la arrojó contra la pared. Sus ojos no se despegaban del rostro de Crowley. Lentamente, lo rodeó.

Era el turno de Crowley; él era el que estaba armado. A pesar de su expresión belicosa, de su soberbia beligerancia, la incertidumbre se reflejaba en sus ojos. Gabriel lo vio. Fingió moverse hacia la izquierda. Crowley levantó el sable y golpeó violentamente...

Gabriel ni siquiera estaba cerca del lugar donde había silbado el sable. Desde la derecha de Crowley, se adelantó hasta la guardia de su contrincante, cogió con la mano izquierda los puños de su enemigo en la empuñadura y golpeó con la derecha en la mandíbula del hombre. Crowley gruñó. Intentó volverse hacia Gabriel; la manera en que lo tenía aferrado Gabriel se lo impidió, pero el doble agarre de Crowley también le impidió a Gabriel asir la empuñadura.

Crowley recurrió a sus músculos para quitarse de encima a Gabriel. Gabriel lo soltó y salió despedido. Crowley volvió a golpear con el sable una y otra vez, siguiendo a Gabriel, mientras éste lo rodeaba. Cada golpe desequilibraba a Crowley. Gabriel volvía a amagar y Crowley trataba de golpearlo nuevamente. Hasta que Gabriel lo golpeó otra vez en la mandíbula con la mano izquierda. Crowley rugió y se defendió. Liberando uno de los puños de la mano con la que Gabriel le impedía moverse, lanzó otro golpe y alcanzó su objetivo.

Ignorando la marca punzante del sable en su brazo izquierdo, Gabriel se lanzó sobre Crowley y aferró con ambas manos la saliente de la empuñadura del sable. Crowley perdió el equilibrio; Gabriel lo forzó a retroceder hasta la mesa, acercando el sable cada vez más a la cara de su enemigo.

Con los ojos fijos en el filo que se acercaba, Crowley apretó los dientes, reunió todas sus fuerzas y empujó a Gabriel y al arma a un costado. Previendo el movimiento, Gabriel se soltó. El sable voló libremente y cayó ruidosamente al suelo.

Crowley se incorporó, para recibir un sólido puñetazo

en el estómago. Aulló y se tambaleó, lanzándose contra Gabriel, con la clara intención de forcejear con él.

Gabriel no iba a darle a Crowley la satisfacción de que le rompiera las costillas. El hombre era un matón, del tipo de los que aprenden su ciencia en las grescas de las tabernas. Dado su tamaño y su falta de agilidad, para ganar confiaba en sus músculos. Crowley habría triunfado fácilmente en cualquier desafío de lucha libre. Sin embargo, los puñetazos eran algo muy distinto; una actividad en la que Gabriel se destacaba.

Descargó golpe tras golpe, concentrándose en la cara y el estómago de Crowley, quien no pudo ponerle un dedo encima. Crowley aullaba y se enfurecía, tambaleándose con cada puñetazo. Gabriel se concentró en ablandarlo, en enfurecerlo aún más. En conseguir tumbarlo. Pero el cráneo de aquel hombre era como una roca. No conseguiría noquearlo con un golpe afortunado.

Apoyada contra la pared, Alathea observaba con el corazón en la boca y conteniendo la respiración. Incluso para sus ojos no expertos, la pelea era una batalla entre unos reflejos de acero gobernando una fortaleza pulida y refinada contra la mera musculatura y una ciega creencia en el poder del peso. Claramente estaba ganando Gabriel, aun a pesar de que ahora se estaba arriesgando, para acercarse más, dentro del radio de acción de Crowley, donde podía lanzar sus golpes con más fuerza. Uno de los bamboleantes puños de Crowley hizo blanco, haciéndole retroceder y echar la cabeza hacia atrás. Para alivio de Alathea, Gabriel pareció no sentirlo, y devolvió el golpe con otro que produjo un crujido horrible.

Crowley no podía durar mucho más.

Y él debió de haber llegado a esa misma conclusión. La feroz patada salió de no se sabía dónde. Gabriel la vio, pero sólo tuvo tiempo de girar. Le dio detrás del muslo izquierdo. Crowley pivotó torpemente. Gabriel perdió pie y cayó.

Alathea ahogó un grito.

La cabeza de Gabriel pegó en el borde del escritorio con un sonido sordo. Cayó al suelo y allí quedó.

Respirando pesadamente, Crowley se quedó a su lado, los puños cerrados, pestañeando con sus oscuros ojos de cerdo, contusos y semicerrados. Le brillaron los dientes en una sonrisa maliciosa. Miró a su alrededor y dio con el sable, lo recogió sopesando la hoja, mientras se situaba al lado de las piernas retorcidas de Gabriel. Crowley movió los pies de lugar apartándolos mientras ponía las manos en la empuñadura del sable.

Gabriel emitió un quejido. Tenía los ojos cerrados, los hombros contra el piso, la columna doblada. Levantó un poco la cabeza, apoyándose en los codos, frunciendo el ceño, parpadeando confuso y sacudiendo la cabeza, como para recobrar el sentido.

Una expresión de regocijo se apoderó de Crowley. Le brillaron los ojos. Sonreía mientras levantaba la espada.

Sin apenas poder pensar por la corriente de emociones que la inundaban, Alathea avanzaba lentamente a lo largo de la pared, incapaz de respirar. El miedo y la furia eran los más fuertes. Sabía lo que tenía que hacer. Apretando los dientes, se colocó detrás de Crowley, agazapada silenciosamente, siguiendo la pared.

Crowley se estiró hacia arriba, levantando el sable por encima de la cabeza, tensándose para dar el golpe hacia abajo...

Alathea saltó los últimos centímetros que le faltaban, tomó el segundo sable y lo sacó de la vaina. El silbido que hizo llenó el cuarto.

Crowley se volvió. Tambaleándose, tardó un instante en recobrar el equilibrio. Comenzó a cambiar de dirección, a redirigir el sable mientras se volvía hacia ella.

El peso del sable al salir de la vaina empujó a Alathea lejos de Crowley. Con un grito ahogado, detuvo la pesada espada y la dirigió, formando un arco, hacia él.

Con los hombros y el torso aún girando, Crowley levantó su sable.

Gabriel finalmente recobró el sentido y lo que vio le hizo detener el corazón.

Levantó las piernas y pateó a Crowley en los muslos.

Crowley se tropezó y perdió el equilibrio. Se tambaleó,

sin poder evitarlo, hacia los lados, hacia Alathea, dentro del arco de su sable oscilante.

Potenciado por su peso, el sable centelleó, enterrándose en uno de los costados de Crowley. Alathea profirió un grito ahogado y soltó la empuñadura. El sable permaneció con su punta brillante emergiendo apenas por el frente de la chaqueta de Crowley, el mango temblando a su espalda.

La cara de Crowley se limpió de todo color. El impacto de lo sucedido anulaba toda su expresión. Retomó el equilibrio con los pies en escuadra y el otro sable sostenido fuertemente entre sus puños. Lentamente miró hacia abajo y luego, también lentamente, volvió la cabeza y, mirando por encima de sus hombros, pudo ver el sable que salía de su espalda. Su expresión decía que no comprendía lo que había sucedido...

Arrastró los pies, se dio la vuelta hacia Alathea, todavía sosteniendo su sable.

En una ráfaga de pasos, Chillingworth apareció en la puerta. Echó una rápida mirada, levantó el brazo y le disparó a Crowley.

Con los ojos totalmente abiertos, Alathea no emitió ningún sonido mientras Crowley se sacudía.

La bala había dejado una marca a la izquierda de su enorme pecho. Lentamente, se volvió para mirar, sin comprender, a Chillingworth. Luego sus rasgos se ablandaron, sus ojos se cerraron y cayó hacia delante.

Gabriel liberó sus piernas y luchó por sentarse, todavía confuso, con la cabeza aturdida, y apoyó sus hombros contra el costado del escritorio.

Chillingworth entró en el cuarto, frunciendo el ceño mientras retiraba el sable del costado de Crowley.

—¡Oh! Ya te habías encargado de él.

Luego miró a Gabriel, luego a Crowley y luego nuevamente a Gabriel frunciendo el ceño todavía más.

—¿Cómo diablos lo has hecho?

Gabriel miró el pálido rostro de Alathea.

—Fue un esfuerzo conjunto.

Chillingworth siguió su mirada hasta Alathea, todavía

apretada contra la pared y con los ojos azorados, contemplando el cuerpo de Crowley.

Se aproximaron nuevos pasos. Charlie miró.

—He oído un disparo.

Con los ojos desorbitados vio a Crowley.

—¿Está muerto?

Gabriel ahogó la risa al decir:

—Muy muerto.

Con una expresión adusta, sólo en parte ocasionada por el dolor de cabeza que sentía, estudió a Alathea y luego le preguntó suavemente:

—¿Estás bien?

Ella parpadeó y luego levantó la cabeza y lo miró.

—Por supuesto, estoy bien.

Su mirada se posó sobre Gabriel. La preocupación destelló en sus ojos. Levantándose la falda, saltó por encima del cuerpo de Crowley.

—¡Buen Dios! ¡El bastardo te ha herido! Déjame ver.

Gabriel se había olvidado de la herida en el brazo. Cuando la vio, descubrió que su chaqueta estaba arruinada por la sangre que, debido al examen de Alathea, manaba libremente. Agachada a su lado, ella apartaba la tela rota de su chaqueta, tratando de ver la herida.

—¿Puedes ponerte en pie? —le preguntó mirándolo a los ojos y luego hizo una mueca—. No, por supuesto que no puedes.

Le hizo señas a Chillingworth para que se le acercase, mientras colocaba los hombros debajo de los de Gabriel.

—Ayúdeme a levantarlo.

Con el ceño fruncido, Chillingworth la ayudó.

—Ten cuidado con el vestido —le dijo Gabriel, ya de pie y apoyándose contra el escritorio.

Alathea se le acercó más, apartándole los cabellos de los ojos para mirar en ellos.

—¿Estás bien?

Exasperado, Gabriel abrió la boca para informarle de que para quedar incapacitado era necesario más que un fuerte golpe en la cabeza y un corte superficial en el brazo. Entonces captó la expresión congelada de la cara de Charlie y sólo dijo:

—Por supuesto que no.

Hizo un gesto respecto de la sangre que le oscurecía la manga.

—Fíjate si puedes detener la sangre. Procura no estropear tu vestido.

Ese vestido inspiraba una fantasía: quitárselo pulgada a pulgada.

—Crowley debe tener alguna tela guardada por aquí —dijo Alathea. Mirando a su hermano agregó—: Charlie, mira por ahí.

Cuando Charlie volvió, Alathea había logrado quitarle la chaqueta a Gabriel y dejar al desnudo la herida. Era superficial, pero amplia, había levantado varias pulgadas de piel, pero en ningún lugar era lo suficientemente profunda como para ser peligrosa. Sin embargo, había sangrado copiosamente y continuaba haciéndolo.

—Toma —dijo Charlie, dándole a Alathea una pila de camisas limpias. Mirando a Crowley agregó—: Él ya no las necesitará.

Mientras tomaba las camisas y comenzaba a rasgarlas en tiras, Alathea no se dignó mirar a Crowley.

Después de examinar el cuerpo, Chillingworth se quedó de pie cerca de él. Miró la herida de Gabriel y continuó examinando el cuarto. Alathea iba y venía por el aparador en busca de agua o vino. Chillingworth la miró hacer y luego miró disgustado a Gabriel.

Éste le devolvió una mirada entre anodina y desafiante.

Chillingworth elevó los ojos al cielo. Alathea volvió con un bol de agua. Chillingworth siguió revisando el cuarto.

—Mientras recuperas fuerzas, tal vez Charlie y yo podamos revisar las cosas que hay aquí.

—Buena idea —acordó Gabriel.

—¿Qué es lo que buscamos? —preguntó Chillingworth, dando vueltas en torno del escritorio.

—Pagarés —dijo Alathea, haciendo un alto en la cura—. ¿Estarán aquí? —preguntó, mirando a Gabriel.

Él asintió.

—Es posible. Presumiblemente, la razón por la que Crowley estaba aquí esta noche y no en Egerton Gardens era porque se asustó cuando supo de nuestras investigaciones —aclaró Gabriel y su expresión se hizo adusta al mirar a Alathea—. Supongo que las actividades de Struthers levantaron mucha polvareda. ¿Te lo dijo Crowley?

—Dijo que había matado al capitán —le contestó Alathea, con los ojos empañados.

Chillingworth miró el cuerpo de Crowley.

—Obviamente su destino era el infierno.

Gabriel tomó a Alathea por la muñeca.

—¿Estás segura de que el capitán está muerto? ¿No pudo sólo decirlo para atemorizarte?

Alathea sacudió la cabeza tristemente.

—Creo que arrojó el cuerpo al río.

Gabriel le acarició la muñeca y luego la soltó.

Chillingworth hizo una mueca.

—No hay nada que podamos hacer entonces respecto del capitán. El villano ya saboreó sus postres. La mejor forma de vengar la muerte del capitán es asegurarnos de que los planes de Crowley mueran con él —dijo y abrió el cajón de un escritorio—. ¿Estás seguro de que esos pagarés estarán por aquí?

—Eso espero —dijo Gabriel, mirando a su alrededor—. Éste no es un barco de línea, sino particular. Y es pequeño, construido para alcanzar velocidad, para huir. Mi suposición es que Crowley trasladó sus operaciones aquí, listo para partir ante cualquier novedad. Una vez que se hubiera deshecho de Alathea y de Struthers, seguramente planeaba reclamar los pagarés inmediatamente y dejar Inglaterra tan pronto como se hubiera hecho con el dinero.

Alathea comenzó a vendar el brazo de Gabriel.

—Crowley dijo que reclamaría los pagarés inmediatamente.

Chillingworth continuó buscando por el escritorio. Charlie salió, diciendo que buscaría en los otros camarotes.

En el momento en que Alathea estaba atando las vendas,

Charlie reapareció arrastrando un pequeño arcón de marinero. Blandía un documento.

—Creo que esto es lo que estamos buscando.

Efectivamente. El arcón estaba lleno con una gruesa pila de pagarés. Alathea tomó el que tenía Charlie y comenzó a temblar. Gabriel le deslizó un brazo alrededor de la cintura, atrayéndola hacia sí para que se apoyara contra su cuerpo.

—Llévalo a tu casa, muéstraselo a tu padre y luego quémalo.

Alathea lo miró y asintió. Dobló el documento y se lo dio a Charlie con la estricta orden de no perderlo.

Charlie se lo deslizó en el bolsillo y luego se volvió para leer los nombres que estaban en el manojo de documentos que había sacado del arcón.

Chillingworth estaba haciendo lo mismo.

—En su mayor parte, se dedicaba a gente de poca monta. Por las direcciones que tienen, muchos deben de ser apenas dueños de comercios —dijo y luego señaló en dirección a otra pila que había dejado aparte—. Ésos son pares, pero la mayoría no son del tipo que usualmente invierte en estos negocios. ¡Y las cantidades que pide! Podría haber vuelto insolvente a media Inglaterra.

Gabriel asintió.

—Codicioso e inescrupuloso. Ése debería ser su epitafio.

—Entonces —replicó Chillingworth, acomodando los documentos— ¿Qué vamos a hacer? ¿Quemarlos?

—No —dijo Alathea, frunciendo el ceño—. Si hacemos eso, la gente involucrada nunca sabrá que está libre de esa obligación. Pueden tomar decisiones creyendo que están en deuda con Crowley, cuando esa deuda nunca se cobrará.

—¿Hay direcciones en todos esos documentos? —preguntó Gabriel.

—En los que tengo ante mi vista, sí —contestó Charlie y Chillingworth asintió—. Tal vez... —dijo Gabriel, mirando hacia un punto distante—. Encuentra algo para envolverlos. Se los llevaré a Montague. Él sabrá cuál es la mejor forma de devolverlos a sus propietarios, de la manera adecuada como para que estén legalmente cancelados.

—Pero si nuestra demanda tiene éxito, también cancelará estos documentos —dijo Alathea, mirando a Gabriel.

Él negó con la cabeza.

—No debemos retenerlos. No haremos nada que nos vincule con Crowley.

—Ciertamente no —dijo Chillingworth, mirando el cuerpo en el piso—. Entonces, ¿qué haremos con él? ¿Dejarlo aquí, simplemente?

—¿Por qué no? Tiene multitud de enemigos. Sin duda le dio órdenes a su tripulación de que se mantuviera lejos esta noche.

—Todos excepto el guardia —agregó Charlie—, pero él nunca te vio.

Gabriel asintió.

—Dos de los marineros, los que entregaron la nota sabrán algo. Alathea fue atraída hasta aquí, pero nadie sabrá nada más. Ninguna mujer pudo haber soportado a Crowley. Cuando esos hombres regresen al barco, lo encontrarán aquí, solo y muerto. Supondrán que Alathea se fue y que entonces alguien entró y mató a Crowley.

—Sinceramente, dudo que alguien lamente su muerte.

—Tal vez Archie Douglas, aunque hasta eso es improbable.

—Crowley probablemente lo atrapó a él también.

—Es muy posible —consideró Gabriel y luego continuó—. Supongo que, sin Crowley y sin los documentos, la Central East Africa Gold Company simplemente dejará de existir. No tiene capital y Swales, hasta donde sé, no es del tipo de los que pueden dirigir una empresa propia.

Chillingworth aprobó lo que Gabriel decía, asintió y agregó:

—Funcionará. Simplemente lo dejamos, nos llevamos los documentos y se los entregamos a Montague para que los devuelva a sus propietarios.

Envolvieron los documentos con una sábana y Charlie los llevó fuera del barco. Alathea ayudó a Gabriel. Chillingworth fue su vigía. Cuando se unió a los otros, en el carruaje, cubierto por las sombras, dijo:

—Todo despejado.

Alathea suspiró aliviada.

—Ayúdeme a subir a Gabriel.

Chillingworth la miró y, luego, manteniendo abierta la puerta del carruaje, le echó una mirada furtiva a Gabriel.

—¿Debo conducirlos directamente a su casa? —preguntó con tono inocente.

—Por supuesto —contestó Alathea, entrando al carruaje. Luego se volvió para ayudar a Gabriel a subir—. Necesito atender esa herida de manera adecuada tan pronto como me sea posible.

Gabriel miró a Chillingworth con una mueca crispada y luego agachó la cabeza y entró al carruaje. Chillingworth cerró la puerta.

—Quién sabe —dijo lo suficientemente fuerte como para que lo escuchara Alathea—. Hasta tal vez necesite unos puntos.

Luego se acomodó en el asiento del chófer y tomó las riendas, que sostenía Charlie, y condujo el carruaje de regreso hacia Londres.

21

Chillingworth dejó a Alathea y a Gabriel en Brook Street.

—Ve directamente a casa —le dijo Alathea a Charlie mientras subía las escaleras al lado de Gabriel sujetándole el brazo y ayudándolo—. No sé cuánto tardaremos. Dile a tu madre que no hay necesidad de que me esperéis.

Gabriel sonreía mientras buscaba la llave de su casa. Podía imaginar la cara de Chillingworth. Había ofrecido, de manera cortés, llevar a Charlie hasta Marlborough House. Eso probablemente lo haría acreedor a otra cuota de la gratitud de los Cynster. Dado que no podían haber estado seguros de cuán incapacitado había quedado Crowley, antes de que Chillingworth le disparara, esa noche las acciones del conde habían crecido de manera considerable.

Charlie dio las gracias, los caballos de Chillingworth pegaron unas patadas y el carruaje siguió su marcha. Deslizando la llave en la cerradura, Gabriel la hizo girar. Mirando a Alathea, abrió la puerta.

Ésa, después de todo, pronto iba a ser su casa. Simplemente estaba adelantando un poco las cosas. Sin embargo, no estaba tan loco como para levantarla y cargarla para cruzar el umbral.

En cambio, ella lo azuzó para que entrara, inquieta como una gallina que cuida a sus polluelos.

Chance apareció al final del vestíbulo. Estaba en camiseta, claramente sorprendido de ver que su patrón volvía tan temprano. Cuando vio con quién estaba, miró con ojos desorbitados y comenzó a retroceder silenciosamente.

Alathea lo vio y le hizo señas.

—Tú eres Chance, supongo.

—Ajá —dijo, inclinando la cabeza y acercándose cautelosamente—. Soy yo, madame.

Alathea lo miró fijo y luego asintió.

—Sí, bueno, tu patrón está herido. Quiero que me lleves un bol de agua caliente, pero no demasiado, a su cuarto, y que me traigas ropas limpias y vendas. Y algún bálsamo también. ¿Supongo que tendrás alguno?

Mientras tanto, ella atravesaba el vestíbulo, remolcando a Gabriel.

—Humm —exclamó, retrocediendo ante su avance. Chance miró con aire de impotencia a Gabriel.

—Es lady Alathea, Chance.

Chance hizo una reverencia.

—Encantado de conocerla, madame.

—Ciertamente —contestó Alathea despreocupada por la presentación—. Quiero esas cosas y necesito que me ayudes un momento en el piso de arriba —ordenó, y cuando Chance la miró estupefacto, ella se inclinó hacia delante y lo miró a los ojos.

—Ahora. Inmediatamente.

Chance se echó hacia atrás, tropezándose con sus propios pies.

—¡Oh! Correcto. Enseguida, madame —dijo, y se escurrió por la puerta de paño.

Alathea lo observó marchar, y luego sacudió la cabeza; mientras tiraba de Gabriel en dirección a las escaleras dijo:

—Tus excentricidades no terminan de asombrarme.

Procedió a ayudarlo a subir por la escalera.

Ella no hubiera podido hacerlo sin contar con la voluntad de Gabriel, una muy buena voluntad, a pesar del hecho de que él odiaba ser el objeto de preocupación de una mujer. Estaba dispuesto a aceptar su inquietud, dado que ella iba a tener que hacer alguna afirmación formal: una clara e inequívoca aceptación de su corazón.

Quería escucharlo, pero ella era perennemente obcecada. Animarla a dar rienda suelta a sus sentimientos iba a hacer más difícil que ella cediera, que se plantara ante el último obstáculo. Así que subía las escaleras mansamente, intentando que llegara el momento correcto, dejando que ella pensara que estaba débil. Efectivamente, se sentía un poco mareado, aliviado de que se hubiera terminado todo, de que Crowley estuviera muerto y de que ya nada oscureciera su horizonte e impaciente, animado por anticipado como un joven imberbe al darse cuenta de que ella era suya.

Todo lo que necesitaba ahora era escucharla decirlo.

—Aquí —le dijo, deteniéndose frente a la puerta de su habitación e inclinándose contra el marco, dejando que ella girara el picaporte y abriera la puerta. Sin la menor duda, ella lo hizo entrar, llevándolo hasta la amplia cama. Lo empujó un poco para sentarse a su lado. Sus dedos se dirigieron hacia el improvisado vendaje y miró con impaciencia hacia la puerta.

—¿Dónde está ese hombre?

—Estará aquí en un momento —dijo Gabriel, incorporándose para facilitar que le retirara la chaqueta. Ella se la retiró y prontamente lo hizo acostarse de nuevo para luego desatarle los puños.

Gabriel hizo una mueca como para ocultar una sonrisa. ¿Hasta dónde llegaría si la dejaba?

—¿Te duele?

Enderezando apresuradamente sus labios, negó con la cabeza.

—No.

Miró el rostro de Alathea, y vio en sus ojos, en la preocupación que los llenaba, el amor que nacía.

—No —volvió a decirle mientras le tomaba una mano—. Thea, estoy bien.

Frunciendo el ceño, ella apartó la mano de Gabriel y le apoyó la palma en la frente.

—Espero que no tengas fiebre.

Gabriel tomó aliento:

—Thea...

Chance entró presuroso con un bol de agua, sujeto entre las muñecas, una toalla en un brazo, ropas y un pote de bálsamo en la otra mano.

—¿Está todo lo que ha pedido, madame?

—Sí —dijo Alathea, aprobando con la cabeza—. Tráigame esa mesa más cerca. Y también la lámpara.

—¡Oh! Hay mucha sangre —dijo Chance, mientras movía la mesa. Miró a Alathea—. ¿Tal vez quiera brandy, madame? ¿Para limpiar la herida?

—Una idea excelente —dijo, levantando la cabeza—. ¿Hay por aquí?

Su mirada se dirigió a la licorera del vestidor.

Gabriel se enderezó.

—¡No! Eso es...

—Perfecto —dijo Alathea—. Tráelo aquí.

—Thea... —dijo Gabriel, horrorizado. Observó cómo Chance iba como una flecha hasta el vestidor y volvía con la licorera llena con un brandy francés extraordinariamente añejo—. En realidad, no necesito...

—Estate quieto —dijo Alathea, mirándolo a los ojos—. Me preocupa que en cualquier momento empieces a delirar. Por favor, déjanos a Chance y a mí ocuparnos. Luego podrás descansar. ¿Está bien?

La miró a los ojos; hablaba en serio. Gabriel se mordió la lengua, le echó una mirada a Chance y luego asintió.

Durante los siguientes quince minutos, soportó sus cuidados conjuntos. Se había olvidado de que Chance tenía razones para querer devolverle su amabilidad. Sentado en silencio sobre la cama, fue acallado por la bondad, la preocupación y el amor. Era agradable, aun cuando sintiera estar embaucándolos.

Con la ayuda de Chance, Alathea cortó en tiras su camisa; luego, suavemente se ocupó de la herida, aparentemente sin inquietarse por la visión de su pecho desnudo. Gabriel se sentía impaciente por modificar eso, pero... Chance todavía estaba en el cuarto. Alathea limpió tiernamente el gran tajo, luego lo lavó.

Gabriel mantenía la mirada en el cabello de Alathea. A pesar de todo lo que había pasado, los tres capullos todavía estaban firmemente en su lugar; eran un reconocimiento a su declaración. No era su intención quitárselos. No lo haría hasta que la promesa de ambos se hubiese concretado en palabras. Muchas veces. Mientras ella estaba preocupada por su brazo, él sentía como si estuviesen ensayando para lo que iba a venir, y pensaba de qué manera era mejor arrancarle las palabras que quería oír sin tocar aquellas flores.

En tanto esperaba que se le secara la sangre del brazo, Alathea se enderezó y se acercó más, con el calor de sus pechos a centímetros de su rostro. Gabriel intentó no respirar, mientras ella investigaba el golpe que tenía en la cabeza.

—Tiene el tamaño de un huevo de pato —dijo, coherentemente horrorizada.

Gabriel cerró los ojos y trató de no quejarse. La tela fría que le puso sobre el chichón ayudaba a mitigar el terrible dolor de cabeza. Sólo había un remedio para el dolor que sentía en la ingle. Cuando finalmente Alathea volvió la atención al brazo con la intención de vendarlo, Gabriel miró fijo a Chance. Éste tardó un instante en entender el mensaje. Cuando lo hizo, se mostró asombrado, pero como Gabriel frunció el ceño, el sirviente recogió apresuradamente las ropas, toallas y el bol, y salió por la puerta.

El clic del pestillo coincidió con el instante en que Alathea anudaba el vendaje alrededor del brazo de Gabriel.

—Listo —dijo, y alzó la vista hasta su rostro—. Ahora puedes descansar.

—Aún no.

Gabriel la sujetó por la cintura con las manos y la obligó a recostarse con él en la cama. Su grito de sorpresa fue sofocado cuando rodaron sobre los almohadones y cuando él se colocó encima de ella, atrapándola.

—¡Ten cuidado con tu brazo!

—Mi brazo está perfectamente bien.

—¿Qué quieres decir con que está bien? —preguntó ella, todavía debajo de él.

—Justamente eso. Intenté decírtelo. Es sólo un corte superficial... No parece probable que muera por eso.

—Creí que era serio —observó, con el ceño fruncido.

—Ya lo sé —dijo, inclinando la cabeza, y le mordisqueó los labios—. Era evidente.

Se incorporó sobre ella; la sensación de sus formas largas y flexibles, tensándose debajo de él, le provocaron un afán primitivo de posesión, matizado por el deseo, por la urgencia y por otra emoción casi demasiado viva como para contenerla.

Todavía con el ceño fruncido, apoyó las manos sobre el pecho desnudo de Gabriel.

—Te debe de doler. Te debe de latir la cabeza.

—Duele, pero no es la cabeza lo que me late —dijo, cambiando sugestivamente de posición y empujando sus caderas contra las de ella.

Los ojos de Alathea se abrieron ligeramente, mientras cambiaba de posición debajo de él para recibir su erección en el triángulo de sus muslos. Confirmaba su estado. La mirada que le echó fue arquetípicamente la de la resignación femenina.

—¡Hombres! —dijo y con renovado vigor lo empujó, luchando por sentarse—. ¿Sois todos iguales?

—Los Cynster, sí —dijo Gabriel y rodó a un costado, observándola desconcertado, mientras ella buscaba sus cordones. Volvía a hacerlo: tomaba una dirección que no había previsto. Tardó un instante en entender el cómo y el porqué. Luego, decidió seguirle la corriente. Buscó sus cordones—. Espera. Déjame hacerlo a mí.

Gabriel fantaseó con quitarle el vestido blanco y dorado; en él, fácilmente podía imaginársela como a alguna sacerdotisa, alguna vestal pagana destinada a ser adorada. Mientras le sacaba el vestido por los hombros, la veneró, ungiendo con sus labios cada centímetro de piel sedosa revelado. Ella se estremeció. Sobre ella, se llenó una mano con uno de sus pechos, mientras la carne se afirmaba con el tacto, acalorándose a medida que la amasaba. Alzó la otra mano para cogerle la cabeza, buscando con sus largos dedos los alfileres que le mantenían ajustado el cabello y cuidando de no desplazar las tres flores blancas que adornaban su coronilla y que eran la evidencia de su adoración. Su cabello quedó suelto; los dedos de Gabriel se endurecieron alrededor del pezón. Con un gemido, Alathea dejó caer la cabeza hacia atrás, ofreciendo los labios. Los tomó, glotón, se hartó en su boca, hambriento, consciente de que ya no necesitaba retenerse. Estaba con él. A ambos los guiaba la misma necesidad, un ferviente deseo de contener, de poseer, de asegurarles a sus almas que habían sobrevivido a todo el peligro, sanos y salvos. Degustar el seductor futuro, la libertad de amar que habían ganado.

Los planes de Gabriel degeneraron en una insensata y dulce sucesión de manos buscándose, de gemidos incoherentes y entrecortados, de dulces caricias y besos ardientes, de dedos urgentes y carne trémula. Se desprendieron uno a otro de cada centímetro de tela, contentos sólo cuando yacieron piel contra piel, con las largas piernas entrelazadas, arrebujados bajo un caos de mantas. La atrajo hacia sí, poniéndose sobre ella, rodeándola. Con un solo movimiento, penetró en su interior.

Lo recibió con un grito ahogado, arqueando el cuerpo, tensándose, relajándose, luego derritiéndose en él. Su rendición era implícita. Gabriel se apretó contra ella. Esa noche quería ser categórico. De modo que la cabalgó lentamente, uniéndose a ella en largos y lentos empellones, fusionando sus cuerpos como fusionarían sus vidas, profunda, completamente. Cuando él se hubo levantado sobre ella, ella se apretó contra él, atrapándolo. Él lo consintió y sus cuerpos quedaron en contacto desde las rodillas al pecho. Ella se onduló debajo de él, intercambiando la suntuosidad del terciopelo y de la seda, la gloria de la necesidad femenina.

Él la llenó una y otra vez hasta que ella ahogó un grito y se aferró a él.

Así permaneció él, saboreando su glorioso clímax, disfrutando de su suspiro de saciedad. Esperó hasta que ella se relajó completamente debajo de él. Luego, volvió a cambiar de posición.

Todavía lentamente, sin ningún apuro. Tenía toda la noche y lo sabía. Ni siquiera esto, la gloria de su entrega, iba a distraerlo esa noche.

Pasaron un minuto o dos antes de que ella se meneara, antes de que su cuerpo instintivamente buscara más y encontrara su ritmo constante. Sus párpados se abrieron lo suficiente como para que mirara fijamente a Gabriel. Su lengua le tocó los labios. Él se introdujo más profundamente y ella se arqueó.

Un destello de sorpresa brilló en sus ojos.

Un instante después, Gabriel sintió sus manos trepando, buscando suavemente los planos de su espalda curvada, hasta acariciarle los flancos.

Ella vio su mirada.

—¿Qué pasa?

Su sonrisa parecía una mueca entre sus dientes apretados. Ella era cálida y suave y tentadora debajo de él.

—Quiero escucharte decirlo.

Las palabras eran suaves, graves, pero suficientemente claras. No le preguntó qué era lo que él quería que dijera.

Debajo de su cuerpo, debajo de la continua e incansable arremetida, se meneó.

—Tengo que ir a casa.

Él negó con la cabeza.

—No hasta que lo digas. Te mantendré aquí desnuda y caliente y anhelante hasta que admitas que me amas.

—¿Anhelante? No es...

Gabriel cortó esas palabras con sus labios. Cuando las limpió de su boca y de su cerebro, se echó hacia atrás, incorporándose ayudado por los brazos como para entrar más profundo en su resbaloso calor.

Ella ahogó un grito, jadeó y mordió un quejido. Se retorció un poco.

—Tú... tú lo sabes.

—Sí. Lo sé. Ahora más que antes. Ciertamente ahora lo sé. Después de verte actuar esta noche. Ahora, incluso Charlie y Chillingworth lo saben.

Su estado hacía que ella respondiera lentamente. Lo miró fijo, parpadeando y luego preguntó débilmente:

—¿Qué? ¿Qué es lo que ellos pueden pensar...?

Gabriel no podía sonreír, aunque quería hacerlo. Fue difícil incluso encontrar la fuerza para responderle.

—Casi has matado a un hombre hoy por salvarme y durante las últimas dos horas has estado inquietándote y echando humo por lo que cualquiera sabe que es poco más que un rasguño. Casi hiciste que Chillingworth tuviera un ataque al hígado.

Alathea deseó poder fulminarlo con la mirada, pero su cuerpo era presa de un dulce calor, sus sentidos estaban muy interesados en la gloria que se construía entre ellos. Su mente colgaba de la cordura de un hilo muy fino.

—No sabía que era un rasguño. Me dejé llevar por el olfato.

—Te dejaste llevar por el amor —dijo bajando la cabeza y encontrando sus labios en un beso cargado de promesas sensuales—. ¿Por qué no lo admites?

Porque sólo esa noche ella pudo entender plenamente lo que ese amor conjunto implicaba. Su alegría compartida se veía confrontada al miedo a la pérdida, a la repentina desesperación que la había asaltado cuando él, su vida, casi había sido asesinado frente a ella. Había mucho más amor del que ella imaginaba. Amar a alguien tan profundamente era algo que asustaba.

Alzando la cabeza, pasó los labios por la mandíbula de Gabriel.

—Si es tan obvio...

Él levantó la cabeza fuera del alcance de Alathea.

—A pesar de que sea obvio, quiero escucharlo de ti.

Él le introducía toda su masculinidad con largos, lentos y lánguidos golpes, para mantenerla excitada, pero no tanto como para dejarla satisfecha. El humor de ella, desafortunadamente, estaba totalmente subyugado por el deseo.

—¿Por qué? —preguntó arqueándose, desesperando por tenerlo más adentro.

—Porque hasta que no lo hagas, no puedo estar seguro de que lo sepas.

Alathea abrió los ojos totalmente y miró a los de Gabriel. Bajo sus párpados pesados no podía detectar el más leve signo de humor. Estaba absolutamente serio. A pesar de todo, a pesar de la forma en que su corazón dolía con sólo mirarlo.

—Por supuesto, te amo.

El conjunto de la cara de Gabriel, sus rasgos, grabados por la pasión pero con una expresión algo controlada, no cambió.

—Bien. Entonces te casarás conmigo.

No había pregunta en esas palabras. Alathea suspiró, luchando por no sonreír. A él no le causaría gracia. Las riendas estaban en sus manos y él estaba conduciéndola directamente hacia la iglesia.

Ni siquiera apreció su suspiro. Seguía dentro de ella, mirándola con gravedad.

—No te irás de esta habitación hasta que estés de acuerdo. No me importa si tengo que tenerte aquí por semanas.

A pesar de sus mejores esfuerzos, finalmente emergió una sonrisa de sus labios, aun sabiendo que la amenaza no era en broma. Él lo haría, si ella lo obligaba.

Era un Cynster enamorado.

Dejando que su sonrisa se hiciera más marcada, alcanzó un mechón de cabello que colgaba de su frente.

—Está bien, te amo y me casaré contigo. ¿Hace falta que te diga algo más para que vayas más rápido?

Ella sólo entrevió su sonrisa victoriosa, mientras él se inclinaba para besarla. Le hizo pagar esa extorsión demandándole más y más.

Casi lo volvió loco de deseo.

Pero valió la pena.

Luego, cuando yacían enredados entre las sábanas, no dormidos, pero demasiado cómodos para moverse, Alathea colocó su cabeza en el hombro de Gabriel y consideró vagamente una vida plena en esa paz.

Porque era paz lo que la inundaba, una indescriptible sensación de haber encontrado su verdadero hogar, su verdadero lugar, su verdadero amor. Era amor lo que la rodeaba y él era suyo, no tenía ya la menor duda. Sólo eso, un profundo y compartido amor, podía llenar su corazón, así, de tal forma que ella no podía imaginar ninguna alegría mayor que yacer desnuda entre sus brazos desnudos, su respiración como un suave resuello en su oído, su brazo pesado sobre su cintura, su mano posesivamente colocada sobre su trasero.

Eran tan parecidos. No tenían que apresurarse respecto de su futuro. Tenían que hacerlo con los ojos abiertos, procurando no pisarse el uno al otro. Ambos tenían que hacer ajustes, eso estaba implícito en la naturaleza de los dos. Sin embargo, mientras ese futuro los llamaba, levantándose como un nuevo sol en el horizonte, ella estaba muy cómoda, muy sensualmente acomodada como para ocuparse de eso ahora.

Ella estaba cómoda, sí, y eso era un descubrimiento. Incluso ahora, cuando era totalmente consciente de la fortaleza que había en ese cuerpo que estaba debajo de ella, en sus brazos musculosos que la abrazaban tan suavemente, en los miembros de acero que la presionaban. Incluso ahora ella estaba relajada, calmada. Consciente del crujiente cabello que yacía bajo su mejilla, exquisitamente consciente de sus piernas peludas que estaban enredadas con las suyas. Consciente hasta el alma de la calidez que había dentro de ella, del firme miembro que se apretaba contra su muslo. La realidad entera la dejó profundamente satisfecha.

Profundamente feliz.

Como una bendición.

Cerró los ojos y disfrutó.

Al final, él se retorció, sus brazos aferrados a ella y la tensión retornó a sus miembros. La atrajo hacia sí y luego apoyó sus labios contra su sien.

—Nunca dejaré que te olvides de lo que has dicho.

Alathea sonrió. ¿Estaba sorprendida, acaso?

—Entonces —dijo, sacudiéndola levemente—. ¿Cuándo nos casaremos?

Habían, aparentemente, llegado a la iglesia.

Abriendo los ojos, Alathea, diligentemente se puso a pensar en casamientos.

—Bueno, están Mary y Esher, y Alice y Carstairs también. Una boda conjunta sería lo mejor.

Su resoplido significó que no.

—Podrán ser tus hermanastras, pero son dulces, inocentes y están repletas hasta estallar de esas usuales nociones románticas. Les tomará meses decidir los menores detalles. No tengo la intención de esperar sus decisiones. Nosotros nos casaremos primero.

Y abrazándola aún más dijo:

—Tan pronto como sea posible.

Alathea sonrió.

—Sí, mi señor.

Su tono burlón la hizo ganarse un dedo en las costillas. Gritó y se retorció. Él tomó aliento. La acomodó de nuevo, su toque convertido en caricia, ociosamente acariciándole las caderas.

—Ya he hablado con tu padre.

Alathea dio un respingo.

—¿Lo hiciste? ¿Dónde?

—Ayer. Lo vi en el establecimiento de White. Ya había arreglado con él los detalles para mandarte las flores.

Su mano siguió con sus lentas caricias, sutilmente tranquilizadoras.

Alathea miró hacia el futuro, el futuro al que él la estaba llevando rápidamente.

—Me van a extrañar. No sólo la familia, sino también los empleados: Crisp, Figgs y el resto.

Las lentas caricias continuaron.

—Estaremos cerca —dijo Gabriel—. A sólo unos pocos kilómetros de distancia. Podrás cuidarlos hasta que Charlie tenga novia.

—Supongo... —Y después de un momento añadió—: Nellie vendrá conmigo, por supuesto y Folwell. Y Figgs es la hermana de tu ama de llaves, después de todo.

—¿La hermana de Tweety?

—Sí. Por eso, seguro que me enteraré si hay problemas.

—Nos enteraremos si hay problemas. Yo también lo querré saber.

Levantó la cabeza para mirarlo a la cara.

—¿De verdad?

Él le sostuvo la mirada.

—Quiero compartir cualquier cosa que pase en tu vida desde ahora.

Ella estudió sus ojos, leyó sus sentimientos para los años por venir en la pregunta que había estado siempre con él: ¿habría podido ahorrarle esos once años si lo hubiera sabido antes, si hubiera abierto sus ojos y la hubiera mirado de verdad?

Ella puso una mano en la mejilla de Gabriel.

—No creo que pase nada serio, si ambos estamos observando.

Estirándose, ondulando licenciosamente en su abrazo, puso sus labios sobre los de él. Él la levantó y la acomodó, puso su estómago contra su rígido abdomen y luego llenó su boca con caricias que la estremecieron hasta la punta de los dedos.

Ella estaba a punto de hervor cuando él se retiró. Acariciando su frente con sus labios, murmuró:

—Tuve fantasías por semanas sobre la condesa y cuándo se me revelaría.

Las palmas de él apenas rozaron la espalda desnuda de Alathea hasta atraparle las nalgas, dejando claro cuánto quería que la condesa se revelara.

—¿Estás decepcionado?

Sus manos se cerraron posesivamente. La cambió de posición, giró sus caderas, con una erección entre sus rizos y apoyada en el abdomen de Alathea. Ella contuvo el aliento.

Él emitió una risita.

—Las revelaciones que tuve eran mucho mejor que cualquier fantasía.

Ella lo miró y él le sostuvo la mirada.

—Te amo —dijo Gabriel.

Las palabras eran simples y claras. Buscó sus ojos y luego sus labios se relajaron.

—Y tú me amas. Es difícil que haya mejores revelaciones que éstas.

Alathea puso la cabeza en el hueco de sus hombros, de forma que él no pudiera mirarla mientras las palabras se deslizaban hacia su corazón.

—Todavía no puedo creer que nuestros problemas hayan terminado, que Crowley esté muerto. No necesitamos preocuparnos por él nunca más. No tengo que preocuparme más por las finanzas de la familia.

De manera abrupta, se enderezó y se sentó. Gabriel la retuvo. Ella levantó la cabeza.

—¡Los documentos! Charlie tiene nuestro pagaré, pero todo el resto... Los dejamos en el carruaje de Chillingworth.

Gabriel comenzó a acariciarla de nuevo.

—No te preocupes. Él los cuidará. Te has preocupado mucho durante los últimos once años. No necesitas preocuparte por nada más ahora.

Alathea volvió a sus brazos.

—Eso no será fácil, ¿sabes?

—Estoy seguro de que podré encontrar una buena cantidad de asuntos que te mantengan ocupada.

—Pero tú manejas tu propiedad. No hay nada que yo pueda hacer a ese respecto.

—Puedes ayudarme. Seremos socios.

—¿Socios? —La idea era lo suficientemente extraña como para que ella levantara la cabeza y lo mirara a los ojos.

Él continuó acariciándole la espalda.

—Hmm.

Ella frunció el ceño.

—Supongo...

Dándose la vuelta, se acomodó confortablemente, envolviendo con sus brazos la mano que él tenía en su cintura.

—Puedo llevar los asuntos de la casa. ¿O eso lo hace tu madre?

—No. Claro que lo puedes hacer.

—Y si quieres puedo ocuparme de las cuentas de la propiedad. ¿O lo hace tu padre?

—Papá dejó que me ocupara de los asuntos de la propiedad hace dos años. Ni él ni mi madre siguen involucrados en eso.

—Oh —dijo Alathea—. Entonces somos sólo nosotros dos.

—Mmm. Podemos dividirnos las tareas de la forma en que queramos.

Ella tomó aliento y lo contuvo.

—Quisiera manejar activamente mis propias inversiones. Como lo hice con los fondos de mi familia.

Gabriel se encogió de hombros.

—No veo por qué no.

—¿No? —trató de mirarlo, pero él lo hizo antes—. Pensé que lo desaprobarías.

—¿Por qué? Por lo que sé eres buena en esas cosas. Lo desaprobaría si no lo fueras. Pero si vamos a ser socios en general, no hay razón para que no seamos socios en esa esfera también.

Alathea se relajó. Después de un momento murmuró:

—¿Quién sabe? Hasta puede que seamos amigos después de todo.

Gabriel la abrazó más fuerte.

—¿Quién sabe? Incluso eso. —Era un pensamiento peculiarmente atractivo—. Creo que disfrutaré con eso.

Pasó un momento y luego ella murmuró:

—Yo también.

Haciendo una mueca con la boca, Gabriel la apretó con un brazo, colocando su otra mano sobre la suave curva de su abdomen.

—Dadas las presentes circunstancias, sugiero que nos concentremos en el aspecto más pertinente; es decir, el más inmediato de nuestra asociación.

Ella tomó aliento mientras él deslizaba sus dedos hacia abajo, hurgando entre los rizos para alcanzar la suavidad que protegían. Con un solo dedo, él la atacó. Ella se estremeció.

—Realmente creo que debes prestar más atención a esto.

Con una sonrisa, él rodó y se levantó como para colocarse encima de ella. Ella lo buscó y lo encontró. Ahora le tocaba gemir a él.

—Convénceme.

Esas palabras eran un desafío, precisamente del tipo que ella sabía que deleitaba su alma de Cynster. Él se lanzó a su encuentro, en cuerpo y alma.

Cuando ella estaba ya retorciéndose debajo de él, caliente, lista y ansiosa, él la llenó de un solo y largo golpe.

Apoyado por encima de ella, él le miró la cara, mientras con los ojos cerrados y la cabeza echada hacia atrás, se arqueaba y lo tomaba. Sus flores seguían brillando contra su hermoso cabello castaño. Él se retiró un poco y arremetió suavemente de nuevo, para verla aceptándolo, para ver sus flores estremecerse y entonces cambió a un ritmo continuo y fácil, estremeciéndola implacablemente, tomando la ruta más larga hacia el paraíso.

Ella gritó, lo sujetó, pero había una sutil sonrisa en sus labios. Él inclinó la cabeza y chupó un pezón y lo mordisqueó.

—Para el momento en que Jeremy y Augusta hayan crecido, puedo garantizarte que, si cuidas este aspecto concreto de nuestra sociedad, tendrás una tribu propia para sustituirlos.

Sus labios se levantaron levemente. Parecía estar sopesando sus palabras.

—¿Una tribu?

Sonaba intrigada.

—Nuestra propia tribu —gritó Gabriel, mientras ella se apretaba contra él.

Alathea sonrió. Alcanzó su cuello con la mano y condujo sus labios a los de él.

—De acuerdo, siempre y cuando ésa sea una garantía de hierro.

La risa estalló en su pecho, erupcionó por su garganta y se derramó sobre ella. Se sacudieron y apretaron, atolondrados como niños. Luego, abruptamente, la risa terminó. Algo mucho más poderoso daba vueltas en torno de ellos, a través de ellos y se cerraba sobre ellos, llevándolos a otro mundo.

Finalmente se durmieron, la ciudad silenciosa a su alrededor, el futuro arreglado, sus corazones en paz.

Alathea se deslizó en los brazos de Gabriel y los sintió cerrarse sobre ella. No importaba lo que les deparara el futuro, lo iban a afrontar juntos, lo iban a manejar juntos, vivir juntos. Eso era un futuro mucho mejor de lo que ella jamás había pensado tener.

Puso sus brazos en torno de él, lo abrazó y luego se relajó, satisfecha con ese abrazo.

A la mañana siguiente, Lucifer se paró en los escalones del frente de la casa de Brook Street y vio la partida de la dama que, para su sorpresa, había pasado la noche calentando su cama. Y a él, levantando una mano y saludándola, mientras el carruaje partía. Volvió hacia el interior, dejando que asomara su victoriosa sonrisa. Ella había sido un desafío, pero perseveró y, como siempre, había triunfado.

El éxito era muy grato.

Revisando dulces recuerdos, se dirigió hacia el comedor. Necesitaba un desayuno.

Por cortesía de Chance, la puerta estaba entreabierta. Lucifer la empujó, abriéndola del todo, con bastante ruido.

Vio una escena que le heló la sangre en las venas.

Gabriel estaba sentado en su lugar habitual, a la cabecera de la mesa, sorbiendo su café. A su derecha estaba Alathea Morwellan, mirando soñadoramente hacia delante, con una taza de té en la mano y una tostada mordisqueada en la otra.

Ella estaba radiante. Y un poco ruborizada. Como si...

Sorprendido, Lucifer miró nuevamente a Gabriel. Su hermano también parecía muy satisfecho, y no precisamente por el sabroso desayuno.

La lóbrega conclusión sobrevoló su cabeza y se hizo más evidente, tomando sustancia lentamente.

Gabriel sintió algo que venía desde la puerta y miró. Encontró la mirada sorprendida de Lucifer y le contestó con una mirada transparente y despreocupada; mientras alzaba una ceja y gesticulaba hacia Alathea, le dijo:

—Ven y dale la bienvenida a tu futura cuñada.

A Lucifer se le pintó una sonrisa en la cara y cruzó el umbral.

—Felicitaciones.

Alathea, notó, aún parecía un poco mareada, pero él conocía a su hermano.

—Bienvenida a la familia —le dijo e, inclinándose, le dio un beso fraternal. No podía parar de murmurar mientras se enderezaba—. ¿Estáis seguros de que no os habéis vuelto locos?

Fue Alathea la que le contestó, frunciendo el ceño.

—Por lo que recuerdo, no somos nosotros los que nos volvimos locos.

Lucifer abandonó ese camino, así como también cualquier esperanza de entender. Hizo todas las conjeturas posibles, dijo todas las palabras correctas, mientras luchaba por encontrarle sentido a todo aquello. ¿Alathea y Gabriel? Sabía que no era el único que jamás lo habría pensado.

—La boda —le informó Gabriel— será tan pronto como podamos arreglarla, y con certeza antes de la de los Morwellan y de que el resto de la sociedad deje la ciudad.

—Hmmm —contestó Lucifer.

—¿Estarás allí, no?

Ante la mirada de Alathea, Lucifer sonrió y dijo:

—Por supuesto.

Estaría allí para ver a su hermano, el penúltimo soltero, calzarse los grilletes del matrimonio. Después de eso, se iría.

Iba a desaparecer.

Londres, incluso la sociedad, en su sentido más amplio, era demasiado peligrosa para el último miembro soltero de la familia Cynster.

La temporada terminó como siempre con una erupción de matrimonios, pero ese año, entre todos, sobresalió uno, definitivamente «la boda de la temporada». La historia de cómo lady Alathea Morwellan le había dado la espalda a su futuro para ayudar a su familia en el campo, sólo para retornar once años después y domesticar al más distante miembro de los Cynster, echaba fuego a la imaginación romántica de la sociedad.

La iglesia de St. Georges de Hanover Square estaba repleta el día en que lady Alathea contrajo nupcias. La multitud fuera de la iglesia era compacta, ya que los que no habían sido invitados al evento encontraron una razón para pasar por allí. Todos se estiraban para ver a la novia radiante, de marfil y oro, con tres flores poco comunes en su largo velo. Cuando apareció en la cima de la escalinata del brazo de su orgulloso marido, flanqueados por una tropa de hombres Cynster y una bandada de hermosas esposas de los Cynster, la multitud suspiró a coro.

Era el tipo de romance que deleitaba a la sociedad y a todo Londres.

A las tres en punto, después de que la multitud se hubiera retirado para saborear todo lo que habían visto, contar los detalles y embellecer sus recuerdos, Gabriel aún continuaba considerándose afortunado de haberse liberado de la muchedumbre delante de la iglesia y de haber podido partir para Mount Street para el festejo.

De pie cerca de una ventana en el cuarto de estar de Morwellan House, espiaba a través de los cortinajes, reconociendo la calle. Había una pequeña multitud esperando que ellos salieran, pero era manejable.

—¿Libre?

Al acercarse Demonio, Gabriel se volvió. Su primo parecía complacido consigo mismo, de manera irritante. Gabriel pensó que Demonio era aún recién casado como para que su expresión se hiciera más profundamente satisfecha. Diablo y Vane habitualmente tenían esa expresión. Richard era más difícil de descifrar, pero el brillo en sus ojos cuando se apoyaba en Catriona era igualmente revelador. Gabriel tenía la vana esperanza de que él no fuera tan fácilmente descifrable.

—Casi.

Le dio la espalda a la ventana.

—Súmale los invitados que están dentro y sigue siendo una buena multitud, pero creo que podremos deshacernos de ella en un tiempo razonable.

—¿Adónde vais a ir? ¿O es un secreto?

—Sólo para Alathea.

Brevemente, Gabriel le resumió sus planes de llevar a Alathea rápidamente en un recorrido por los condados rurales, visitando ciudades como Liverpool o Sheffield, que ella nunca antes había visto, pero que tenían un papel destacado en sus negocios.

—Terminaremos en Somersham para la celebración de nuestras madres que planeaste para este verano.

—Si no llegas a estar allí, tu vida correrá peligro.

Gabriel sonrió.

—Richard obviamente no se arriesgará —dijo, señalando el lugar en donde la cabeza de su primo se inclinaba sobre los bucles de su esposa.

—Sin lugar a dudas —acordó Demonio—. Dijo que estará camino al norte un día después de la celebración. No confía en tener a Catriona de viaje en la condición en que estará para entonces.

—Estoy seguro de que Catriona tendrá todo perfectamente planeado. Incluso si así no fuera, emitirá un decreto y las cosas serán según sus deseos. Eso pasa cuando se es Dama del Valle.

—Hmmm. Incluso siendo así, puedo entender lo que Richard siente.

Gabriel miró a Demonio, preguntándose si eso significaba que...

Antes de que pudiera formular la pregunta apareció Alathea.

Se deslizó en el salón y su corazón se detuvo. Se había cambiado para el viaje, poniéndose un vestido de seda color morado, con el cuello que servía como marco para su cabello, rico y sedoso con la luz de la tarde. Tenía las perlas de su madre en la garganta, los pendientes a juego en sus orejas. No llevaba otro adorno, en condescendencia a la consigna de Gabriel de que nada cubriera la gloria de su cabello. Ninguna otra cosa excepto los tres capullos blancos que estaban fijados a su escote, atados con una cinta de filigrana dorada.

Eran las flores de su velo, las flores que él le había enviado esa mañana con otra nota tan simple como la primera.

«Te amo.»

Era todo lo que le quería decir, pero Gabriel sabía, de la forma en la que sólo un Cynster lo sabe, que él estaría buscando el resto de su vida formas para decirle lo mismo.

Ella echó un vistazo al salón, lo descubrió e inmediatamente sonrió. Sus ojos brillaban y se deslizó a su lado.

Mientras ella apoyaba una mano sobre su brazo, Gabriel alzó una ceja y le preguntó:

—¿Lista?

Arrugó un poco la nariz y contestó:

—Tenemos que darles unos minutos a Augusta y Jeremy.

Incluso esa noticia no podía amenguar su entusiasmo: conocía a su esposa lo suficientemente bien como para saber que los jóvenes Morwellan no cruzarían la línea. Todo lo que quería era irse y tenerla a ella de nuevo para él solo.

Flick, la joven esposa de Demonio, se les unió con un sonido de faldas azules, cara animada y los ojos brillantes; tenían un brillo interior que, repentinamente, ahora que se había acostumbrado a los ojos de Alathea, Gabriel advirtió que todas las novias de los Cynster compartían.

Interesante.

—Vamos —dijo Flick, reclamando el brazo de Demonio—. Es hora de que os vayáis.

—¿Por qué estás tan entusiasmada? —preguntó Demonio—. No necesitas atrapar ningún ramo esta vez.

—Quiero ver quién lo hace —contestó tirando de él—. Las escaleras están repletas.

Mirando a Gabriel, Demonio retrocedió un poco.

—¿Dónde está Lucifer? —Y, con su demoníaca sonrisa asomando, agregó—: Quería darle un consejo.

Gabriel recorrió la multitud y luego alzó una ceja hacia Demonio.

—Sospecho que ya se ha ido.

Demonio resopló.

—¡Qué tonto! —Levantó una ceja en dirección a Gabriel—. Apuesto a que no le irá bien.

Gabriel negó con la cabeza.

—Algunas cosas deben ser así.

Demonio reconoció el comentario con una rápida sonrisa y asintiendo, y por fin se rindió a la impaciencia de Flick.

Gabriel dirigió la mirada a Alathea y simplemente sonrió.

Después de un momento ella lo miró a él.

—¿Lista? —le preguntó Gabriel.

Ella le sostuvo su mirada.

—Sí.

—Por fin. —Cubrió la mano de Alathea que yacía sobre su manga.

Salieron del salón, fuera de la casa e iniciaron un viaje que duraría el resto de sus vidas.

8/13 (6)
3/14 (7)
12/16 (9) 8/16